话说四大名著

人在江湖

苗怀明 著

IN THE WORLD OF JIANGHU:
MIAO HUAIMING
TALKS ABOUT THE FOUR GREAT CLASSICAL NOVELS

上海交通大学出版社
SHANGHAI JIAO TONG UNIVERSITY PRESS

内容提要

　　无论是《三国演义》《水浒传》还是《西游记》，都写了各自的大江湖，《红楼梦》也是一个特殊的江湖。这些江湖中人的处境和出路，正是本书的关注对象。《人在江湖：话说四大名著》包括"远谋：《话说三国演义》""忠义：话说《水浒传》""彻悟：话说《西游记》""挚情：话说《红楼梦》"四卷，每卷有15—19篇小文，每篇文章都配有作者精心选取的插图。作者用精准专业的学术分析、幽默生动的语言风格，以及适合当代读者接受的叙述方式，兼具学术性与观赏性地向读者，尤其是大众读者，普及四大名著的基本知识，带领读者品读四大名著那些优秀的文学创作传统，启发读者从中收获优秀传统文化的力量、明辨是非的智慧，以及洞察世情的判断力。

　　本书适合对中国古典小说感兴趣的读者。

图书在版编目（CIP）数据

　　人在江湖：话说四大名著 / 苗怀明. -- 上海：上海交通大学出版社，2025.8. -- ISBN 978-7-313
-32653-9

　　Ⅰ. I207.41

　　中国国家版本馆 CIP 数据核字第 2025W02U64 号

人在江湖：话说四大名著
REN ZAI JIANGHU: HUASHUO SI DA MINGZHU

著　　者：苗怀明				
出版发行：上海交通大学出版社		地　　址：上海市番禺路951号		
邮政编码：200030		电　　话：021-64071208		
印　　制：苏州市越洋印刷有限公司		经　　销：全国新华书店		
开　　本：890mm×1240mm　1/32		印　　张：15.125		
字　　数：347千字				
版　　次：2025年8月第1版		印　　次：2025年8月第1次印刷		
书　　号：ISBN 978-7-313-32653-9				
定　　价：78.00元				

从文学名著到文化经典

——四大名著的阅读与欣赏（代前言）

先从一个真实的故事讲起。

1938 年 10 月的某一天，在延安召开中国共产党六届六中全会的间隙，毛泽东与贺龙、徐海东等几位战将散步闲谈。毛泽东说："中国有三部小说，《三国》《水浒》《红楼梦》，不看完这三本书，不算中国人。"贺龙连忙说："没看过，没看过，不过我不是外国人。"毛泽东问徐海东："海东同志，你可看过这三本书？"徐海东老实回答："没看过《红楼梦》。"毛泽东笑着说："那，你算半个中国人！"

徐海东把这次玩笑牢记在心，后来他在养病的间隙读完了《红楼梦》。[1]

将是否看过《三国演义》《水浒传》《红楼梦》作为衡量是否中国人的一个基本标准，这只是一句玩笑话，但由此可见毛泽东对这几部小说名著的高度重视。战争年代如此，中华人民共和国成立后，毛泽东也多次劝党内高级干部及身边工作人员阅读《三国演义》《水浒传》《西游记》《红楼梦》这四大名著，还说过《红楼梦》不读过五

---

[1] 张麟：《徐海东将军传》，上海文艺出版社 1982 年版。

遍没有发言权这样的话。

毛泽东何以如此看重这些小说并将阅读四大名著提升到国民基本素质的高度？我们为什么要阅读四大名著？应该从什么样的角度来欣赏四大名著？这些都是我们今天要认真思考的问题。

四大名著是上千部中国古代小说中影响最大、艺术成就最高的四部作品。就其影响而言，它们不仅是文学名著，而且是文化经典，对传统文化、民族精神的形成及内涵产生了十分深远的影响。

对民族文学经典的熟悉和了解是一个国民基本的文学修养和文化素质，在中国如此，在全世界也是如此。也就是说，作为一个合格的国民，不能光用身份证、护照、户口本之类的证件来证明自己的国籍，还要用自己的文学修养和文化素质来证明，这表现在对祖先创造的优秀传统文化应该有最基本的了解。四大名著代表着中国古代小说乃至中国文学的最高成就，是民族文化的精粹，每一位国民都不应该对其感到陌生。

具体来说，无论一个人将来从事什么职业，是工人还是农民，是作家还是科学家，是宇航员还是将军，是动物园饲养员还是软件工程师，都应该读过四大名著，这是一个有教养的国民应当具备的文化素质。在日常生活中，一个连诸葛亮、宋江、孙悟空、贾宝玉都不知道是谁的人，固然不会因此受到什么惩罚，但会让人觉得诧异，让人看不起。毛泽东说没有读过四大名著的人不算是中国人，也应该从这个角度来理解。细细想来，他的话还是很有道理的。

之所以要阅读四大名著，是因为它们是中国传统文化的重要组成部分，对中国人的生活习俗、伦理道德、语言风格等方面皆产生了重要影响。直到今天，我们仍可以深切感受这些名著的影响。比如中国人特别讲义气，这种义气的观念很多是从《三国演义》《水浒传》学来的。如今在海内外华人生活的地区，很多庙宇、商店、宾馆乃至家庭供奉关羽神像，关公是华人社会最为普遍的神灵之一，这与《三国演义》的影响密不可分。类似的神灵还有诸葛亮、齐天大圣、哪吒等。对这一现象不能一概视作封建迷信，应更多从积极方面看待，这些崇拜的背后是对友谊、诚信的肯定和赞美。从我们日常使用的俗语、歇后语中也可以感受到这些小说名著的影响。以《三国演义》为例，就有：三个臭皮匠，顶个诸葛亮；张飞穿针眼——大眼瞪小眼；周瑜打黄盖——一个愿打，一个愿挨；刘备摔孩子——收买人心；刘备借荆州——有借无还；等等。不少旅游景点更是靠与四部名著相关的遗迹及故事、传说等来增加吸引力，招揽游客。

四大名著是了解古代中国的一个窗口。它以十分生动形象、具体可感的方式，展示了中国古代生活的世相百态，涉及社会生活的各个方面。古代人是怎样吃饭的？一天吃两餐还是三餐？他们的饮食结构如何？他们是如何穿衣的？有着什么样的时尚？他们是怎样打仗的？主要使用什么兵器？他们的主要娱乐方式又是什么？与现在有何异同……这些在小说作品中都得以十分直观地呈现。小说从来都不仅仅是小说，它们称得上是博大精深的社会文化读本，特别是像四大名著这样的经典作品。从这个意义上称小说为百科全书，也是很有道理的。古代小说的这一特点也是其他图书无法替代的。

最后要强调的是，四大名著是小说，属于文学作品，是中国文学的精华所在，具有巨大的艺术魅力，直到今天仍拥有广大的读者群。阅读这些名著，读者可以体验别样的人生，体验那种复杂而多彩的人生，可以领略作者的才情之美、语言之美。从四大名著中，可以领略很多人生真谛。

从《三国演义》中可以看到，历史的发展是不以人的意志为转移的，善良并非总能战胜邪恶，命运的天秤并非总在善良者一边。正义战胜邪恶，远比我们想象的要艰难。

从《水浒传》中可以看到，有志者未必事竟成，一个人努力了半天，也许会走到自己意愿的反面。这个世界上总会发生一些悲剧，因而它是残酷的。

从《西游记》中我们可以看到，要干大事业，必须有顽强的毅力和信念，必须有团队合作精神，能抗拒各种诱惑。在这个世界上，有些东西是可以选择的，但有些东西往往无法选择，比如你可以挑选一所学校、一本书、一个朋友，但你无法挑选你的父母、同学和同事。你必须学会和各种人和平相处。

从《红楼梦》中我们可以看到，当家族悲剧袭来时，无论是高高在上的主子，还是身份卑微的奴仆，每个人都无法幸免，他们既是受害者，又是加害者，每个人都有责任，尽管有的人会觉得自己很无辜。

人生有时候会复杂、多样到超出我们想象的程度。每一部名著都是一扇窗户，从不同的窗户望出去，都能看到不同的风景。

接下来的一个重要问题是，如何阅读欣赏四大名著？在阅读欣赏过程中应注意哪些问题？

先要强调的是，除了看各类卡通版、影视版、改写版，一定要认真阅读原著，哪怕有些地方一时看不明白也不要紧，大体能读下来就行。文学与美术、影视、音乐不同，它是一种语言艺术，通过文字的叙述、描绘来发挥读者的想象，读者有更多的能动性，这是其他门类的艺术作品所无法取代的。

再要强调的是，要选择可信的、权威的整理本。现在书店里，摆着各种各样的四部名著读本，让人眼花缭乱。挑选哪一种？这确实是一个问题。当然是要挑选那些最可信、错误最少的，看看是不是专业研究人员整理的，看看是不是著名出版社出版的，看看是不是再版了很多次、经受过时间的考验，看看书的前言后记，了解其整理的原则和体例。买书和吃饭一样，都想吃得卫生些，吃得愉悦些，谁都不希望自己的饭里有苍蝇，同样不希望自己所买的书里有错别字，有硬伤，其中的道理是一样的。

具体来说，如果只是一般的阅读欣赏，找一个质量好的整理本就可以了。比如人民文学出版社、中华书局、上海古籍出版社等都出版过多种四大名著的整理本，这些整理本大多由研究古代小说的专家学者校勘整理。专家们不仅根据底本、校本进行了认真校勘，而且做了简明的注释，有的还带有校记。比如中国艺术研究院红楼梦研究所校注本《红楼梦》（人民文学出版社出版），该书由多名资深红学家整理而成，以庚辰本为底本，自1982年出版以来不断修订，现在已出到第四版，印刷一百多次，是流传最广、影响最大的《红楼梦》读本。阅读的时候要认真阅读前言，了解该书的整理情况。如果想进行更为深入的了解，可以找四大名著的影印本来看，影印本更接近作品的原貌。四大名著的主要版本现在都有影印本，要找到也不难。总的来说，现在阅读欣赏四大名著的条件非常好，读者可以根据不同的需求选择不同的读本。

挑选到好书，接下来就该进行阅读欣赏了。在阅读四大名著时，应重点注意哪些方面呢？

首先要看故事，这是小说作品最吸引读者的地方。看故事，要弄清其中的时代背景、人物关系、重要故事的来龙去脉。比如四大名著的故事都发生在什么时代？贾宝玉和妙玉是什么关系？赤壁之战的整个经过是什么？进而要对众多现象进行归纳概括，思考故事背后的原因。比如在《三国演义》《水浒传》《西游记》中，谁的武功最高？如何来进行这种比较？再比曹操为什么不杀刘备？宋江为什么要接受招安？观音为什么要挑选孙悟空等人保护唐僧取经？这些问题都需要认真思考。

其次要注意人物。人物是小说的灵魂，是故事的参与者，阅读小说，人物自然是关注的重点。四大名著塑造了一批栩栩如生的人物形象，给人印象很深。阅读作品时，要注意每个人物的基本情况，特别是其性格，因为性格对一个人的行为有着直接的影响，决定其成败。比如关羽的败走麦城，完全是其轻敌、骄傲造成的。再如诸葛亮，他鞠躬尽瘁，足智多谋，但谨小慎微，缺少冒险精神，不注意培养接班人，结果一去世，整个蜀国就迅速走上末路。有些人物的性格比较单纯，可以用几个字来概括，比如关羽的忠勇、骄傲，张飞的勇猛、鲁莽，赵云的忠诚、英勇，等等。但有些人物的性格就比较复杂，比如猪八戒，比如贾宝玉，他们往往兼具多重性格特性，要注意其性格由哪些部分组成。对于神魔人物来说，要注意其身上的人性、妖性及神性，注意它们是怎样结合的，比如孙悟空、猪八戒这两个人物。

再次要注意小说的写法。伟大的作家都有自己的艺术个性，他们讲故事、描写人物的方式各不相同，由此形成了自己独到的风格，四大名著都是风格独具的作品。比如对人物的描写，《三国演义》《水浒传》《西游记》喜欢用动作和语言来刻画人物，《红楼梦》则喜欢通过外貌、居室环境、内心活动来刻画人物。比如小说的线索和结构，《三国演义》采用三条线索并进的方式，故事前后有着严格的时间、逻辑关系；《西游记》则为单线演进，故事之间没有明显的时间、逻辑关系。在具体写法上，比如同样写战争，《三国演义》注重描写战前的准备，赤壁之战就是一个十分典型的例子，而《水浒传》更喜欢正面描写战争的经过。

最后要注意语言。小说是语言艺术，所有故事、人物都是通过语言来实现的。《三国演义》采用半文半白的语言，其他三部名著基本都是用白话。语言的个性，主要体现在故事讲述、人物口语等方面，要注意这些作品语言使用的准确和巧妙。

四大名著毕竟写的是几百年乃至上千年前的事情，古今历史条件不一样，古人的一些行为和观念在有些方面是不适合现代社会的，比如《三国演义》《水浒传》中对女性的歧视和丑化，比如《水浒传》对血腥的渲染，这突出地表现在李逵身上。

在中国古代，小说被视为下里巴人的东西，受到官府的排挤和歧视，没有地位，比如清朝的一些皇帝发布过查禁小说的诏书，将他们提到的书名放在一起，就是一份长长的禁书目录。这样就造成小说文献资料的大量散失，形成了很多难解之谜——也许永远都无法解决。比如罗贯中到底是哪个地方的人？《三国演义》到底写于什么时间？施耐庵是否真有其人？《水浒传》中的人物是否都有历史原型？吴承恩是《西游记》的作者吗？孙悟空是中国猴还是外国猴？猪八戒是中国的猪还是外国的猪？《西游记》是一部寓言小说吗？曹雪芹真是《红楼梦》的作者吗？大观园的原型究竟在哪里？其中的人物如贾宝玉、林黛玉到底是真实的还是虚构的？《红楼梦》中是否隐含着重大历史秘密？等等。

这些问题因为缺少可信、充分的资料，大多都没有得到很好的解决，它们也在召唤着千千万万的读者。也许打开这些谜团的钥匙就藏在大家手里。

目录

· 卷三　彻悟：话说《西游记》·

· 卷四　挚情：话说《红楼梦》·

· 附 录 ·

父 亲

——我研究古代小说的引路人

后 记

卷一

远谋

话说《三国演义》

从闹剧到正剧

——桃园结义背后的玄机

打开《三国演义》，开篇交代完故事背景，第一个讲的就是刘关张桃园结义，一代又一代的读者看得心潮澎湃，好生羡慕，恨不能也生在那个群雄并起的时代，成为一呼百应、开疆拓土的传奇英雄。

如果我说桃园结义不过是一出闹剧，读者诸君肯定觉得我是个不折不扣的"标题党"，或是没事找事、专门跟人过不去的"杠精"。

那就让我们直接进入作品，先去现场感受一下，再说想法。

话说你早上起来，脑子还有点迷糊，一边盘算着今天的三餐搭配，一边拿着兜子到菜市场逛游。刚到门口，就看到三个汉子在那里大呼小叫，说是要结什么义，"同心协力，救困扶危，上报国家，下安黎庶"。再仔细一看，都挺面熟，一个是东奔西走卖草鞋的小贩刘备，一个是经常卖猪肉的黑张飞，还有一个有些面生的红脸汉子，据说是被官府通缉的逃犯，在老家山西杀人，流窜了五六年，刚到涿郡。

请问，这个时候你是什么感觉？你一定会觉得这三个家伙疯了吧。天下大乱，人人自危，他们三个能管好自己，安安稳稳活下去就算不错了，天下再乱，和他们这几个"草根"能有多大关系。如果是

清木雕桃园三结义像

出身名门、掌握实权的袁绍、袁术、刘表之流振臂一呼，大家倒是觉得要靠谱很多。

所谓的桃园结义如果要还原现场，基本上就是这个样子。如果找围观看热闹的群众采访，我敢保证多数人会觉得这是一场闹剧。当然，按照作品的描写，桃园结义是在张飞庄后的一个桃园里进行的，没有观众。当时桃花盛开，还是很有画面感的，也很唯美，毕竟是春天，一个播种希望的季节。

到底是不是闹剧，还得继续看。

若干年之后，就这么三位草莽英雄，竟然在一位没文凭、没成果、没奖项、没资历的"四无青年"诸葛亮的鼎力相助下，淘汰群雄，与曹操、孙权逐鹿中原，鼎足而三，谱写了气势恢宏的历史华章。

回过头来再看看当日的桃园结义，这可就不是闹剧了，而是一幕极具励志色彩的传奇正剧。都说《水浒传》是写江湖的，其实《三国演义》也写江湖，它写的是更大的江湖，兄弟们顾不上行侠仗义，他们想干的是打天下。

天下大乱，群雄并起，正如陈胜起事时所说："王侯将相，宁有种乎？"谁规定编草席卖草鞋出身的刘备一辈子就该待在市场里做小贩？谁规定那位猪肉商铺的老板张飞这一生就只能和猪打交道？天下是天下人的天下，人人有份，一切皆有可能，就看你敢不敢去想，有没有本事，能不能抓住机会。

正是天下大乱，将曾经一统天下的大汉王朝变成一个见者有份的大江湖，贫寒子弟与出身名门望族的权贵子弟站在同一个起跑线上，起点高不过是占个先机而已，没什么了不起的，笑到最后的才是赢家，这可是个千载难逢的好机会。

没有桃园结义，就没有人生的远景，就没有奋斗的目标。尽管现实与目标之间隔着无限远的距离。可以说，正是桃园里的这一拜，拜出了一片江山，拜出了人生的新境界。

在后来的征战中，刘备多次受到嘲笑，他那段编草席卖草鞋的经历成为敌方将领口中的笑柄，时不时被人拿出来戏弄一番。

但是，时代变了，游戏规则也变了，再拿着按资排辈的老眼光看人，动不动就"拼爹"，注定会被淘汰出局，最后三分天下的都是起初不被看好的人物，比如曹操，比如孙权，比如刘备。在当时，估计有不少人把宝押在董卓、袁绍等人身上。那些嘲笑刘备、自我感觉良好的竞争者最后败在了草莽英雄的手下。

如此说来，煮酒论英雄这场戏就显得极为精彩，它可以看作桃园结义的升级版。在曹操说出那番话之前，没有人会觉得到处漂泊的刘备会有什么机会，他就像一个打工人，带着关羽、张飞这两位兄弟不断跳槽，到头来连块安身立命的地盘都没有，只能寄人篱下，日子过得十分凄惨。

但是曹操就不同，他看出了刘备的不凡之处，他的天下英雄排行榜，只收录自己和刘备，虽然当时袁绍、袁术、刘表、刘璋这些财大气粗、兵强马壮的地方军阀都还在，曹操却一个也瞧不上。

如果这份天下英雄排行榜传出去，一定会在朋友圈里广为流传。自然，也肯定作为笑柄或段子被谈论，终将落个被众人耻笑的下场。

几年之后，人们会惊奇地发现，历史正是照着曹操的这份英雄排行榜发展演进的。他虽出身官宦之家，但主要在草莽中摸爬滚打，如同桃园结义的那三位草莽英雄，他们都是心存大志的理想主义者，并且朝着自己遥远的目标一步步前进着。曹操对眼前的形势有着新的判断，天下大乱，礼崩乐坏，江湖的规矩需要改写了，而改写江湖规矩的一定不是那些"啃老"的既得利益者，而是这批在战乱中成长起来的新生代。

眼下虽有许多麻烦，但曹操知道，自己将来一定会消灭袁绍、袁术乃至刘表。至于刘备，尽管一直过着寄人篱下的生活，将来也必定不会甘居人下。了解时代的潮流，想不成为预言家都难。

俗话说，一山不容二虎。既然知道刘备是自己将来夺天下的对手，为何不将他除掉？这样的心思曹操不可能没有，但时机不对，因为眼下要对付的敌人实在太多，还轮不到刘备，再说刘备目前构不成威胁，还有一定的利用价值。

从刘备一方来说，被人识破心思，就相当于底牌泄露，后面就不好玩了。既然这样，还是赶紧走人，大家各玩各的吧。至于将来以什么样的方式再见，再说吧。

得知曹操"剧透"了最新版的天下英雄排行榜之后，刘备立即带着关羽、张飞走人。天下很大，足以容得下他和曹操，还有孙权。

无论是桃园结义，还是煮酒论英雄，起初看来都不过是闹剧，最后却成为励志正剧。从闹剧到正剧，人生由此反转，《三国演义》令人信服地写出这种反转，其精彩也正在于此。你可以当作文学作品看，也可以当作励志故事读，自然更可以当作人生教材使用。

关掉手机，推掉饭局，扔下遥控器，搬个小板凳，捧本《三国演义》，在阳台开始静静阅读吧。

一张只有两个人选的天下英雄排行榜

——说煮酒论英雄

评说煮酒论英雄这场戏要先从曹操和刘备的那顿小酌开始。对曹操来说，这顿饭没什么深意，属于即兴发挥。他看到枝头的青梅，想起当年青梅止渴的往事，想尝尝鲜，正好手头有酒，就赶忙派人把刘备喊过来，两人小酌一下。

为何不一个人喝？一个人喝，那是闷酒，本来是休闲放松，结果喝得多愁善感，那没意思。为何喊刘备，不喊其他人？后面曹操自己揭开谜底，这里先不剧透。

曹操南征北战，雄才伟略，文采风流，一时兴起，找刘备喝顿小酒，真是再平常不过的事情。也许有人说，事情不可能就这么简单，一定还有什么用意。你只要愿意分析，就可以分析出一堆动机。反正我更愿意将此事看成曹操生活的一个小插曲，一个人整天操劳国家大事，休闲的时候连吃一顿饭说一句话都非要有什么深意不可，这也活得太累了，相信曹操不会这样。

不过对刘备来说，这顿饭吃得可谓惊心动魄。原因很简单，他心里有鬼。就在曹操喊他小酌前不久，董承来访，秘密邀请他参加反曹联盟，他一口答应。尽管事情尚未败露，曹操恰在此时喊他，他不能不把事情想得复杂一些。想归想，曹操已经派人来请了，刘备硬着头皮也得过去。

饭局很简单，真的是小酌，别说没有大餐，连下酒菜都很简单，就是一盘青梅，一壶酒，连现代人标配的油炸花生米、拍黄瓜、凉拌猪耳朵之类都没有。可以说是很清雅的一场小聚，更适合文人骚客，由此可以看出曹操的文艺范。

话题倒是很轻松，先谈种菜，再说青梅止渴，都是有一搭没一搭的闲聊，基本是曹操演逗哏，刘备捧哏。也许曹操并不需要刘备说什么，只要有个看得上的人陪着自己喝酒尽兴就好。

那日天气不好，两人喝到开心处，乌云密布，电闪雷鸣。经常喝酒的人都知道，酒喝到七八分的时候最舒服，因为此时自我感觉最良好，觉得天下没有摆不平的事情。果然，曹操见景生情，想到生平的志向，想到天下的英雄，就想和刘备排一个天下英雄排行榜。

谈到这个话题，刘备一下子高度警觉起来，显然他有满腹心事，这酒喝得不踏实，远没有曹操喝得那么尽兴。他连连婉拒，不肯参加排行榜的编排。在曹操的一再催促下，只好试探性地列出几个名字：袁术、袁绍、孙策、刘表、刘璋等等。应该说，这是一个当时社会上比较认可的排行榜，如果是和关羽、张飞哥三个一起饮酒，相信刘备列出的名单会有很大的不同。有意思的是，他没有说曹操的名字，也许说出来更尴尬。

不出所料，喝到兴头上的曹操将这些名字一一否定。酒后吐真言，曹操此时说出了内心的真实想法，在他的天下英雄排行榜上，只有两个人，那就是他本人和刘备。

假如这个另类排行榜传出去，一定会引起巨大的争议，成为热点话题。要知道曹操虽挟天子以令诸侯，除掉了张绣、吕布，但离统一天下还很遥远，光把北方地区摆平，就不是一件容易的事情。

与其说这是曹操排出的天下英雄排行榜，不如说是他对未来的预测，就像后面诸葛亮著名的隆中对，事后的发展也应验了曹操的预言。小有变化的是，孙策虽然死了，但是他的弟弟孙权继承了兄长的基业，成为日后政治版图的第三极，这算是曹操天下英雄排行榜的一点小缺失。

不得不佩服曹操过人的眼光。天下大乱，群雄并起，军阀割据，相互征战，要想从复杂的局势中理清思路，找出前进的方向，这非常人所能做到，能有这个眼光的，一个是曹操，另一个就是诸葛亮，但两人的立场不同，看问题的角度自然也不一样。

刘备之所以列举袁术、袁绍、刘表、刘璋等人，一是因为这些人大多出身世家大族，二是因为这些人握有兵权，占有地盘，属于既得利益者。曹操之所以否定他们，是因为他看清了天下大势，那些权贵子弟根本代表不了历史的潮流，那些腐朽的军阀注定要被历史淘汰，真正重写历史的，是那些从草莽中崛起的平民英雄。正如诸葛亮日后所说的："天下者，非一人之天下，乃天下人之天下也。"面对时代潮流，无非有几种选择：一种是紧紧跟随，一种是原地不动，还有就是不知道潮流，向反方向运动，当然境界最高的，是认清时代潮流并领跑，改写历史的游戏规则，曹操就属于这类人。

因此，从这个角度来看，《三国演义》写的是一个江湖，一个涵盖天下的江湖，其气魄远不是盘踞在梁山的宋江这类好汉所能相比的。

可以想象刘备听到曹操这番话后的反应，那就是震撼，以至于失手掉了筷子，恰恰这时，一声巨雷炸响，给他找了借口。他为什么紧张？闹得自己列入天下英雄排行榜，说明曹操真的是高看自己，应该感到欣慰才是，然而他怕了，怕曹操突然杀了他，以绝后患。所以，安全地喝完这顿小酒成为他当时最为迫切的愿望。

既然知道天下英雄只能是自己和刘备，曹操何不趁机除掉他？读者感兴趣的这个问题，相信曹操也反复揣摩过。曹操不是不明白，此时的刘备除了关羽、张飞几个铁杆兄弟，要兵没兵，要地没地，说白了不过是高级打工人员，其威胁还远不如袁术、袁绍等人，何况此时还可以为我所用，并没有威胁到自己，因而也就没必要此时动手，这需要时机。

不过这场酒可算让刘备彻底清醒了，自己用专心种菜这种装作碌碌无为的把戏伪装得再像，也只是暂时有效，终究逃脱不了曹操的锐眼，随时都有性命之忧。曹操今日此举，可谓打草惊蛇。刘备暗下决心，曹操这边肯定是待不下去了，自己签名加入反对曹操联盟的事情还在发酵，随时可能爆雷，于是他巧妙地找了一个事由，趁曹操动杀机之前赶紧带着关羽、张飞离开，继续自己云游四方的漂泊生涯。

酒局散去，千年已过，那张只有两个人选的天下英雄排行榜却永久留存下来。

出山还是隐居？

——三顾茅庐背后的无奈与悲情

三顾茅庐是《三国演义》里的一场精彩大戏，只要读过这部作品，就不可能不熟悉这个桥段。这里有个被问过无数次的问题：诸葛亮为何要拖到第三次才出山？

这个问题很容易回答，也不容易回答。

容易回答的是，这是一个历史事实，刘备确实请了三次，诸葛亮在《出师表》里将前因后果说得很明确："臣本布衣，躬耕于南阳，苟全性命于乱世，不求闻达于诸侯。先帝不以臣卑鄙，猥自枉屈，三顾臣于草庐之中，咨臣以当世之事，由是感激，遂许先帝以驱驰。"

这是基于历史事实的答案，但还回答不了基于小说的问题。原因很简单，作者在创作时进行了文学化的加工，对这一问题重新进行了诠释。

通常的看法是，诸葛亮在试探或者说摆谱，看看刘备有没有诚意。这是大家都可以想到的答案，不能说没有道理。但问题在于，它与《三国演义》里的实际描写并不相符。

仔细阅读小说中的相关描写就可以发现，真正的原因在于，诸葛亮根本就不愿意出山。对一个没有出山意愿的人来说，别说三次，就是请十次也不会出来。既然如此，为何诸葛亮第三次就改变了主意？诸葛亮到底为何不愿意出山？

要弄清这个问题，还得从小说出发，还原这段千古佳话。

先要说的是，刘备的诚意是没有问题的，否则他不可能连着去三次。原因也很容易理解，刘备虽

民国三顾茅庐粉彩瓷盘

胸有大志，身边也有关羽、张飞、赵云这样的猛将，但始终成不了大事，都快五十岁了，还在给人家打工，请诸葛亮出山的时候，自己仍在跟着刘表做小弟。奔波半生的他心里明白，要想做成大事，身边还需要一个能运筹帷幄的谋士。

好不容易找到一个徐庶，刚高兴没几天，人家曹操技高一筹，直接把徐庶的老娘接走，其实就是挟天子以令诸侯的翻版，挟老娘以令徐庶。徐庶是个大孝子，看到妈妈喊自己回家吃饭的书信，只能乖乖听从曹操的调度。只是这样苦了刘备，军师的屁股还没坐热，转眼间就被人家硬生生挖了墙脚，心里那叫一个苦。

在此背景下，当徐庶说出如下这番话时，可以想象刘备激动的心情：

使君若得此人，可比周得吕望，汉得张良。有经纶济世

之才，补完天地之手。……此人乃天下第一人耳。(《徐庶走
荐诸葛亮》)

大家夺天下都夺到这个份上，这个世界上竟然还有一位像吕望、
张良一样的高人在不远处等着自己，而且还出自徐庶之口，可以想象
刘备不断加剧的心跳，不但激动，而且迫切。

接下来发生的事情更让刘备感到惊奇，曾经的江湖传说变成现实：

> 玄德大喜，曰："愿求大贤姓名。"庶曰："……复姓诸
> 葛，名亮，字孔明，所居之地有一岗，名卧龙岗，因自号卧
> 龙先生……"玄德曰："昔备在水镜庄上，有云：'伏龙、凤
> 雏，两人得一，可安天下。'……莫非伏龙、凤雏乎？"庶
> 曰："凤雏者，襄阳庞统是也。伏龙正是诸葛孔明……"玄
> 德踊跃而大叹曰："今日方悟'伏龙、凤雏'之语……"
> (《徐庶走荐诸葛亮》)

小说用"大喜""踊跃而大叹"这类夸张的词语来描绘刘备，对
他来说，这是成就大业的绝佳机会，过了这个村，可就没有这个店
了。说干就干，三顾茅庐的精彩大戏正式上演。

当然也有不相信的，比如关羽、张飞，否则三顾茅庐的时候他们
也不会反对了。好在他们信不信不是最重要的，只要刘备相信就好。

但问题在于，你刘备光着急不行，找到诸葛亮的家庭住址并不
难，人家愿意不愿意出来才是关键，强扭的瓜不甜，这种事情是勉强
不来的。

从小说的相关描写来看，诸葛亮真不想出山。让刘备跑三次并非自抬身价，而是真的不想出来。

诸葛亮为何不愿意出来？不用他本人说破，他的朋友都替他说出来了。

就在刘备准备好礼物出发前，水镜先生司马徽到了刘备那里，说要拜访故人徐庶。利用这个机会，刘备核实了徐庶的说法，因为司马徽的评价与其出奇的一致：

> 可比兴周朝八百余年姜子牙，旺汉江山四百余载张子房也。（《刘玄德三顾茅庐》）

这自然坚定了刘备寻找诸葛亮的信心，否则信心不足，去个一两次见不到，也就作罢了。

但就是在这个时候，司马徽的一句话道破天机，也为诸葛亮的出山营造了一丝不祥的气氛：

> 徽仰天大笑："虽卧龙得其主，不得其时。"言罢，飘然而去。玄德叹曰："真隐居贤士也。"（《刘玄德三顾茅庐》）

司马徽相信刘备的真诚，知道他找到诸葛亮后，必定会委以重任，卧龙"得其主"不在话下，但问题就在"不得其时"这四个字。所谓时者，命也，运也。诸葛亮虽然有灵丹妙药，但不能包治百病。只要看看当时的天下大势，就可以明白这一点。

司马徽能看出这一点，高明如诸葛亮当然更能看出这一点，事实上，在当时隆中一带隐居的高士中，这可以说是一种共识。明明知道"不得其时"，谁还会愿意用自己的一生来做一件不可能完成的事情？诸葛亮不愿意，别人也不愿意，换成我们，也是如此。

徐庶临走前的一件事证明了这一点，小说对此有很明确的描写：

> 徐庶上马，想玄德留恋之情，恐怕孔明不去，遂乘马直至卧龙岗下马，入庄见孔明。孔明问曰："元直此来，必有事故。"庶曰："庶本欲事刘玄德，为因老母被曹操所囚，驰书来召，乃舍此而往。庶临行时，将公荐与玄德。望勿推阻，可往见之，当展平生之大才，不负凤昔之所学也。"孔明闻之，作色而言曰："汝以我为享祭之牺牲乎？"拂袖而入。庶乃满面羞惭，不辞而退。(《徐庶走荐诸葛亮》)

徐庶是个厚道人，他被刘备的真诚打动了，即便在去见老娘的路上，还在很认真地帮刘备做事。他直接到卧龙岗去见诸葛亮，将事情全盘托出。按照他的安排，诸葛亮应该主动去见刘备，也就没有后来的三顾之事了。

按一般的情理而言，老朋友把自己举荐给刘备，给自己一个"展平生之大才"的好机会，应该非常感激才是。出乎意料的是，诸葛亮听到徐庶向刘备举荐自己，一点都不开心，反而很生气，立马翻脸，到了"拂袖而入"的程度。徐庶也很尴尬，只好羞愧地不辞而别。两人的见面不欢而散。

何以如此？诸葛亮说出了谜底，那就是"享祭之牺牲"。结合司马徽"不得其时"这句话，就很容易理解了。诸葛亮埋怨老朋友，明明知道刘备缺少实力，不可能统一中国，明明知道这是一件不可能成功的事情，为何还要推荐自己出山，白白地去做牺牲品。你徐庶借口母亲的事情逃脱了，临走前把我诸葛亮硬拉进来，实在是不应该。可以想象诸葛亮是真的不开心，到了这个份上，徐庶也没有话说，只能灰溜溜走人。

不用诸葛亮施展预知未来的特异功能，徐庶就已经提前告知刘备将要拜访的消息。让刘备去了三次才见面，可见诸葛亮是真的不愿出山，否则刘备第一次拜访未遇，出于礼貌和惯例，也该回访才是。

按照小说的描写，刘备去了三次，其间全是刘备以及关羽、张飞在前台表演，诸葛亮则悄无声息地隐在幕后，静静地候场。尽管没有出场，但可以想象，刘备的每次造访，都对诸葛亮形成不小的压力。毕竟刘备也是江湖上有名头的人，而且比自己整整大二十岁，属于前辈。让人家在隆冬雪天一趟趟来找自己，连面都见不到，空手而回，实在是说不过去。

到了第三次，实在逃无可逃，诸葛亮只好出来见面。即便是见面，也要给刘关张这个聘任小组制造一点小挫折，以睡懒觉的名义让刘备足足等了两个时辰，急得张飞都想放火把诸葛亮烧出来。

不管怎样，面总算是见到了。寒暄之后，诸葛亮先是阐述理论，后是看图说话，提出了自己的建议，这就是著名的"隆中对"，可见在刘备三次拜访期间，诸葛亮也没闲着，私下做足功课，帮刘备谋划建国大业，说起来也是个厚道人。

他为刘备指明了今后努力的方向，那就是鼎足而立，三分天下。更为重要的是，他明确告诉刘备，哪些可以做到，哪些做不到：

> 将军欲成霸业，北让曹操占天时，南让孙权占地利，将
> 军可占人和。先取荆州为本，后取西川建国，以成鼎足之势，
> 然后可图中原也。(《定三分亮出茅庐》)

两个"让"字连用，看起来会让踌躇满志的刘备有些泄气，却是务实之言，毕竟两人不是在煮酒论英雄，可以把话说大一些，说好听一些。后面两个"取"字则是其中的关键，当时天下虽未安定，但基本格局已初具雏形，北让曹操，南让孙权，天下虽大，其实已经没有多少可以腾挪躲闪的发挥空间，如能拿下荆州、益州，则是下了一盘大棋，可以"成鼎足之势"，成就大业。诸葛亮不愧是战略家，他让刘备虎口拔牙，搭上最后一班车，成为当时政治势力的第三极。

值得注意的是，诸葛亮的最后一句话说得很有技巧，统一天下，他既不用"取"字，也不用"成"字，而是用了一个"图"字，可谓话里有话。所谓的图，也就是想想的意思。将夺取中原这件事作为理想目标没有问题，但只能停留在思想层面，不能付诸行动，也不可能成功。可能刘备当时有些小激动，没有太在意，毕竟当时距离"鼎足之势"还差十万八千里，还顾不上这一层。

帮刘备出完主意，并不等于已经答应出山帮忙。在诸葛亮看来，自己的这些谋划诚心诚意为刘备着想，且可操作性强，已经对得起他的三次造访。直到这个时候，他仍然不愿意出山，请看小说中的如下一段描写：

> 玄德顿首谢曰："备虽名微德薄，愿先生同往新野，兴
> 仁义之兵，拯救天下百姓！"孔明曰："亮久乐耕锄，不能

奉承尊命。"玄德苦泣曰:"先生不肯匡扶生灵,汉天下休矣!"言毕,泪沾衣衿袍袖,掩面而哭。孔明曰:"将军若不相弃,愿效犬马之劳。"(《定三分亮出茅庐》)

对刘备来说,诸葛亮的一番话如同人生明灯,照亮了自己的前进方向,徐庶的推荐果然靠谱。闯荡半生,终于遇到命中的贵人,他肯定不会放过。

而对诸葛亮来说,这可是一场煎熬,这是人生命运的艰难抉择。自己已经帮刘备设计了蓝图,作为其三顾茅庐的回报,本想着就此打住,仍然过悠闲的乡野生活,没想到这样反而让刘备更加坚定非要请自己出山的信心。

面对刘备匡扶生灵的大义感召,面对刘备发自肺腑的失声痛哭,诸葛亮实际上已经没有选择。但这个没有选择的选择确实很艰难,毕竟自己才二十七岁,用一生的时间来做一件成功希望渺茫的事情,乃至要亲眼看到自己缔造的事业灰飞烟灭,就像后世孔尚任在《桃花扇》里所写的"眼看他起朱楼,眼看他宴宾客,眼看他楼塌了",这是多么痛苦的一件事。预知未来并非全是好事,要看预知的是什么事情。一个不知道未来的人永远对未来充满期待,因此从这个意义上来说,刘备是快乐的,但这份快乐不属于诸葛亮。

不管怎样,诸葛亮还是出山了,尽管这颇有些悲壮。从此那个自比管仲、乐毅,闲散浪漫的文艺青年消失了,政坛上多了一位足智多谋的治世能臣。

其后的表现,后人早有定评,那就是"鞠躬尽瘁,死而后已"。但这八个字只是诸葛亮精神的一个方面,还有一点需要加以强调,却被有意或无意地忽略了，那就是知其不可为而为之，这同样是诸葛亮留给后人的宝贵精神财富，更需要继承和发扬。只要认为自己做的是正确的事情，哪怕困难再多，哪怕最后不成功，也要坚持去做，这才是真正的不以成败论英雄。

在这个忙忙碌碌的年代里，重温三顾茅庐这段故事也许有些不合时宜，但并非没有意义。

逼死人命的托孤戏码

——说白帝城托孤

　　《三国演义》里的三足鼎立，按通常的理解，就是魏蜀吴三方势均力敌，形成了一种政治、军事上的平衡。这样的理解不能说没有道理，但它遮蔽了这样一个事实，那就是这种平衡是一种十分脆弱的平衡，甚至可以说是一种危险恐怖的平衡。如果将当时的天下比作一个三足鼎的话，这个鼎始终摇晃，随时都可能晃倒。

　　之所以这样说，是因为曹魏一方独大，蜀汉、孙吴任何一方都无法与它对抗，即便联合起来，也只是勉强支撑。问题在于，这两方还不时争斗。

　　蜀汉是三国中最为弱小的一方，特别是失去荆州之后，更是元气大伤。按说处于如此不利的境地，应该以防守为主，对内发展生产，休养生息，对外搞好与曹魏、孙吴的关系，求得一席之地。

　　奇怪的是，诸葛亮却偏偏反其道而行之，主动出击，前后六出祁山，屡屡出兵讨伐魏国。在战争史上，通常都是强大的一方去攻打弱小的一方，如此不按常规出牌，显然是有问题的。以诸葛亮之足智多谋，这样浅显的道理人人都能看明白，难道他不明白？

　　事实上，在第一次北伐的时候，就有人提出反对意见，比如谯周：

忽班部中太史谯周出奏曰："臣夜观天象，北方旺气正盛，星耀倍明，未可图也。"乃顾孔明曰："丞相深明天文，何故强为也？"（《孔明初上出师表》）

谯周的反对很巧妙，从诸葛亮比较擅长的天象出发，指出"北方旺气正盛，星耀倍明"，人家正处在鼎盛阶段，最好不要打主意。他的反问其实是将了诸葛亮一军，敌我双方的形势您也明白，何苦要勉强自己。

相比之下，诸葛亮的回答很勉强：

孔明曰："天道之理，变易不常，岂可拘执也？吾今且驻军马于汉中，观其动静而行之。"（《孔明初上出师表》）

既然不必拘执于天道，那当初为何华容道派关羽，八卦阵放走陆逊？诸葛亮的回答是自相矛盾的。他当然也意识到了这一点，并不说自己要北伐，而是先在汉中驻兵，根据情况行动。

话虽这样说，但诸葛亮并没有住手，相反，他一次又一次地北伐，多次无功而返。到最后一次要出兵的时候，谯周仍然出面反对：

言未毕，一人出曰："不可伐魏也。"……却说谯周官居太史，深明天文地理之事，见孔明又欲出师，乃奏后主曰："臣今职掌司天台，但有祸福，不可不奏。近有群鸟数万，自南飞来，皆投于汉水而死，此大不利也；今夜臣仰观天象，见奎星躔于太白之分，乃盛气在北，不利伐魏。况成都人人

皆闻柏树夜哭。有此数事，不祥之兆，丞相只宜守旧，决不可妄动也。"(《木门道弩射张郃》《诸葛亮六出祁山》)

这次反对的理由更为充足，且不说前几次无功而返，劳民伤财，单说这一次，从星象上看不利，各种异兆先后出现，这些都是出兵的大忌。

更为重要的是，就连身为皇帝的刘禅也不认同这种北伐：

后主曰："方今已成鼎足之势，吴、魏不曾入寇，相父何不安享太平？"(《木门道弩射张郃》)

阿斗固然不思进取，没什么主张，但他反对出兵的理由却是站得住脚的。现在已成鼎足之势，蜀汉最为弱小，人家吴、魏都没有动手，已经算是烧高香了，不好好享受如此难得的太平时光，竟然还要北伐，这确实说不过去。

先看看诸葛亮是如何回答的吧。

孔明曰："吾受先帝托孤之重，当竭力讨贼，岂可以风云虚谬之兆，而废国家之大事耶？"(《诸葛亮六出祁山》)

这是他回复谯周的话。

孔明曰："臣今恤兵三载，梦寐之间，未尝不设伐魏之策。实欲竭力尽忠，与陛下克复中原，重兴汉室，为一统之

基。"(《木门道弩射张郃》)

这是他回复刘禅的话。

相比之下，对刘禅，只是表表决心，要帮其夺取中原，一统天下。对谯周，则不得不说出心里话，否则难以服众，那就是"受先帝托孤之重"，这个"重"字很值得细细体会。

话题终于说到白帝城托孤这个桥段，虽然绕了一点，但是必须和后面的这些事情放在一起考察，才能把这件事看得更明白。何以托孤一事对诸葛亮日后行事有如此大的影响，竟然让他在众人反对之下，不顾己方弱小这一不利情况，一再穷兵黩武，进行不切实际的军事冒险？

先重温一下白帝城托孤这段描写吧。

> 先主请起孔明，一手掩泪，一手执其手曰："朕今死矣，有心腹一言以告之！"孔明曰："愿陛下勿隐，臣当拱听。"先主泣曰："君才胜曹丕十倍，必安国而成大事。若嗣子可辅，则辅之；如其不才，君可自为成都之主。"孔明听毕，汗流遍体，手足失措，泣拜于地曰："臣安敢不竭股肱之力也？愿效忠贞之节，继之以死！"言讫，以头叩地，两目流血。(《白帝城先主托孤》)

这段话猛一看似乎看不出什么问题，刘备的那番话如今早已广为人知，由此可以看出刘备的度量和情怀，看出他对诸葛亮的信任。人们通常都是这样理解的。

真的是这样吗？看看诸葛亮的反应，似乎有些异常。按说诸葛亮听了这段话，肯定无比感动，由此热泪盈眶之类，都在意料之中。但实际情况则是，他的反应似乎有些夸张，竟然达到"汗流遍体，手足失措，泣拜于地"的程度，与其说感动，不如说感到恐惧。

　　带着哭腔表达决心之后，诸葛亮后面的动作更是极端，"以头叩地，两目流血"，这同样不是感动之后的正常表现。

　　何以刘备托孤的一番话让诸葛亮的反应如此激烈？在笔者看来，问题就出在这段话里，细细体会，不难听出弦外之音。从表面上看，这段话说得很是冠冕堂皇，似乎将国家未来的决定权全部交给诸葛亮，是让嗣子接班还是取而代之，由他自己决定。往深里想，是不是还有这层意思：我这个儿子平庸无能，你诸葛亮也不是不知道，我死之后，儿子的命运全在你手里，你应该明白怎么做。

　　从"若嗣子可辅，则辅之"这句话来看，刘备显然不希望诸葛亮取代自己的儿子，而是希望他好好辅助。仅从字面意思看，只有在刘禅"不才"的时候，诸葛亮才能自己做成都之主。什么叫不才？不才有什么标准？这都是很主观

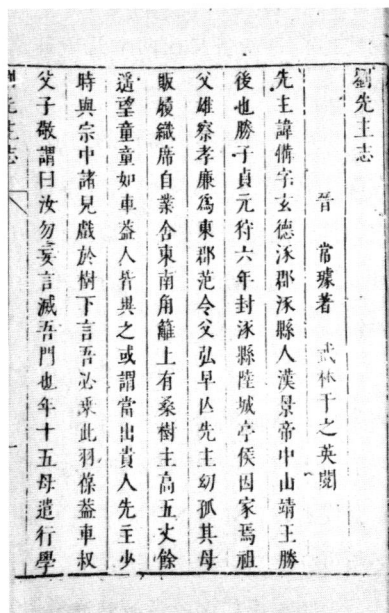

清刻本《刘先主志》

的判断。所谓不才，简单的理解就是没有才能。可以说，刘禅一直就"不才"，早就够取代标准了，不必做"如其不才"这个假设。

高手之间过招，不需要把话说得太直白，点到即止，只可意会，不可明说。说出来岂不太尴尬了！刘备的意思很明白，我儿子确实不才，希望诸葛亮你不要有篡大位的非分之想，好好辅佐幼主，死心塌地为我们老刘家卖命吧。我当年冒着严寒三顾茅庐请你出山，不是为了让你日后取代我儿子的。

诸葛亮这样聪明绝顶的人哪会不明白，他显然听出了话外之音，察觉了刘备语气间的那一丝不信任。这让他感到恐惧，也感到紧张，有些手足无措，因此才出现了小说中所描写的那些过激反应。说完遗言，刘备又让两个儿子拜诸葛亮为父，表达的其实还是这层意思。

事后诸葛亮不合常理的六出祁山也证明了这一点。他当初和刘备在隆中畅谈建国方略时，说得很明确，那就是要北让曹操，南让孙权，自己则先取荆州，再取西川，达到"成鼎足之势"的目标。这是可以做到的。至于统一天下，他也说得很明白，那就只能"图"，不能付诸行动。

诸葛亮后来一改自己当初的建国方略，将"图"变成"取"，变守为攻，其原因何在？答案就是诸葛亮回答谯周的这句话："受先帝托孤之重。"既然你刘备把话说到这个份上，我诸葛亮就证明我的忠诚给你看，为你刘备，我实现了鼎足而立的构想；为你儿子刘禅，我必须再立新功，为他一统天下，尽管这是不可能成功的，但我必须去做，否则对不住你白帝城的这份遗言。

对诸葛亮来说，白帝城托孤既是他日后的动力，但也不能不说，这又成了他的一个心理负担。从这个角度来看，这算不算刘备临死前设下的一个局呢？聪明如诸葛亮也无法走出去，直到付出自己的生命。

假如刘备在白帝城没有说这番话，诸葛亮还会不会如此执着地屡屡北伐呢？历史是不能假设的，但读者还是忍不住这样想。

风流千古说诸葛

在《三国演义》这部小说中，诸葛亮被塑造成一位清醒而痛苦的悲剧英雄。说英雄，是因为他用自己过人的才智辅佐刘备，与关羽、张飞等人精诚团结，一起开创了蜀国的基业，奠定了三分天下的格局；说悲剧，是因为他与刘备等人无论怎样努力，都未能完成一统天下的大业，"出师未捷身先死，长使英雄泪满襟"；说清醒，是因为在初出茅庐之时，他就已知道未来的悲剧结局；说痛苦，是因为他明知不可为而为之，为事业鞠躬尽瘁，死而后已。在他身上，既有可以为后人师法的高尚人格与美德，又有令人深思的性格缺陷和教训。通过对诸葛亮这一核心人物的解读，我们可以对《三国演义》有着更为全面、深入的理解和把握。

一、书生自是大英雄

将张飞、关羽、赵云这些沙场征战、叱咤风云的武将们称作英雄，相信会得到大多数人的认可。但如果将白面书生诸葛亮也称作英雄，未必能得到所有读者的认同。不过只要认真阅读《三国演义》就可知道，诸葛亮不但是位英雄，而且是位大英雄。英雄未必一定是冲锋陷阵、杀敌无数的猛汉，看似文弱的白面书生运筹帷幄，同样可以决胜于千里之外，同样可以缔造惊天动地的伟业。

将诸葛亮出山时的年龄与同时代其他人进行对比，可以很直观地了解为什么诸葛亮是位大英雄：建安十二年（207年），四十七岁的刘备三顾茅庐。这一年诸葛亮二十七岁。与刘备同去的关羽四十六岁，张飞四十一岁。看到这种年龄的差异，也就可以明白为什么

四川成都武侯祠诸葛亮塑像

关羽、张飞在三顾茅庐的过程中屡屡不满了。当然，也可以由此明白三顾茅庐何以会成为千古佳话，它固然成就了诸葛亮，也同样成就了刘备求贤若渴的美名。

再看看诸葛亮的对手们的年龄。这一年曹操五十三岁、孙权二十六岁、周瑜三十三岁、鲁肃三十六岁。仅从年龄上不难看出诸葛亮的劣势：缺少阅历和经验。对一位刚出道的年轻后进来说，脱颖而出该是何等困难，更不用说要奠定三分天下的格局了。对刚刚出山的诸葛亮，关羽、张飞起初是相当不信任的，他们看到"刘备自得孔明，以师礼待之"，心中自然不悦，直言不讳地告诉刘备："孔明年幼，有甚才学？兄长敬之太过！又未见他其实效验。"

不久，诸葛亮用"三把火"（即火烧博望、火烧新野、火烧赤壁）证明了自己，也证明了刘备，让关羽、张飞等怀疑论者从此心悦诚服，甘心接受调遣。对诸葛亮过人能力体会最深者也许是他的老对手周瑜，在小说中，他是被诸葛亮气死的，临死前曾心有不甘地"仰天大叹"："既生瑜，而何生亮！"

　　诸葛亮到底有什么过人的才能？在《三国演义》中，他是全书的核心人物，不但着墨最多，而且人格被描绘得近乎完美。在作者饱含情感的笔下，他成为贤相忠臣的化身，鞠躬尽瘁，为明君所信任，得以充分施展才能，治国带兵有方，足智多谋。更为重要的是，他还有着超乎常人的神奇才能，上知天文，下知地理，呼风唤雨，预知未来，以至于鲁迅有"欲显刘备之长厚而似伪，状诸葛之多智而近妖"（《中国小说史略》）之说。

　　在诸葛亮出山前，对其过人的能力，徐庶曾向刘备郑重地推荐："使君若得此人，可比周得吕望，汉得张良。有经纶济世之才，补完天地之手……此人乃天下第一人耳。"后来他又对曹操说了同样的话："上通天文，下晓地理；熟读韬略，有鬼神不测之机，非等闲之辈也。"深知诸葛亮的司马徽也有同样的说法："可比兴周朝八百余年姜子牙，旺汉江山四百余载张子房也。"他们两人都是诸葛亮的朋友，深知这位卧龙的才能，知道他必能成就大业。

　　诸葛亮也谈及自己的过人才能："虽不才，曾遇异人，传授八门遁甲天书，上可以呼风唤雨，役鬼驱神；中可以布阵排兵，安民定国；下可以趋吉避凶，全身远害。"当然，这是小说的文学化描写，不能以史实来验证。既然是英雄，必有非常之才，《三国演义》从各个方面写出诸葛亮的这种过人才能。

二、对天命的顺应与抗争

作者的立场十分鲜明，那就是拥刘贬曹。他在一些主要人物如刘备、诸葛亮、关羽、张飞、赵云等人身上寄托了个人的政治理想、道德理想和人格理想，极力描摹他们的英雄壮举和高尚品德。在刘备一方，明君、贤臣、良将、人心等各种取胜的条件都已具备，他们的事业轰轰烈烈，但最终还是未能取得预想中的胜利，而且在鼎足而立的三方中最先谢幕退场。

这场悲剧不同寻常，耐人寻味，轰轰烈烈、精彩纷呈的开端，却以兵败如山倒式的不堪表演结束。在庄重与荒诞的合奏声中，上演了一场不折不扣的悲剧。历史的演进并不是正义战胜邪恶这样一句话就能简单解释的，它的残酷性和曲折性往往超出人们的预料。

在这场震撼人心的大悲剧中，诸葛亮无疑是最为清醒也最为痛苦的一位。按照小说的描写，以其先见之明和过人的洞察力，他早就预料到这一结局。当所有的努力注定是一场徒劳的忙碌时，预知未来的人无疑是最为痛苦的，因为他无法像别人如刘备、关羽、张飞那样：不知道未来，就永远对前途怀有一份希望。

在诸葛亮出山伊始，就已笼罩着一层不祥的气氛，司马徽早就提醒过刘备："虽卧龙得其主，不得其时。"可惜刘备只是感叹司马徽"真隐居闲士也"，未能听出弦外之音。在当时隆中一带隐居的高士中，这可以说是一种共识，并非只有诸葛亮一人意识到这一点。也许诸葛亮还不清楚这场历史剧的大幕最后究竟以什么方式拉上，但他对自己到底能走多远，能做到什么程度，早在隆中面对刘备时就应该已经心中有数了。毕竟在观天象、识天时方面，他绝对是一位内行。

也正是为此，出山辅佐刘备对诸葛亮来说，是一个十分艰难的选择。他一生只活了五十四岁，刘备三顾茅庐时，其人生差不多走过一半，答应出山，就意味着用宝贵的后半生去做一件根本不可能成功的事情。三顾茅庐尽管史有其事，但在《三国演义》中，作者赋予其新的内涵，也让诸葛亮这个人物形象更为丰满，更有深度。没有与生俱来的英雄，在诸葛亮身上，也可以看到其平凡的一面。

尽管一再拒绝，但诸葛亮最终还是出山了，是刘备屈尊下驾的诚意打动了他。刘备明确告诉诸葛亮，自己的目的在"兴仁义之兵，拯救天下百姓"，当诸葛亮以"久乐耕锄，不能奉承尊命"的理由拒绝时，刘备痛苦到"苦泣"的程度，且"泪沾衣衿袍袖，掩面而哭"。孔明深受感动，毅然表示："将军若不相弃，愿效犬马之劳。"简单的话语里透着悲壮，这意味着其人生悲剧的开端。

也就是在这一次会面中，诸葛亮为刘备指明今后努力的方向："将军欲成霸业，北让曹操占天时，南让孙权占地利，将军可占人和。先取荆州为本，后取西川建国，以成鼎足之势，然后可图中原也。"他可以做到的是鼎足而立，三分天下。对于一统中原之事，他用了一个"图"字，显然这只是一种远大的理想，至于能否实现，还存在很大的变数。事实上，诸葛亮心里很明白，在当时的形势下，这注定是一项不可能完成的任务。

士为知己者死。诸葛亮答应出山，一方面要报答刘备的知遇之恩，另一方面为了实现自己的人生抱负，而且这也是一种最佳的选择。只有刘备能给他这样充分施展才华的机会，也只有刘备能如此赏识他、信任他。

老实说，为身无定处的刘备在魏、吴的夹缝间寻得一片存身之地，形成鼎足之势，这已经是一件了不起的成就，足可看出诸葛亮的远见卓识与过人才能，事后的发展也一步一步验证了他在隆中的那番话。

起初，诸葛亮是顺应天命的，从他有意派关羽而不是派其他人去华容道就可看出这一点。这一点连刘备都不明白："吾弟云长，义气深重，若曹操果然投华容道去时，只恐端的放了。"对此，诸葛亮是这样解释的："亮夜观乾象，曹操未合身亡。留这恩念，故意等云长做个人情，亦是美事。"华容道义释曹操，成就了关羽的美名。按照小说中的描写，这也是诸葛亮的顺应天命、成人之美之举。

同样，深知天命的诸葛亮也通过自己的岳父黄承彦放走了东吴大将陆逊。当时陆逊被困在八阵图中，凶多吉少。关键时刻，诸葛亮的岳父黄承彦出面相救。尽管黄承彦告诉陆逊，其女婿诸葛亮"临去之时，曾分付老夫道：'后有东吴大将迷于阵中，莫引而出之。'……却才在于山岩之上，忽见将军从'死门'而入，料想不识此阵，必然迷矣。老夫不忍，特自'生门'引出也。"但这番话不能当真，这明显是诸葛亮的有意安排。当然，这也不是白白放走。陆逊有惊无险，由此领教了诸葛亮的厉害，对蜀国多了一份敬畏。

三足鼎立注定是诸葛亮事业发展的顶峰，他无法使蜀国这个最弱小的一方再多走一步，因为他深知曹操"诚不可与争锋"，孙权"可用为援而不可图"。既然其他两方不可争锋、不可图，显然兴复汉室、北定中原就只能是一个理想，一个无法完成的浪漫理想。

当诸葛亮放弃务实的作风，不顾天时和实力执意北伐时，悲剧也就不可避免地发生了，为此付出代价的不仅是他个人的生命，还有他亲手缔造的这个国家。上方谷火烧司马懿父子可谓妙计，但未能取得成功。谋事在人，成事在天，人算不如天算，上方谷的那场大雨浇灭了诸葛亮的激情，让他清醒，并领略了上天的残酷无情。

实际上所谓天命不过是当时形势的一种神秘化表达，熟知天命的诸葛亮心里明白，蜀国虽在魏、吴的夹缝中打拼出一片天地，形成三分天下的格局，但它已没有多少发展空间了，这是由蜀国自身的实力和当时的形势决定的，非个人之力所能改变。当形势的发展超出当年在隆中和刘备画就的蓝图时，诸葛亮面对的考验才真正开始，蜀国何去何从，全看他如何安排设计。

关、张、刘三位第一代创业者的相继去世是一个转折点。之后是一个全新的政治局面，相比创业时，诸葛亮面临的环境更为险恶，天时、地利等关键要素的缺乏之外，苦心营造的人和优势也正在逐渐丧失：原先形同鱼水的君臣关系因后主的昏庸和宠幸宦官而不复存在，大将的不断减员使他经常陷入"无米之炊"的尴尬，时隐时现的内讧内耗也损伤着蜀国本就不够充沛的元气。以当时的政治形势，守成待变无疑是最佳的选择，这也是包括刘禅在内的不少蜀国君臣的想法，比如谯周就明确对诸葛亮的北伐提出质疑，身为皇帝的刘禅也不认同这种北伐。出人意料的是，诸葛亮这位一生谨慎稳重的操盘手在其人生最后阶段下出的却是一招招险棋，他放弃了和棋。

他已经为先帝刘备开创了三分天下的不世之功，又想为后主刘禅实现北定中原的远大理想。诸葛亮一直强调自己身受先帝托孤之重，白帝城的托孤既是他六出祁山的动力，又成为其沉重的心理负担。

重压并没有使诸葛亮屈服，相反，他变得更加激昂，这也许可以看作一种精神上的升华。其品德是无可怀疑的，但问题的关键在于，他为自己和蜀国制定的是一个不可能完成的任务。"唯坐而待亡，孰与伐之"，这种进攻就是最好防御的策略虽然在军事史上也有不少成功的先例，但是对势力单薄的蜀国未必适用；相反，它还加速了蜀国的衰败。这次他无法再像先前那样创造奇迹了，固执的逆天而行之举使他失去了命运的眷顾，等待他的不再是功勋和荣耀，而是冷冰冰的失败和绝望。

既然路还没有走到尽头，就不能不顽强地走下去。只是每一步都迈得分外艰难、分外沉重，前、后《出师表》那充满苦涩的语气中分明体现了一种凄凉的暮年心态。但他依然坚持着，支撑他的是三顾茅庐的知遇之恩，是兴复汉室、北定中原的远大理想。

三、性格决定命运

导致西蜀走向灭亡的并不全是上天的安排，其主要领导人物诸葛亮的性格缺陷也是一个重要因素。与其说他输给了残酷无情的天命，不如说输在了自己手里。

对马谡的任用问题，刘备早在白帝城托孤时就已警告过诸葛亮。马谡虽有其短处，但并非庸碌之人。关键是要知人善用，将他安排在合适的位置，充分发挥其才干。显然诸葛亮未能把握好这一点，为此付出了沉重的代价。

出于对蜀国事业的忠诚，诸葛亮小心谨慎，不敢冒险，生硬地拒绝了魏延那至今看来仍不失绝妙的奇计，就是率精兵五千从子午谷偷袭敌人，形成前后夹击之势。诸葛亮的拒绝挫伤了魏延的积极性，其后又设计将他推向不归之路，造成不必要的内讧。魏延最后的反叛，诸葛亮是有不可推卸的责任的。

诸葛亮喜欢锦囊妙计式的调兵遣将，这固然可以收到戏剧般的神奇效果，但也养成了手下的依赖性，削弱了他们独立处理问题的能力，这不利于培养人才。直到临死前，他仍在使用这种指挥方式。诸葛亮有过人的智慧和才干，但未能培养出像自己同样精明强干、独当一面的接班人。虽然他在行军布阵上略胜司马懿一筹，但是在培养新人方面远不如后者，只要看一看两人的后代在战场上的表现就可明白这一点。也许是迫切的现实使他无法顾及长远的规划，也许是他还没有意识到这些问题的严重性，实际上在其晚年，这一问题已表现得十分突出了。处于成长期的后主刘禅并非弱智，竟然如此昏庸无能，作为肩负辅佐重任的托孤大臣，作为大权在握的相父，不能说没有失教之责。

事无大小，事必躬亲，这也是诸葛亮的一个致命弱点。这在个人品德上是无可挑剔的，但实际效果未必最好，常常事与愿违。毕竟个人的精力有限，事无巨细，一一过问，不肯放手，这无疑让手下失去很多独立成长的宝贵机会。结果，国家的命运完全系于个人自身的安危，在个人来说，这固然是一种十分理想的状态，但其中蕴藏的巨大风险也是可以想见的。人活着，一切运转正常；人一旦遭遇不测，整个国家也必将随之走向没落。他是创立蜀国基业的毫无争议的第一功臣，同样，排除天命的因素，对蜀国的灭亡，他也要负最大的责任，其教训不可谓不深刻。

诸葛亮并不怕死，他深知自己生命的重要，为此向上天祈求延长自己的生命，延续自己的事业，但上天是冷酷的，他只能无奈地和将士们告别，和自己的事业告别。"悠悠苍天，曷我其极"，五丈原的秋风彻骨生寒，命运对这位壮志未酬的老人确实过于残酷，他走得极为不甘，而且走在了老对手司马懿的前面。

他太想再创造一次奇迹了，三顾茅庐的知遇之恩给了他作为臣下所能享受的最高礼遇，这是其鞠躬尽瘁的强大动力。因为目光过于超前，过于清醒，他注定要比别人承受更多的痛苦。他仿佛西方神话中的西西弗斯，知其不可为而为之，顽强且徒劳地努力着。从某种意义上说，六出祁山与其说是一系列军事行动，不如说是一种精神追求。上天给了他过人的才智，却没有给他与此匹配的条件和运气。他只能在无限感叹和苦痛中看着自己一生苦心经营的事业走向毁灭，于无奈中走完悲壮的人生。

人无完人，金无足赤，性格上的缺陷固然导致了事业的失败，但这并不妨碍诸葛亮成为世代景仰的英雄和楷模。他身上有很多值得学习的东西，其知其不可为而为之的顽强拼搏精神令人敬佩，其鞠躬尽瘁、死而后已的崇高品格早已成为中华民族的优良美德和传统，为后人所继承并发扬光大。

成也锦囊，败也锦囊

——说诸葛亮的锦囊战术

只要读过《三国演义》，就无人不对诸葛亮神奇的锦囊式作战法印象深刻，由此还产生了锦囊妙计这一成语，不难想象其影响。

所谓锦囊式作战法就是诸葛亮在手下将士出征前，把自己对未来战场出现情况的应对之策写在纸条上，装入一个小袋子里，让将士到时候打开，按照纸条上的指示采取行动。

说白了，这是一种预言式作战法，靠的是指挥者对未来局势的精准判断和应对。在《三国演义》里，这是诸葛亮的专利，别人——无论是曹操还是司马懿——都玩不了。

话说得这么热闹，其实翻遍小说就会发现，这种作战方式诸葛亮一共只用了三次。不过从这三次锦囊的使用，既可见诸葛亮的作战风格，又可从中看出很多问题。

必须要说的是，这种作战方式惊险刺激，效果神奇，颇有戏剧色彩，读者印象深刻也是有道理的。

先说第一次。刘备要到东吴招亲，这当然是件好事，但也有风险。说好事很容易理解，刘备不但能娶个好媳妇，而且可以和东吴建立带有亲情色彩的政治联盟，大家一起联手对付强敌曹操。说风险，是因刘备一方和东吴既是战略合作伙伴，又是军事竞争对手，在荆州的归属问题上正闹得不可开交。周瑜等人一直对刘备怀有敌意，想借机将刘备劫为人质，要回荆州。

对于要不要亲自到东吴那里招亲，刘备是有疑虑的，但诸葛亮力主他前往。问题是，诸葛亮不能跟过去，万一被周瑜等人一窝端，那就麻烦了。尽管同行的赵云颇有智谋，但他毕竟是员武将，面对复杂的局势，他也应付不来。于是诸葛亮采用锦囊式作战法：

> 遂唤子龙近前，附耳言曰："汝保主公入吴，当领此三个锦囊。袋内有三条计策，依此而行，吾当应之。"……孔明将出三个锦囊，与子龙贴肉收藏。（《刘玄德娶孙夫人》）

出于对诸葛亮的绝对信任，刘备虽心里很不踏实，但只得硬着头皮前去。对赵云来说，有军师的三个锦囊做护身符，自然底气十足。至于到底会出现什么情况，到时候如何应对，刘备、赵云都处于黑箱状态，三个锦囊如同时间胶囊，不到时间不能打开。

如果提前打开会怎样？相信会有读者问这个问题，但没有人试过，反正诸葛亮和赵云说得很清楚："汝若不依我计，是背主也。"话说得很严重，"依我计"的意思是要严格按照锦囊里的方案执行，估计也应该包括不许提前偷看——这算作弊。至于到底何时打开，诸葛亮做了详细交代。

就这样，靠着三个锦囊，"心中怏怏不安"的刘备带着赵云及五百个士兵展开摸着石头过河的招亲之旅。船只靠岸，大家眼前一抹黑，谁也不知道要干什么。赵云于是打开第一个锦囊："今已到此，必预

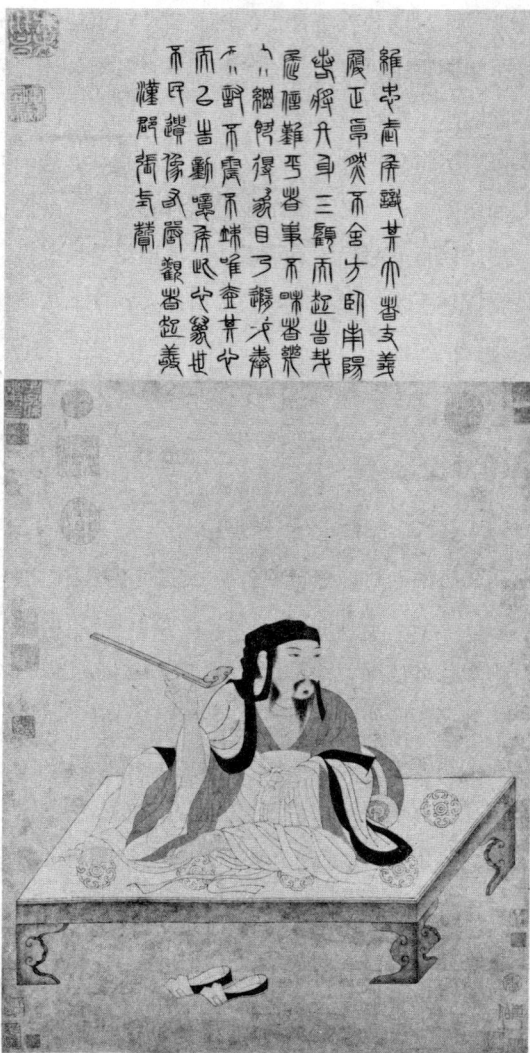

故宫博物院藏元人绘诸葛亮像

先开了第一个锦囊观之，依次而行。"

打开的时机刚刚好，根据赵云随后的行动可以知道，诸葛亮锦囊上的内容是：登岸后购买礼物，赵云陪刘备去拜访乔国老。随行的五百士兵则分头做群众工作，告知东吴的百姓：刘备来招亲了。

这一招非常巧妙，因为诸葛亮早已识破孙权、周瑜的诡计，原来招亲只是一个借口，目的是把刘备骗过来做人质，和骗人过来做传销没啥本质区别。诸葛亮的这一锦囊妙计让刘备找到乔国老和吴太夫人做保护伞，并制造舆论压力。这样一来，孙权不得不假戏真唱，赔上了自己的妹妹。

刘备白捡了一个漂亮媳妇，在东吴白吃白喝，过了一段幸福安逸的日子，但同时被软禁在东吴，回不了荆州，实际上还真成了人质。有意思的是，刘备还挺乐意中计，"贪恋美色，并不见面"。

赵云带领五百士兵过了两个月的带薪假期，这才打开第二个锦囊。根据事后的发展，可以复盘这个锦囊的内容：做心急火燎状去找刘备，编造谣言，说曹操率兵攻打荆州，劝其速返，并展开统战工作，发动孙夫人参与。

这条锦囊妙计果然很妙，在孙夫人的大力配合下，刘备带赵云等和孙权玩时间差，不告而别，撒丫子走人。孙权哪肯罢休，立即派人火速追赶。

事情一下子发展成类似棒球比赛中的直球对决，后有追兵，前有堵截，赵云虽然神勇，但是在人家的地盘上撒野，人单势孤，肯定玩不转。这个时候第三条锦囊就成了护身符。

把第三条锦囊看完，估计刘备、赵云都冒冷汗，因为上面写的大致内容是：走亲情路线，将夫人路线进行到底。

到了这个份上，刘备也只好照做了。一通亲情攻势下来，效果还真不错，孙夫人一顿臭骂，将孙权、周瑜的两支人马都给骂得乖乖住手，为刘备充分赢得了逃跑时间。再往后就是诸葛亮送上的一个惊喜，在正确的时间赶到正确的地点，把刘备及时接到船上。

多亏诸葛亮的三个锦囊，让刘备忙里偷闲，到东吴过了个蜜月，白捡了孙权的妹子做老婆不说，顺带把周瑜气个小发昏。刘备的三顾茅庐投资红利满满。

第二次使用锦囊的效果也相当神奇。

这次是在三出祁山期间。诸葛亮设计伏击魏国大将张郃，由于张郃后面还有司马懿的队伍接应，诸葛亮颇费心思，既要包围张郃，又要打破司马懿的反包围。总共派了五队人马，都是当面告知对敌之策，偏偏只有姜维、廖化这支预备队给了一个锦囊：

> 孔明又唤姜维、廖化，分付曰："与汝二人一个锦囊收受，各引三千精兵，偃旗息鼓，伏于前山之上。如见魏兵围住王平、张翼，十分危急，不可去救，只开锦囊看之，自有解危之策。"（《孔明智败司马懿》）

拿到锦囊，姜维、廖化都是一头雾水：莫非各带着三千精兵前去当免费观众？人家打仗自己眼巴巴看着不说，战友们遇到十分危急的状态还不让去救，到那个时候才让看锦囊。好吧，天机不可泄露，两人都是好战士，只好服从安排。

后面果然是一场恶战，诸葛亮的计策固然很妙，却挡不住魏兵人多势众，很快王平、张翼就陷入反包围圈，形势十分危急。姜维、廖化赶忙打开锦囊，一看吓了一大跳：

> 姜维、廖化二将，观锦囊之计云："若司马懿兵来，围的王平、张翼至急，汝二人可分兵两枝，径袭司马懿之营。懿若知之，恐长安有失，必然急退。汝等乘乱攻之，营虽不得，可全胜矣。"二人即分兵两路，径往司马懿营中去了。（《仲达兴兵寇汉中》）

终于看到锦囊内字条的原貌了，总共五十六个字。这一招实际上是比狠，你打我的眼睛，我不躲闪，反而直接捅你的喉咙，看谁先撒手。当然这也是个险招，司马懿出发的时候留下了很多兵马守护军营，他如果不回防，结果很可能是姜维、廖化仍拿不下营盘，王平、张翼又被消灭，那可就输惨了。诸葛亮之所以敢这样做，是因为他吃准了司马懿的心理——总怀疑诸葛亮在憋什么大招。这样后方一有风吹草动，他就立即回防。

诸葛亮为何只给姜维、廖化锦囊？道理也比较简单，里面的信息不能提前透露。这是一场恶战，恶到什么程度？他暗示了半天，魏延都不愿意接活。如果提前告诉大家，说后面王平、张翼会陷入绝境，这无疑会影响大家的斗志。

最后一个锦囊是给杨仪的，让他除掉魏延：

> 又唤长史杨仪入帐，授与一锦囊，便分付曰："久后魏延必反，若反时方开之，那时自有斩延之将也。"（《孔明秋风五丈原》）

这个也同样灵验，而且戏剧性更强。

三次锦囊妙计凸显了诸葛亮的深谋远虑，未卜先知，让其形象高大不少，也增加了一些神秘色彩。不过深究之下，就可以发现一些问题，那就是蜀国的全体将士共同使用诸葛亮的一个大脑工作，大家都不用动脑，一切听诸葛亮的就是。

这样做的好处就是大树底下好乘凉，只要诸葛亮在，永远不用操心。弊端也同样明显，诸葛亮固然有超自然功能，比如呼风唤雨之类，可他毕竟是人不是神，他一旦不在了，怎么办？诸葛亮病逝五丈原之后，问题一下就显露了，在他之后，蜀国没有一个能独当一面的统帅，蜀国没挣扎几下就灭亡了。

为什么会出现这种后继无人的局面？原因是多方面的，其中就包括锦囊式作战法带来的弊端。将在外，君命有所不受。不顾战场上瞬息万变的形势，让手下将士机械地按照锦囊里的方案行动，这里面的风险是可以想见的，毕竟诸葛亮也有出错的时候，比如他的错用马谡。再者，这样指挥只能助长将士们的惰性，让他们被动打仗，没有独立思考、作战和成长的机会。

事实也正是如此。诸葛亮六出祁山，人家吴国、魏国早已是二代英雄的天下，蜀国这边仍靠赵云等一代老将苦苦支撑。不注意培养人才，新的一代英雄始终未能成长起来，这其中，诸葛亮有不可推卸的责任。

还是借着锦囊来说这件事吧，以第三次为例。

诸葛亮死得牵肠挂肚，临死前做了很多安排，其中就包括要除掉魏延。这里不去评判这件事的是非，只讲锦囊的使用。拿到锦囊的是杨仪，他平时和魏延就有矛盾，自然愿意承担这个任务。但魏延毕竟是位久经沙场的猛将，手握兵权，不是说杀就能杀掉的，何况杨仪是个文臣。到底如何除掉魏延，他即便拿着锦囊，心里也照样没底。

诸葛亮一死，魏延立即不服管束，与杨仪相互抹黑，弄得朝野一片混乱，最后闹到兵戎相见的程度。直到这个时候杨仪才打开锦囊，因为上面明确写着拆封的具体时间："待与魏延对敌马上，方许拆开。"

于是杨仪现场打开锦囊，里面的内容和孩子们斗嘴没有两样，那就是让魏延在马上连喊三声谁敢杀我。这也太过儿戏了，毕竟是双方对垒，当着那么多将士们的面玩这种过家家的游戏，这很难让人相信是刀光剑影、腥风血雨的战争戏。

幸亏杨仪对诸葛亮绝对信任，和马岱一起演完了诸葛亮生前所写的这个剧本，换成别人，看到如此搞笑的小纸条，未必愿意这样演，更难以想象，魏延如果不配合，该如何收场。其实，在第二次使用锦囊的时候就存在这一问题，姜维、廖化当时打开锦囊，"大骇不已"。

每次都在关键时刻使用锦囊，每次都弄得有惊无险，这毕竟是打仗，偏偏要玩出戏剧效果。好吧，大家通力配合，完成三场演出，五丈原的告别之后该怎么玩呢？结果玩出了乐不思蜀的闹剧，这肯定不是照着诸葛亮的剧本演的。

平生只玩这一次

——说空城计

　　有人称《三国演义》为战争小说，这是很有道理的。翻开全书，简直就是一个古代战争大全，都是绝招妙计，只有你没有想到的，没有人家做不到的，真是让人眼界大开。就拿诸葛亮来说吧，他一个人几乎把打仗的花样玩了一个遍，刚出道的时候连放两把火，火烧博望，火烧新野，后来还火烧上方谷；赤壁大战的时候装神弄鬼，先是草船借箭，再是借东风，后来把荆州都给借过来；给东吴大将陆逊摆过八卦阵，用语言骂死了自信心爆棚的王朗；三次就气死了周瑜，七次捉放孟获，还借用刘备的眼泪"秒杀"讨债的鲁肃。更让人拍案叫绝的是，他不用一刀一枪，用心理战术吓退强敌，这就是著名的空城计。

　　要说明的是，空城计并不是诸葛亮深谋远虑的结果，最多可以说是他的即兴发挥，属于临时加戏。原因很简单，这是一场猝不及防的遭遇战。

　　要说清这件事，还得从街亭保卫战开始。话说司马懿带领二十万人马直奔街亭，诸葛亮忙里出错，让实习生马谡挑大梁，结果丢掉街亭。街亭一丢，蜀军败局已定。诸葛亮所能做的，就是赶紧派出多路人马止损，确保大军安全撤退，将损失降到最低程度。

这时诸葛亮和司马懿不约而同地想到了另外一个小县城，那就是西城。

别看西城不大，但很重要，因为这是蜀军囤积粮草的地方。对司马懿来说，只要拿下这个地方，不但可以彻底断绝蜀军的供给，而且可以趁机收复南安、天水、安定三郡。对诸葛亮来说，这里是后勤保障基地，不能有任何闪失。派出各路人马之后，他亲自带领五千精兵，将司令部迁到这里，负责搬运粮草及撤兵工作。

不知道是诸葛亮丢掉街亭慌了神，还是他低估了司马懿，要不就是身边实在没有兵马了，总之，他没有想到司马懿会亲自带领大部队攻打这里。司马懿呢，知道这里肯定有蜀军把守，但没想到诸葛亮本人会在这里。两个人都想到了西城，却都没想到彼此在这里相遇。于是，一场猝不及防的遭遇战拉开序幕。

当时的情景可以用万分危急这个词来形容，从诸葛亮这边忽然连着十几次的探马报信就可以知道。人家司马懿那边，十五万人马，浩浩荡荡，杀奔而来；诸葛亮这边呢，可以直接调遣的也就两千五百人，外加一群手无缚鸡之力的文职人员。以两千五对十五万，相当于一对六十，这仗根本没法打，硬拼等于自杀，而且是秒杀。

面对这种阵势，普通人想到的第一个念头肯定是撒丫子狂奔，有多快跑多快，但这条路根本行不通，就像诸葛亮后来所说的："若弃城而走，必不能远遁，皆被司马懿所擒也。"说白了，有十五万人在后面碾压，想跑没门，这就好比一个猎人拿着猎枪，带着一群猎犬在追赶一只跑不快的兔子。

既然硬拼是死路，跑又跑不掉，那就只有一条路可走了，投降。

杨家埠年画《空城计》

但这不在诸葛亮的选项里，想投降的话也不用等到今天了。照通常的情理来说，诸葛亮此时已彻底陷入绝境，叫天天不应，叫地地不灵。

诸葛亮毕竟是诸葛亮，如果想得都和常人一样，那就不是诸葛亮了。在没有路的地方走出一条路，在没有可能的情况下创造奇迹，正所谓绝处逢生，这就是人家的高明之处。关键时刻，诸葛亮采取逆向思维，既然跑不掉，那我干脆就不跑，让敌人自己跑。

问题是怎么才能让敌人自己跑，这是要靠实力说话的，你要兵没兵，要将没将，凭什么让人家退兵。

于是诸葛亮再次玩了个逆向思维：既然我没有兵马吓跑你，那就干脆不设防，摆开阵势欢迎你，让你自己跑。

接下来的场景很有戏剧性，也很有画面感：四个城门全部大开，每个城门有二十人在专心清扫道路，就差打着热烈欢迎的横幅列队欢迎了。

诸葛亮呢，则满脸微笑地坐在城头的敌楼上，手抚一张古琴，为远道而来的客人演奏。

刚才还是尘土飞扬的战场，转眼变成一场清新高雅的音乐会，画风变化得如此之快，让司马懿的先头部队一下晕了，看惯了刀光剑影的兵哥们面对清幽的琴声不知所措，用小说的原话是"皆不敢进"。于是赶忙把司马懿请过来一起欣赏。

司马懿可是见过大世面的人，什么音乐会没见过，不管是宫廷的还是家庭的，但如此别致的免费战地音乐会也是平生第一次看到。

于是，奇迹就这样出现了，面对一座完全不设防、热情好客的空城，司马懿竟然不顾儿子的劝告主动撤退，给诸葛亮留足了撤退的时间，让他从容离开西城。效果就是这么神奇！

那帮躲在各个角落的文职官个个看得目瞪口呆，立即提出"十万个为什么"："司马懿乃魏之名将，今统十五万精兵到此，见了丞相，便速退去，何也？"是啊，不光他们不明白，读者也糊涂了。

诸葛亮的回答也很直接，他首先感谢的就是自己的知音司马懿的默契配合。

诸葛亮的空城计是专门为司马懿量身定制的，换成第二个人都不行，比如司马懿的儿子司马昭，他当时就表示质疑："莫非诸葛亮无军，故作此态？父亲何太持疑退兵也。"如果主帅是他，喜剧肯定变成悲剧。

何以空城计只对司马懿有效？原因很简单，司马懿太狡猾，他太了解诸葛亮。

太狡猾才不会上当啊！这是什么道理？容笔者慢慢说来。一个人再有本事，也会有自己的短板，狡猾的人也不例外，因为太狡猾，就会变得疑心太重，把简单的问题复杂化。看到一座空城，一般的人凭直觉就知道可以进去，但狡猾的人却不这样认为，他觉得情况反常，既然反常，里面肯定有问题："今大开城门，必有埋伏。我兵若进，中其计也。"

司马懿的怀疑不是没有道理，西城是蜀军的后勤保障中心，如此重要的地方肯定派有重兵把守。如今一个人影都不见，不可能凭空消失，他很自然会想到有埋伏。总之，进城的理由只有一个，不进城的理由能找到一百个。当然，也怨司马懿的军事情报工作做得不到位，他如果知道诸葛亮身边只有两千五百人，那就好办了，凭你怎么玩，一概不予理睬，直接碾压过去就是。

太狡猾只是让司马懿警觉，起疑心，还不会下决心撤退。促使他下决心的是他对诸葛亮的了解："亮平生谨慎，不曾弄险。"而诸葛亮设下此计的前提就是司马懿对自己的了解："此人料吾平生谨慎，必不弄险；见如此规模，疑有伏兵，故退去。"正是了解着你的了解，才会让你乖乖上当。

因为了解，知道了对方的套路；因为知道对方的套路，自己的应对也会形成心理定式。而一旦对方变招玩概率，就很容易上当。

这就是高手过招，很有些大智若愚的味道。有的人看《三国演义》，可能会觉得诸葛亮、司马懿不过尔尔，诸葛亮一个看似简单的计谋竟然能骗过那个老奸巨猾的司马懿，太不可思议了。如果换成自己，肯定不会上当。这是站着说话不腰疼，看到乒乓球世界比赛，觉得不过尔尔，不就是一个扣球、一个接球吗？看到世界百米飞人大战，觉得不过尔尔，不就是枪声一响拼命往前冲吗？不服可以试试，到底一般人试试的结果如何，笔者就不必多说了。

空城计看似绝妙，但对诸葛亮来说，算不上得意之作。对他来说，这实际上是一次对赌，搭上性命的对赌，赌的是他与司马懿之间的相互了解，这是一场心理战。他本人对此有着清醒的认识："吾非行险，盖因不得已而用之。""不得已"三个字道出了诸葛亮内心的真实想法。

说白了，空城计是死马当作活马医，是迫不得已才想出的没有办法的办法。可以设想，如果司马懿听从儿子司马昭的话，直接进城，或者先派一个小分队进去，结果将会如何？结果不出意外，诸葛亮会束手就擒。事实上，诸葛亮已经做好了成为俘虏的准备。因为在当时，不能战，没法跑，又不能投降，只能坐以待毙。反正没有退路了，不如放手一搏，即便失败了，也要做一个有文艺范的俘虏，这总比在逃跑路上被逮要好一些吧。

当然，这一招是在特定条件下专为司马懿一人设计的，没有复制价值，诸葛亮一辈子也就用了这一次。

值得注意的是，诸葛亮在做完课程总结之后，还意味深长地说了一句话："吾若是司马懿，必有别论矣。"他想到了和自己对峙的司马懿，站在司马懿的立场，他会说些什么呢？作者没有写，笔者也无从推测。从小说中可以知道的是，司马懿后来弄清了事情的真相，他的表现是："悔之不及，仰天叹曰：'吾不如孔明也。'"世界上没有后悔药，司马懿愿赌服输，也是一条汉子。《三国演义》后面更精彩，更好看，就是因为有了司马懿。没有他来唱对手戏，诸葛亮一个人玩，就没有意思了，谁还愿意看。

这一刻不再料事如神
——说挥泪斩马谡

　　所谓料事如神，就是提前预知事情的发展走向，并及时采取应对之策。在《三国演义》中，这几乎成为诸葛亮的专利，当时江湖上足智多谋的高手多的是，比如司马懿、曹操，但能称得上料事如神者只有诸葛亮一人。对他来说，带兵打仗不过是对自己预言的验证，就连未来的失败也都在意料之中，比如关羽华容道放走曹操。直到临死前他还交给杨仪一个锦囊，提前将弄死魏延的绝招写好。

　　不过诸葛亮的这门绝艺也有弄僵的时候，比如街亭的丢失。这个案子从《三国演义》开始虽然已经说了几百年，屡屡被搬上戏曲舞台，但是还有说道说道的空间。

　　根据小说对诸葛亮形象的定位，他有预知未来的神奇功能。按说有了这个功能，马谡的悲剧完全可以避免。道理很简单，既然诸葛亮能预测马谡要失街亭，不派他去，另找一个人不就行了？即便失街亭是天意，不可避免，那就按照剧本去演，何以后来诸葛亮在那里痛不欲生、哭天喊地的？相信读者读到这个地方，都会产生这样的疑惑。

　　显然，在这个桥段里，作者特意打破套路，让诸葛亮暂时失去了预知功能。这样也好，诸葛亮一下子成为一个普通的人，展示了其形象丰富的一面。

先从街亭保卫战说起。

诸葛亮出山之后一直独孤求败，几乎没有遇到像样的对手，直到他开启六出祁山之旅，这才遇到了平生最为强大的对手司马懿。一个狡猾的老头遇到了另一个更为狡猾的老头，两个老戏骨"飙戏"，这就精彩可期了，难怪人们常说"老不看《三国》"。

精彩的看点之一就是两人对事情的判断一致。以街亭来说，地方虽不大，但两人都很看重。司马懿认为这是"汉中之咽喉"，诸葛亮对此深表赞同，指出这是"咽喉之路""吾之咽喉"。既然这么重要，司马懿赶忙带着二十万大军去夺，诸葛亮也没闲着，立即排兵布阵，严防死守。表面上看虽是对一个小城的争夺，但两人都将街亭比作"咽喉"，战斗马上就升级为咽喉争夺战，激烈程度直线上升。

对司马懿来说，这场仗比较好打，二十万兵马在手，底气十足，直接碾压过去就是。对诸葛亮来说，这是一场不对称战争，如何保卫街亭，是个大问题。关键时刻，马谡主动请缨。长期从事参谋工作的他估计早就不满足于纸上谈兵，一直渴望亲临一线指挥战斗。现在机会来了，他第一个报名。对马谡的这种进取精神，是应该给予肯定的。

马谡有报名的权利。是否批准，当然还是诸葛亮说了算。如果此刻他有预测未来的功能，肯定不批准。但问题是，这一刻他是个普通人，别说预知未来了，就连刘备白帝城不可大用马谡的政治遗言也早忘得一干二净。他只能就眼前的情况做出决断，马谡长期跟在自己身边，"深通谋略"，这是自己知道的，问题是街亭虽小，事情很大，且很不好守，所以他没有马上批准，一直纠结。

马谡实在是求战心切，直到他提出立军令状，拿全家人的性命做赌注，诸葛亮这才下了最后的决心。所谓最后的决心，那就是诸葛亮也要赌一把，把宝押在马谡身上。以他平时小心谨慎的性格，是不应该这样做的。道理很简单，要不要派马谡去，应以马谡的才能和表现为依据，不能因军令状而改变主意。并不是说马谡立了军令状就本领大增，街亭该守不住照样还是守不住；相反，立了军令状，失去街亭，再杀一位谋士，损失只会更大。精明如诸葛亮，这个账是不会算不过来的。

可怜的诸葛亮，失去预知未来的功能，也就玩不动锦囊妙计，只好对马谡千叮咛万嘱托，语重心长。尽管豪赌一把，他也不忘留退路，先派王平相助，再让高翔守柳城，最后让魏延做预备队。心思不可谓不密，但是主将派错了，全盘皆输，其他都不过是止损而已，起不到关键作用。

值得注意的是，魏延不愿意坐冷板凳，直接对诸葛亮"吐槽"，要求到第一线杀敌。这实际上又提出了另一种可能，那就是派魏延守街亭是不是比马谡更合适，人家也是主动请缨。但此时诸葛亮的主意已定，也就将另一种可能排除了。

接下来的舞台就交给马谡了。他起初的表演还挺亮眼，对于到底该筑城当道还是该屯兵山上，他与副将王平意见相左，结果一通军事理论讲下来，外加"丞相诸事尚问于吾"的光荣资历，让"土包子"出身的王平没话说，只好要了五千人马留后手。幸亏有王平这个后手，如果他也和马谡一起搬到山上去，那蜀军的结局可就不是一般的惨，而是很惨。

事实证明，打仗是个实践性很强的活，和游泳、开车是一样的道理，学的理论再多也不如亲自下水试一试，上路走一走。诸葛亮想让马谡下水，也未尝不可，可以选一些不太重要的战斗，而明知道街亭保卫战是一场输不起的战斗，还偏偏让马谡练手。让这样的新手去对抗老司机，胜负就没有什么悬念了，难怪司马懿一边开心一边批评诸葛亮"虽有才智，不识人物。此辈为将，何事不误"。

再接下来，就是司马懿的军事示范表演课，连魏延、王平、高翔这些久经沙场的老将都不是对手，不堪一击，刚到第一线的实习生马谡更是一败涂地，相当于刚坐上赌桌，还没回过神来，连裤子都已输掉了。

诸葛亮看到王平送来的军事部署图，一下傻眼了，但为时已晚。大势已去，他唯一能做的就是止损，将损失降到最低程度。一番调兵遣将，看似周密，结果剧情反转，一下把自己送到风口浪尖，于是只好临场发挥，和司马懿展开了一场别出心裁的心理战，豪赌了一把空城计，幸亏自己演技高，才算是没有做俘虏。

诸葛亮出山以来，第一次败得这么狼狈，这么彻底。不管怎样，战斗总结会还是要开的，老将赵云虽败犹荣，获得黄金五十斤、丝绢一万匹的重奖。至于立过军令状的马谡，也是要给个结论的。起初诸葛亮想让王平一起背锅，王平自然不干，摆事实讲道理，将战斗经过一一复盘，锅还是得马谡一个人背。

既然立过军令状，那么马谡这锅是背定了，没话可说。但"吃瓜群众"则有话要讲。当初关羽也领了军令状，结果华容道放水，怎么就没有严格执行？不是说军令如山吗？不是说一视同仁吗？是关羽的军令状有效期短，还是他有免死金牌？莫非因为人家是桃园结义的兄弟？不知道诸葛亮怎么面对这份尴尬，不过当时蜀国没有人敢提出这个问题。

失街亭，马谡负的是直接责任。往上追究，就是诸葛亮的领导责任了。手下那么多将领不派，为何偏偏让马谡守街亭？难道是因为他主动请缨吗？难道是因为他立了军令状吗？按说马谡长期在自己身边工作，诸葛亮对他还是相当熟悉和了解的。既然了解，为何还要让马谡去？作者没有直接写出诸葛亮当时的心理活动，这里只能做些推测。

派马谡守街亭这件事，诸葛亮有责任，连他本人也认可，主动提出自贬三等。这一点读者很容易理解。这里要稍微替诸葛亮说几句公道话，这件事诸葛亮可说有错，也可说无错。说有错是因为用错人了，结果在那里摆着，想找辩护律师都没有人愿意接活。说无错是因为马谡有才能，平时表现不错，也有带兵的资格，派他去也没啥毛

街亭遗址

病，且不说这个时候诸葛亮暂时失去了预知功能。

一些读者因马谡失了街亭，可能认为他是个大笨蛋。如果有这个印象，对马谡可就太不公平了。

马谡最早被提到是在刘备夺取荆州、襄阳时，这也是刘备事业的上升期，有个叫伊籍的高人向刘备推荐当地的马氏家族，其中就明确提到马良的弟弟马谡，他应该是在这个时候被刘备请出山入伙的。

再次提到是在刘备拿下西川，按功行赏时，马谡出现在一串"并皆重用"的名单里。第三次提到，就是刘备在白帝城留给诸葛亮的政治遗言"朕观此人，言过其实，不可大用"。其间他都干了些什么，小说一个字都不交代。

说起来也是够倒霉的，在刘备生前，马谡连个配角都算不上，都是在别人嘴里提到，连个露面的机会都没有。但就是这样，照样在档案里给他放了份"言过其实，不可大用"的黑材料。

刘备死后，马谡这才有了露脸的机会。第一次亮相就很精彩，他劝诸葛亮对付孟获不能光靠武力，而是要"服其心"。对此诸葛亮表示"幼常足知吾肺腑也。公之所言，正合吾意"。这可不是官场上的客套话，诸葛亮立马任命马谡为参军，将他留在自己身边，可见对他的器重。

马谡也没有让诸葛亮失望，在七擒孟获的战役中，他作为高参，为诸葛亮出谋划策，也是有功之臣。班师回朝，正遇到魏国曹丕、曹睿两位皇帝换班，司马懿得到重用，诸葛亮本想趁机出兵讨伐，还是马谡献上一个离间计，让曹睿与司马懿内讧，结果司马懿被削兵权，为蜀国赢得了一个很好的战机。

其后，诸葛亮和孟达约好，准备一起举事，却遇到司马懿复出，为此忧心不已。又是马谡出主意，让诸葛亮给孟达写信，提醒他多加提防。

马谡几次出主意，诸葛亮全部采纳，而且小说特别强调马谡与诸葛亮之间的默契。有着如此良好的表现，又往往深得己意，诸葛亮自然信任马谡，派他去守街亭，也不是没有道理。谁知道马谡有了兵权就得意忘形，尽出昏招呢。

不管怎么说，诸葛亮在用人上是有责任的，尽管他没想到一贯表现良好的马谡一出门脑袋就发晕。有一个道理想必他是明白的，那就是有才能的人往往只体现在某些时候某些方面，不见得全知全能，百战百胜。像马谡这样的人，熟读兵法，军事理论过硬，比较适合做高参，他尽可以纸上谈兵，出的主意你可以采纳，也可以不采纳，决定权在主帅。但这样的人未必适合亲临一线指挥作战，这就好比让美食家讲美食，肯定是一套一套的，都能把你的口水讲出来，但你让他穿着围裙下厨，他做的菜你未必敢吃，也未必吃得下去。

每个人都有自己的长处，也都有自己的短板，全能冠军是稀有动物。有才能的人用在不恰当的地方，马上就会变成蠢货，也就是说在正确的时间地点要出现正确的人，这样才行。马谡就是那个在正确的时间地点不该出现的人。如果总结教训，那这就是教训。

正是因为有这类错误，诸葛亮才变得真实可感，变得亲切可信，不过这丝毫无损其高大形象。否则，世间一切都在其意料之中，人生不过是照着剧本演戏，一点悬念都没有，那还有什么意思。

秋风吹过五丈原

——说诸葛亮之死

第六次北伐，从一开始就不太顺，无论是后主刘禅还是太史谯周都明确表示反对。对这些反对意见和此前出现的不祥之兆，诸葛亮统统尊重，但不接受，他认准的事情就一定要做下去，尽管前五次都无功而返。谁知刚到汉中，就听到大将关兴病亡的噩耗。

事情到了这个份上，仗还怎么打，诸葛亮心里比谁都清楚，这一次的结果不会比前几次好到哪去，可他还是刻意勉强自己，也勉强大家。司马懿也不糊涂，他明确告诉曹睿，诸葛亮这是"负才智，逆天道"，属于自己找死，这并非仅仅为了让曹睿宽心，而是观察天象的结果。果然，第一场仗打下来，蜀国打败，损兵过万，开局不利，诸葛亮没法不忧闷。

仗打不下去，他换了个思路，想从外交上打开局面，寻找外援。好在这次吴主比较配合，答应出兵。但这毕竟是外援，变数太大，关键时刻还得靠自己。识破司马懿的诈降计后，诸葛亮将计就计，打了一个小胜仗，算是扳回一局。

至此，六出祁山的第六局，双方一比一，打了个平手，整场比赛仍然是零比五的巨大差距。平手对诸葛亮来说，是无法接受的，毕竟司马懿实力雄厚，兵多将广，粮草充足，他只要坚守不出，耗也能把缺少粮草的蜀军耗死。

于是诸葛亮暗中筹划，调兵遣将，排兵布阵，憋出一个大招。这的确是个大招，如果成功，可以一举剪除司马懿父子。司马懿父子除掉，后面的事情就好办。但就是这一次，诸葛亮硬生生踢到了铁板。这也让心存幻想的他彻底清醒。

这个大招就是派魏延将司马懿父子诱骗到上方谷这个口袋内，关门打狗，将他们全部烧死。

计划做得十分周密，可以说天衣无缝，司马懿没法不上当，只能按照诸葛亮的剧本去演。请看小说的描写：

> 山上火箭射下，地雷一齐突出，草房内干柴皆着。……司马懿见火光甚急，乃下马抱二子大哭曰："我父子断死于此处矣！"（《孔明火烧木栅寨》）

对司马懿来说，这一场是不折不扣的苦情戏，进了诸葛亮的口袋阵，除了抱着两个儿子痛哭，什么也做不了，人生在这里谢幕，他不甘心，可还能有什么办法。

俗话说，天无绝人之路。接下来发生的大逆转，让所有人都大感意外：

> 正哭之间，忽然狂风大作，黑雾漫空，一声霹雳响处，骤雨倾盆，满谷之火尽皆浇灭：地雷不响，火器无功。滂沱大雨自申时只下至酉时，平地水深三尺。司马懿喜曰："不

就此时杀出，更待何时。"即引败军奋力杀出。(《孔明火烧木栅寨》)

显然这场大雨不在诸葛亮的剧本里，属于临时加戏，从他前后的表情就可以知道：

　　却说孔明望见司马懿被魏延诱入谷时，不胜忻喜。马岱一齐放火，将欲尽情烧死，忽天降大雨，火不能着，人报走了司马懿。孔明闻知，仰天长叹曰："谋事在人，成事在天。"(《孔明火烧木栅寨》)

司马懿中圈套的时候，诸葛亮"不胜忻喜"。等到司马懿逃脱，"仰天长叹"四字写尽了他的失落和无奈。

曾经创造借东风神话的诸葛亮忽然失去了天气预报功能，这该如何解释？要找谁说理去？

其实临出兵前，谯周就已经解开了谜底：

　　今夜臣仰观天象，见奎星躔于太白之分，乃盛气在北，不利伐魏。(《诸葛亮六出祁山》)

司马懿也看出了这一点：

　　臣夜观天象，见中原旺气正盛，彗星犯于太白，大不利于西川。(《诸葛亮六出祁山》)

这件事其实和华容道故意让关羽放走曹操一个道理，那就是天命不可违。估计诸葛亮也想到了这一点，只是他不甘心，想放手一搏。结果上天真的出手干预了，一场大雨救了司马懿，也浇醒了诸葛亮。

一切又回到了原点，当初在隆中与刘备畅谈建国方略的时候，他说得很明白，自己帮刘备最多做到鼎足而立，至于一统天下，只能想想而已，不可当真。做不到的事情真的做不到，他只能用"谋事在人，成事在天"这句话来宽慰自己。

对诸葛亮来说，他感到力不从心。司马懿虽然吃了个大亏，但是有惊无险，实力还在。上过这次当后，他更是坚守不出，准备打持久战，打消耗战。这是诸葛亮最不愿意看到的，他期待的是速战速决。

面对闭门不出的司马懿，诸葛亮只能变着花样把他引诱出来，问题是屡屡搦战，人家就是不予理睬。逼到这个份上，诸葛亮只得采取不太文雅的叫骂战术，派人送了一套女人的服装和一封羞辱司马懿的书信，意在激怒他。在叫骂方面，诸葛亮绝对是第一流的，有着舌战群儒、三气周瑜的辉煌业绩，还直接骂死了有背叛行为的王朗，以他的骂功，以往可是无往不胜。

诸葛亮这一次的叫骂效果是相当不错的，不出所料地激怒了司马懿手下的将士们，大家愤怒到司马懿必须借助魏主曹睿的圣旨来弹压的程度。但是，只要司马懿不愤怒，就等于做了无用功。诸葛亮这一次遇到了真正的对手，并且还被司马懿借力发力，趁势扳回了一局。且看小说的描写：

　　司马懿看毕，心中大怒，乃佯笑曰："视我为妇人耶？

吾且受之。"令人重待来使。(《孔明秋夜祭北斗》)

以如此夸张的方式当着众人羞辱司马懿，司马懿不可能不生气，而且"大怒"，不过他能忍住，不但装着不生气，而且笑脸相迎，厚待使者。起初使者捧着妇人衣服过来的时候，估计都做好了牺牲的准备，没想到人家笑脸相迎，还管吃管喝。

随后的聊天看似随意，实则在继续较量：

懿问曰："孔明寝食及事之烦简若何？"使者曰："丞相夙兴夜寐，罚二十以上者亲览焉。所啖之食，不过数升。"懿告诸将曰："孔明食少事烦，其能久乎？"(《孔明秋夜祭北斗》)

司马懿并不借机打探军事情报，而是和使者聊家常，这一聊就聊出问题了。因为他看出了诸葛亮的致命缺点，那就是"食少事烦"。作为军队的最高统帅，日理万机，光大事都忙不过来，竟然连罚二十板子这类小事都要亲自过问，不累死才怪。事必躬亲，从道德层面来讲无疑是一种美德，从管理角度来说则是不可取的。

对司马懿的这番评价，诸葛亮是认同的，最了解自己的往往是自己的敌人：

孔明叹曰："彼深知我也！"主簿杨颙谏曰："……今丞相自理细事，汗流终日，岂不劳乎？司马懿之语，诚然肺腑也。"孔明泣曰："吾非不知。但受先帝托孤之重，唯恐他人

不似吾尽心也。"众皆垂泪。孔明自觉神思不宁。(《孔明秋
夜祭北斗》)

　　说到心酸之处,诸葛亮潸然泪下,没有人能体会他此刻的心情,
也没有人能帮他解决问题,一切必须由他来承受。虽然在战术上占到
一点小便宜,但是面对同样足智多谋的司马懿,诸葛亮一点办法都没
有,他体会了英雄末路的无奈。
　　更为残酷的考验还在后面,上天不但浇灭了上方谷的大火,而且
要夺走诸葛亮的生命。此时的诸葛亮早已没有借东风、摆八卦阵时的
从容淡定,只好无比虔诚地向上天祈求延长生命,让他有时间把想做
的事情做完。可这样的要求也随着魏延慌乱的脚步化为乌有,他只得
认命:

　　　　延脚步走急,将主灯扑灭。孔明弃剑而叹曰:"死生有
　　命,富贵在天。主灯已灭,吾岂能存乎?……是吾天命已
　　绝,非文长之过也。"(《孔明秋夜祭北斗》)

　　终于到了该谢幕的时候了,不管有多么不情愿,不管有多么牵肠
挂肚,现在能做的,就是在寒冷的秋风中和那些追随自己的将士告别:

　　　　孔明强支病体,令左右扶上小车,出寨遍观各营,自觉
　　秋风吹面,彻骨生凉。孔明泪流满面,长叹曰:"吾再不能
　　临阵讨贼矣!攸攸苍天,曷我其极!"叹息良久。(《孔明秋
　　风五丈原》)

五丈原的秋风"彻骨生凉",彻底凉到了诸葛亮心里。曾经的笑容化作满眼的泪水,千年之后,我们仍能感受这股化不开的凉意,还有那声饱含着绝望和不甘的长叹。

五丈原诸葛亮庙

谁的眼泪在飞

——说刘备的哭

刘备的江山是哭出来的，这是句老话，笔者小的时候就听说过。这不是哪个人说的，而是祖祖辈辈都这么说，反映了几百年来读者对刘备这个人物形象的认知。因此要说道刘备这个人，先得从他的哭讲起。

哭，对男人，特别是那种闯荡江湖、建功立业的汉子来说，是个不常备的道具。偶一为之还可以，比如玩个"男儿有泪不轻弹，只是未到伤心时"的小把戏，会给人新鲜感。但如果经常哭，就让人感到不适了，因为这通常是弱者的专利，比如汉献帝没事抹几滴眼泪，大家就觉得比较正常。有曹操在，他不抹眼泪还能有什么事情可做呢。

但有一个人例外，那就是刘备。他不仅经常哭，还把哭修炼成战斗武器，更为重要的是，他的哭好像还不那么让人感到恶心。在群雄并起的江湖世界，这手绝技算是剑走偏锋。不知道刘备这一招是天生就会，还是跟高手学过，好像没人干过这一行。

说刘备的江山是哭出来的，群众的眼睛真是雪亮。没有眼泪，刘备就什么都玩不转；有了眼泪，则无往不利。

不是吗？在江湖上混了半辈子，人家曹操、刘表、刘璋、孙权不管大小，都有地盘，而自己带着关羽、张飞这两个把兄弟还在到处投简历。好不容易得了个徐庶，日子过得有个起色，结果又被曹操釜底抽薪，玩了个老娘召唤术把人弄走了。

刘备听到这个消息的第一反应就是哭，直截了当地哭：

> 玄德哭曰："子母之道，乃天爱也。元直毋以备为念，而割其天爱。待与老太君相见之后，再从听教。"（《徐庶走荐诸葛亮》）

哭也没用，人家老娘来信喊儿子回家吃饭，徐庶不能不走。眼看徐庶要走，刘备只好连夜设宴送行，说到伤心处，两人一起流泪：

> 二人相泣，坐以待旦。（《徐庶走荐诸葛亮》）

随后就是送别，刘备先是"泣谢"，接着是"泪如雨下"，再来个"泪沾衿袖"，最后是"放声大哭""凝泪而望"。这哪里是哭，分明是眼泪攻势。从得到徐庶要走的消息到送别徐庶，刘备的眼泪就没有断过，既有小声嘤嘤，又有号啕大哭，一套连环哭，将古往今来各种哭法都演练了一遍。

但是刘备的哭并不让人感到恶心，因为这不是软弱的哭，也不是恐惧的哭，而是为朋友而哭，为江山而哭，哭得有情有义，哭得理直气壮。

徐庶当初跟老师学兵法，但没上过哭这一课，哪里见过这个阵势，一下子弄得走也不是，留也不能，负罪感不断增加。最后只得把自己的老朋友诸葛亮"出卖"了，这才有后面的三顾茅庐佳话。刘备的连环哭，哭出了诸葛亮，哭出了三足鼎立，想想也真是值了。

后面就是读者都熟悉的三顾茅庐。不顾关羽、张飞的反对，刘备相信自己的眼泪，执意去请诸葛亮，大冬天的，哥三个跑了三趟才找到诸葛亮。结果人家高谈阔论，说了一大套建国方略之后，仍然表示自己对躬耕陇亩更感兴趣，不想跟着刘备混。

刚高兴没有两分钟，仿佛一桶冰水从头上浇下，心里拔凉拔凉的。人家不愿意出来，再好的计划也是废纸一张。关键时刻，刘备再次展开泪水攻势：

> 玄德苦泣曰："先生不肯匡扶生灵，汉天下休矣！"（《定三分亮出茅庐》）

注意，刘备这个时候的哭是"苦泣"，关键就在这个"苦"字。这是哭给诸葛亮看的，否则自己在那里放纵情感没有意义。所谓的"苦"就是让别人在哭声中感到自己的痛苦，同时还要让对方苦痛着你的痛苦。

刘备抹眼泪的时候也没有闲着，一边还在数落，那就是自己为天下而哭，为生灵而哭，同时给诸葛亮施加压力——汉天下灭亡，生灵涂炭，每天都有人死去，你难道就眼睁睁看着不管吗？你就没有一点同情心吗？

可以想象，刘备在泪水伴奏下的慷慨陈词一定很感人，诸葛亮不可能无动于衷，他虽然本领比老朋友徐庶高出不少，但是显然也没有学过如何对付眼泪这类课程。面对比自己大二十岁的刘备的"苦

刘备墓

泣"，他手足无措，劝也不是，不劝也不是。关键时刻，刘备决定再添一把火：

> 言毕，泪沾衣衿袍袖，掩面而哭。(《定三分亮出茅庐》)

该说的都说了，该做的也都做了，刘备索性放开喉咙，号啕大哭，就差满地打滚了，不这样，诸葛亮也下不了最后的决心，他真的不想出山。

不知道关羽、张飞此时站在门口是怎么想的，作者没有写，笔者只能根据情理去推测，估计应该是见怪不怪吧，自从跟了这个大哥，就没见他断过眼泪。诸葛亮可就不一样了，他毕竟是个文人，情感丰富，面对这种猝不及防的"苦泣"和"掩面而哭"，实在无法招架，只好举手投降：

> 孔明曰："将军若不相弃，愿效犬马之劳。"（《定三分亮出茅庐》）

这个结果恐怕是关羽、张飞想象不到的，本来是去请，结果人家竟然主动要求"效犬马之劳"。

刘备一看效果达到，立即趁热打铁，将后面的规定动作一气呵成：

> 玄德遂唤关、张入拜谢，献上金帛礼物。（《定三分亮出茅庐》）

眼泪来得急，收得也快。礼物不见得多，关键是表达诚意，刘备立即趁热打铁，完成聘任仪式，不给诸葛亮任何反悔的机会。

又是一套漂亮的眼泪组合。没有这通眼泪，诸葛亮不可能出山，诸葛亮不出山，哪有后面的借荆州、取西川，哪有后来的三足鼎立。谁说夺天下只能靠武功，谁说"莫斯科不相信眼泪"，人家刘备靠着自己的一汪泪水照样闯荡江湖。

对刘备的这手绝技，诸葛亮刻骨铭心，对这一独有的优势资源，他自然不会放过，作为重要的战术武器使用，比如用来解决荆州的问题。

荆州问题是个棘手问题，人家东吴在那里血染沙场，结果你不用一枪一刀就拿了去，天下哪有这样的好事，周瑜肯定不干，催着鲁肃去要。尽管诸葛亮每次都是一番大道理，但毕竟理亏，第一次拿刘琦做借口，说他死了就还荆州，结果很不幸，刘琦很快应声而死。鲁肃第二次去要，诸葛亮只好签字画押，弄了个租借合同糊弄过去。随后周瑜和孙权弄巧成拙，被刘备占了个更大的便宜，把孙权的妹妹娶到手。

周瑜不是那种能吃亏的人，两次都气了个小发昏，哪里会善罢甘休，第三次让鲁肃登门讨债。这次实在找不到借口了，诸葛亮想到了刘备的眼泪，他告诉刘备：

　　若肃提起荆州之事，主公放声大哭，将自哭到悲切之处，亮自出来解劝。（《诸葛亮三气周瑜》）

说白了就是这次不再讲什么道理，刘备亲自出马，一哭二闹三上吊，用泪水击退敌人。

果然是老手，鲁肃刚一提及荆州，刘备立即"掩面大哭"，徐庶、诸葛亮都对付不了的泪水，鲁肃显然也招架不住，他的"大惊"自在意料之中。随后刘备"哭声不绝"，根本不给鲁肃说话的机会。

这个时候诸葛亮准时出场，他专往刘备的痛处说，"耸动玄德衷情"，结果没说几句，刘备"捶胸顿足，放声而哭"。又是一通精彩的连环哭，效果奇佳，弄得鲁肃主动投降："皇叔且休烦恼，与孔明从长计议。""从长计议"等于再也没戏。刘备的这通泪水，不亚于上百千名将士的力量。

总之，说刘备的一生在泪水中度过，一点都不为过，直到离开人世的时候，他还没有忘记抹眼泪。

> 先主请起孔明，一手掩泪，一手执其手曰："朕今死矣，有心腹一言以告之！"（《白帝城先主托孤》）

虽然还是熟悉的配方，虽然还是熟悉的味道，但是用在诸葛亮身上，依然有效，毕竟是生离死别。于是刘备在泪水伴奏下，郑重立下政治遗言：

> 先主泣曰："君才胜曹丕十倍，必安国而成大事。若嗣子可辅，则辅之；如其不才，君可自为成都之主。"（《白帝城先主托孤》）

效果依然像三顾茅庐时一样神奇，浸着泪水的这番话暗藏机锋，甚至可以说是暗藏杀机，字字如同惊雷，把诸葛亮吓得手足无措，大汗淋漓，眼泪也给吓出来了：

> 孔明听毕，汗流遍体，手足失措，泣拜于地曰："臣安敢不竭股肱之力也？愿效忠贞之节，继之以死！"言讫，以头叩地，两目流血。（《白帝城先主托孤》）

这一次的药效一直持续到五丈原的秋天。刘备死了，但诸葛亮还在，他为老刘家的第一代打下了三分天下的基业，还要给老刘家的第二代再立新功，徒劳地进行着一统天下的尝试。

此后，诸葛亮继承了刘备的泪水遗产，哭泣的次数明显增加，直到五丈原与众将士的洒泪诀别：

> 孔明泪流满面，长叹曰："吾再不能临阵讨贼矣！攸攸苍天，曷我其极！"（《孔明秋风五丈原》）

这是在还泪吗？

败于自己之手的超级英雄

——说关羽

　　尽管关羽在后世作为中国历代名将的代表被尊为武圣，身份显赫，到处被立庙祭祀，获得几乎与孔子并驾齐驱的崇高地位。但从《三国演义》一书的实际描写来看，其形象并不完美，其言其行有不少可议之处。这并不算苛求，因为对西蜀的灭亡，他得负很大责任，甚至可以说是要负首要责任的。

　　联吴抗曹并不只是一个简单的两国结盟问题，对在鼎立三方中势力最弱的西蜀来讲，它尤为重要，这是西蜀得以立身自保的一块基石，关系西蜀的生死存亡。没有了这块基石，西蜀就会立即陷入危如累卵的不利状态，这种可怕的事情正是诸葛亮最为担心的。

　　故此，留守荆州并是不一项轻松的任务，它更多意味着责任，在这样一个敏感、重要的地区，需要镇守者在行兵打仗之外，还要具备高超的外交才能与管理才能。直白地说，这是一个只有帅才才能承担的艰巨任务。

　　令人遗憾的是，对这位曾经有过温酒斩华雄、过五关斩六将光辉业绩的一代名将来说，关羽更适合与对手进行面对面的交锋，这种方式简单而快捷，也容易出成效。而镇守荆州则需要与对手斗智斗勇，更多比的是手腕，而不是武功。

显然，关羽并不胜任这项工作，并不是说他武功不高，而是由其傲慢、虚荣的性格所决定的。对此，足智多谋的诸葛亮不可能看不到，但是在这个最为弱小的阵营中，还有谁具备帅才、比关羽更胜任呢？

巧妇难为无米之炊，在人才严重匮乏的情况下，诸葛亮没有多大的选择余地，他的过人聪明在这里派不上用场。作为刘备的结义兄弟，十分尊崇的地位使关羽的工作安排成为令诸葛亮颇为头痛的一件事，如果不让他镇守荆州，谁又更有能力和资格来承担这么大的责任呢？

退一步来讲，即便找到了合适的人选，让关羽随兄长刘备入川，以其如此不合群的性格，恐怕会成为麻烦制造者，让诸葛亮等人无法安生。在镇守荆州、远离西川的情况下，他竟然还想放弃职守，去和人家马超一比高下，这样的虚荣已近乎病态。他对黄忠的蔑视不仅不得体，甚至可以说是荒谬之举。如果让他与这些人朝夕相处，情况会怎样呢，想想都觉得可怕。

令人担心的事情终于还是发生了，短短几年时间内，这位目空一切的名将就把本来还算不错的外交工作弄得一团糟，不但守不住地盘，而且连自己的性命也给搭上了。

现在流行一句话，叫"不作不死"，这话用在关羽身上，实在是太贴切了。他与其说死在东吴之手，不如说死在自己手里，关羽败于自己之手。

事实证明，在人才辈出的三国，关羽并不是最优秀的。他虽然在与东吴的斗争中充分展示了刚强、孤傲的高贵人格，但是对西蜀的大

金代义勇武安王图

业来说，个人的快意恩仇只能意味着自毁长城，以牺牲国家利益为代价的所谓神勇实在是不合时宜的匹夫之勇。

东吴一方虽然看起来有些贪婪阴险，但是不能不承认，他们的不友好举动是被关羽逼出来的，他们不是不知道结盟的重要性，也曾做了很多努力。关羽因缺少理性的孤傲而白白丧失了很多机会，一步步将东吴从盟友转变成毁灭自己的敌人，可惜他到死都未能认识到这一点。

别的不说，仅就孙权为子求亲这件事而言，这可是一个求之不得的联络两国情感的好机会。即便亲事谈不成，也至少可以热络上一阵子，结果关羽莫名其妙的傲慢将这件事差点弄成外交事故，虽然当时没有达到兵戎相见的程度，但是它严重透支了孙权对关羽的良好印象。"虎女安肯嫁犬子"，别说孙权不能接受，就是老百姓，热脸贴了冷屁股，也是难以接受的。

一个将个人荣辱置于国家利益之上的人只能被称作莽夫，但是很不幸，关羽正是这样的莽夫，成就其忠义名声，付出的是整个蜀国的代价。

对外毁掉孙刘联盟，对内，关羽也未能处理好关系，这从他不愿与黄忠并列、欲与马超比武两件事上看得很是明显。幸亏诸葛亮巧妙处理了这些问题，而黄忠、马超等人也没有因此影响对西蜀的忠诚，否则本来就不够强大的蜀国根本经不起高级将领的内讧。

如果真出现这样的问题，关羽显然要负最大的责任。因此，从这个角度来看，关羽固然是员猛将，但是缺少足够的智谋和策略，他经常阅读《春秋》，似乎并没有派上用场。这样的人一旦失控，就会变成一个不折不扣的麻烦制造者。

关羽桀骜不屈、义勇双全的英雄形象在这场与东吴的生死火并中确实显得十分高大，可这是要付出高昂代价的，那就是他的结义兄弟刘备、张飞的死亡。不求同年同月同日生，但求同年同月同日死，当初结义的誓言如同魔咒，关联着三人的相继去世。

缔造基业的三位创始人甩手去世，将一个烂摊子留给了当初本来就不愿出山的诸葛亮，这是一件无比尴尬的事情。从此，西蜀的事业就像多米诺骨牌一样，只能一路不断地倒下去。

不少人将西蜀灭亡的责任算到那位扶不起的阿斗身上，这位乐不思蜀的皇帝固然是要负一些责任的，但即便他不昏庸，精明强干，就像明朝的末代皇帝崇祯那样，天天凌晨起来盖章签字，在大势已去无可奈何花落去的状况下，他又能怎么样呢？

他能做的，不过是将闹剧演成悲剧，可以改变的仅是一些细枝末节，但有一点是不可改变的，那就是失败，无法避免的失败。这样的事情在历史上并不是没有，一千多年后，大明王朝的覆灭就再现了这一幕。

对《三国演义》里的关羽到底应该做出什么样的评价？这是一个见仁见智的问题，可以一直讨论下去，而且可能永远都不会有一致的结论。

不过在民间，老百姓对这位人物则是无比推崇的，形成了关公崇拜现象，其影响之广泛、之深远，在古代历史人物及文学作品人物中，都少有能与之匹敌者，这里面有很多值得认真思索的东西。

英雄难过华容道

——说关羽义释曹操

　　无论是对关羽、曹操还是对诸葛亮来说，华容道都是一道难关，而且是一道无法绕过的难关。事实上，华容道不过是个由头，真正难过的是彼此，关羽要过的是曹操这一关，诸葛亮要过的是关羽这一关，而曹操要过的则是诸葛亮、关羽这一关。可以说在华容道上演的是三人的一次巅峰对决。对读者来说，三个具有男一号气质的老戏骨在一起飙戏，自然精彩纷呈，高潮迭起。

　　对决先由诸葛亮挑起。赤壁之战经过一番铺垫和准备，刘备、孙权、曹操三方摩拳擦掌，跃跃欲试，对各方猛将来说，谁都不愿错过这次扬名立万的机会，盼着首发出场。诸葛亮这边调兵遣将，一场高层军事会议开下来，赵云、张飞各有重用，就连糜竺、糜芳、刘封这样的人都有活干，关羽竟然作为替补队员使用，给条冷板凳坐，这让创造温酒斩华雄、千里走单骑传奇的他怎么能够接受。

　　对于关羽的发飙，诸葛亮早有心理准备，不是不让你关二爷首发，而是你受人家曹操的恩惠太多太重，万一关键时刻放水怎么办。问题提得很尖锐，你关老二要么老老实实在家里坐冷板凳，要么解决和恩公曹操的私人恩怨。至此，关羽没有选择，只能以立军令状的极端形式获得出场权。对关羽来说，这关乎自己的荣誉，关乎自己的尊严，至于到了华容道该如何做，他还没有想到这一层。即便想到了，也没有想这么深。用现在的话来说，他急于揽活，没有做好预案。

一切都在诸葛亮的掌握之中，他完全可以避免这场直球对决，比如派关羽去别的地方作战，让张飞或赵云去守华容道，最不济自己和刘备过去，都能解决问题。但他必须这样做，表面上看，这是为了解决关羽与曹操的个人恩怨，而实际上，这也是在解决他与关羽之间的问题。

提起诸葛亮与关羽之间的问题，还要从当初的三顾茅庐说起。刘备三顾茅庐是千古佳话，但其中扮演反派角色的则是关羽、张飞，尤其是关羽，以其素来孤傲的性格，肯定是看不上诸葛亮的，估计在徐庶走马荐诸葛的时候，他就已经对诸葛亮反感了。徐庶将诸葛亮几乎夸成天人，好像没有他什么事都干不成，在关羽眼里，这简直是赤裸裸的推销，是江湖郎中的话术。但刘备被说服了，没办法，只好在大冬天里跟着大哥去了三趟茅庐，心里的郁闷和不满是可以想见的。

到了第三次，他和张飞开始对着刘备"吐槽"：

> 兄长二次亲谒茅庐，其礼太过矣。想诸葛亮虚闻其名，内无实学，故相辞也。(《定三分亮出茅庐》)

这是两人内心真实的想法。诸葛亮出山后，关羽仍对刘备发泄自己的不满：

> 刘备自得孔明，以师礼待之，有云长、张飞心中不悦，

乃曰："孔明年幼，有甚才学？兄长敬之太过！又未见他其实效验。"(《诸葛亮博望烧屯》)

不说年轻而说"年幼"，语气间带着蔑视和不屑，关羽对诸葛亮的不友好态度可谓不加掩饰。不过他反对的理由让刘备也不得不认真面对。第一，你诸葛亮到底有什么才学？既无高人指点，又无从政经历，也没见有啥学问，怎么让我们相信你有本事？第二，我们兄弟南征北战，打杀半辈子，是要创业的，而不是开养老院、托儿所做慈善的，既然请了你三次才露面，那么总得给个见面礼、交个投名状，好让我和我的两个兄弟信服。

刘备请了三次才露面，诸葛亮本不愿意出山，一个重要的原因就是觉得这是一件不可能完成的事情，他不愿意用一生的时间做无用功。另一个重要的原因就是任务艰巨，且不说他面对的是一个奸诈狡猾的枭雄曹操，还有盘踞江东多年的孙权，光是内部就难摆平，人家刘关张是拜把子的兄弟，而且年龄比你长了一二十岁，你一个年纪轻轻的白面书生，能镇得住场面吗？

对诸葛亮来说，要想完成三分天下的宏图大业，先要从眼前做起，把内部摆平。否则令不出朝堂，天天在窝里斗，还怎么去争天下。而要摆平内部，先要从关羽下手，把他制服了，张飞、赵云都不在话下。所以对诸葛亮来说，华容道也是他不得不过的一关，不让关羽乖乖听话，这日子就没法过了。尽管他上任之后放了两把火，火烧新野，火烧博望，但那都是小打小闹，不算大世面，关羽未必心服。这一关必须过去，只能赢不能输，否则真得灰溜溜回卧龙岗种田了。

可以说，诸葛亮设了一个关羽不能不陪着玩到底的局，这场局一举多得，可以解决自己与关羽的问题，也解决关羽与曹操的私人恩怨，当然还顺带着给曹操上了一课——别觉得自己如何了不起，要知道山外有山，浪外有浪，还是见好就收，不要吃独食，大家一起玩政治平衡游戏吧。

这一局可是险局，刘备一下就发现了问题。

> 玄德曰："吾弟云长，义气深重，若曹操果然投华容道去时，只恐端的放了。"
>
> 孔明曰："亮夜观乾象，曹操未合身亡。留这恩念，故意等云长做个人情，亦是美事。"（《周公瑾赤壁鏖兵》）

毕竟是出生入死多年的兄弟，刘备太了解关羽了。诸葛亮这样真的会把二弟玩死，这可是一场开不起的玩笑，他不能不出来说话。

到了这个份上，诸葛亮只能提前剧透，把刘备也邀请入群，给他安排一个戏份，共同完成这场大戏。当然，他还是没把话说得太明，只是告诉刘备，这样做不是捉弄关羽，而是给他一个大大的人情，不过得了好处肯定得付出点代价。刘备对此心领神会，黑脸红脸的分工就这样默契地完成了。

接下来的舞台交给了关羽和曹操，诸葛亮则陪着刘备在后方收看实况直播。虽说主角是关羽，但曹操演得更好，不愧是混迹江湖多年的老戏骨，知道如何抢戏。

八十万大军，这差不多是曹操积累一生的家当。曹操本想靠这支军队彻底解决天下的统一问题，没想到被几个"后浪"小青年一把火烧个精光。换成别人，肯定捶胸顿足，毕竟是五十多岁的人了，真的有点输不起。

曹操毕竟是曹操，逃跑的路上还不忘给自己加了三场戏，场场精彩，一下让自己的形象高大不少。这三场可以概括为"三笑"，这三笑比后世的唐伯虎三笑点秋香要好看多了。

逃到乌林，他在马上"仰天大笑不止"，这一笑让手下吃惊不小。仗打到这个份上，哭都哭不出来，竟然还能笑得出声，莫非脑子烧短路了。听到曹操说出理由，大家不能不佩服。此时曹操脑子里想的竟然不是保命，而是谋略，他觉得"周瑜无谋，孔明不智"，仿佛在欣赏别人的大戏，忘记了自己也是主角。

曹操笑得快，诸葛亮出来打脸也快，而且把脸打得震天响。曹操话音还没落，赵云就率领兵马杀了过来。英雄所见略同，你能想到的别人也能想到，只不过扮演的角色不同。这样一来，曹操总比诸葛亮慢一拍，成了现实版乌鸦嘴。

当曹操逃到葫芦口第二次仰天大笑的时候，手下将士的感情还没有来得及从疑惑变成崇拜，直接转成惊恐。第二次被诸葛亮打脸的事实证明，曹操真的成了乌鸦嘴，代价是手下士兵的严重伤亡。

转眼到了华容道，正是隆冬时节，天下着雨，道路泥泞，到处都是水坑。山谷幽深险峻，别说战败逃命，就是平常从这里经过，也会提心吊胆，生怕林子里窜出个什么东西来。手下的将士们都后悔没有给曹操的嘴上安装一个消声器，等他们第三次听到曹操的笑声时，恐怕只能用魂飞魄散来形容此时的感觉了，如果换个词，也好不到哪里去，比如毛骨悚然之类。

燕雀安知鸿鹄之志，这就是曹操和他手下将士的区别。曹操的笑哪怕是作秀，也是高明的作秀，这是一种胸怀，一种境界。从这三

清代改琦绘《华容道释曹》

次笑就可以知道，再大的火焰也烧不垮这位身经百战、意志坚强的对手。这一点诸葛亮最清楚，他已经告诉了刘备。

将士们在曹操凄厉的笑声中走向崩溃，因为这张老年乌鸦嘴将最可怕的对手关羽"及时召唤"了出来。

老戏骨就是老戏骨，惨到这个份上，曹操还不忘记飙戏。眼看山穷水尽，他本来准备"决一死战"的，因为在自己的辞典里没有"投降"二字，后来听从程昱的建议，这才决定改变套路，走煽情路线。

曹操既没有慌张，也没有失态，而是与关羽一起温习旧日相处的美好时光，提到"昔日之言"，提到"五关斩将"，话题一下转到"大丈夫处世必以信义为重"，并提到历史上的义气故事。

本来是曹操守门，关羽抽射，一番充满温情的话谈下来，关羽已经变成了没有防守能力的守门员，"低首良久不语"。面对曹操的情感攻势，他除了放水，没有别的选择。于是戏剧性的一幕发生了：

> 于是把马头勒回，与众军曰："四散摆开。"这个分明是放曹操的意。操见云长勒回马，便乘空和众将一起冲将过去。云长回身时，前面众将已自护送操过去了。云长大喝一声。众皆下马，拜哭于地。云长不忍杀之。正犹豫中，张辽纵马至。云长见了，亦动故旧之心，长叹一声，并皆放之。（《关云长义释曹操》）

这个时候，关羽不可能没有想到那张具有法律效力的军令状，但已经顾不得许多了，再者自己和刘备毕竟是拜把子兄弟，他心里还是有些底气的。曹操逃出华容道，清点身边将士，千军万马只剩下了二十七人。留得青山在，不怕没柴烧，对曹操来说，只要脑袋还在，这就够了。

关羽、曹操的对手戏到此结束，两人的恩怨也自此了结，再见的时候就是曹操看到东吴送来的关羽的头颅了。接下来是诸葛亮和刘备的黑脸红脸戏，关羽变成了配角。

在刘备的参演下，正剧变成了喜剧，关羽尽管没有性命之忧，但是以往的傲慢和威风不复存在，先被诸葛亮奚落一番，再被诸葛亮喝令拉出去砍头，一切都按照诸葛亮事先安排好的套路走，刘备的一句"望权记过，后将功赎之"，算是给他留下了活路，也留下了案底。当然，这一切关羽都蒙在鼓里。

头虽然依旧长在自己的脖子上，但是将功赎罪的案底却保留下来，天不怕地不怕的关老二从此有了管束，乖乖听从后浪青年诸葛亮的调遣。内部工作做好，后面借荆州取西川的大戏才好上演。

华容道过关考试到此结束，如果一定要有个成绩，曹操、诸葛亮优秀，关羽勉强及格。

我就是我，不一样的曹操

　　一部《三国演义》洋洋洒洒，塑造了一千多个人物形象，如果要说哪一个刻画得最为成功，相信曹操一定是首选，即便不能用最，至少也是之一。

　　曹操也许是全书争议最大的一个人物形象，说他坏话的，可以找出一大堆理由；说他好话的，同样可以举出很多证据。从作者的创作意图来看，他极力想把曹操塑造成一个奸雄形象，但读者不买账的多的是，直到今天，仍不断有为曹操翻案的声音，而且这个话题将一直持续。

　　出现这种现象，一方面与作者的写法有关，他虽持拥刘贬曹的立场，但仍在小说中展示了曹操性格的多面性和复杂性，既写坏的一面，又写好的一面；另一方面则与读者的读法有关，不少人习惯二元对立思维，往往黑白分明地将人物分成好人和坏人，一旦出现那种善恶兼具的复杂人物，就容易产生分歧，对曹操的评价往往从自己的喜好和三观出发，带有较强的主观性。

　　正是因为上述两种因素的影响，历来对曹操的评价一直分歧很大，趋于两极，难定一尊。

　　也许我们可以换个角度来看曹操。

纵向来看，曹操从载入正史到进入通俗文学，经历了一个从善到恶的逐渐变化的过程。在陈寿的《三国志》中，曹操是作为有着正统地位的一方被肯定的，而民间对他的评价则褒贬不一，特别是宋元以后，曹操多以奸臣面目出现在各类通俗文学作品中。《三国演义》继承了拥刘贬曹这一思想倾向，更多将曹操往负面来写。

其后，曹操的奸臣形象被定型，并通过戏曲、说唱等艺术形式不断推广和强化。由于《三国演义》的巨大影响，曹操的文学形象深入人心，开始影响对历史人物曹操的评价，尽管两者根本不在同一个层面上。中华人民共和国成立后，郭沫若曾撰文为曹操平反，产生很大影响，由此引发对曹操这一历史人物的热烈讨论。经过深入讨论，人们逐渐改变了以往对曹操简单化、脸谱化的认识，对这位历史人物有着较多的肯定，基本认可他是一位具有雄才大略的政治人物。有趣的是，这种评价又反过来影响人们对曹操这一文学形象的评价。

对这样一位性格及内涵如此丰富、复杂的文学形象来说，仅仅从一件事、一个侧面去立论是无法全面、深入把握这一文学形象的。过去人们多以道德标准来否定这一文学形象，强调其性格中奸诈、自私的一面。这固然有其道理，也可从作品中找到不少例证，比如他的误杀吕伯奢全家，比如他的为稳定军心而冤杀运粮官等，特别是那句"宁使我负天下人，休教天下人负我"的名言，更是被人们作为负面评价的铁证。

但这显然不是曹操性格的全部，因为还有不少故事展示了其性格中真诚、宽容的一面，比如他的厚待关羽，礼遇郭嘉。

结合小说的具体描写来看，与同一时期的其他政治人物相比，曹操有着许多优秀的品质和过人的才能，他的成功并非偶然。这主要表现在如下几个方面。

首先，曹操有着过人的政治远见。与袁绍、袁术、刘表、吕布等人的短见近视相比，曹操对时局有着深入的认识和通盘的考虑，这可以从煮酒论英雄时他和刘备分析天下大势那段描写看出来，尽管当时他的势力还不是最大的，还在面临袁绍这种强敌的威胁，但他充满自信，因为他知道未来的方向。这种自信并非盲目乐观，因为他了解天下大势，所以其举措都是经过深思熟虑的，很少有重大策略的失误。

就拿挟天子以令诸侯这件事来说，无疑是一个十分高明的策略。在其他军阀看来毫无价值的汉献帝，在曹操手里"变废为宝"，派上了大用场。挟天子以令诸侯为曹操捞足了政治资本，获得了政治上的正统地位，缺少长远考虑的政治家是下不出这步好棋的。

尤其需要指出的是，袁术、刘备、孙权等人先后称帝，更有资格称帝的曹操却没有赶这份时髦，这一招显然会让那些指责他篡权夺位的人感到尴尬，失去口实。兵多将广、实力雄厚的曹操并非没有这份政治野心，只是他

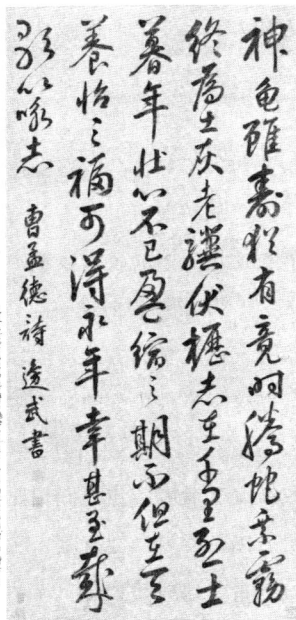

元代边武书曹操《龟虽寿》

想得更为长远，对时机有着精准的把握，最后他把这个机会给了自己的儿子。

其次，曹操不拘一格任用人才。这些方面，曹操的表现可圈可点。群雄之争实际也是人才之争，需要团队合作精神，单靠个人高强的武功是行不通的。吕布在虎牢关创造了一人对付刘关张的传奇，在三国众将中，可谓出类拔萃，数一数二，但这并没有给他带来事业上的成功。因为事实最后证明，陈宫的谋略比吕布的武功更为重要，吕布屡屡拒绝陈宫这位高级谋士的妙计，也就等于自己关闭了成功的大门，一代猛将最后连性命都保不住，其下场不可谓不悲惨。原本势力最为强大的袁绍之所以败亡，并不是因为他缺少人才，其手下堪称兵多将广，人才济济，优势比曹操大得多。但是有人才而不能善用，有妙计而不去采纳，谋士之间相互争斗，照样逃脱不了失败的命运，袁绍被势力远不如自己的曹操彻底击垮，死无葬身之地。

两人的教训不可谓不深刻。谁拥有优秀的人才并能知人善用，谁才能在这场残酷的政治较量中立于不败之地。刘备明白这一点，他三顾茅庐。曹操更明白这一点，看看他怎样对待郭嘉就可以知道。《三国演义》以文学的方式形象地阐释了这一看似老生常谈的大道理。

在这场群雄角逐的政治游戏中，曹操是个赢家。在各个政治集团中，不重视人才者固然有，善于任用人才者也不在少数，比如刘备、孙权就属于后者。与他们相比，曹操对人才的渴求更为强烈，达到了求贤若渴的程度。他有鉴人之明，刘备尚在落魄之时，曹操就看出刘备是与自己比肩的英雄，显示了过人的洞察力；他有得人之方，想尽各种办法招揽各类贤才；最为重要的是，他用人得当，能够充分发挥手下人才的才能。在人才的任用方面，曹操是十分成功的，可以想象，如果他对部下没有十分善待、信任，郭嘉等人是不会为他如此卖命的。如果他纯粹奸诈行事，缺乏真诚，很难想象会有那么多人在关键的时候屡屡帮助他，效忠他。

再次，曹操拥有宽广的胸怀。作为一名政治家，要抓大不抓小，有全局眼光，如果什么事都斤斤计较，患得患失，就难以成就大业。在这方面，曹操无疑是一个表率。击败袁绍后，他没有接受部下的建议，连看都不看，就将部下私自与袁绍往来的书信焚烧，这并不是谁都能做到的，它需要宽广的胸怀和容人之量。

对自己人宽容，对自己的敌人也能如此，这种气量就只能用"过人"来形容了。比如他的善待刘备、关羽。明明知道刘备是自己争夺天下的有力竞争对手，依然在刘备落败之时收留他，善待他，即使在刘备叛逃的情况下，也未听从部下的劝告痛下杀手，赶尽杀绝。对关羽，曹操更是仁至义尽，难怪关羽在华容道下不了手。对过五关斩六将的传奇故事，人们只注意关羽的义勇，很少注意其背后所体现的曹操的宽容和大度。以牺牲自己将士的代价信守诺言，对离开自己的敌将大开绿灯，这需要多么宽广的胸襟和气度。刘备、孙权都未必做得到。

正是曹操的这一品格，为他赢得了部下的敬佩和拥戴，他的成功并非偶然。可以说，曹操成就了关羽。没有曹操的宽容，关羽连性命都保不住，哪里还能博得美名。没有曹操，关羽连当初的温酒斩华雄都做不到，对这样一位赏识自己、成就自己的恩公，即使再过一次华容道，关羽都下不了手。

最后，曹操机智多变。面对当时不断变化、错综复杂的形势，主将需要不断调整策略应对。在这方面，曹操也是做得很出色的。从镇压黄巾起义、讨伐董卓开始，他不断根据形势调整策略。从和袁绍、吕布、刘备等人的联手到分裂，可以说都是根据形势的需要而采取的应对措施。他对人才的选择也是与众不同的，他十分看中人才的才能，而不是道德。在残酷的政治斗争中，是不能机械遵守一些原则的，需要加以灵活变通。

从小说的描写来看，曹操确实存在着一些道德上的污点，这是不可否认的，也没有必要为他辩护。但瑕不掩瑜，这些都无碍其雄才大略的优秀政治家形象。

在小说中，作者将曹操定位为奸雄，对其奸的一面强调较多，好在他没有走极端，对曹操雄的一面也写到了。可以说，在三国群雄中，曹操也是一位顶天立地的汉子，不比任何一个人逊色。董卓专权，飞扬跋扈，曹操怀揣宝刀一人前往行刺，当时谁有这个胆量？赤壁一战，遭遇人生最大的失败，一路上照样仰天大笑，有几个人能有这样的胸襟？在群雄环视的环境中，煮酒纵谈天下，列出一份只有自己和刘备的天下英雄排行榜，这份豪气，这份自信，谁人能比？

这就是曹操，一位有着真性情、敢爱敢恨的大英雄。他风格独具，性格鲜明，坏事做了不少，好事也有一大堆。他就是这样一个特立独行的存在，任由后人褒贬。我就是我，不一样的曹操。

悔不该当初砍下了这一剑

——说吕伯奢血案

大凡读过《三国演义》的人都知道曹操是奸雄，这是作者罗贯中有意引导的结果，其中最有说服力的例证是吕伯奢血案。这件事将曹操牢牢地钉在耻辱柱上，似不易翻案。不过在笔者看来，此事还可以再说道说道。

这件事的来龙去脉要从曹操的刺客秀开始。董卓专权，胡作非为，王允等一帮大老爷们除了抱头痛哭，再想不出别的办法。这个时候，曹操挺身而出，提出用王允的七宝刀去刺杀董卓。这注定是一次有去无回的自杀式行动，董卓身边防卫森严，还有个武功高强的吕布整天跟着。再说曹操也没有什么武功，此一去凶多吉少。董卓当时很赏识曹操，曹操如果是势利眼，完全可以跟着他混。即便是刺杀董卓，也可以找个替死鬼去，没必要以身犯险。就凭这件事，你不能不承认曹操是一位很有正义感的热血青年。

但刺杀任务完成得并不顺利，曹操一直没有得到适合的下手机会，结果还被董卓、吕布发现，引起怀疑。趁着这两位稀里糊涂还没有醒悟过来之时，曹操随机应变，弄了一匹马一路狂奔，竟然全身而退。换成别人，遇到这种场面，都能吓得尿裤子，看看荆轲刺秦王时那位超级壮汉秦舞阳的表现就知道了。青年曹操如此有勇有谋，日后必成大器。

曹操前脚刚跑，后脚董卓、吕布就明白过来，立即发布通缉令，大范围追捕。曹操逃过一关又一关，结果到中牟还是没通过人脸识别系统，被捉了个现行。按照故事的本来逻辑，下面就是将曹操押解回京，之后斩首，事情也就结束了。

正在这个关键时刻，故事的二号人物陈宫出现了。之所以叫二号人物，是因为他不但参与了后面的事情，而且负责抹黑曹操，曹操那奸雄的坏名声和他有直接的关系。

前面笔者夸曹操是位热血青年，有勇有谋，必成大事，可能有人不同意。其实，这不是笔者一个人的看法，也是陈宫的看法。要知道

清康熙五彩孟德献刀故事图盘

这个时候，陈宫可是中牟县的县令，官虽然不大，但曹操的小命就握在他的手上。

一番话谈下来，陈宫断定曹操是"天下忠义之士"，竟然连官也不做了，决定和曹操一起干大事。两人一起朝曹操老家奔去，准备在那里发动群众，开展反抗董卓的武装斗争。就冲这一点，陈宫也不是一般人，此举估计让曹操都大感意外，没想到自己命这么好，想必会不停地咬手指头，确认自己是不是在做梦。如果后面不出现戏剧性变化，陈宫必定前途无量。

走了三天，天色已晚，曹操想起附近有个熟人，那就是父亲的结拜兄弟吕伯奢，于是两人一起过去投宿。说起来也是命中注定，正好在这个时间点路过这个地方，也正好想起这么个人。否则曹操遇不到吕伯奢，也就没有后来这些破事情。

到了吕伯奢家里，老人家还真热情，并不因官府抓捕就将曹操拒之门外，而且要好酒好肉招待。按说随便管顿饭找个房间休息也就打发了，曹操同样会感激不尽，也就没有后来的糟心事。谁让老人家是曹操父亲的把兄弟呢，谁让家里正好没有好酒呢，于是老人家骑上毛驴，到西村小卖部买酒去了。

曹操自刺杀董卓未成，一路狂奔，惶惶如惊弓之鸟，潜逃至此，心里本就不踏实，警惕性高，加上性格多疑，这个时候很容易疑神疑鬼。当他听到磨刀的声音后，一下警觉起来。吕家大概有阵子没有吃肉了，早不磨刀，晚不磨刀，偏偏这个时候磨，听得人心惊肉跳的。再一联想吕伯奢刚才的过度热情，明说是出去买酒，谁知道会不会去向官府通风报信呢？再说出去买酒，也不找个人陪客，曹操越想越觉得反常，越想越觉得可怕。

两人悄悄摸到草堂后，偏偏又听到"缚而杀之"这句话。你说天都这么晚了，家里有什么食材就做什么饭吧，还杀哪门子猪。杀猪就杀猪，还非要喊出来，猪可不就得捆起来杀吗，它不可能站在那里等着你用刀捅，否则还在那里喊个什么劲。

三件事正巧凑到一起，又是在曹操逃亡的路上，你说曹操会怎么想？不光曹操这么想，陈宫也这么想。注意，当曹操决定先下手为强时，陈宫也动手了，他可不是"吃瓜群众"。且看小说的描写：

> 与宫拔剑直入，不问男女，皆杀之，杀死八口。（《曹孟
> 德谋杀董卓》）

惨剧就这样猝不及防地发生了，两人也够狠的，一口气将人家大小八口都杀了。按说觉得不对劲，两人还有一个选择，那就是赶紧骑马跑路，结果偏偏要先下手，而且这么狠，抄家灭门那种。还有陈宫，他没有劝曹操，更没有阻止，而是和曹操一起动手。吕伯奢灭门血案如果走法律程序，曹操是主犯，陈宫也脱不了干系。

看起来是偶然，细细想来也是必然。要命的是，两人很快发现这是一场误会，一场没法消除的误会。事情到了这个份上，两人只能立马走人。走人之前，陈宫开始埋怨："孟德多心，误杀好人。"这句话应该说没错，但问题是你陈宫呢？不要乌鸦嫌猪黑，你的双手也沾满鲜血，你也不是局外人。

两个人跑了不到两里地，更为尴尬的一幕出现了，他们竟然遇到了吕伯奢。面对蒙在鼓里、依旧热情的老人家，曹操无话可说，随口敷衍两句，"不顾，策马便行"。如果曹操带着陈宫就此扬长而去，

悲剧固然无法挽回，但事情的发展可能是另外一个样子，后人对曹操的评价也许会有不同。

接下来发生的事情，不光陈宫目瞪口呆，连读者也惊呆了：

　　又不到数步，操拔剑复回，叫伯奢曰："此来者何人？"
伯奢回头看时，操将吕伯奢砍于驴下。(《曹孟德谋杀董卓》)

看到此处，人们不能不强烈谴责曹操，对这样一位热情接待自己的老人怎么能下得去手？！对此，曹操的解释是"伯奢到家，见杀死亲子，安肯罢休，吾等必遭祸矣"。说是怕吕伯奢报复，为了避祸而斩草除根，这样的借口，虽逻辑上似讲得通，但情感上很难让人接受。曹操遇到吕伯奢，本来是准备跑路的，"不到数步"说明他有一个短暂的心理活动，曹操此举，可能还有一个考虑，那就是他没脸再见吕伯奢，无法面对这位长辈。但问题是，无法面对就是杀人的理由吗？

面对陈宫提出"知而故杀，大不义也"的质疑，曹操说出了那句为他留下万世骂名的名言："宁使我负天下人，休教天下人负我。"这句话将曹操以自我为中心、极端自私的形象板上钉钉，连作者都忍不住从幕后跑出来发议论："曹操说出这两句言语，教万代人骂。"

骂归骂，但这里面有几个问题也是必须弄明白的。第一个问题是，假如曹操不杀吕伯奢，不说那句名言，是不是就不会落下骂名？是不是就可以得到宽恕乃至原谅？第二个问题是，陈宫为何只在乎曹操杀吕伯奢这件事，前面杀人家一家八口，难道就不用追究？第三个问题是，陈宫本人在里面扮演了什么角色？他是不是凶手？一出事就甩锅，推得一干二净，这也不是好汉做的事情。最后一个问题是，曹操的为人真的像他这句名言所说的那样自私吗？比如他和关羽，到底是谁负了谁？

不管怎样，最后这一剑砍下去，曹操的负面形象无可更改，陈宫对他的评价从"天下忠义之士"一下变成了"狼心狗行之徒"，当夜就与他分道扬镳，甚至还考虑要不要杀死曹操。

笔者一点都没有为曹操翻案的意思。读过作品，笔者脑海中一直在想着这样两个假设：假如曹操没有砍最后一剑，而是扬长而去，吕伯奢回去看到自己一家八口被杀，他该如何面对呢？假如曹操见到吕伯奢后马上说明真相，真诚表示歉意，吕伯奢又会怎么做呢？

读者诸君，你们能给出什么令人信服的答案呢？

这个周郎不正常

——《三国演义》之周瑜形象新解

"遥想公瑾当年，小乔初嫁了，雄姿英发，羽扇纶巾，谈笑间，樯橹灰飞烟灭。"苏轼不愧是文坛高手，寥寥数语，就写尽一位历史人物生命中最为绚烂夺目的光彩。这正是一代文豪苏轼心目中的周瑜形象。

显然他的这种印象来自陈寿的《三国志》，还有那些为该书增色许多的裴松之注。在这部后世屡获好评的史学著作中，周瑜基本是作为正面形象出现的。据史书记载，周瑜不仅容貌出众，多才多艺，风流儒雅，还是一位胸怀韬略、英勇善战、屡建奇功的杰出将领。史家称他"建独断之明，出众人之表"。

就在苏轼流连长江之畔，感慨万千地写下那首千古传诵的佳作之时，在广大乡村，作为民间说书之一类的"说三分"也正在听众充满期盼的目光中绘声绘色地上演着。

但是到了书会才人的笔下和说书艺人的口中，曾经风流倜傥的周郎已经被做了一次较为彻底的"易容手术"，这有稍后刊印的《三国志平话》为证，在这部充满民间气息的讲史小说中，周瑜被塑造成一位整天玩乐、将军国大事放在脑后的郎当公子哥。稍后上演的杂剧

《隔江斗智》依然保持了周瑜的这一负面形象。

不过，广大民众心目中的周瑜形象主要不是来自这些评话、杂剧，而是来自那部在此基础上创作成书的长篇历史演义小说——《三国演义》。

《三国演义》如今已和《水浒传》《西游记》《金瓶梅》《儒林外史》《红楼梦》等小说一起成为代表中华民族古典文学最高成就的作品，书中主要人物的性格皆十分鲜明，往往可以用一个词来概括，比如刘备的忠厚、曹操的奸诈、关羽的义勇，尽管不少研究者对这种较为类型化的人物塑造方式颇有微词。

不过，这一艺术规律对周瑜并不适用。这倒不是因为周瑜其人较之其他人物有什么不同，也不是因为小说中这个形象写得太好、太复杂，以至于无法用一个词语来概括，而是因为这个形象实在太奇特了，用"不正常"一词来描述《三国演义》中的周瑜形象也许不够准确，不够文雅，但还比较接近实际。

凡是读过这部小说的读者无不感觉到，这位周郎在其中的表现实在是太失常了。无论是史书中的青年英雄形象还是话本、杂剧中的丑角形象，都只能概括这个人物形象性格中的一面，因为小说作者将他写成了一个双面人，既是英雄，又是小丑，如同《镜花缘》中两面国里的居民。

在小说中，这位周郎一会儿风流倜傥，从容不迫，善待老将程普，妥善地处理将帅间的矛盾，被吴主委以军国重任，一会儿又脾气暴躁，目光短浅，被诸葛亮三气而死；他一会儿临阵不乱，指挥若定，智斗蒋干，巧设苦肉计，令部下佩服不已，一会儿又出尽馊主意，玩出"失了夫人又折兵"之类的小把戏，被诸葛亮一一识破，玩弄于股掌间；他一会儿举荐贤才，临死前荐鲁肃替代自己，胸襟宽广，一会儿心胸又变得极其狭窄，一心和诸葛亮过不去，必欲除之而后快，甚至在曹操大兵压境的关键时刻，竟置东吴安危于不顾，想以投降曹操的方式除掉诸葛亮，幸亏鲁肃的及时劝阻而未能付诸行动。

在小说中，周瑜在不同场合间的表现判若两人，从性格秉性到军事才能，从道德操守到智力水平，转眼间就能发生彻底改变，如此反差极大的言行举止发生在同一个人物身上，实在令人难以置信，仅仅用性格复杂、双重人格之类的词语是无法解释清楚这一现象的。

不过，仔细阅读小说当可发现，这位周郎的不正常也是有规律可循的，可谓间歇性发作。那就是在处理东吴内部事务或与曹操一方作战时，周瑜往往精神焕发，神勇无比，游刃有余，一副少年老成的英武形象。

但是，一旦与刘备一方交锋斗智特别是面对足智多谋的诸葛亮时，周瑜立即就换了一副面孔，风采顿失，一下变得愚蠢无比，屡受挫折，成为一位结局可悲的弱智者。

宽容与狭隘、睿智与愚蠢、从容与暴躁、远谋与近视，就这样奇怪地缠绕在同一个人物身上。在现实生活中，这样的人物应该说是极其少见的，即使有，也多半会被归入精神不正常者之列。

如此一个精神极度不正常的人何以成为东吴的得力干将，屡屡得到孙策、孙权的信任和重用，被委以军国重任？看完小说，面对表现如此失常的周瑜，读者不能不产生这一疑问。要知道，东吴就是依靠这样的人物立国存身，成为鼎立局面中的一方，并维持了比西蜀更长的时间。显然，在小说中，这位周郎出了问题。

自然，问题不在周瑜本人，而是出在小说作者身上。究其根源，乃是作者对周瑜的定位有些问题。

尽管周瑜也是一位叱咤风云的英雄人物，是东吴事业的重要支柱，但在作者的安排下，他不得不为小说中另一位更为重要的核心人物——诸葛亮作陪衬。在小说中，周瑜主要是作为诸葛亮的陪衬而出现的，他如同柯南·道尔笔下那位整天作张口结舌状的华生，以自己的无能和愚蠢来衬托福尔摩斯的高明。

有了周瑜的衬托，诸葛亮的形象倒是写得十分光彩，又是舌战群儒，将东吴群臣一概骂倒，又是草船借箭、巧借东风，活生生将周瑜赤壁之战的盖天功勋全部抢走不说，还屡出狠招，最终将周瑜三气而死。

按说次重要人物为最重要人物作陪衬倒无不可，只是作者这样淋漓尽致、毫无顾忌地写来，诸葛亮倒是写好了，周瑜却被写得人不像人，鬼不成鬼了。显然，诸葛亮形象塑造的成功在很大程度上是以牺牲周瑜为代价取得的。

运用陪衬手法时是否一定要将陪衬者牺牲掉？这是值得怀疑的，在写好被陪衬对象的同时也兼顾陪衬者的形象，达到双赢的艺术效果，对小说作者这样优秀的写作高手来讲，并不算特别苛刻的要求，因为在《三国演义》中，为诸葛亮作陪衬者除了周瑜，还有那个老谋深算的司马懿，而后者在小说中的表现显然比周瑜要正常得多。

小说创作不同于史书编撰，并不一定要严格按照史实来写，作者完全有虚构想象的权利，他有写出人物负面性格的权利，也有将历史人物彻底"易容"的权利，即使将周瑜写成丑角也无所谓，但是对其言行举止、思想性格各个方面的描写要和谐统一，不能相互背离，发生抵牾——小说中周瑜形象的描写正是犯了这个毛病。

如果仅从书中和诸葛亮斗智这类事迹来看,心胸狭窄、脾气暴躁的周瑜倒也写得颇为传神,但是一旦放在整部作品中来看,问题可就大了。因为在小说中,周瑜并不总是和诸葛亮同时出场的,在没有为诸葛亮作陪衬服务的时间里,他的形象一下又变得如此高大。

如果将诸葛亮缺席时的事迹归纳来看,周瑜又成了一位胸怀远大、智勇双全的少年英雄。人格再分裂,精神再有问题,也不至于反差如此巨大,大到不可理喻的程度。

何以一位光彩照人的少年英雄人物竟沦为一个昭显他人辉煌的次要角色?这确实是一个值得深思的问题。

细究起来,周瑜这一陪衬角色的定位与东吴一方在《三国演义》

周瑜塑像

中的整体地位有关。在这部小说中，拥刘贬曹既是作者的基本立场，又是全书的结构主线。该二元对立结构方式的采用与三国鼎立的历史事实形成了极大的反差，从而使东吴一方陷入一种较为尴尬的状态，它既不是作者正面表现、极力歌颂的汉家后裔，又不是作品反面表现、无情鞭挞的篡权贼子，可以说处于善恶、正邪、美丑两极的中间，游移不定。

结果，东吴在小说里失去了三国鼎立局面中的支柱地位，没有像魏、蜀那样成为全书描写的重点，反而成为给双方添色的陪衬。其自身色彩的亮丽与灰暗、黑与白，完全取决于陪衬对象的性质。遇到形象高大的刘备一方，东吴只能成为委琐卑劣的反方，即使在占上风的时候也是如此；而遇到严加针砭的曹操一方，反倒能显出几分亮色。

于是在全书中，东吴一方的主要人物如周瑜、鲁肃仿佛夜晚从一家酒吧、夜总会到另一家酒吧、夜总会不断赶场子的流浪艺人，卖力地奔波于刘、曹两方之间作陪衬。结果，刘、曹两方的主要人物形象倒是写好了，东吴一方的人物却一个个因此而得了精神分裂症，行为有悖常理，无一不表现出难以理解的双重或多重人格。

东吴帝王一级的人物如孙坚、孙权尚且如此，经常被写得不堪，作为臣下的周瑜、鲁肃等人物也只能跟着不正常了，他们虽然在东吴都是支撑大局的关键人物，但是在全书中只能去当陪衬角色，不能得到正面的充分展现，成为这场文学冤案中的受害者。

深究下去，这一奇特现象的产生无疑也与《三国演义》的成书方式有关。应该说，在《三国演义》成书之前，曾存在两个面目迥异的周瑜形象，两者有着史家与民间、真实与虚构、英雄与丑角的区别，形象的正反之中蕴涵着思想理念和审美情趣的差异，相互之间存在矛盾，不加选择地都写进一部书中，肯定会出问题，两种形象会在书中打起架来。

　　显然，作者难以割舍，想兼收并蓄，既从史书中取材，又要利用民间传说，但他没有很好地将两者有机融合，并加以贴切地弥合。加之小说中周瑜又要作为陪衬人物出现，于是就出现了种种不正常的现象。不客气地说，这也可以说是《三国演义》中的一个败笔，不能因其经典地位而刻意掩饰它。

一场气大伤命的"示范秀"

——说三气周瑜

《三国演义》的作者在写人方面真是高手，小说里的人物形象个个性格独具，特征鲜明，一起出来也不会混淆，用现在的话说，就是每个人都有自己专属的表情包。比如曹操的笑，刘备的哭。

相比之下，周瑜的表情包在整部作品中是最为奇特的，那就是生气。从心理学的角度来看，无论是刘备的哭还是曹操的笑，都有舒缓或宣泄情绪的治愈效果，独独这个生气，只会让情绪更糟糕，对身体也不好。俗话说，气大伤肝。但是对周瑜来说，这不算啥，因为人家玩的是气大伤命的"示范秀"。

周瑜生气是从认识诸葛亮开始的，两个人的关系有点像动画片里的猫和老鼠。在诸葛亮出现在周瑜的视野之前，周瑜还比较正常，没听说有心胸狭窄、嫉贤妒能、爱走极端这些坏毛病。被孙策邀请出山后，周瑜荐举贤才，征战沙场，为东吴立下汗马功劳，深得吴主的信任和器重。孙策临死前留下"外事不决，可问周郎"的政治遗言，孙权后来照着执行。如果周瑜真的像后来所写的那样神经质、小肚鸡肠，是不可能得到这样的信任和器重的。

但是自从见到诸葛亮，周瑜就好像产生了化学反应，忽然间像变了一个人，开始情绪失控，不淡定起来。

第一次见到诸葛亮，周瑜就发了一大通脾气。说起来挺可笑，他生气的原因竟然是诸葛亮篡改《铜雀台赋》，故意将"二桥"曲解成"二乔"。周瑜竟然也真就信了，跟着诸葛亮的情绪走：

周瑜听罢，踊跃离座，指北而骂曰："老贼欺吾太甚！"
（《诸葛亮智说周瑜》）

这一气非同小可，直到和诸葛亮商定联手抗曹了，周瑜还是"大怒不息"。可见真是被气着了，而且气性不小。

以情理而言，诸葛亮都能背诵《铜雀台赋》，周瑜也不是文盲，竟然都没听说过，这有点说不过去。就算周瑜没有读过，鲁肃竟然也不知道，任由诸葛亮过度阐释。既然都没读过，诸葛亮说之后，总可以去核实一下吧，好像都没有。反正诸葛亮信口开河说什么，周瑜就信什么。遇到诸葛亮，周瑜不但性情改变，而且连智商都跟着直线下降了，主动上当。

但是两个人又不能不见面，曹操大兵压境，孙、刘两家只有联合才有出路。而要联合，双方的指挥人员不能不联合办公，这样诸葛亮和周瑜就不能不碰面。麻烦就在于，诸葛亮天生是周瑜的克星，他表现得越是优秀，周瑜就越想除掉他。这不，联合抗曹八字还没一撇，孙权的信心刚坚定一下，周瑜这边已经动了要杀诸葛亮的念头了：

瑜猛省，言曰："孔明早已料吴侯之心。又高吾一头也。久必为江东之患，不如杀之。"（《周瑜定计破曹操》）

如果不是鲁肃拦着劝着，他还真就动上手了。一旦动了这个念头，周瑜就像中了邪，一门心思都想去害诸葛亮，对于正经大事，反倒没有这么上心。

他先是派诸葛瑾去招降弟弟诸葛亮，一看不成，就逼着诸葛亮带兵去曹操的后勤保障基地聚铁山劫粮，想借他人之手除掉诸葛亮。好在诸葛亮及时识破并化解，加上鲁肃帮忙，这才没有发生正面冲突。不过此举也更加坚定了周瑜要杀诸葛亮的决心：

> 瑜摇首顿足曰："此人见识果胜吾矣，今日不除之，日后吾必被他算矣。"（《周瑜三江战曹操》）

此后，周瑜玩了一个漂亮的离间计，除掉心腹大患蔡瑁、张允，他派鲁肃到诸葛亮那里显摆，结果诸葛亮早就看出来了。这一来，周瑜再起杀心：

> 瑜听毕，大怒曰："若留此人，那里显我，吾决意斩之！"（《诸葛亮计伏周瑜》）

于是他又出了一个让诸葛亮十日内造出十万支箭的馊主意，准备以冠冕堂皇的理由弄死诸葛亮，没想到诸葛亮主动把日期缩短为三天，上演了草船借箭的奇迹，这才算暂时镇住了他。周瑜不但承认"孔明神机妙算，吾不及也"，而且"以师礼敬之"，将杀心稍稍收敛了。

等到诸葛亮成功借到东风之际，周瑜再也按捺不住，直接动手了：

瑜出帐，观旗脚竟飘西北。瑜骇然曰："此人有夺天地造化之功，有鬼神不测之术！若欲留之，乃东吴之祸根，周瑜之大患也。必杀之，免生他日之忧。"

急唤帐前守护中军左右校尉丁奉、徐盛二将："稍带二百人，一百驾船随徐盛从江内来，一百人跟丁奉从旱路去，如到南屏山七星坛前，休问长短，拿住诸葛亮，碎尸万段，将那颗头来请功。"（《七星坛诸葛祭风》）

幸亏诸葛亮跑得快，否则小命没了。周瑜不顾大敌当前，在和诸葛亮短暂的同事期间，竟然发疯似的连着害了人家四次，其间还害过刘备一次，因关羽在场而没有得手。可以这么说，孙、刘两家联合抗曹的过程就是周瑜三番五次要害诸葛亮的过程，谋害行为贯穿始终。

更为夸张的是，没有害死诸葛亮，周瑜竟然说出这样的胡话：

周瑜大惊曰："此人如此，使我晓夜不安矣！为今之计，不若且与曹操连和，先擒刘备、诸葛亮，以绝后患也"。（《七星坛诸葛祭风》）

这简直到了丧心病狂的程度，幸亏有鲁肃这个刹车片，否则周瑜不知道会走什么极端。

笔者之所以不厌其烦将周瑜谋害诸葛亮的过程复盘，其实是为了说明一个问题，那就是诸葛亮后来为何要故意弄死周瑜。按说诸葛亮是一直主张孙、刘两家和好，一起对抗曹操的，何以要三次故意设计弄死周瑜？这是有原因的。

既然出来混，迟早是要还的。在东吴的地盘上，面对周瑜的杀气腾腾，诸葛亮只能腾挪闪躲，并未还手。而一旦回到自己的一亩三分地，那可就不客气了，你对我不仁，那就不要怪我对你不义。

诸葛亮的报复措施十分精准，那就是针对周瑜易怒的性格，专门采取情绪战术，让周瑜情绪失控，自己作死自己。这应该是所有战术中最让人痛苦的，周瑜果然十分配合，与诸葛亮认真飙戏，这才有了诸葛亮三气周瑜这段佳话。

先说一气周瑜。

赤壁一战，曹操元气大伤，威胁暂时解除，孙、刘两家兄弟登山，各自努力。南郡这块大肥肉，谁都想要。周瑜性子急，先下手为强，和曹仁好一通搏杀，仗打得并不顺利，损兵折将不说，右肋上还中了毒箭，伤势到了"疼不可当，饮食俱废"的程度。好不容易拼上

周瑜墓

小命，不惜用自己身亡的消息为诱饵，这才勉强打败曹仁。这边还没来得及打扫战场，那边赵云已经悠闲地在南郡城头巡逻了，煮熟的鸭子就这样活生生飞走。这还不算，荆州、襄阳也买一送二，都被诸葛亮拿过去了，用探马的话来说，就是"三处城池，亦不费力，尽皆属刘玄德"。

别说周瑜，任凭谁都受不了这个气，百分之百暴跳如雷。还是看看周瑜的表情包吧：

大叫一声，金疮迸裂。（《诸葛亮一气周瑜》）

气伤箭疮，半晌方苏。（《诸葛亮傍略四郡》）

此前医生就劝告周瑜："此箭头上有毒，急切不能痊可。若怒气冲激，其疮复发。"结果还是生了这么大的气，这个病根算是落下了。同箭疮一起落下的还有心病："吾等用计决策，损兵马，费钱粮，他图见成。吾乃思之，深可恨也！"有了这两个病根，后面的日子就没得好了。

再说二气周瑜。

眼看到嘴的肥肉被诸葛亮抢走，周瑜哪里会甘心，两次派鲁肃去讨要，结果要么是口头承诺，要么是形同废纸的文书。于是只好换招，同孙权谋划了一个美人计，想拿孙权的妹妹做诱饵，将刘备骗过来做人质，不但可以拿回荆州，而且就此控制刘备。

想象很丰满，现实很骨感。如此低智商的主意不要说诸葛亮了，连刘备都能看出其中有猫腻。结果诸葛亮将计就计，只用了三个锦囊妙计，就让刘备在东吴免费度了一个蜜月，不仅荆州安然无恙，刘备还抱得美人归。

周瑜这次可是赔大发了，刘备跑了不说，自己又添新伤，"身中数箭"，更不能忍受的是，他还受到对方士兵的公开嘲笑：

> 周瑜身中数箭，急急下得船时，岸上军士齐声大叫曰："周郎妙计高策，陪了夫人，又折许多人马。"（《诸葛亮二气周瑜》）

真是典型的偷鸡不成蚀把米，"周郎妙计安天下，陪了夫人又折兵"，算是为当时的新民谣做出了一点贡献。

到了这个份上，周瑜此时能做的就是再次表演生气"示范秀"：

> 大叫一声，金疮迸裂，倒于船上。众将救之，却早不省人事。（《诸葛亮二气周瑜》）

动作还是以前的动作，程度有所不同，毕竟是第二次，气到"不省人事"被众将救活的程度，其生命之路已经亮起了红灯。

最后说三气周瑜。

荆州要不回来，周瑜寝食难安，可怜的鲁肃来往一趟一趟，除了品尝几顿当地的美食，毫无实际的收获。

大概脑汁不够用了，周瑜忽然又想出一个假途灭虢的馊主意，说要帮刘备去取西川，用以换回荆州，实际上是想借机攻取荆州。这样的主意但凡有点脑子的人都不会相信，更不用说诸葛亮了，也许是被这类愚蠢的骚扰弄烦了，诸葛亮决定弄死周瑜："收拾窝弩，以擒猛虎；安排香饵，以钓鳌鱼。等周瑜到来，他便不死，也九分无气。"既然你爱生气，那我就气死你。

事情的发展几乎没有悬念，周瑜信心满满，自以为得计。刚到荆州，人家就把谜底说破，做好战斗准备，一点便宜都不让你占。到了这个份上，周瑜只好拿出招牌动作：

> 瑜马上大叫一声，箭疮复裂，坠于马下。（《诸葛亮三气周瑜》）

刚醒过来，又听到刘备、诸葛亮在山顶饮酒取乐的消息，周瑜于是气上加气：

> 瑜大怒，咬牙切恨而言曰："你道我取不得西川，吾誓取之！"（《诸葛亮大哭周瑜》）

这种霸王硬上弓无异于自杀，诸葛亮大概是心有不忍吧，于是给周瑜写了封信，把简单的大道理讲了一遍。周瑜这才罢手，专心去死：

> 徐徐又醒，仰天大叹曰："既生瑜，而何生亮！"连叫数声而亡。（《诸葛亮大哭周瑜》）

两次箭伤，外加三次人事不省的大气，铁打的汉子也吃不消，不死都不行。不哭爹，不叫娘，声声不忘诸葛亮，连小乔都顾不上了，周瑜终于将自己送上了不归路。

看到这里，笔者不禁为周瑜惋惜，人有七情六欲，遇到不顺心的事情，生个气也很正常，但不至于把自己气死吧。这里也有一个疑惑，通观周瑜生前的全部表现，他也不像这样小肚鸡肠、形同弱智的人啊，看看他以往的战绩，看看他玩弄蒋干于股掌之上，看看其镇服老将程普，表现都很亮眼，怎么后来就那么不堪呢！

原因说起来很简单，其实周瑜本人都看出来了，"既生瑜，而何生亮"，意思很明白。既然把我周瑜生在地球上，为何不让诸葛亮长在火星上？也就是说，周瑜表现正常不正常，取决于诸葛亮。诸葛亮不在场，周瑜就是一位雄才大略的优秀将领，没有玩不转的；只要和诸葛亮同台，周瑜马上智商下降，情绪失控，处处碰壁。

这到底是怎么回事？原因不在周瑜，也不在诸葛亮，而在《三国演义》的作者罗贯中，为了突出诸葛亮的高大形象，他不惜将也是主角的周瑜贬为配角，把这个角色牺牲掉。明白这一点，我们也就知道了周瑜不正常的根源所在。

谁是我的新东家

——说《三国演义》中的用人问题

天下大乱，群雄并起。原来不管情愿不情愿，大家都只能为汉灵帝这么一个老东家服务，现在倒好，少东家汉献帝泥菩萨过河，自己顾不了自己，凡事都要二当家的曹操点头，外头呢，呼啦啦一下子冒出董卓、袁绍、袁术、孙权、刘备、吕布、刘表、刘璋等一大堆新东家，你方唱罢我登场，各领风骚三五天。

东家们为抢天下打得鸡飞狗跳，头破血流，众伙计们的日子过得也不安生。想想也是，这么多东家，而且还走马灯似的换人，到底该跟着谁混呢？说起来也是一件头疼的事情，选不好东家，荒废光阴做无用功不说，连身家小命都会搭上。

从《三国演义》整部小说来看，虽然主动权多数情况下掌握在东家手里，但是伙计也不完全被动，这实际上是一个互选的过程，就像恋爱结婚一样，必须你情我愿，像剃头挑子那样一头热肯定是不行的。比如说曹操，名义上是大汉王朝二当家的，但江湖上谁都知道他才是真正的老大，每天都有人排长队哭着喊着想去投奔他，他要看上谁，谁都应该像中彩票那样开心，恨不能立即发到朋友圈里去显摆显摆。

但事实并非如此。就拿徐庶来说吧，人家就不想凑这份热闹，愿意和刘备一起白手起家搞创业。可曹操偏偏就看上了他，不惜拿人家老娘做人质，冒名写书信喊徐庶回许昌吃饭，硬生生把他和刘备拆散。结果呢，强扭的瓜不甜，徐庶人倒是来了，老娘却没了，从此每天装聋作哑，消极怠工。对曹操来说，虽有些失望，但还可以接受，徐庶不为刘备打工，就等于为自己服务。但对徐庶来说，却是再糟糕不过的结局，好好的一身本事，就这样荒废了，后半生仅仅为中国语言做了一点贡献，那就是奉献一条歇后语：徐庶进曹营——一言不发。对刘备来说，先吃小亏，后占大便宜，失之徐庶，得之孔明。如果徐庶在这里一直打工，刘备找诸葛亮的心就不会那么迫切，更不会有三顾茅庐这回事。

还有关羽，这是曹操更为看重的伙计。招纳徐庶，曹操用的是挟制老娘这类流氓惯用的粗糙手法；而对关羽，曹操则是下了大本钱，三日一小宴，五日一大宴，上马金，下马银，大把撒钱外加感情笼络。曹操手下伙计众多，武功和关羽不相上下的也有几个，但能享受这种超级待遇的几乎没有。无奈关羽这个山西汉子一根筋，死活养不熟，每天哭着喊着要找大哥刘备，最后过五关斩六将，拿到曹操亲自签发的特别通行证，这才走成，否则曹操手下的其他伙计能把这个牛脾气的关老二撕成碎片。即便到了这个份上，曹操还是不放弃希望，他是真心想招收这个伙计。

曹操看起来叱咤风云，还是有玩不转的时候。他虽为人极为奸诈，但对关羽则有一份真心。当然这份真心还是得到了回报，否则他也过不了华容道。给别人机会等于给自己机会。

更能说明问题的是三顾茅庐，如果不是刘备在大冬天里跑了三次，人家诸葛亮根本不会出山，后来也不会那么卖力。能双向选择，和东家讲讲价、摆摆谱，对伙计们来说，也是难得的机会。如果不是天下大乱，人才短缺，哪会有这么多的东家，哪会有这样的好机会，哪会卖出这样的好价钱。

不少人看过《三国演义》可能会觉得有些遗憾，假如诸葛亮出山辅佐曹操，两人强强联合，一统天下肯定是分分钟的事情。

事实上，这样的联手是不可能的。因为无论是东家挑伙计，还是伙计选东家，都有一个重要的前提，也可以说是一个底线，那就是两个人的三观要一致。三观不一致，根本走不到一起。诸葛亮愿意出山帮刘备打天下，除了被刘备的真诚打动，还有一个重要的因素，那就是他认同刘备匡扶汉室、拯救生灵这个理念，否则别说三次，就是请八次，他也不会出来。徐庶不愿意跟着曹操混，这也是一个重要因素。

因东家和伙计的三观不一致，还有闹出人命的，比如说陈宫。这绝对是位难得的人才，可惜挑选东家失败，把自己的小命也搭上了。他在关键时刻放走曹操，并放弃县令这个小头目的职位，主动为自己选了一个东家。救命之恩加上技术入股，曹操对陈宫肯定会另眼相待。但偏偏通过杀死吕伯奢这件事，暴露了两个人的三观差异。陈宫是个有底线的人，他对曹操失望之极，主动散伙走人。倒是曹操对三观问题看得不是那么严重，三教九流，只要肯干活的，都愿意招过来。即便陈宫后来专门和他过不去，处处捣乱，但直到陈宫被处死的那一刻，他还是愿意接纳这位奇才。这正是曹操的过人之处，这样的度量和团队合作精神是袁绍之流根本没法比的。

也许是过于心急的缘故吧，陈宫离开曹操后，显得不够矜持，竟然投到吕布帐下。但他很快发现，吕布绝对是个四肢发达、头脑简单的蠢货，他是个迎风草，根本就没有三观，而且对自己缺少最起码的尊重，高兴的时候还可以听取一点意见，不高兴的时候自己说什么都没用。跟着这样一个徒有其名的蠢货打工，别说打天下，连活命都困难，更不用说天天受气了。陈宫后悔了，既想离开吕布，又怕人笑话，毕竟这里还有个忠诚度的问题。不停地换东家，江湖上谁不知道，人家谁还敢用你。他只好将错就错，陪着吕布一步步走向深渊。

被曹操活捉的那一刻，可以想象陈宫的内心有多崩溃，有多痛苦，他也许想到了这一天，但没想到会来得这么快。此刻他唯一想的就是死。尽管曹操有些犹豫，但陈宫去意已定，几乎是强迫曹操了结了自己。

同样在痛苦中崩溃的还有田丰。他的本事不在陈宫之下，也是个奇才，投奔了一个大家看起来都很羡慕的实力派东家袁绍。人家袁绍要地盘有地盘，要兵马有兵马，威名在外，又是权贵子弟，按说跟着这样的东家肯定有前途，但田丰的悲剧也就在此。

投奔东家和上街吃饭不一样。上街吃饭，如果不熟悉情况，只要看哪家生意红火，门口排着长队，进去肯定没错。投奔东家不光要看人气，还得估摸一下自己的实力、性格，估摸一下自己和东家是否投

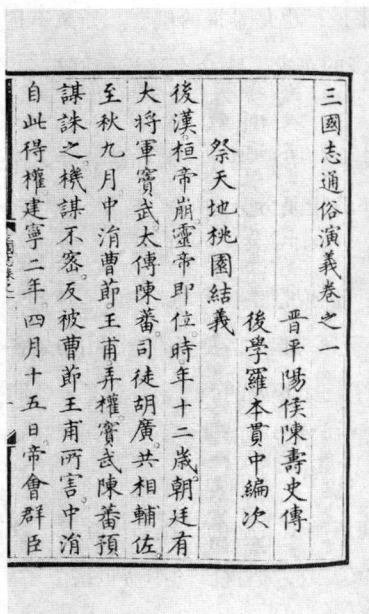

嘉靖本《三国志通俗演义》

缘。像袁绍这样的东家家大业大，手下伙计众多，但问题也多，伙计都很优秀，就不容易显着自己，东家也未必把自己当回事，同时还要提防别人在后面拍黑砖，要知道大家是同事，也是竞争对手。

田丰的确有本事，出的主意也高明，但他的性格和情商有问题，说的话袁绍不爱听，而且不是一般的不爱听，这不，官渡之战，仗还没打，人已经关进去了，你说窝囊不窝囊。袁绍打了败仗，这才想到田丰的好。眼看田丰咸鱼翻身的机会来了，结果被同事编了一通恶性谣言，临门一脚，被踹到深渊里，连小命都没有了。

临死前，田丰终于明白过来，他不怨天不怨地，也不怨东家袁绍，只骂自己无智不明，热脸去贴冷屁股，死了也是活该。他甚至还不如那个倒霉蛋陈宫，陈宫好歹还死在敌人手里，而且还是主动求死，而自己忠心耿耿，好主意一个接一个，结果被老东家像杀猪一样活宰了，人世间还有比这更窝囊的事情吗！不过袁绍很快就把自己玩死，死后几个儿子也都抢着玩死自己，袁氏家族彻底退出历史舞台，这也算是对田丰的一份安慰吧，可惜他没有活着看到。

从这一点来看，五丈原死得不甘心的诸葛亮该是何等幸福。自己虽然被东家三顾茅庐生拉硬拽出山，但是人家刘备可真没有亏待自己，名义上自己是伙计，军政大事可都是自己说了算，少东家刘禅都直着脖子喊自己相父。一部《三国演义》，哪个伙计享受过这样的待遇！这就是在蜀汉谋职的好处，容易出人头地，做事情没有那么多牵扯，照样能干出大事业。

《三国演义》写了太多东家和伙计的那些事，有成功，也有失败；有欢喜，也有悲伤。如果推荐一个典型，笔者推荐刘备、诸葛亮这对理想的东家和伙计。

《三国演义》中的骂战术

　　《三国演义》既是小说，又是军事教科书，这不是一个比方，而是历史事实。从该书问世以来，从清军入关到太平天国，都拿这部小说当兵书用。现在更有不少人从谋略、商战、管理、人才等角度从《三国演义》中汲取营养。

　　《三国演义》这部小说也可称为智谋宝库，其中有一个战术被魏蜀吴三方频繁使用，却很少有人提起，那就是骂战术。虽然这个话题说起来不够雅，但是阅读小说时却不能回避。

　　所谓骂，就是用粗野或带恶意的话去侮辱人。打仗是个力气活，也是脑力劳动。按说脑子应该用在排兵布阵上，辱骂固然可以解气，但解决不了问题，否则大家坐下来对骂即可，也不用拼着性命冲锋陷阵了。

　　不过在实战过程中，有时候辱骂是不得不采取的战术，也可以说是一种颇为有效的战术。这种骂有两种形式：

　　第一种是双方交战之前，一方叫骂，或者双方互骂，以此激发斗志，营造氛围，算是热身，随后再进入战斗状态。比如刘关张桃园结义后的第一战，就是从叫骂开始的：

　　　　玄德出马，左有关某，右有张飞，扬鞭大骂："反国逆

贼，何不早降！"程远志大怒，遣副将邓茂挺枪直出。张
飞睁环眼，挺丈八矛，手起处，刺中心窝，邓茂翻身落马。
(《刘玄德斩寇立功》)

作战之前，刘备先用语言进攻，骂对方是"反国逆贼"，一方面
为解气，另一方面为从法律道德层面压制敌人，获得心理上的优势。
对方果然被激得"大怒"，立即派人出战。

这种场面在《三国演义》里有很多，双方出战前要不要骂几句，
骂到什么程度，没有什么规律而言，这要看当事人的性格、教养和心
情，想骂了就先过过嘴瘾，不想骂直接冲上去厮杀就是。

第二种是本书要重点讲的，也是在双方交战之前，一方想作战，
但另一方不想交战，坚守不出。为了让对方出来，只好采取辱骂对方
主将的方式，将对方激怒。对方如果出来，正中下怀。这也算是一种
特殊的激将法吧。

《三国演义》所写第一场骂阵，是猛将华雄发起的。他打败孙坚
之后，乘胜追击，采取辱骂的方式挑战袁绍联军：

　　正商议，探子来报："华雄引铁骑下关，以长竿挑着孙
太守赤帻，直来寨前大骂搦战。"绍曰："谁敢去战此贼？"
袁术背后转出骁将俞涉，曰："小将愿往。"绍喜，便着俞
涉出马。即时报来："俞涉与华雄交战不到三合，被华雄斩
了。"众诸侯大惊。(《曹操起兵伐董卓》)

骂阵的结果往往取决于被骂方的实力、主将的性格及智谋。华雄

在外骂阵，袁绍不能忍受，觉得能打得过，自然要派人应战。没想到这个华雄还真有骂人的资本，连派两员大将都被斩了，直到关羽出面立斩华雄，才算挽回脸面。

如果主将性格刚烈，听不得人骂，往往也会忍不住冲出来作战。不过多数情况下，被骂方会根据情况来做决定，不会被牵着鼻子走。

总的来看，骂战是一种战术，运用得好，往往具有神奇的效果。这项战术运用得最为成功的，当推诸葛亮。

别人的骂，只是为了引蛇出洞，不让敌人躲在军营里装缩头乌龟，而诸葛亮的骂，则可以直接起杀人于无形的效果。比如他的骂死王朗，就是《三国演义》里唯一一场不用刀枪直接用语言杀敌的战斗。

这场语言战是由王朗主动发起的，当时他已七十六岁高龄，本该养尊处优，可他不肯闲着，一心想发挥余热，不但力荐曹真出征，而且主动请缨，担任军师。就其精神来说，还是应该肯定的。

也许是在机关上班上久了，一到前线，王朗就亢奋起来，有点找不到北，军队刚部署好，他竟然要求作为首发人员出战。首发不说，还说要施展嘴功，说服诸葛亮拱手投降，让敌人不战而退。他这样说了，主将曹真还真就信了。

稍微有点脑子，就知道这事不大靠谱。如果一番话就能让诸葛亮投降，也不必等到今天了，大概王朗没有听说过三顾茅庐的故事。再者，赤壁之前诸葛亮舌战群儒的故事，王朗显然也不知道，对其口才水准缺少感性的认识。也可能都知道，只是没当一回事。总之，王朗比马谡还要书呆子气，属于自信爆棚那种。

不管怎么说，是骡子是马，战场见分晓。王朗毕竟在朝廷上混迹几十年，还是有些实战经验的，此前汉献帝退位，他的劝说起了重要推动作用。他大概认为，能把汉献帝说退位，就能把诸葛亮说投降。果然一上战场，他立即展开攻势，从天命、时务、实力入手，再加上利诱，一套一套地，层层推进，逻辑严密，果然是老手，竟然将蜀国的士兵都说动了：

> 蜀兵闻言，叹之不已，皆以为有理。(《孔明祁山破曹真》)

可见王朗并不是草包，还是有些本钱的，这一场语言战不仅剑指诸葛亮，还能动摇军心，甚至就连诸葛亮都在那里"默然不语"。话说到这个份上，让人不免为诸葛亮担心，可以想象王朗慷慨陈词之后盯着诸葛亮的得意表情，说不定他还回头看了看满脸都是崇拜之情的曹真。

但是王朗高兴得太早了，因为他遇到了自己的克星，那就是专治各种不服的诸葛亮。正当所有人以为诸葛亮哑口无言的时候，没想到他上来就是一个反转，先给王朗定位为"汉朝大老元臣"，从道德层面进行狙击，指出王朗作为汉朝的大臣，非但不去辅助汉室，反而帮助逆贼篡位，属于"罪恶深重，天地不容"。

结果诸葛亮还没说几句，

诸葛亮画像刻石

戏剧性的场面出现了，王朗竟然"大叫一声，气死于马下"。一个回合解决问题。本来是一场正剧，一下演成了闹剧。

何以诸葛亮的一番话能把王朗气死？如果从观点来看，王朗的核心观点是识时务者为俊杰，劝诸葛亮投降，而诸葛亮的观点则是一个人要忠于朝廷，不能随波逐流，帮助逆贼篡位。这实际上也是当时很流行的看法，应该还不至于把王朗气死。

问题出在两个人的表达方式，王朗长年在朝廷上班，写惯了高头讲章，与诸葛亮交锋也是这种风格。诸葛亮呢，则一直工作在第一线，此前舌战群儒，三气周瑜，积累了丰富的实战经验，他知道怎么收拾这些道貌岸然的人。因此，他与其说是与王朗辩论，不如说是责骂，对王朗所说的这些道理，他不予理会，而是剑走偏锋，直接针对王朗的人格下手——这可是王朗最在乎的，是他混迹官场的本钱。

"朽木""禽兽""狼心狗行""奴颜婢膝""谄媚之臣""皓首匹夫""苍髯老贼"，每个词都无比犀利，像锋利的匕首集中刺向王朗。王朗这辈子听的都是奉承，都是文词，即便是骂人，也都要绕上十个圈子，面对诸葛亮如此直接密集的语言集束炸弹，他毫无还手之力，此前也许准备了几个小时的辩论稿，此刻都用不上了，除了气死，还能有什么办法。

只是苦了为他写讣告、写墓志铭的那位兄弟了，总不能说王朗是在和诸葛亮聊天时把天聊死了吧，不然就写王朗在激烈的战斗过程中，身中语言集束炸弹壮烈牺牲？

夹缝中的尴尬生存

——论《三国演义》中东吴描写的特色及缺憾

　　夹缝生存是对东吴一方在《三国演义》一书中实际生态状况较为准确形象的描述，尽管这一描述并不符合历史事实，因为在三国鼎立的政治格局中，任何一方都有处在其他两个国家之间的夹缝状态，东吴如此，蜀、魏两方也不例外。

　　之所以要特别强调东吴，乃是因为在小说中，东吴一方并没有像蜀、魏那样被作为着重表现的对象，而是作为正、反两方的陪衬被安排在蜀、魏之争的主线之外，处于蜀、魏对立的夹缝间。在历史上，三国鼎立形成一个相对稳定的政治局面，并保持了几十年，直到蜀国灭亡，平衡才被打破，最终形成三国归晋的新政治格局。

　　应该说在三国鼎立的状态下，任何一方都有自己立国存身的优势和特点，或天时、或地利、或人和，任何一方都是保持这一平衡局面的不可或缺的重要支点，否则这种奇妙的平衡将无法保持。

　　《三国演义》这部以历史为题材的小说如果严格按照史实来写，要反映三国历史的真实面貌，则东吴无疑应该与蜀、魏处于同样重要的地位，占有同样多的笔墨和分量。

　　但是在小说中，作者并未如此照实摹写，而是进行了一定程度的艺术加工，采用了拥刘贬曹的二元对立结构方式，将曹、刘两方的争斗作为全书的主要线索，这一艺术创作模式与三国鼎立的史实无疑形成了巨大的错位和反差。

显然，作者利用艺术手段重新阐释了这段历史，甚至可以说他重新创造了这段历史。历史学家不能这样做，小说家却可以，这是他们的创作自由。不过这么一来，东吴一方史实中的支柱地位与小说中的陪衬地位就形成了巨大的错位和落差，处于一种较为尴尬的夹缝状态。在小说中，东吴的地位和形象按照作家的创作意图被重新安排，处于蜀、魏对立的两极之外，失去了作为鼎足一方的重要性。

同时，伴随着拥刘贬曹二元对立创作模式的采用，东吴一方的定位与描写也就成为一个很大的艺术难题，毕竟小说在想象虚构之外，还要顾及基本的历史事实，不能使两者差别太大，否则难以为读者所接受。在这个史传编撰具有悠久历史且高度发达的古老国度里，真实性往往成为评价一部小说作品得失的重要标准。

这种困难有意识形态层面的，也有艺术表现层面的。

从意识形态层面来看，正邪、忠奸斗争的二元对立思维模式，使东吴游移于善恶、美丑、正邪、褒贬的两极之间，难以有一个准确的定位。在小说中，刘蜀一方是被极力颂扬的对象，而曹魏一方是被着力鞭挞的对象，这样，吴国就处于一种既不颂扬又不鞭挞、既要颂扬又要鞭挞的难以置评的尴尬境地。

从艺术表现层面来看，拥刘贬曹的思路无疑使蜀、魏双方的对立成为全书着力表现的主线与核心。在这种情况下，如何既顾及史实，又符合艺术思维，来准确把握和描写东吴一方，在史实与艺术之间形成一种既能使作品成功又能被读者接受的平衡，实非易事。

这对《三国演义》的创作者来讲，无疑是一个巨大的艺术挑战，这也是对作品成败得失的一个严峻考验。本文即从此角度切入，通过具体史实与小说描写的对比考察，对《三国演义》的创作思想和艺术特色进行新的审视，探讨其间的经验和教训。相信探讨这一问题会有助于对中国古代小说创作思想和艺术特色的深入理解，就是对今天的历史小说创作也不无一定的启发意义。

上文已经提到，在小说中，由于东吴一方不在拥刘贬曹的结构主线中，因此难免成为曹、刘双方的陪衬。因为要作陪衬，而且为正反两方均要作陪衬，就必然会造成对东吴一方描写得不充分或一定程度的歪曲。从《三国演义》一书的具体描写看，确实出现了这种情况。

先说描写得不充分。在《三国演义》一书中，蜀、魏两方的人物事迹均能得到很详细的描写，无论是创业期间的征战，还是内部事务的管理，无论是首要人物的生活起居，还是手下文武群臣的言行举止，均有详略不等的描述。但东吴一方则不然，如果它不是处于与蜀、魏两方的交锋或往来状态，很少会被单独着力描写。在全书中，东吴所占的篇幅要远远小于其他两方。

因为所占篇幅很少，因为没有得到与魏、蜀同等重要的地位，东吴一方很多值得表现的重要事件均未能得到充分的描写和展示。比如与蜀国平定西南同样重要的经略辽东、镇抚山越，就基本上没有涉及。东吴的开国历程、内部治理、人事更迭以及政权的传承演变等虽在书中做了一些交代，但只是粗线条的简单勾勒，较之魏、蜀两方要简略得多。

由于描写得不充分，很多重要的事件略而不谈，这样势必会影响对东吴的定位与评价，使其在小说中的形象与史实之间存在着较大的偏差，而且会对读者产生一种误导，使人对东吴何以能够立国而且长期生存的基础产生怀疑。人们常说的魏占天时、吴占地利、蜀占人和的看法，即是由作品的这种描写而来。

强调东吴据长江之险的地利，这固然没错，它是东吴立国的一个重要因素。但地利之外的人和更为重要，缺少人和的地利从来是不能长久的，史实也多次证明了这一点，东吴自然也不例外。在举荐人才、任用人才及君臣的和谐相处方面，东吴并不次于蜀、魏，但这些在小说中都被淡化了，至少没能得到充分的展示。

更为严重的是，小说还歪曲了东吴一方的形象，每当写到吴蜀相争时，总要对东吴进行一定程度的丑化，即使在东吴占上风时也是如此，比如诸葛亮舌战群儒这一段，作者固然写得很出色，将诸葛亮写得栩栩如生，光彩无比，但它是以牺牲东吴群臣的形象为代价的，东吴群臣则因作为诸葛亮的陪衬而被写得极为不堪。更能说明这一问题的是赤壁之战的描写，本来在这场战役中，东吴居于主导地位，但在小说中，功劳都算在了蜀的一方。

整体描写不充分和形象歪曲肯定会影响东吴一方主要人物的塑造描写。因为要做陪衬、做正衬的同时还要做反衬，东吴一方的人物形象因此而被写出正反两面。看起来人物形象好像复杂了，丰满了，但这只是表面现象，因为这些人物性格中的正面因素和负面因素是相互背离矛盾的，无法有机融为一体。这在周瑜这一人物身上体现得最为明显，关于周瑜形象的这一问题，本书前面有专门探讨，这里不再详述。

由于对东吴人物的负面因素强调过多，未能得到很好的处理，结果造成了人物形象的丑化。可以说几乎东吴一方的所有主要人物，如孙坚、孙权、周瑜、鲁肃、张昭、吕蒙，从君王到臣下，都被不同程度地丑化了。

比如孙坚，他本是东吴的开国人物，史书评价他"勇挚刚毅，孤微发迹，导温戮卓，山陵杜塞，有忠壮之烈"[1]。在讨伐董卓的战斗中，他不但态度坚决，拒绝董卓的和亲要求，而且骁勇善战，功劳卓著。但在后来的杂剧《虎牢关三战吕布》和讲史话本《三国志平话》中，他被描绘成一个与实际形象反差极大的丑角形象，成为反面人物，尽管小说依据史实对此有所匡正，但仍受前代作品的影响，不能将他放在与曹、刘并列的地位进行充分展现。小说对孙坚平定董卓之乱的功劳显然描写不够，反而将他描绘成一个为一己之利挟玉玺私逃的小人形象。他早年劝张温除掉董卓的事情如果放在刘备、曹操身上肯定会大书特书，但在小说中只字未提，甚至连斩华雄这样的功劳也被小说作者强行派送给了关羽，并反过来将孙坚写成华雄的手下败将。其实，史书上写得清清楚楚，"坚复相收兵，合战于阳人，大破卓军，枭其都督华雄等"[2]，在小说中，这件事却让关羽出足了风头。当然小说有虚构的权利，而孙坚是东吴事业的开创者，是东吴领袖孙策、孙权的父亲，其负面形象显然会影响对东吴的整体评价。

再如张昭，他和周瑜、鲁肃同为支撑东吴局面的得力重臣，史书说他"受遗辅佐，功勋克举，忠謇方直，动不为己"[3]。他多次犯颜直谏，与孙权发生冲突，以至于到了孙权以土塞门、烧其门仍不改初衷的地步，完全是一个刚烈耿直的大臣形象。尽管在赤壁之战前的讨

---

① 《三国志》卷四十六《孙破虏讨逆传》。
② 《三国志》卷四十六《孙破虏讨逆传》。
③ 《三国志》卷五十二《张顾诸葛步传》。

张昭金印

论中，他主张投降，但这并非完全为个人考虑。在小说中，他的形象发生了根本变化，成为一个自私、爱出馊主意、极其无能的人物。

其他如"屈身忍辱，任才尚计，有勾践之奇，英人之杰"[1]的孙权被写得优柔寡断，患得患失，目光短浅，常常做出贪小利而忘大局的蠢事；"建独断之明，出众人之表"[2]的鲁肃也被写得卑琐懦弱，如同《福尔摩斯探案集》为衬托福尔摩斯高明而整天瞠目结舌的华生，其雄才大略、胸襟宽广的一面基本上没有得到展现。如此等等，不一而足。

按照小说的这种写法，东吴的君臣均如此懦弱无能，让人们都要怀疑：东吴何以立国？何以成为三国鼎立局面中的一方？何以坚持得比蜀国更久？小说连按照历史的如实描写都做不到，甚至还将东吴人物的不少传奇事迹硬派在刘备一方的人物身上，创造这些事迹的东吴人物反成为事件中的陪衬方甚至反方，这就令人难以理解了。

除上文提到的斩华雄之事，还有"草船借箭"，史书记载得很清楚："权乘大船来观军，公使弓弩乱发，箭著其船，船偏重将覆，权因回船，复以一面受箭，箭均船平，乃还。"[3]在《三国志平话》中，草船借箭的主角是周瑜，到了《三国演义》中，它却成为显示诸葛亮

---

①《三国志》卷四十七《吴主传》。
②《三国志》卷五十四《周瑜鲁肃吕蒙传》。
③《三国志》卷四十七《吴主传》裴注所引《魏略》。

才干、对比周瑜无能的重要关目。再如单刀赴会，本来这是鲁肃的神勇事迹，明明是鲁肃据理直争，说得关羽哑口无言，结果到了小说中，恰好反了过来。

明明是东吴一方的事迹，在小说中却都硬派给刘备一方的关羽、诸葛亮等人物。"张冠李戴"类的派送之外，《三国演义》一书中还有不少采纳民间传说及想象虚构以为人物生色的故事，如桃园结义、千里独行、火烧博望等，也基本上由刘备一方独享，没有东吴的份。据有的研究者统计，"这样的故事在《演义》中共三十多个，除连环计外，主要描述刘备一方的人物和事迹，或与刘备一方直接相关"[1]。总的来说，在写东吴与西蜀的交锋时，为了衬托西蜀一方，总是要将东吴人物进行不同程度的丑化或矮化；相反，在写与魏方的交锋时，由于魏方是小说谴责的对象，东吴一方反而能以较为真实的正面形象出现。

小说人物形象与史实的严重偏差固然可以用艺术手法这一理由来辩解，但由反差较大的正衬和反衬手法所造成的人物性格的分裂和背离就无法以这样的借口甚至只能用败笔来解释了。因为作为陪衬人物，被陪衬的曹、刘两方有正邪的不同，东吴一方的人物性格因此而变得善恶兼具，颇为复杂。

写出人物性格的多面性应该说是一件好事，遗憾的是，这些人物性格中的正面因素和负面因素相互背离和矛盾，未能达到和谐统一。作者并非有意写出人物的复杂性，而是因为正衬反衬艺术手法的运用意外达到一种艺术效果。

---

① 周兆新:《三国演义考评》，北京大学出版社 1990 年版，第 2 页。

比如周瑜，作品一方面写他具有雄才大略，胸怀宽广，很好地处理了与老将程普的矛盾，同时不断举荐人才，为东吴所用，成为支撑东吴局面的支柱力量，以至于孙策在临终前以"外事不决，可问周瑜"嘱托孙权；另一方面又写其对诸葛亮的极端妒忌，必欲除之而后快，甚至到了为杀诸葛亮不顾东吴安危竟要投降曹操的地步①。在与诸葛亮的历次斗智中，周瑜显得十分幼稚，如三岁孩童，被诸葛亮玩弄于股掌间，终被三气而死，全无苏轼所说的"雄姿英发，羽扇纶巾，谈笑间，樯橹灰飞烟灭"②的大将风范。读完全书，很难想象这些反差极大的言行举止竟发生在同一个人物身上。

有的研究者认为《三国演义》中的周瑜形象"不失为光采烨烨的英雄形象；并且，作者处理他在作品中的地位也是较有分寸的"③，显然这与小说的实际描写情况不相符，因为正是由于小说作者没有把握好分寸，才将周瑜写成这种不堪的样子。

值得注意的是，《三国演义》在塑造人物时，往往喜欢采用夸饰手法，将人物形象的描写极端化，好则好极，坏则坏透。这种手法不仅造成鲁迅先生所说的"至于写人，亦颇有失，以致欲显刘备之长厚

---

① 在嘉靖本《三国志通俗演义》卷十《七星坛诸葛祭风》一则中，周瑜在诸葛亮走后，竟说"为今之计，不若且与曹操连和，先擒刘备、诸葛亮，以绝后患"，以至于鲁肃急忙劝解"岂可以小失而废大事"。到毛宗岗的评点本中，这些话都被删去了，大概是意识到它不合情理、过于离谱的缘故吧。此外，毛宗岗显然发现了小说塑造东吴人物的矛盾处，他一再将周瑜要杀诸葛亮的动机解释为对东吴的忠诚，淡化其个人色彩的嫉妒成分，并对其中一些不合情理的言行描写进行删改，以此进行弥合。

② 苏轼：《念奴娇·赤壁怀古》。

③ 叶维四、冒炘：《〈三国演义〉创作论》，江苏人民出版社1984年版，第34页。

而似伪，状诸葛之多智而近妖"[1]的艺术效果，而且对作为陪衬的东吴一方无疑会造成较大的伤害，东吴人物的丑化因这种手法的频繁运用而得以强化。

应该说，陪衬手法无论是正衬还是反衬，在小说创作中都是十分有效的艺术表现手段，不是不能运用，而是一定要运用得当。运用得当对塑造人物往往可以达到一种特殊的艺术效果，但这要有一个前提，那就是要顾及人物形象的协调统一。陪衬手法的运用固然重点在写好被陪衬的一方，但也要顾及作为陪衬的一方，最好的情况是两者的形象都能得到充分展现，达到双赢的效果，不能因此而有损陪衬方人物形象的完整性，将其作为陪衬对方的牺牲品。

东吴也是三国鼎立中的重要一方，许多人物，周瑜、鲁肃、孙权等，不是那种可有可无的跑龙套角色，不是那种仅具有符号意义的人物，用完即弃，而是在作品中多次出场的重要人物。他们固然可以因艺术的需要作为陪衬，但不能因陪衬而使人物形象受到损害，影响全书风格的统一。但《三国演义》一书显然没有很好地处理这种关系，结果东吴一方的主要人物像赶场子一样，一会儿去衬托蜀汉一方的高明，一会儿去衬托曹魏的奸诈，结果在这种奔波中一个个患上了"精神分裂症"，举止失常，有悖常理。

当然，东吴一方人物的丑化也有着更为深层的文化根源。探讨这一问题，需要考察《三国演义》的素材来源。

应该说，在宋元之前，题咏品评三国人物的诗歌文章很多，其中

---

[1] 鲁迅：《中国小说史略》第十四篇《元明传来之讲史（上）》，人民文学出版社1973年版。

不少对东吴人物持赞赏态度，不过也有负面的评价和记载，如晋习凿齿就认为周瑜、鲁肃是小人，理由是两人"尽臣礼于孙氏于汉室未亡之日"①，显然这是站在西蜀一方的苛求之辞。魏晋六朝时期的小说中，也有一些有关东吴的负面记载，如孙皓的玷污佛像、孙休的刚愎自用等。

到了宋元时期，讲史、杂剧等民间通俗文学艺术勃兴，东吴一方的主要人物频频以丑角形象出现，如杂剧《虎牢关三战吕布》中的孙坚、《关大王独赴单刀会》中的鲁肃，杂剧《隔江斗智》、讲史《三国志平话》中的周瑜。可见对东吴有着正面与负面、文人与民间两种截然不同的评价。这对《三国演义》的创作无疑有着深远的影响，影响着该书的思想意蕴和结构方式。讲史、杂剧类作品对东吴的负面评价大约受到前代小说笔记中这类负面记载的影响，并进行了较多的夸张和虚构。

《三国演义》属累积型成书，取材十分广泛。总的来看，有两大取材系统：一是以《三国志》及裴松之注为代表的史书系统，一是以话本、杂剧为代表的民间系统②。前者为严肃的史传著作，基本符合史实，后者则属民间文艺作品，多为想象虚构。

---

① 见习凿齿《周瑜鲁肃》，转引自朱一玄、刘毓忱编《三国演义资料汇编》，百花文艺出版社 1983 年版。
② 这是通常的分法，也有研究者分得更细，如周兆新将《三国演义》的内容分成三种成分，一是整理加工民间口头创作，二是直接依据史书进行改编，三是摘录和复述史书，这与前者并不矛盾。同时他还举出十个例证，说明各种成分之间"体现出不同的思想倾向，对人物性格的刻画有时也不一致"，作品"没有融合成一个有机整体"。见周兆新《三国演义考评》之《〈三国演义〉的三种成分》，北京大学出版社 1990 年版。

显然，由于创作者、流传者身份、地位、文化修养及观照角度的不同，两类素材所蕴含的思想价值、审美情趣有着较大的差异，相互冲突，这一点在对东吴一方的评价上表现得最为明显，像孙坚、周瑜这些人物，史实与民间传说有着很大的差距。在杂剧《隔江斗智》《虎牢关三战吕布》、小说《三国志平话》这些通俗文学作品中，因为作品只是反映一个历史事件，反映历史的某些片段，容量有限，就作品自身而言，对人物形象的这种美丑的处理还看不出太大的问题。

但在《三国演义》这种全貌式反映三国历史的巨作中，素材之间相互冲突的矛盾就十分鲜明地显现了。两者兼顾有时很难做到，关键是如何取舍和弥合，如果处理不好就会影响对东吴合理准确的定位和描写。从小说的文本形态来看，作者显然想兼收并蓄，既想以基本历史事实为依据，又想以民间传说加以充实丰富，这样一来，就很难将两类素材有机融合，进而造成作品整体上的不协调。一般来说，凡是正面描写东吴的，大多依据史实；凡是反面描写的，多从民间文艺作品取材或进行想象虚构，如甘露寺刘备招亲、吕蒙的暴死、诸葛亮的舌战群儒、三气周瑜。

这样一来，东吴一方主要人物性格的正反因素就不可避免地在小说作品中产生冲突。作者固然写出了人物性格复杂的一面，但这些复杂性是分离的、相互冲突的，不能有机融合。拥刘贬曹的二元对立思路与三国鼎立之史实形成的巨大错位，东吴在作品中的陪衬地位，作品写人夸饰手法的运用，都加剧了这种不协调和冲突，作品未能给予很好的弥合。

应该说，全书对魏、蜀两方人物的塑造是成功的，塑造了一批栩栩如生的人物形象，如曹操、诸葛亮、张飞、关羽，可这是以牺牲东吴一方的众多人物形象为代价的。在小说中，东吴人物如果局限于某一方面或某些时期、某些事件中来看，写得还是比较成功的，而整体上的不协调也是十分明显的。

如果东吴不是三国鼎立状态中的重要一方，而只是像小说前半部那些一闪即过的各路诸侯，如董卓、袁绍、袁术、吕布之类，这样描写倒还可以，但东吴恰恰是贯穿全书的重要一方，这种艺术上的牺牲代价过于巨大，它使全书的艺术成就打了很大的折扣。

总的来看，《三国演义》中对东吴的描写有得有失，它通过艺术虚构的方式，重新塑造了东吴的形象，并写出其复杂的一面，同时也因其作为陪衬的不当定位造成了人物形象的分离和冲突，从而扭曲了东吴的整体形象，对全书造成伤害，其中的经验和教训确实是值得深思的。

最后还要说明一点，那就是为了探讨问题的需要，笔者提及《三国演义》一书时，对其负面因素强调较多，这并非站在现代人的立场去苛求古人，或故创新说、标新立异以哗众取宠。笔者不过是想通过对《三国演义》的重新解读，探讨中国古代小说创作中的一些规律。这些缺憾并非只存在于《三国演义》一书中，而是有着相当的共性，在其他小说作品中也不同程度地存在着。总之，瑕不掩瑜，这些缺憾并不妨碍《三国演义》在中国小说史上的经典地位。

卷二一 忠义

话说《水浒传》

徘徊于江湖、庙堂之间

——说宋江

一、读者对宋江的不好印象

在读过《水浒传》的读者中，有不少人对宋江印象不佳，甚至讨厌。究其原因，主要有两个方面：一个是思想层面的，认为他带领梁山好汉接受招安，背叛了聚义的精神，将众兄弟带向不归路。另一个是个性层面的，认为他做事优柔寡断，为人虚伪造作，不像其他梁山好汉如鲁智深、武松、李逵那样爽直果敢、敢作敢为。这突出地表现在其三上梁山的反复上。尽管有冒死替晁盖通风报信的豪举，却又打着忠孝的旗号拒绝上山；尽管把大家都推荐到梁山，但关键时刻自己先打退堂鼓，更不用说后面的来一位好汉就让一次交椅之举了。不管怎样，宋江最后还是上了梁山，并成为发号施令的首领。

其实不仅是《水浒传》，《三国演义》《西游记》中的首领如刘备、唐僧也都写得让读者不怎么喜欢，可见这是一个共性问题，值得深入思考。

其实不喜欢宋江者早有其人，《水浒传》评点家金圣叹就是如此。他很不喜欢宋江，在评点中处处贬低宋江，将李逵作为映照宋江虚伪、丑恶的对立面，并且不惜改动作品的文字，极力丑化宋江。这种做法虽然可以直抒胸臆，十分痛快，但是并不符合艺术规律，因为它破坏了全书较为和谐的整体结构，影响对作品的准确理解。作者在创作《水浒传》的过程中相信是做过通盘考虑的，不会贸然在书中随便加进一个如此和众人不协调的人物。从全书的描写来看，宋江不但是小说重点描写的核心人物，而且是作者极力肯定的正面人物，否则就很难理解为什么宋江能成为梁山好汉一致拥戴的领袖。要让这帮武艺高强、桀骜不驯、如狼似虎的绿林好汉们心服口服，拜服在地，肯定不是一般人所能做到的，没点绝活不行，而能做到这一点的，恰恰只有宋江一人，同为梁山领袖的晁盖就不行，那位被强行淘汰出局的王伦自然更不用说。显然，作者的主观意图与部分读者的接受效果存在明显的落差和错位。

总的来看，宋江是《水浒传》的核心人物，是解读这部名著的一把钥匙，对这个人物的准确理解有助于对整部小说的深入把握。

二、宋江其人

如果仅从个人条件来看，似乎难以将宋江与梁山首领联系起来。因为无论是外貌、武艺还是家庭出身，宋江的条件在一百单八位好汉中都不能算是最好的，甚至可以说有些差。

论外貌，宋江与"相貌堂堂"四字无缘，他既不如林冲、武松高大魁梧，也不如李逵、鲁智深威猛粗壮。从"黑宋江""孝义黑三郎"这些称呼就可以知道其长相，"面黑身矮"，可以用其貌不扬四个字来概括其长相。难怪宋江没有女人缘，阎婆惜不喜欢他，而喜欢风流俊俏的张三，相貌不能不说是其中一个因素。

论武艺，宋江虽然"爱习枪棒，学得武艺多般"，还收了孔明、孔亮二兄弟做徒弟，但他那点武功在江湖中根本就拿不出手。事实上，除了情急之下杀死阎婆惜，再没见他和别人动过手，更不用说冲锋陷阵了。在游走江湖比如去清风寨和发配江州的过程中，他与《西游记》中那位脓包师傅唐僧一样，处处受阻，经常陷入任人宰割的困境。

陈老莲《水浒叶子》之宋江

论家庭出身，宋江"祖居郓城县宋家村"，虽是个较为富裕的小地主，但也称不上什么大富大贵之人。他做过多年的刀笔小吏，业务倒是蛮熟练，"刀笔精通，吏道纯熟"，但这并不是什么值得炫耀的个人资本，不像杨志、呼延灼、关胜这些将门之后，一提起出身就足以让人另眼相待。

如果按照上述条件进行排比，梁山的首领位置怎么也轮不到宋江，偏偏就是这样一个貌不惊人、艺不出众甚至显得有些平庸、窝囊的人，在江湖上却有着极为显赫的名声，能令好汉们争相投拜，并受到大家的拥戴，成为梁山事业的领袖，就连李逵这样天不怕地不怕的鲁莽汉子也偏偏乐于受其差遣，受打遭骂也心甘情愿，其中的缘由确实是值得深思的。

可见，江湖地位的取得并不一定与相貌、武艺以及出身成正比。要想在江湖上立足，还要有一些更为重要的个人品质，尽管好汉们也很看重这些外在特征。

三、宋江首领地位的取得

宋江在江湖上取得如此显赫的地位，究竟靠的是什么？如果用一个词来概括，那就是：义气。

有人说宋江的首领地位是买来的，因为他经常大把使钱，众好汉们是被宋江的金钱打动的。这一看法看似有理，实则是皮相之论。从表面上看，宋江确实经常使钱，作品描写他"端的是挥霍，视金似土。人间他求钱物，亦不推托"，为此还得了个"及时雨"的美名。

但是金钱并不能买到好汉们的心。钱财的数量固然重要，但江湖上更为看重的是仗义疏财。否则，几两银子就能将好汉们征服，不但好汉的标准和档次太低，而且也轮不到宋江来做首领，因为梁山好汉中比他有钱的富贵人还是有几个的。

只要将宋江和小旋风柴进对比一下，就可以很明显地看出这一点。

柴进在花钱的阔绰和大方上远远超过宋江，其个人的条件、出身更非宋江所能比，他是"大周柴世宗嫡派子孙"，家中有誓书铁券，在江湖上的名气也挺大，林冲、宋江、武松都投奔过他。按说他更适合做梁山首领，但他在江湖的地位远比不上宋江，更不用说做梁山首领了。这是为什么呢？

从小说的描写来看，柴进的钱花了不少，可效果并不是很好，不仅养了像洪教头这样的志大才疏、肤浅无能之辈，还弄得受其恩惠的武松很是不满："客官，客官。我初来时也是客官，也曾相待的厚。如今却听庄客搬口，便疏慢了我。正是人无千日好，花无摘下红。"与此形成鲜明对比的是，宋江并没有怎么使钱，就使铮铮硬汉武松感动不已，大有相见恨晚之叹。有一个细节很能说明问题，当武松离开柴进庄园时，柴进"取出些金银送与武松"，武松只是客套地说了一声："实是多多相扰了大官人。"再没有其他的话。宋江也送了"一锭十两银子"，武松离别时竟然"堕泪"，因为他知道：宋江送的钱虽没有柴进多，但这是宋江的"客中自用盘费"。

显然，功夫在钱外。花钱不过一种形式，金钱背后体现出的对朋友的真诚和尊重，才是宋江赢得好汉之心的秘诀，才是作品中所提倡的真正的江湖义气。柴进虽然也大把大把花钱，但是他缺少对好汉的真正理解和尊重，显赫的出身地位和富裕的阔少生活容易使他产生一种居高临下的优越感，这恰恰是心高气盛的好汉们所难以接受的。宋江则不然，他虽然有钱，不过也并不是什么特别有名的富户，如果也像柴进那样花钱，经常在家里养上一群好汉，恐怕早就倾家荡产了。但是他敢于花钱，善于花钱，关键是要让那些受帮助的好汉体会花钱背后的诚意，不将其当作一种精神负担。

不爱金钱、美女，重义气，真正将好汉们当兄弟看待，这才是江湖上最为推崇的品格，这些宋江都做到了。特别是其冒死搭救晁盖等人的义举，这不是一般人所能做到的，这件事固然给宋江的生活带来许多挫折和坎坷，成为其悲剧人生的一个转折点，但不能否认，此举也给他带来了江湖上更为显赫的名声。宋江所到之处，好汉们纷纷拜服，乐于效力，这种个人名字成为江湖通行名片的令人羡慕的待遇不是谁都能享受的，也只有宋江能得到。

宋江成为梁山事业的当然领袖并非无缘无故，更不是上天的安排。他具备了成为一名首领的胸怀和素质，这些柴进没有，卢俊义也没有，实际上晁盖也不具备。幸亏晁盖在曾头市受伤身亡，否则真不知道作者该怎么写下去，因为此时的晁盖已经被宋江架空了，尽管这不一定是宋江的本意，但时势造英雄，依宋江在江湖上的名声以及众人的拥戴，势必走到这一步。

一些读者对宋江的负面印象，在相当程度上与作者夸饰手法的使用有关，这在中国古代小说中并不少见。正如鲁迅评论《三国演义》的人物形象时所说的，在小说中，刘备因夸饰过度，作者极力写其忠厚，反而给人一种虚伪的感觉；诸葛亮也是如此，作者极力写其过人的智谋，反而将他塑造成一位介乎神人之间的妖道。《水浒传》的作者显然也在极力美化宋江，既要写其对朋友的义，又要写其对父亲的孝、对朝廷的忠，夸饰过度，不近情理，个人品格中的一些因素相互矛盾，就容易给人一种虚伪的感觉。

四、宋江的两难选择

不过，作为梁山事业的领导人，在考虑众好汉的前途时，宋江确实表现得有些优柔寡断，其选择颇有可争议之处。

事实上，从成为梁山领袖之日起，宋江就陷入了一种两难的境地。摆在他面前的有两条道路：坚持反抗，或接受招安。

不接受招安，像李逵所说的那样，率领弟兄们杀到东京去，自己做皇帝。按照小说中的描写，宋江完全可以做到这一点，因为在接受招安之前，他率领义军已经打败了朝中几乎所有的优秀将领，并将不少人招到旗下，而且经过数次征战后，梁山的军事力量已经超过了朝廷。

但这条路是行不通的，因为宋江不愿意这样做，他从来没有这样想过，这不符合他一贯追求的忠义双全思想。

宋江虽很讲义气，在江湖上的名声如雷贯耳，但这不是其思想的全部。在他的脑海里还有忠君思想，这与江湖义气是同等重要的。

报效朝廷，为国尽忠，这是宋江一贯的思想，上梁山之前如此，成为梁山的首领之后也没有改变过。武松要投二龙山，宋江是这样劝诚的，"入伙之后，少戒酒性。如得朝廷招安，你便可撺掇鲁智深、杨志投降了。日后但是去边上，一枪一刀，博得个封妻荫子，久后青史上留得一个好名，也不枉了为人一世"。这也是日后宋江劝人归顺梁山的一个重要理由，他是这样劝降呼延灼的："小可宋江，怎敢背负朝廷。盖为官吏污滥，威逼得紧，误犯大罪，因此权借水泊里随时避难，只待朝廷赦罪招安。"

从他三上梁山的反复就可以很明显地看到这一点。第一次上梁山因宋太公诈死半途而废。宋太公诈死，把宋江骗回家，就是担心他上梁山，"做个不忠不孝的人"。父亲的劝告，宋江显然是听进去了。在发配江州的路上，梁山好汉搭救，宋江有了第二次上梁山的机会，但是他坚决拒绝了，理由是"父亲明明训教宋江，小可不争随顺了哥，便是上逆天理，下违父教，做了不忠不孝的人在世，虽生何益"。直到众好汉江州劫法场，闹得太大，实在没有退路，第三次宋江才下定决心上梁山："今日如此犯下大罪，闹了两座州城，必然申奏去了。

今日不由宋江不上梁山泊。"

可见宋江追求的是忠义双全。忠是指向朝廷的，义则是指向江湖的，忠义可以是一致的。比如《三国演义》中的关羽和张飞，刘备既是他们的首领，又是他们的结义兄弟，这样，他们追随刘备，开疆拓土，既是尽忠，又是全义。但是，忠义一致的情况并不多见，更多的则是冲突。

在江州劫法场之前，宋江明处尽忠，暗处全义，明里在县衙做事，为官府服务，孝敬父母，暗里则与绿林好汉结交，并在江湖上获得及时雨的美名。在宋江身上，忠与义显然是存在冲突的，他竟可以分别处理，使两者相安无事，保持一种奇妙的平衡。

但是，等到事情闹大，宋江不得不上山入伙，打出替天行道的旗号，与官兵形成正面对抗，这样，忠与义之间的矛盾就明朗化，变得难以调和了，他必须做出选择。

事实上，忠义双全的追求并不仅仅属于宋江一个人，这代表的是梁山众多好汉的声音。虽然不少好汉对奸臣不满，被逼上梁山，但是他们并不愿意推翻朝廷，自立门户，特别是那些此前在官府就职的将领们。尽管李逵明确提出要自立朝廷，但是赞成的人可以说寥寥无几。如果在众好汉的不同意见中找出一种共识，让大家都能接受，那就只能是"忠义双全"，它们是宋江等梁山好汉的两根平行的精神支柱，缺一不可，必须在两者之间找到一种新的平衡。

这一点也可以从梁山提出的"替天行道"这个口号中看出来。从本质上说，"替天行道"不过是一种"清君侧"的传统思路，自然也是梁山好汉为自己行为正当性辩护的一个借口、一个梁山所打出的旗号。这个口号也可以说是好汉们不同思想的公约数，因此大家都能接受。就反抗的力度来说，尽管表面看起来刀光剑影，轰轰烈烈，但实际上不过是将朝廷里的争执变成战场上的较量而已，梁山好汉的反抗行为所能达到的思想极限也就是通常所说的"只反奸臣，不反皇帝"，显然不反皇帝是他们的政治底线。因此，以宋江及其手下兄弟们所受的思想文化教育和所处社会的文化环境，让他们直截了当地造反、把矛头对准皇帝是很难想象的，我们不能以现代人的思想来苛求他们。

过去不少人批判宋江接受招安，这实际上是以现代人的观念来苛求古人，因为他们所开的药方不过是拒绝招安，自己当皇帝。其实，可以退一步来讲，即使宋江不投降，就像李逵所说的，自己另立山头当皇帝，但那又怎样呢？其意义和价值又何在呢？他又能比他所反对的朝廷高明到哪里去呢？

我们过去对农民起义评价过高，一遇到这类事情就大力肯定，人为地拔高其意义和价值。时至今日，应该冷静地思考这一问题了。农民起义固然有行动上的正当性，但是以其思想觉悟讲，不过是封建社会的一次内部调整或是封建王朝轮替中的一个环节而已。农民起义胜利后，社会文化结构并没有发生根本的变化，所建立的新王朝不过是自己所推翻王朝的翻版，只是剥削、黑暗、不公平的程度较前一个王朝轻些而已，这只是程度的区别，并无本质的不同。经过几代皇帝之后，一切又恢复原状，再被新的农民起义推翻。几千年的中国历史已多次证明了这一点，宋江他们也不会例外，同样走不出这个历史怪圈。

人已经在梁山，心并没有真正上来。宋江与手下兄弟们一样，他们起初到梁山聚义时，并没有明确的政治意图，不过是众人迫于各种人生和现实压力特别是奸臣当道，社会黑暗，以反抗的方式聚集，讨个活路而已，这在林冲、杨志、武松等人身上体现得十分明显。但是当好汉们齐聚梁山，形成一支朝廷不可忽视的军事政治力量时，新的问题摆在面前，那就是他们向何处去。聚义不过是权宜之计，聚义之后的出路才是问题的关键。这一问题在宋江接替晁盖成为梁山领袖之后显得尤其突出，相比率性而为的晁盖，宋江具有一定的文化修养，因而也更为理智。作为梁山事业的领导人，他必须为整个军事政治集团的未来考虑，必须为手下兄弟们的归宿操心。

让宋江头疼的是，众好汉对这个问题的认识并不一致。如果在忠和义之间只选择其中一个，难题倒好解决，或无条件归顺朝廷，为国尽忠，或自立门户，建立一个新的王朝。但问题在于，这两条路都是走不通的。众好汉有不少因受奸臣迫害或对官府不满而走上梁山，让他们在闹腾一番后无条件归顺，显然多数人是无法接受的。

不反皇帝是一个基本前提，但也不能毫无条件地归顺朝廷，那么还有没第三条道路可走呢？

欲尽忠而不可得，缺少以忠为前提的义又缺少正当性，唯一妥善的解决办法就是带领众兄弟们接受招安，大家一起为朝廷效力，去平辽、平方腊，这样就能做到忠义兼顾，忠义两全，除此之外，宋江不可能再有其他更好的选择。事实上，梁山的众好汉大多是接受这个方案的，尽管李逵、武松、鲁智深等人明确表示反对，但他们只是梁山好汉中的少数，并不是主流。如果多数人都反对招安，宋江是不会这样做的。最后宋江还是委曲求全地接受了招安，作为事业的带路人，他必须为众好汉着想。应该说，这在当时是宋江所能做出的最好选择，他不可能再找到别的更好的出路，尽管接受这一现实是十分痛苦的，毕竟宋江等人生活在近一千年前，他有他的时代局限，对有些问题，他不可能像现代人看得那样明白，我们不能用现代人的眼光来苛求他。

但是接受招安，则要面对奸臣当道、众好汉离心的严峻现实。事实上，后来奸臣们的势力也确实越来越大，并最终将宋江、卢俊义等人置于死地。宋江最后的结局也是悲剧性的，他被奸臣毒死也可以说是对招安的一种否定，最后的胜利属于奸臣们。可以说，从众好汉聚义梁山之日起，无论做出什么选择，接受不接受招安，都注定要以悲剧收场，这不是由个人的性格决定的，而是由时代决定的。因此，对宋江的接受招安问题要客观地看，应充分考虑当时的社会文化背景。

五、宋江的不归之路

接受招安是有代价的，而且是无比沉重的代价，那就是要放弃反对奸臣这个政治目标，向奸臣妥协，与他们为伍。正因高俅等奸臣当道，社会黑暗，众好汉才不能尽忠，遂一起聚义，走上反抗道路。好汉们接受招安之后，原先黑暗的社会现实一点都没有改变，当初将林冲等人逼上绝路的体制和力量依旧。好汉们走了一圈，又回到原来的地方。最具有讽刺意义的是，众好汉打着替天行道的旗号聚义，但是等到他们抓住奸臣高俅时，宋江等人并没有将他杀死，反而乞求他回朝廷帮自己陈情。借助反奸臣的旗号聚义，到头来却请奸臣帮助自己接受招安，这对梁山事业无疑是一个极大的讽刺。原先的反抗是为了自保，现在放弃了反抗，等待他们的就只能是灭亡了。从接受招安之日起，一场用鲜血染透的悲剧大幕就已经徐徐拉开。忠义双全看似完美，实际上是一条不归之路。

在作品中，宋江一直努力地在忠义之间做调和，看起来调和得较为成功，最终却彻底失败了，他死在了奸臣之手。即使不死在奸臣之手，死于方腊刀下，也是一种变了味的尽忠，这何尝不是中了奸臣的借刀杀人之计，仍是死于奸臣之手。

接受招安之后，忠义之间的矛盾暂时解决了，但忠奸的矛盾依然存在。在梁山，宋江率领的义军是一支让奸臣胆寒的强大军事力量，但在朝廷，他们永远是异己力量和弱势群体，失败的命运是注定的。小说结尾，梁山众好汉或死或亡，分散各处，透出浓重的悲剧色调，这实际上是对招安的一种否定。应该说，作者对是否接受招安这一问题是矛盾的，他也无法为宋江和他的兄弟们找到更好的道路。

梁山聚义表面上看轰轰烈烈，替天行道，但笑到最后的不是宋江等梁山好汉，而是那些大权在握的奸臣们。且看小说最后一回的这段描写："次日早朝，天子大怒，当百官前，责骂高俅、杨戬：'败国奸臣，坏寡人天下。'二人俯伏在地，叩头谢罪。蔡京、童贯亦向前奏道：'人之生死，皆由注定……'上皇终被四贼曲为掩饰，不加其罪。"

事实上，从众好汉上山聚义那天起，就注定要走向悲剧。更为可悲的是，林冲等人无论聚义不聚义，悲剧的命运都已经注定，不聚义会被奸臣逼死，聚义后接受招安，同样会死在奸臣之手。

何以会出现这种悲剧？显然不能仅仅将罪责都放在几个奸臣身上，在他们的背后是一套病态的社会机制。正是这种不良的机制，产生了两类人：一类是奸臣，另一类是好汉，两者不过是一个硬币的正反面，各自以不同的方式影响着秩序。在众好汉中，有不少是愿意报效官府的，如林冲、杨志，但是不良的社会机制要么将他们吞噬，要么将他们培养成自己的敌人。这样的机制不改变，众好汉的悲剧就只能一代接一代地上演，他们从反抗到聚义，到接受招安，再到失败，不过是这种机制的自我调整而已。一个良性运转的社会是不会排斥为其效力的精英的，而要不断地为其提供各种机会。当一个社会在最为黑暗、沉沦的时候，它也为自己培养了最好的掘墓人。

轰轰烈烈的梁山事业在宋江的带领下最后以凄凄惨惨的悲剧而告终，众好汉因奸臣当道无路可走而上梁山，又因奸臣的迫害而四散纷飞。作为梁山的首领，宋江到底该负什么责任？有些是他可以做主的，有些则是他无法决定的。在这个人物身上，作者注入了太多内涵，既写出了其性格的丰富性，又写出了其思想的矛盾性。

无论是褒还是贬，都是一种简单化的做法。应结合小说实际，通过其言行和事迹全面、深入地了解这个人物，了解其动机与思想，只有真正弄懂了这个人物，才算是真正读懂了《水浒传》。

封建时代的另类知识分子

——说吴用

　　吴用在个个身手不凡、如狼似虎的梁山好汉队伍中显得颇为特殊，这主要是由于他的知识分子身份。当然，知识分子的说法是与那些不通文墨的好汉们相比而言的，毕竟他只是一个乡村教书先生，虽然也着实读了不少书，但是没有什么功名，缺少可以向世人炫耀的资本。尽管他随身也带着两条铜链，但显然和宋江一样，没有多少真功夫，那点武功在江湖上根本拿不出手，可能连柴进庄上那位志大才疏的洪教头都斗不过。事实上，他能在梁山坐到第三把交椅、进入核心领导层，靠的不是这个，而是其过人的智慧。尽管江湖上崇尚武功，但更不排除智谋，劫取生辰纲的成功充分说明了这一点。晁盖等人如果不用吴用的计策巧取，而是采用豪夺的手法，未必能得到成功，即使最后得手，以青面兽杨志的勇武威猛和官兵的人多势众，不付出点血的代价肯定是不行的。但是，如此一件惊天大案竟然不费一刀一枪，仅仅是一番化装表演和一桶药酒就能顺利办到，而且让杨志眼巴巴地看着，如困兽般徒有武功而不能施展，那些心高气盛的好汉们再目中无人，对此也不能无动于衷。吴用的个人价值也由此可见。他既没有林冲、武松那样高强的武功，也缺少宋江、晁盖那样的领导气质，可照样在江湖上如鱼得水，找到施展个人才能的空间，赢得众好汉的尊敬。

和梁山的首任头领白衣秀士王伦一样，吴用也是个没有功名且不安分的读书人，他们皆因对平庸生活的不满而走上江湖之路，这种大胆之举在当时的读书人中是不多见的。但两人的秉性又有着明显的不同，与那个心胸狭隘的王伦相比，吴用身上有着更多的江湖气，这可以从宋江刺配江州那一段

明代杜堇绘《水浒人物全图》之吴用、董平

描写上看出来。与戴宗、萧让、金大坚等人的结识说明他有着丰富的江湖经验，人缘还相当不错。这些丰富的阅历对他在梁山的发展无疑是一笔宝贵的社会资源。与那位不识进退的王伦相比，吴用更懂得机变，这从他出场不久智劝阮氏三雄入伙那一段文字描写上就可以看出来。他也许有个人的野心，但很清楚自己的优势和劣势所在，因此，他从不做首领的美梦，而甘于成为出谋划策的军师，从而找准了个人的位置。因此，他与晁盖、宋江两任梁山首领的关系都十分融洽，受到二人的高度信任，得以充分发挥个人的军事谋划才能。而王伦的不幸就在于他没有找准自己的位置，人生定位不准，自然会招来杀身之祸。当梁山只有杜迁、宋万和朱贵等人时，应该说，王伦的领袖地位

是毋庸置疑的，有着正当性和合理性。而当江湖世界的形势发生变化，当武艺更强、智谋更高、更具领导才能的林冲、吴用和晁盖也陆续走上梁山时，就不可避免地进行江湖上的更新换代了。王伦认识不到这一点，身在江湖却不守江湖的规矩，等待他的只能是被强行淘汰出局的命运，而江湖上的淘汰是残酷无情的，需要以鲜血和生命为代价。如果他能审时度势，及时让贤，仅凭这一点义举，在梁山弄把交椅是不成问题的，而且排名也不会太靠后。

不过，吴用毕竟是读书人，从小就被反复灌输的儒家思想无疑会成为其行为背后的一种巨大制约力。吴用虽身在江湖，走上与朝廷对抗之路，但在其内心深处应该说也或多或少地存在着忠臣贤相的念头，这一方面表现在他对宋江的忠诚上，另一方面也表现在他对人生结局的选择上。与梁山众好汉的战死被害相比，吴用是主动选择死亡的。征方腊班师回朝后，朝廷论功行赏，他也得了个一官半职，但显然这种受人指使、遭人猜忌的灰色日子与他在梁山指点江山、调兵遣将时的美好时光根本无法相提并论，其心理上的巨大落差是可以想见的，更何况心头还笼罩着众好汉风流云散的阴影。宋江的死亡无疑使他彻底绝望，其中既有对梁山事业的绝望，又有对个人人生的绝望。早在接受招安之日起，他就已经意识到这一结局。其实和李逵、武松、鲁智深等人一样，吴用也是反对招安的，这从前两次招安因他的有意安排而失败就可以看出。但他的表达方式和李逵、武松等人不同，显得更为含蓄和有策略，与宋江那种急不可耐、一心要接受招安的失态表现形成鲜明对比。但他毕竟不是最后的决策者，他知道招安是大势所趋，最后也只能无奈地接受被招安的现实。以他的聪明才智，在众好汉风流云散的时刻保全自己是不成问题的，可他实在无法像燕青、公孙胜等人那样远走高飞，因为他的人生信条不允许他这样，而且他在梁山的核心地位也需要他为之付出更多的责任和代价，他不仅是位好汉，还是位知识分子。于是，当象征梁山事业的宋江死后，自杀也就成为他的一种自然而然的人生选择。应该说，他比别人活得更痛苦，也比别人死得更痛苦，因为他一直比别人清醒，一直比别人看得清楚，他知道悲剧的到来，却不能避免悲剧的发生。

与古代小说中一般意义上的知识分子如诸葛亮有着很大的不同，吴用代表的是一种另类知识分子的形象，他们虽然数量不多，但是能量巨大，无论哪朝哪代，起义造反的队伍只要是上点规模的，都少不了这类出谋划策的军师人物。这类人物的存在反映着中国古代知识分子的真实生存状况，可以为人们解读中国古代社会文化提供另一种角度的深入思考，仅仅是那个别有意味的名字就需要认真揣摩一阵子。遗憾的是，与忠臣贤相相比，这类知识分子一直未能得到人们的足够重视。

一头失控的江湖怪兽

——说李逵

在《水浒传》中，李逵是作者着墨较多，性格较为鲜明丰满的人物形象之一。对这位梁山革命队伍的要将，历来的评价较高，或认为他最具反抗意识，或认为他天真可爱，但笔者阅读《水浒传》数遍，对这位好汉实在喜欢不起来。一头失控的江湖怪兽，这是笔者对他的整体印象。

这位绰号黑旋风、铁牛的好汉属于中国古代小说中的喜剧英雄形象，和他相类的人物在古代小说中还有不少，比如《三国演义》中的张飞、《说岳全传》中的牛皋、《杨家府演义》中的焦赞、孟良、《说唐演义全传》中的程咬金。这类人物有一些共同的特点，从外貌上看，他们大多身材高大魁梧，相貌丑陋；从才艺秉性看，则个个武功高强，经常使用板斧、锤子之类的笨重武器，作战勇猛，善打硬仗，而且生性粗鲁爽直，脾气暴躁，疾恶如仇。有趣的是，他们往往与儒雅沉稳的主将有着亲如手足的密切关系。人物形象的这种反差极大的搭配和出场，很容易产生喜剧效果。加之这些喜剧英雄由于性格鲁莽、性子急躁，总是头脑发热，爱冲动，不断地惹麻烦，要么是闹场误会，要么是好心办坏事，为作品平添了许多波澜。好在所惹的乱子都不是太大，最后又总是能被那位兄长般的主帅——化解，有惊无险，造成一种滑稽幽默的艺术效果。

与张飞、牛皋、焦赞、孟良、程咬金等人相比，李逵除了上述性格特征，还有一些属于他个人的特点。首先是其流氓习气。他本是农民，但没有农民的厚道，一点都不天真，反而显出一副无赖相，赌博、抢劫，与一般的地痞无赖没有什么区别。如果抢别人的东西也算率真，李逵不过是不加掩饰表现了人性中丑恶的一面。作者虽把他塑造成一位喜剧英雄，像牛皋、焦赞、孟良，但并没有达到喜剧效果，这些被他的奴性和嗜杀秉性掩盖了。他不能让人感到可爱，相反，令人感到可怕。虽然他是地地道道的农民出身，但是这只作为一种家庭背景和个人资历而存在，因为他一开始就是以江州牢卒的身份登场亮相的，从他身上已经看不出农民的憨厚朴实和勤劳本分，他在游走江湖的过程中早已染上了浓厚的流氓习气，比如喜爱赌博、抢人财物。以往人们总是强调其天真可爱的一面，认为他出自农民家庭，最具革命性、最有反抗精神。其实，对这一问题应该全面地看。实事求是地说，李逵的身上有一些可贵的品质，比如他的率真、豪爽、敢作敢为，但也必须承认，其言谈举止也暴露出明显的性格缺陷，从其身上可以看到一些人性的阴暗面，唯其率真，才暴露得特别明显。他的很多举动缺乏理性的思考，只是出自其个人鲁莽草率的性格，没有明确的目的，只能说是一种冲动和宣泄，因而也是容易失控的，很容易成为一种破坏力量。他对朝廷的反抗看似坚决，但并没有什么特别成熟的想法。不像林冲、鲁智深、武松那样，经过生活的磨难，对官府的黑暗有着十分清醒的认识，人也越来越成熟；相比之下，李逵则没什么长进，年龄一天天增加，但同样的错误仍然一犯再犯。

年画《李逵夺鱼》

其次是其嗜血成性。李逵作战不能说不勇敢，在冲锋陷阵时表现得十分勇猛，为梁山事业的发展壮大也算立下了汗马功劳。但是也要看到，李逵的作战方式与他人不同，他经常敌我不分，不分青红皂白地用板斧一路砍过去，此举固然对敌人的杀伤力不小，但在毫无目标的板斧之下也增加了许多无辜的冤魂，这在江州劫法场一节表现得特别明显。好在他身边还有个能约束他的宋江，不至于让这种草菅人命的嗜血秉性随意施展，否则，他只能是一只人面怪兽。不过，我们无论如何不能将其流氓习气和嗜血秉性说成是天真可爱的，毕竟这与善良人性的距离实在太远。小蟊贼李鬼固然可恨，但李逵将他腿上的肉割下来烧着吃的时候，老实说，这很难让人产生一种惩恶扬善后的满足感；当李逵不分青红皂白地将板斧砍向已经归顺的扈成，将"扈太公一门老幼尽数杀了"，别说读者，就连宋江等人都看不下去。真不知道扈三娘是怎么接受这一残酷现实的，换成鲁智深、武松或林冲，相信会是另一种结局。所幸全书避开了这一点，否则，以李逵的这种作为，扈三娘、朱仝等人肯定是不会善罢甘休的，梁山内部的火并是迟早的事，何况好汉们之间的矛盾还远不止这些，但都在江湖义气的名目下被遮蔽了。

最后是其奴才意识。从表面上看，李逵在梁山好汉中最具反抗精神，这有他的屡次反对招安为证。但是我们要看其反抗背后潜在的动机，虽说李逵做事经常缺乏思考，率性而为，但在这件事上他恰恰有着明确的目的，并不含糊。李逵确实是反对大宋王朝的，但他并不是反对王朝本身，他还达不到这种觉悟，他反对的只是王朝的统治者。他的反对招安是以拥戴宋江当皇帝为前提的，他曾多次公开表达过这种想法。因此他的反抗不过是以一个姓宋的皇帝代替另一个姓赵的皇帝而已。同是反对招安，林冲、鲁智深、武松的境界与李逵有着明显的不同，他们的反对源于对朝廷黑暗的清醒认识和彻底绝望，尽管他们也说不清拒绝招安后的梁山发展方向。而且从小说的具体描写来看，李逵虽然表面上看来天不怕地不怕，但是在和宋江的交往过程中表现出明显的奴才意识。他对宋江可以说是服服帖帖，达到了任打任杀都毫无怨言的程度，如果说李逵不过是宋江手下的一名打手或仆从，也不算过分。这固然与宋江的人格魅力有关，但这种缺少原则的忠诚和服帖背后显然透出一股奴才气，与梁山好汉特立独行的信条格格不入，也使他反对招安的意义大打折扣。这还可以从与浪子燕青的对比中看出来。就出身而言，燕青倒是个不折不扣的奴仆，他对主人卢俊义也确实忠心耿耿，特别是在卢俊义遭难的时候，其执着精神令人感动。但是出身奴仆与奴仆意识并不能画等号，燕青固然对卢俊义尽了一个奴仆的本分，但他的意志并不受卢俊义的支配，在许多问题上他有个人的独立见解，但从其在征方腊凯旋途中和卢俊义的一番谈话就可以看出。应该说，其见识远比卢俊义高明，更非李逵能比。卢俊义不听燕青的劝告，贪恋功名利禄，结果到头来连身家性命都不保。李逵这看似天不怕地不怕的好汉却一脑子奴才思想，燕青一个出身卑微的奴仆却能保持独立的人格，两相对比，个人境界和档次的差别不难看出。

自然，李逵的结局也是很有悲剧意味的，耐人寻味。如此一条勇猛刚烈的汉子没有轰轰烈烈地战死沙场，最后却落得一个最窝囊不过的死法，而且还是死于自己最崇拜、最信任的大哥宋江之手。这无疑具有一种反讽的效果，应该说，作者的这一处理方式是很有深度的。实际上，李逵的悲剧从他追随宋江之日起就开始了，而且是不可避免的，无论接受不接受招安，对他来说都是死路一条。可以想象，退一万步说，即使按照他的意愿，宋江拒绝招安，带领众好汉杀到东京，自己当上皇帝，李逵也不会有多好的结局。开国元勋的荣耀时光肯定会有两天，但好景决不会长，以其如此鲁莽粗暴、到处惹是生非的性格，任何一个急于稳定政局的统治者都难以容忍。因此，等待他的同样是悲剧性的结局。在他之前的刘邦这样做了，在他之后的朱元璋也这样做了，他的大哥宋江也绝不会比刘邦、朱元璋更仁慈，更高明；打江山时是一副面孔，坐江山时则是另一副面孔，宋江也不会超出当时社会历史所能允许的最大极限。

好汉的背面是奸臣

——说高俅

　　高俅在《水浒传》中出场较早，作者虽然着墨不多，到后面只是将其人其事作为一种奸臣当道的黑暗社会现实背景来描写。但不管怎样，他也算是《水浒传》着力描写的人物之一，自然是奸臣的典型形象。

　　高俅有着与一些梁山好汉如时迁、白胜类似的出身经历，他们的人生起点是一样的，只是由于个人机遇和秉性品格的不同，他们分别走上了不同的人生道路，最终成为政治上的对手。高俅早年混迹市井，也算是江湖中人。他生性聪明，精通各种技艺，如吹弹歌舞、耍枪使棒、相扑玩耍、诗书辞赋，特别是足球踢得好，他的名字也由此而得。如果从个人的资质而言，他和燕青可以算是一类人物。江湖上固然注重武功，倒也不轻视个人的其他才艺，否则梁山上也不会为安道全、金大坚等人留下交椅。就是这些技艺给高俅带来了人生的转机。以他的聪明才智，如果落草梁山，大概也能坐上一把交椅，尽管名次不会太靠前。

　　高俅给人印象很深的还有他的那股流氓气。在发迹之前，他还是着实受过一番磨难的。他因帮王员外的儿子漫天花钱，坏人家产，被官府驱逐出东京，衣食一度没有着落。如果他一直这么落魄，很难说他不会像其他好汉那样到梁山去混口造反饭吃，但他的运气实在是好，辗转了几次后，终于成为端王的贴身亲随。当端王摇身一变，登上皇帝宝座成为徽宗时，高俅的好日子也随即到来。他青云直上，仕途顺利，一直升到殿帅府太尉职事。如此轻易地靠一手好球艺和对主人的贴心服侍就能成为朝廷的重臣，进入国家的统治阶层，这自然不能令那些身怀绝艺、报国无门的杨志之辈服气。高俅这样的经历对那些混迹市井的流氓帮闲们来说是个特例。按《水浒传》的写法，他们的出路一般有两条：一是将流氓帮闲事业进行到底，运气好点的，能成为当地一霸，比如蒋门神、西门庆之流，运气差点的，则被好汉杀死，比如镇关西、牛二之辈；另一条道路则是落草为寇，投奔梁山，梁山队伍中有不少此类人物。人们以往过分强调高俅等奸臣与梁山好汉的对立。其实，他们有着不少类似处，不难想象，如果时迁、白胜等人也有高俅这样的运气，他们的人生道路将是另一种样子。应该说，这是一个值得认真思考的问题。

如果高俅仅仅是个东京市井上的帮闲和小混混，如牛二、在大相国寺菜园里捣乱的众泼皮之类，这肯定不会招致梁山好汉们如此激烈的反应。但问题的关键就在于，朝廷的用人机制出现了问题，那些饱读诗书、身怀绝艺者报国无门，而偏偏像高俅这样一个不上档次的市井无赖却一路攀升，成为国家的重臣，可以耀武扬威地对文武百官发号施令，真可谓"为人进出的门紧锁着，为狗爬走的洞敞开着"。否则，许多面孔如林冲、杨志等就不会出现在梁山好汉的队伍中。令人特别难以忍受的是，高俅还将自己的流氓作风带进官场，他不是去主动适应朝廷，而是让朝廷适应自己，结果将威严的朝廷变成混乱不堪的市井。他刚一上任，就公报私仇，对禁军教头王进百般挑剔，迫使王进离家远逃。后又帮儿子高衙内去抢夺禁军教头林冲的妻子，设下白虎堂毒计，诬陷林冲。林冲发配到沧州后，高逑又派人火烧草料场，嫁祸林冲，直至林冲走投无路，逼上梁山，成为朝廷的反对力量。从各个地方大员与其亲疏不等的出身中，就可以知道高俅在朝中与蔡京等奸臣勾结，把持朝政，为非作歹，任人唯亲，已经到了多么严重的程度。这些官员要么是他们的亲戚，要么是他们的徒弟，他们是高俅在各个地方的化身，将整个国家都按照流氓无赖的方式进行统治，事实上，那些官员也确实是这样做的。像高俅这样的人物虽然被

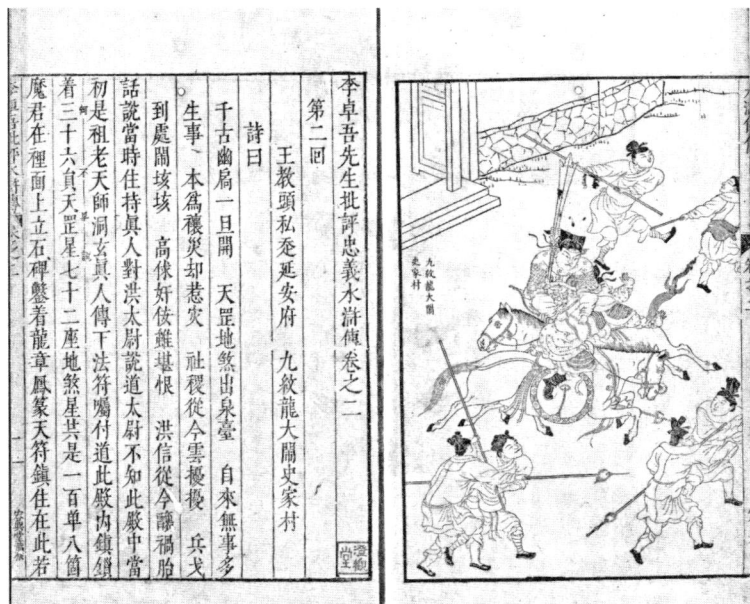

《李卓吾先生批评忠义水浒传》

作者极力丑化，写得坏到极处，但是并非完全虚构而来。这一人物有着很强的现实性，在历史上可以找到不少这样的人物。

从高俅发迹过程的描写中可以看出，这么一个为社会所唾弃的地痞流氓之所以能青云直上，能无所顾忌地危害朝廷，主要是因为有皇帝做靠山。没有皇帝的支持或者默许，他们肯定不敢如此张狂。尽管小说赞成梁山好汉的替天行道之举，只反贪官，不反皇帝，但其对最高统治者徽宗皇帝的潜在不满也是可以体味的，这正如金圣叹所揭示的那样："乱自上作。"否则，作者也不会在各路好汉出场之前专门为高俅写上一段小传，正是这段描写让作品具有深刻的社会内涵。自然，高俅之类人物的飞黄腾达还有更为深层的社会文化原因，那就是封建专制。只要有这种封建专制，就会不断产生这类人物，一个倒下了，另一个还会起来，整个封建社会也会不断陷入动荡、整合、再动荡、再整合的历史怪圈。《水浒传》只是写了其中的一次循环，其细致生动而又深入的描写为揭示这一历史规律提供了很好的分析文本。

既然混迹市井、为非作歹的流氓无赖能进入朝廷，成为国家重臣，那自然就会有同样出身的江湖好汉起来反对他，在梁山泊坐上一把交椅，这正如一枚硬币的正反面。老实说，无论是梁山好汉还是高俅之类的奸臣，看起来势不两立，水火难容，实际上都是影响社会正常秩序的强大力量，只不过表现方式有所不同而已。

时运不济的将门后代

——说杨志

在梁山好汉的队伍中，杨志排名比较靠前，也是一个颇有名头的传奇人物。他不仅有着一身好武艺，还有一个十分令人羡慕的出身，那就是三代将门之后、杨令公之孙。按说以他这样的资质条件，在朝廷中怎么也能弄个一官半职的，比如和他出身相同的呼延灼就是如此。但是，他偏偏没能按照自己的意愿成为朝廷的股肱之臣；相反，却走上了一条自己当初根本意想不到的反抗道路。这是命运在作弄人吗？

杨志的落草二龙山、入伙梁山和林冲一样，都是被逼迫的，而且还不是那种一般的逼迫，比如生活困顿、前途受阻之类。老实说，不到走投无路、家破人亡的程度，他们是绝对不会走到落草为寇这条路上的。但是杨志的经历和心态又与林冲有着很大的不同。林冲在上山前，已经获得了八十万禁军教头的显赫身份，在天子脚下、官员成堆的东京城里，官职虽然不高，倒也算是位成功人士，或者说是一位"既得利益者"，让人不可小视。他想做的，不过是延续这种尊贵而平静的生活，一旦运气到来，还能有升迁的希望。如果不是高俅及其手下的爪牙过于狠毒，逼迫过头，弄得林冲家破人亡、无处容身，林冲更有可能成为征讨梁山的官兵将领。杨志则不然，名门之后的高贵出身虽然为他赢得了一些名声和尊重，但祖上的荣耀只能成为一种美好的回忆，并不能给他带来实际的利益，毕竟画饼不能充饥，他还得靠自己的努力往上爬，只有打拼才能让祖上的辉煌在自己身上得以延续。不同凡响的出身既是他不断奋斗的动力，又成为他精神上的包袱。因此，他有着十分迫切的人生愿望，加之做过军官，所有这些构成了他的人生支柱，使他一直朝封妻荫子的目标努力。为此他忍辱负重，百折不挠，直到希望彻底破灭。因此，当王伦邀请他入伙时，他才毫不犹豫地予以拒绝。他在流亡的生活中虽然积累了丰富的江湖经验，但是从未考虑过在这方面有多大的发展，这不是他想要的生活方式。

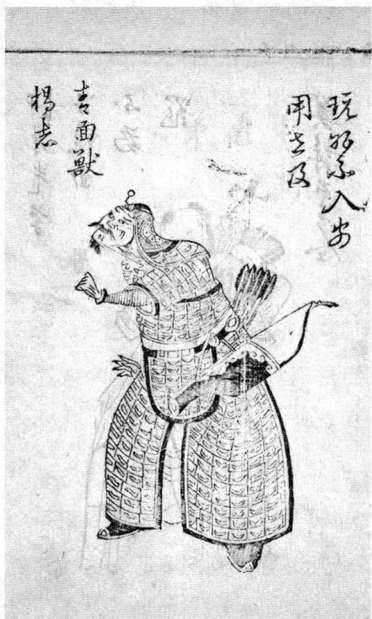

《评论出像水浒传》杨志绣像

杨志确实遇到了不少机会，但由于各种因素的制约和干扰，最终都一一失去，非但没有带来生活的转机，反而成为人生的陷阱。他越是努力，陷得越深，这构成其人生的奇特悖论。比如他的遇赦回京，结束漂泊的江湖生活，本来这是一个人生良机，杨志为此也做了很多努力，用银子打通各个关节，眼看官复原职的愿望就要实现，不料高俅的几句训斥一下就将煮熟的鸭子活生生放飞了，所有的努力何止化为泡影，随即竟成为一种反作用力，使他本人一下陷入靠出卖祖传宝刀来维持生计的困窘境地，由此不难想象其心理上遭受的沉重打击。

有心栽花花不发，无心插柳柳成荫。违反国法的杀死牛二之举并没有产生雪上加霜的悲惨效果，却成为杨志人生中的第二次转机，这自然也是他没有料到的。在大名府服刑的日子里，梁中书的赏识又点燃了他对新生活的渴望，校场比武使他获得一个充分施展才艺的良机，这无疑会成为他终生铭记的辉煌时光。随后的日子似乎越来越顺，押解生辰纲在别人看来也许是一种负担，但对他来讲，则是求之不得的人生良机，因为他知道押运生辰纲成功的背后意味着什么，虽然这是一场风险极大的赌博，他愿意冒这个险。这一次，他再次尝到了失望的痛苦滋味。不是他不努力，恰恰是因为他的过分努力才坏了事，结果被晁盖、吴用等人钻了空子，后者不费一刀一枪，仅仅是一场以黄泥冈为舞台的化装表演就轻易得手。杨志眼睁睁地、痛苦而又无奈地看着好汉们将生辰纲一车车劫走，可他没有办法。他终于痛苦地发现自己实在与官场无缘，自己是属于另一个江湖世界的，一切的努力都是徒劳。结果徒劳地转了一圈后，又回到了人生的起点。但这不是一个简单的轮回。这一次，他再也没有离开江湖。

杨志的运气确实不好，老天似乎没有站在他这一边，让他一次次与幸运之神失之交臂。这些失利看似偶然，但细究起来，还是有着一定的必然性的，并非命运不好之类的理由所能完全解释。按照常理，一个良性运转的社会是不会排斥为其效力的精英的，而是要不断地为他们提供各种机会。如果当时的社会运作正常，没有高俅、蔡京之流的奸臣当道，以杨志的武功和才能，肯定可以得到升迁的机会，即使偶尔出现一些失误，也总有弥补的机会。但是，事与愿违，杨志的每一次努力都只会使他与朝廷的距离拉得更远，使自己的处境更加窘迫，最后他被迫一步步走向了梁山。人生就是这样富有戏剧效果，在看似单调平凡的生活中总是不断增加变数，想去做的，永远做不到，不想做的，却一下做到了。就这样，身为将门之后的杨志从报效朝廷无门的武将最终变成与朝廷对立的破坏力量。

英雄不是无情汉

——说武松

　　武松是《水浒传》中作者写得最用心、自然也是塑造得最为成功的人物形象之一。他的个人资质在梁山好汉中是十分突出的，身材魁梧高大，仪表堂堂，不像矮脚虎王英、鼓上蚤时迁那样矮小卑琐，也不像黑旋风李逵、赤发鬼刘唐、丑郡马宣赞那样面目可憎。难怪年轻漂亮的嫂子潘金莲一见到他就神魂颠倒，想入非非，不由自主地做了不少小动作。但就是这样一位顶天立地、气宇轩昂的汉子却有着一个相貌极其丑陋、卑琐窝囊的哥哥，而且自己还是靠着这样一位兄长含辛茹苦地养大，不知道这是造物主的失职行为，还是上天的有意安排。这种反差极大的搭配固然给作品带来不少戏剧效果，但也给这个不和谐的家庭带来太多麻烦和苦难。

　　武松不只相貌出众，武功更是高强。景阳冈打虎、斗杀西门庆、十字坡误遇、醉打蒋门神、大闹飞云浦、血溅鸳鸯楼……险恶复杂的江湖在一般人眼里也许是谈之色变的畏途，但对武松来说，不过是显示才艺、为个人扬名的舞台。有高强的武艺在身，武松自然也就底气十足，无所畏惧，不但景阳冈的猎户们佩服，管牢营的施恩佩服，开店铺的张青夫妇佩服，就连读者也跟着佩服。宋江在江湖的名声是靠仗义疏财、笼络人心得来的，武松的显赫名声则完完全全是靠个人的拳脚打出来的。

身材高大、武功高强只是个人的外在条件，要想在江湖立稳脚跟，得到众好汉们的首肯，还得有符合江湖精神的性格和秉性。武松性情刚烈，桀骜不驯，但又不是那种莽撞粗鲁、头脑发昏之辈，这是他和李逵的不同之处。他胆大心细，一般不贸然冲动，因此，他的所作所为大多有着明确的目的。支配其行为的，是江湖义气。他不折不扣地按照江湖上的规矩行事，为此也付出过十分惨重的人生代价。当然，他也有酒后惹事的时候，如同那位大闹五台山的花和尚鲁智深，好在这样的时候并不多，而且似乎他的运气还不错，有惊无险的酒后打虎成为他游走江湖的人生资本，醉打孔亮后的失手也使他得以意外地见到了自己的江湖知己宋江。更多的时候，酒是他施展才艺的一种媒介，为他极富传奇色彩的人生增加了许多色彩和变数。

有人用心狠手辣、残酷无情来形容武松，认为他有嗜血的天性。这句话应该说只说对了一半，武松确实心狠手辣，对敌人毫不留情，这有血溅鸳鸯楼杀死二十多人的事实为证，但如果因此而断言其嗜血，则显然有些不够准确。在梁山好汉中，确实不乏嗜血倾向的人，比如那位号称黑旋风的李逵就是如此，在江州劫法场的战斗中，他一味莽撞，滥杀无辜，死在其板斧下的老百姓甚至比官兵还多。但武松则有所不同，他的残酷无情在很大程度上是外界逼迫的结果，并非他的本性。一次次的打击和磨难使武松变得更加坚强，也增加了他报复对手的力度。

应该说武松称得上一位有情有义的汉子，他十分注重兄弟朋友间的义气，爱憎分明，虽然流浪在外，但是也不忘回家去看望自己的兄长。正是出于对兄长的深厚感情，他才十分决然地拒绝了嫂子潘金莲的挑逗和诱惑。哥哥被害后，他很快就查明了事实的真相，但并没有贸然动手杀戮；换成李逵，则肯定用一种残忍的复仇方式。他十分沉着冷静，甚至放弃了绿林的规矩，想依靠合法的渠道为兄长报仇。但

清康熙五彩武松打虎图大盘

是由于官府对西门庆的袒护，使他申告无门，他才被迫采取法外行法的残忍复仇手段。他的杀死潘金莲、揲死西门庆，实在是迫不得已，而且后者也确实罪有应得，死有余辜。

正是出于江湖义气，他才为素不相识的施恩出力，醉打蒋门神，帮施恩夺回快活林酒店；也正是因为爱憎分明，在受到张团练、张都监等人的诬陷和谋害后，他才会特别愤恨，采取了十分狠毒的报复手段。固然，这次复仇使一些人成为他刀下的无辜冤魂，但也不能因此而怀疑武松复仇的正当性。在那个暗无天日的社会里，他无法运用合法的手段来维护个人的权益，当法律异化为扼杀无辜的绳索时，他只能采用以暴抗暴的方式来打破这种被坏人控制利用的朝廷工具，除非他愿意忍气吞声，打掉牙往肚子里咽。一次次的挫折和磨难使武松变得成熟，也正是因为这些经历，他才对官府朝廷有着十分清醒的认识，后来他的反对接受招安自然也就在意料之中。

无疑，武松的结局也是颇为出人意料的，有着类似结局的还有那位花和尚鲁智深。为什么偏偏是这类杀人无数、身系多条人命的人最有佛缘，而不是五台山、大相国寺那些严守戒律的僧人们，这确实是一个值得深入思考的问题。看来佛门看重的不光是念佛吃斋这些清规戒条，还有一些更为重要的东西。

名单之外的英雄好汉

——说晁盖

　　晁盖虽然过早地退场，具有过渡性质，而且也不在一百单八将之列，但他仍是《水浒传》中一个十分重要的人物。毫不夸张地说，没有他的奠基之功，梁山事业决不会做到后来那么大，宋江的根基也决不会那么牢固。在梁山事业的起始阶段，他是当之无愧的核心人物，这种地位早在智取生辰纲时就已经确定了。他的力气虽然不小，还因此得了个托塔天王的美名，但武功并不见得怎么高强，至少在小说中没有得到充分的展示，与身怀绝技的众好汉相比，这似乎不是他的强项。晁盖属于那种天生就具有领袖气质的人物，他也有自己的长处，那就是有胆识，有魄力，敢作敢为，像劫夺生辰纲这样的惊天大案，一般的小蟊贼是不敢做的，也只有他才能拍板。他在江湖的名声以及人缘也还不错，否则，赤发鬼刘唐也不会跑大老远来投奔他，向他通报生辰纲的消息，更何况他做过多年的保正，也算是积累了一些领导经验。

　　与梁山的前领导人王伦比起来，晁盖自然很优秀、很称职，但是与他的继任者宋江比起来，晁盖身上还存在着不少欠缺，这主要表现在其勇武有余，智谋不足，在笼络人才、树立个人威信这些软件方面均要略逊宋江一筹，而这些软件对一个统领全局的领袖人物来讲是至关重要的个人素质。这一点从宋江上梁山后两人境遇的对比中就可以看出来。有人说，宋江上梁山后架空了晁盖。在"文化大革命"期间，在全国范围内开展了一场学《水浒》的群众运动。当然，这场运动与学术研究无关。不过，就小说的描写来看，宋江的架空晁盖也确实是个客观事实，我们没必要去否认它，但需要强调的是，它并非宋江的有意经营，或者说至少宋江还没有来得及考虑这件事，这是因两人秉性、威信不同而自然形成的结果。无可讳言，在晁盖去世前，两人的关系已经出现了某种紧张的迹象，比如他对宋江屡屡下山建功，而自己没有领兵带将、冲锋陷阵的机会是有些微词的，但还没有发展到那种剑拔弩张、你死我活的地步，两人以前还有着相当不错的私交，仅从起初宋江担着那么大风险为他通风报信就可以看出这一点。

但是，私交归私交，江湖毕竟是江湖，梁山权力向宋江的偏移、晁盖的逐步边缘化是不可避免的，这是梁山事业的一种必然发展趋势，就像晁盖当初淘汰白衣秀士王伦一样，江湖的规矩从来都是有才者居其位，靠实力和人气说话的。晁盖虽然上山较早，奠定了梁山的基业，但是他在江湖的名声和地位远不能跟宋江相比，甚至连小旋风柴进都比不上，缺乏足够的号召

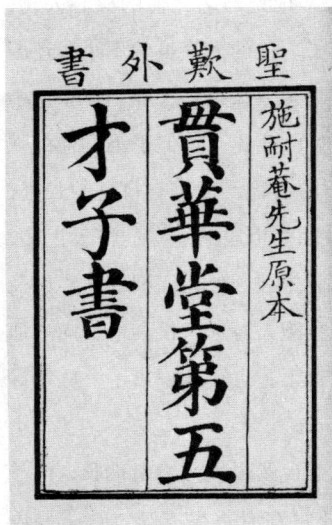

《贯华堂第五才子书》

力。在一百单八将中，不少好汉是奔着宋江而来的。事实上，晁盖在临死之前，已经成为一个具有傀儡性质的首领，权力大多自然而然地集中到宋江的手里。虽然很多事情还没有公开，但人心向背是十分明显的。随着梁山事业的不断壮大，好汉们的班底也发生了变化，冲着宋江投奔梁山的人数已经远远超过了晁盖原先的旧部，何况这些旧部也不是铁板一块，其中有些是王伦的人马，有些是重心偏向宋江的。

如果事情一直这么发展下去，梁山领导权的冲突迟早是要爆发的。尽管宋江本人可以不表态，但他手下的兄弟们比如李逵之辈肯定会把这层窗户纸捅破的，到时候大家一闹，局面就不是宋江所能控制得住的，单看不少好汉上一次山，宋江一次次让头把交椅，特别是卢俊义上山的时候众好汉的反应，就可以想见这个头把交椅在宋江乃至众好汉的眼里是多么重要。好在作者有先见之明，在矛盾还没公开爆发之前就早早让晁盖出了局，给他安排了一个中箭身亡的结局，避免了这种一山二虎的尴尬局面。结局尽管也是悲剧性的，但总比在内讧中被自己的手下人杀死要好得多，不像当初火并王伦那样，也不像宋江、李逵那样死得窝囊，毕竟还是死在沙场上，死得悲壮，保住了江湖上的一世清名，何况还有众好汉为自己报仇。否则一山难容二虎，后面的部分还真是难以落笔，自然这种场面也可以给读者带来许多想象的空间。

畸形社会的"幸运儿"

——说西门庆

西门庆在《水浒传》中虽然着墨不多，但是也不是那种可有可无的角色，因为他代表了当时社会上的一种重要阶层。尽管同为负面形象，但他与牛二这类为害乡邻的地痞无赖显然有所不同，牛二为非作歹的能量有限，不仅好汉们痛恨，连官府也不会喜欢，从杨志将牛二杀死后的种种社会反应就可以看出这一点。西门庆这类人则不然，他们也许曾有过与牛二类似的经历，但时来运转，通过合法、不合法的手段发了家，已经跳过原始积累阶段，跻身绅士阶层。尽管祸害社会的本质没变，属典型的土豪劣绅，但作恶的方式不同了，能量也更大了，伪装也更巧妙，他们通过金钱，已经把路铺到衙门里面。像勾引潘金莲这种事情，如果换成牛二，肯定是动手去抢，但西门庆就不这样做，他有钱，多少是个有点地位的人，犯不着这样鲁莽，可以通过买通王婆的方式让别人来帮他做。武松查明兄长被毒死的真相后，到官府申告，按说他还是知县一手提拔上来的都头，无论从哪方面说，这场官司必赢无疑。但结果出乎他的意料，知县竟然站到了西门庆的一边，由此不难想象西门庆的"神通"。小说对此没有进行充分描写，武松申告无门，只好走上法外行法的道路。但武松的复仇并不能解决所有社会问题，只能说武大郎是幸运的，有这么一个武艺高强的弟弟。如果武大郎没有这么一个弟弟呢？而且我们还可以追问下去，当时的社会中，像西门庆这样的土豪劣绅到底有多少？从《水浒传》的描写来看，西门庆并不是什么特例，像他这样的人多的是，比如镇关西、蒋门神之流，好汉们能解决的问题实在有限，他们的行侠仗义只能给我们片刻的欢娱和满足。

在一个机制不健全的社会里，那些胆大妄为之徒就成了社会的"宠儿"。西门庆就是如此，在他发家致富，并与官府打通后，就没有什么能对他产生约束了。缺少约束，人的各种本性自然就会完全暴露，人也就成了满足欲望的工具，向动物性移动，最终沦为禽兽。好汉们的行侠仗义之举对他们无疑是一种制约，但这种制约的效果并不理想。且不说好汉的数量和能量远远小于这些土豪劣绅、地痞流氓，仅看他们行侠后身陷囹圄、走投无路的困窘景况就不难明白，要清除这些恶人需要付出多大的代价。

西门庆又是"不幸"的，他遇到了像武松这样的强劲对手。否则，他还会有很大的"发展空间"，成为地方一霸完全

崇祯本《金瓶梅》"西门庆热结
十兄弟"插图

是不成问题的，他已经做到了，下一步他就会参与政治，走上仕途，甚至做像高俅那样的高官。这种假设并非毫无意义，事实上已经有人做了这样的假设，那就是《金瓶梅》的作者，这部书为我们充分展示了西门庆的这种发达史。虽然该书也写得不彻底，写到西门庆春风得意的时候戛然而止，放弃侠义而用因果报应的方式为西门庆做了了结，但是应该说它对当时社会的揭示比《水浒传》更为真实深刻，尽管就阅读效果而言，它使读者感到很压抑，远没有《水浒传》读起来那么痛快淋漓。

贪官污吏、土豪劣绅、地痞流氓、恶道淫僧……他们的存在构成一幅灰暗的社会市井图，虽然他们只是作为好汉们的陪衬而出场，以自己的卑鄙无耻、无恶不作来映衬好汉们的高尚品格和过人本领，但是他们在作品中并非可有可无的龙套角色。而且从作品的描写中也可以看出，当时真正的社会主人是他们，而不是那些英雄好汉。好汉们虽然武功高强，且总是以拯救者的面目出现，但是他们只能在正常的社会之外如梁山泊、二龙山、桃花山等处才能安身；西门庆之流虽然屡屡受到好汉们的打击，但是他们却居住在繁华的闹市里。《水浒传》的结局就是最好的说明。最后，奸臣战胜了好汉，好汉们死的死，逃的逃，昔日行侠仗义的壮举烟消云散，成为老百姓聊以自慰的神奇传说。好汉们死去了，产生西门庆的社会机制依然存在，毫无疑问，还会有成批的西门庆产生，但还会有成批的武松出现吗？

从青春少女到红颜祸水

——说潘金莲

　　潘金莲是《水浒传》中着力塑造的女性形象之一。凡熟悉《水浒传》的读者无不对该书中数量不多的几位女性产生很深的印象，这是因为她们的形象实在是太独特了，与现实生活有着过大的差距。该书所塑造的女性形象主要有两类，一类是相貌丑陋、武功高强、混迹于男人世界、失去其性别特征的女强人，如母夜叉孙二娘、母大虫顾大嫂，仅从她们生猛骇人的绰号就不难想象其与一般家庭妇女的区别。另一类则是年轻美貌但行为不端的风流女子，如潘金莲、阎婆惜、潘巧云，她们虽女人味十足，但皆未能善终，最后都成了好汉们投奔梁山的入场券——一张张浸透着血污的入场券。

　　小说是将潘金莲这类女性作为梁山好汉们的对立面和绊脚石来描写的，这种定位使她们和高俅、西门庆、镇关西、牛二等人一样，成为好汉们走向梁山的外界推动力，他们共同组成一幅阴森恐怖的灰色市井图。不过，这些手无寸铁、无权无势的弱小女子何以受到众好汉乃至作者如此的敌视，她们何以有如此大的能量，仅通过性别之争、家庭纠纷就能将一个个武功盖世的英雄们逼到梁山上去，起到和贪官污吏、土豪劣绅、地痞流氓一样的作用，这确实是一个值得认真思考的问题。

还是从潘金莲这一形象说起。客观地说，潘金莲这一形象固然有一些令人憎恶的品格和行为，但她还是有不少让人同情之处的。确实，她是一个吃人者，这有她的害死武大郎为证，但同时她也是一位被吃者，是一个被扭曲了灵魂的不幸女性。从小说的描写来看，潘金莲并非天生就是个荡妇，她年轻貌美，有着对幸福生活的向往。如果生在男女平等的现代社会，她肯定是众多男士的追求对象，经过反复的挑选后，找到一位如意郎君是不成问题的。即使选择有误，她还可以通过离婚的方式进行调整和更正。但不幸的是，她偏偏早生了几百年，奴仆的身份使这一切都成为不合实际的奢望，她无法选择自己的人生道路，只能任人摆布，将自己的前途和幸福交给反复无常的命运。不过，她的运气确实不好，她可以暂时拒绝男主人的性骚扰，向女主人求救，但无法抗拒男主人的残忍报复，最终像礼品一样被送给自己根本就不喜欢的武大郎。

嫁给武大郎，别说潘金莲一万个不愿意，街坊邻居觉得不般配，西门庆有空子可钻，就是武松本人也未必觉得合适。以武大郎极其丑陋的相貌和本身懦弱的性格，他根本就没指望能吃什么天鹅肉。但是他也有正常人的愿望，当别人将潘金莲当作礼物送给他的时候，他无法不接受这块天上掉下来的馅饼，对此我们不能对武大郎有更多的指责。无疑，这是潘金莲走向堕落的开端，在后来发生的那场轰轰烈烈的奸情案中，人们往往将矛头指向西门庆和潘金莲。其实，那个将潘金莲当礼物送人的男主人也是要负相当责任的，因为祸端就是他直接埋下的。再继续追究下去，那位男主人也会感到冤枉，因为是当时的社会给了他随意发落奴仆的权力，他将潘金莲送给武大郎之举尽管于情理不合，但并没有超出当时法律所许可的范围。

自然，如果潘金莲顺从地听从命运的安排，死心塌地地跟着武大郎过日子，就不会有后面那些故事了。而且当时的社会也正是这样教育女性的，嫁鸡随鸡、嫁狗随狗的古训形象地概括了这一原则。但是，潘金莲没有这样做。事实上，但凡对自己的前途命运有点想法的年轻女性也不甘心这样做。如果她是自愿嫁给武大郎的，比如被武大郎的淳朴善良感动之类，那另当别论。但

《增图像足本金瓶梅》插图潘金莲、孙雪娥

问题的关键在于，这桩婚姻彻底违背了她的意愿。因此，她的红杏出墙之举就可以看作对不幸命运的一种抗争，有着合乎人性的正当性。这种特定社会背景下的婚外情与现代社会中的同类现象还是有着明显的差异的。经典理论著作就曾明确指出过，在包办婚姻、女性没有配偶选择权的封建社会里，违背社会道德规范的通奸反倒成为一种接近现代爱情的行为，因为它是建立在男女双方自愿的基础上。但是，通奸的行为在中国古代社会中从来就被视作一种十分严重的罪行，何况通奸基础上的杀夫，从当时杀奸无罪的法律规定中可以感受整个社会对这一行为的痛恨程度，潘金莲注定要为她的不安分之举付出巨大的

代价。

即便是越轨，潘金莲也越得不是很顺利。她一开始就选错了对象，将目标锁定为高大魁梧的武松。以武松耿直刚烈的性格和他对兄长的深厚感情，他的拒绝是必然的。退一步讲，即便不是恪守江湖信条的武松，就是一般人，只要不是那种意志薄弱之辈或无法无天之徒如西门庆之流，也未必肯接受这种畸形的爱恋，很少有人能承受得住这种通奸和违背伦理双重罪过所形成的巨大精神压力。但不管怎样，武松的拒绝对潘金莲构成打击。拒绝并不等于问题的解决，这只能使潘金莲暂时有所收敛、活得更为压抑而已，但无法熄灭其如火的欲望。一旦时机到来，一粒火星点燃的一场熊熊烈火就会燃烧起来。就连武松本人都感觉到了这一点，他在外出之前，不合情理地反复向武大郎和潘金莲的交代中就明显地流露着一种焦虑和不安。

武松所担心的事情果然发生了。潘金莲的骚动、不安分，加上西门庆、王婆的巧妙安排，使这场奸情十分顺利地发生了。强烈的欲望一旦不受伦理道德的约束，就会转变成一股可怕的破坏力量。如果仅仅是通奸，老实说，我们还无法对潘金莲有更多的指责，毕竟她的婚姻实在是太不幸了，虽然她是在别人的引诱下越轨，不过也没有谁强迫她，从她和西门庆偷情后的行为中可以看出，她对这种婚外情还是很满意的。但事情并没有按她的意愿发展，而且很快就变得越来越糟。武大郎的上门捉奸陡然使矛盾变得空前尖锐，潘金莲不可避免地要面临两种选择：要么结束这种婚外情，和武大郎安安分分地过日子；要么继续，将通奸进行到底。前一种选择稳妥安全，因为武大郎曾明确表示，如果她能悔改，可以不计前嫌。但潘金莲毫不犹豫地选择了带有很大风险的后一种选择，终于，她在王婆、西门庆的教唆下，残忍毒死了武大郎。从一个年轻美貌的良家妇女到一位残忍可怕的杀人凶手，看似十分遥远，其实也就在一念之间。这种一念看似偶然，不过细细想来，在潘金莲来说却都是必然的。

毒死武大郎，并没有为潘金莲带来摆脱不幸婚姻后的轻松，很快，她就为自己的越轨和残忍之举付出了鲜血与生命的代价。她没有死在官府选派的刽子手刀下，而是死于自己当初所爱恋的武松手中。虽然这一安排极具戏剧效果，但读后并不让人感到轻松。在这场轰轰烈烈的通奸、捉奸、杀奸案件中，大家都是受害者，没有一个最终的赢家，武大郎被无辜地毒死了，潘金莲被残忍地杀死了，王婆被官府处死了，西门庆也为他的风流搭上了性命。武松虽然复仇成功，但是他失去了将自己抚育成人的兄长，失去了当都头的机会，成为刺配的犯人，再次回到险恶的江湖世界。在这场争斗中，每个人都有自己行动的正当理由，但每个人的行为都构成了对别人的伤害，一切看似偶然，一切又都是必然。这到底是怎么回事呢？作者所能开出的不过是女人祸水论的病情诊断书，但读者未必会这样照单接受，相信每个人都会作出自己的判断。

自讨没趣的江湖庸才

——说洪教头

　　洪教头在《水浒传》中不过是一个龙套级人物，出场也只有一次，但给人的印象很深，甚至超过一些梁山好汉。洪教头的出场从艺术功能上来讲，不过是为了陪衬林冲的高超武艺，使人得以领略这位八十万禁军教头的勇武风采。虽只是陪衬角色，但洪教头照样被写得栩栩如生。着力写好主角的同时兼顾配角的形象，而不是将其轻易牺牲掉，这正是大作家的高明之处。

　　应该说洪教头还是有些本事的，否则他不但无法在柴进庄上容身，装模作样地摆谱，而且也不敢贸然向曾为八十万禁军教头的林冲挑战。那种狂妄和浅薄固然令人感到不快，可毕竟还是需要一些实力作后盾的。阅读时必须认清这一点，否则让林冲和一个过于低能平庸者比武，即使赢了也显不出多少高明来。但话再说回来，这位洪教头的道行毕竟不高，见识有限，在江湖混饭吃竟然还不明白山外有山的道理，其武功高到何种程度，不用交手就此可想见。而且退一步讲，即使他身怀绝技，也不能如此趾高气扬。可见此人的品行也有些问题，确实不成器，没有进入梁山坐交椅的资格。自我感觉过于良好，把话说得过满，把事做得太绝，固然让别人下不了台，其实也等于断了自己的后路。一旦遇到高手，一败涂地后，自然也就颜面扫地，无法在江湖存身。洪教头的受辱而去，只能说是咎由自取，怨不得林冲，更怨不得观战的柴进等人。

在与洪教头结识及比武的过程中，林冲始终处于被动状态，而那位洪教头则一直步步紧逼，自然他在逼迫林冲的时候，也将自己逼得没有退路。他先是傲慢无礼，对林冲的两次行礼竟然不理不睬，而且不谦不让就坐到了上首的位置。林冲此时身遭不幸，心不在此，加以性格谦和，对洪教头的言行也许并不很在意，即使有意见，在主人柴进面前也不便发作。柴进脸上却挂不住，洪教头此举显然有损柴进在江湖上的好客名声，作者连用"不快意""不喜欢"表示了柴进的不满。

接下来，这位洪教头在酒桌上的得寸进尺之举就更让人难以忍受了。他先是恶言中伤，把林冲说成骗吃骗喝的酒肉之徒，当柴进稍做辩解时，他又一下跳起来要和林冲比武。对他来说，这确实是个卖弄武艺的好机会，尽管他把林冲说得很不堪，但打败八十万禁军教头，对扩大自己在江湖的名声肯定大有好处，远的不说，最起码在柴进庄上的饭碗更牢固了。只是他低估了林冲的实力，过于看高了自己，没有考虑此举的风险。而对林冲来讲，身遭不幸，流落至此，心里想的是如何熬满刑期，回去与娘子团聚，哪里有心思在这里显示武功，何况又在柴进庄上。但是一切都由不得他，洪教头的步步紧逼以及柴进的一再劝说使他不得不出手，否则人家还真以为自己是冒牌货，有损个人在江湖上的名声。而对柴进来讲，正如作品所说的，他也很想让两位比试一下，一来想看看林冲的武功到底如何，二来也想把那个不知深浅、缺少教养的洪教头的臭嘴堵上。

即使是比武，林冲还是为洪教头留足了面子。比画了四五招后，林冲主动认输。林冲此举其实是很高明的，对行家来讲，几招之后，高下优劣已经分出，何况林冲还是在戴着刑具的不利条件下比试的。而且这样也不伤和气，如果一定要打趴下一位，无论赢者是谁，输的一方都无法在江湖上存身了，两人不过是萍水相逢，又没有深仇大恨，没必要拼个你死我活。不过这一退避三舍的做法，无论是柴进还是洪教头，都不能接受。因此，这场比试就注定要成为一场一定要见出输赢的决斗。因事关个人声誉，不仅洪教头使出全身解数，就像作品中所说的，恨不能一口吞吃了林冲，就是林冲本人也不能掉以轻心，要拿出真本事了，且不说柴进已经十分明确地暗示他要赢，彻底消除了他的顾虑。

　　比武的结果在人意料之中，也是富有戏剧性的，尽管前面的准备过程写得十分详细，但真正的比试几下就解决了，可见作者的本意不在具体招式的描写，而在人物性格的刻画。最后的结果自然是众人都满意的，当然洪教头除外。林冲显示了过人的武功，洪教头受到了应有的惩罚，读者也跟着柴进出了一口恶气。洪教头虽不过是个陪衬人物，但作者也没有将其漫画化，在塑造林冲沉着稳重形象的同时，也将洪教头浅薄低俗的性格活画出来。洪教头本来有多次下台阶的机会，可他都放弃了，结果弄得自己连在柴进庄上混饭吃的差事都保不住，只得落荒而逃。对他来讲，这无疑是一个极为惨痛的人生教训。可惜作者没有给他再次出场的机会，我们也就无从知道他日后的表现了，但愿他能有所长进。按说以他原先的武功基础，若是刻苦修炼，磨砺品格，成为一个武林高手也不是没有可能的。

被淘汰出局的造反首领

——说王伦

　　白衣秀士王伦在《水浒传》中出场不多，只能算个陪衬人物，尽管与高俅、蔡京等奸臣面目各异、立场相反，但对林冲、宋江等人来说，他们又都发挥着类似的功能，那就是以各自独特的行为方式阻碍着梁山事业的发展。不过，具有讽刺意味的是，这位绊脚石式的人物又恰恰是梁山事业的开创者，但由于自己的性格缺陷和行为过错，最后被强行淘汰出局，成为林冲的刀下之鬼，这一结局无疑是充满悲剧色彩的。老实说，王伦的价值并不局限于批评的靶子，这个人物身上还是有不少值得我们认真思考的东西的。

　　王伦原本是一个没有功名、失意落魄的读书人，他能抛弃儒家经典，带着杜迁、宋万等人占山为王，自成一统，由此一点也可看出他的非凡胆气和冒险精神，并非一般的乡村腐儒可比，显然这是一个相当另类的知识分子，他的存在使"秀才造反，三年不成"的古训失去效力。能选择梁山这么一个绝好的地方安身立命，并且维持了几年时间，说明他还是有些眼光的。再者，能让杜迁、宋万、朱贵等人死心塌地地跟着自己，没有一些领导能力和笼络手腕也是不行的。尽管小说对此没有作正面描写，但王伦不是一个低能儿这一事实应该是没有问题的，我们不能因其后来的过失而毫无原则地贬低他。

王伦的悲剧并非来自他的无能和无知，而是源于他的性格，与晁盖、宋江等人相比，他的气魄格局还是小了些。在上梁山之前，他和杜迁曾游走江湖，到柴进庄上待过一段时间，而且从他后来与杨志的交谈中也可知道，他对江湖上的情况相当熟悉，并不是不知道江湖的规矩。但知道江湖规矩并不等于遵守江湖规矩，他清楚地知道自己的那点分量，也知道江湖上藏龙卧虎的形势，但又不愿意放弃已经到手的首领位置，于是只好采取武大郎开店的方式，关起门来做皇帝。但这种方式是行不通的，随着越来越多的优秀人才走进江湖世界，尽管王伦把门关得很严，但还是不断有人想闯进来。这样，随着江湖力量的不断壮大，他的被淘汰出局也不过是迟早的事情。俗话说，识时务者为俊杰，但王伦还够不上俊杰，所以他继续不识时务，结果弄到最后，别说首领的位置不保，反而将自己的性命也搭上了。这一悲剧结局只能说是自找的，也怪不得林冲心狠。

林冲的到来是梁山事业发展史上的重要事件，王伦显然意识到了这一点。八十万禁军教头虽然官衔不高，但是将它与梁山联系在一起，显然是一种山雨欲来的征兆。相比柴进庄上的那位洪教头，王伦还算清醒，不用比试，他就知道林冲的武功远在杜迁、宋万等人之上。于是为巩固自己的地位，他干脆将林冲打发走了事，打发不走就弄些索要投名状之类的小花招，索性连柴进的面子也不给。此举实在不仗义，就连杜迁、宋万、朱贵等人也看不下去了，纷纷为林冲求情。对林冲来讲，自己竟然沦落到连做强盗都被拒绝的地步，可以想象其心灵深处所受的创伤，他日后的怒杀王伦正是由此埋下了伏笔。

王伦的聪明不过是小聪明。作为一个首领，并不见得一定要比手下人的武功高强，刘备在领兵打仗、冲锋陷阵上根本不能和关羽、张飞等人相比，还不照样将他们哄得团团转，死心塌地地跟着自己。王伦是秀才出身，经史子集总也读过一些，一定知道这些历史上的人物事件，但他没有学习刘备，而是相反，这说明他的雄心实在有限，对自己的信心也不是很足。他的后任宋江连秀才都不是，不过一个刀笔小吏，却能打遍天下无敌手，成为江湖上公认的老大，这说明事在人为，两人的高下是显而易见的。

林冲忍气吞声地留了下来，杨志挽留不住，到东京去了，王伦终于摆平领导权危机，梁山泊恢复了暂时的平静。不过王伦的恶名也从此传了出去，从阮氏三雄和吴用的谈话中可以清楚地知道这一点。这里值得回味的是，吴用是劫夺生辰纲团伙的主要谋划者之一，他既然知道这一情况，为什么还要劝晁盖等人入伙梁山泊呢？何况当时晁盖也明确表示了自己的担心。这说明吴用已经在心里做好了火并王伦的打算，可谓来者不善，善者不来。但王伦未必意识到这一点，他准备还像当初打发林冲那样，弄点金银做幌子将晁盖、吴用等人打发走，殊不知，这一愚蠢的举动反而加速了他的灭亡，死神已经悄悄降临至王伦身边。

夺取领导权的过程相当顺利。尽管火并已经变得不可避免，但是吴用等人仍然要讲究策略，毕竟这里是王伦经营多年的地盘，他在自己的一亩三分地上还是有些号召力的，强行虎口拔牙，难免被虎咬伤，且夺人地盘还会影响自己在江湖上的名声。于是他们巧妙利用了梁山内部的矛盾，采取了借刀杀人的高招。由此，林冲再次被推到前台。林冲的工作自然很好做，自己先前的受辱以及王伦此次拒纳晁盖等人的不义之举已经使他对王伦彻底失去信心，吴用的激将法更是坚定了其除掉王伦的决心。他们虽然没有明确定计，但是志趣相投，在火并王伦这件事上配合得十分默契：林冲负责动手，晁盖等人负责看住杜迁、宋万等人。最后的结果也是大家都能接受的，只用王伦一个人的性命就实现了梁山领导权的更迭。对林冲来说，终于出了一口怨气，不至于连做强盗都要忍辱负重了；对晁盖等人来讲，可谓一箭双雕，不但找到了藏身之地，而且夺得了梁山的领导权，正好可以放手大干一场。不过，对杜迁、宋万、朱贵等人来说，他们可能感到有些失落和无奈，但也没有办法，只好接受现实，在江湖上往往靠实力说话，谁让自己本领不如人呢。

没有死于官兵的围剿，反而丧身于自己部下的刀下，落到这个下场，恐怕也是王伦当年上山时所没想到的。但有什么办法呢，一切都晚了，人生是无后悔药可吃的。

面目模糊的二号人物

——说卢俊义

　　笔者读《水浒传》时一直有一个疑问，那就是为什么初来乍到、对梁山建设没有尺寸之功的卢俊义能笑傲群雄，坐到第二把交椅，而且还差一点成了梁山一号人物？

　　是因为他的武功过人吗？尽管他有"河北三绝"的美名，但老实说，豹子头林冲、花和尚鲁智深、行者武松、霹雳火秦明、双枪将董平等人的本领并不在他之下，一百单八将中能向他叫板的人找十个八个也绝对不成问题。

　　是因为他的员外身份吗？但这只能说明他是个大财主，有钱而已。在当时的那种社会氛围中，财主是没有多少可以摆谱玩酷的资格的。而且小旋风柴进、小李广花荣、双鞭呼延灼、急先锋索超等人的地位比他要显赫得多。

　　是因为他有领导才能吗？单看后来管家李固和妻子贾氏的合谋置其于死地之举就可以知道，他似乎也没有什么领导才能。依宋江、吴用等人的性格，为壮大声势，扩充队伍，多招几个好汉入伙无可厚非。但卢俊义与别人不同，他一开始就是被当作领袖级人物引进的。

　　对此，我们不能不产生疑问，宋江等人费那么大工夫将卢俊义请来做二号人物值得吗？卢俊义有那么高的身价吗？难道仅仅因为卢俊义命中与梁山有此一段因缘？小说虽然用了将近七回的篇幅来写卢俊义，但是笔者总觉得他面目模糊，缺少个性，无法给人留下像林冲、鲁智深、武松那样深刻的印象。

在上山之前，卢俊义过着相当舒适的财主日子，家境富裕，夫妻和睦，仆从尽心，武功也不错，在江湖上有着"河北三绝"的名号，无论黑道白道都能玩得转，人间的便宜似乎都让他占尽了。以他的小康生活状况，别说是二寨主，就是把宋江的位置真让给他，他也不稀罕。但事情的发展往往不以人的意志为转移，以梁山距大名府之远，按说两者之间是不会发生什么关系的，但偏偏梁山的那帮好汉们就找上门来，非要把他弄上山不可。俗话说"逼上梁山"，不过这个逼也分两种情况：一种是被官府、地痞、恶霸逼上山的，最典型的莫过于林冲；另一种则是被梁山好汉们逼上山的，比如秦明、朱仝等人就是被吴用等人设计强拉入伙的。卢俊义的情况似乎介于两者之间。

民间唱本《卢俊义上梁山》

毕竟是二号人物，拉卢俊义入伙较之为秦明、朱仝等人所下的功夫要大得多，而且不时有意外发生。好在有惊无险，最后还是成功了。一开始宋江、吴用等人想得挺简单，以为先把卢俊义骗上山，再用三寸不烂之舌一劝就行了。但人家根本不买账，连当年失意落魄、终日在江湖游荡的杨志都不干，何况是小日子过得正红火的卢俊义。不过，吴用、李逵的大名府之行还是有收获的，那就是真把卢俊义骗上了梁山。其实吴用的骗术并不高明，不过是江湖算命先生常用的耸人听闻、一惊一乍之术，在卢俊义门口多转悠几次而已，而卢俊义竟然还就相信了，老婆、管家劝都劝不住，可见此人的鉴别能力和社会经验实在不足。与此形成鲜明对比的是，浪子燕青倒是一下就看出了问题的症结所在。

软的不行，宋江、吴用等人就来硬的，于是便拿出造谣、哄骗的老手段，想借官府之手，将卢俊义逼上梁山，真可谓为了目的不择手段。不过这一招还真管用，甚至比想象中还要顺利，因为卢俊义的老婆贾氏和管家李固帮了大忙，他们的后院点火之举使卢俊义彻底失去了退路，比宋江等人做得还绝。由于这对半路夫妻的出场，梁山好汉强人所难的无赖色彩也就在无形中被淡化了。不过，贾氏、李固的节外生枝也使卢俊义的梁山之路变得分外坎坷，为此，梁山好汉几乎全体出动。搭救卢俊义成为梁山好汉规模最大的一次集团作战，比三打祝家庄还要困难。其实，卢俊义本来是可以避免这场牢狱之灾的，因为在他回家之前，燕青已经告诉他家里发生的变故，但他反而将燕青一脚踹开，自投罗网。多年的接触和交往，该相信谁，不该相信谁，自己心里竟然没数，一团糨糊，可见卢俊义就是当财主也是不成功的，有贾氏和李固这两个定时炸弹在身边，即使梁山好汉们不生事，那两位早晚也会闹出事来。

卢俊义入狱后，就变成了李固、贾氏与梁山的金钱较量，结果卢俊义保住了性命，蔡福、蔡庆兄弟吃了原告吃被告，也占足了便宜。

接下来，林冲当年发配沧州的场景重现，董超、薛霸又一次登场亮相。同样是接受了人家的贿赂，同样是在路上进行折磨，同样是将脚烫伤，换上新草鞋，同样是将人捆到树上等，自然结果也是同样的，那就是在关键时刻有人搭救。但也有不一样的，那就是董超、薛霸二人的小命就此了结。押解路上，卢俊义的表现也同林冲当初差不多，甚至比林冲还"脓包"。毕竟卢俊义与林冲情况不同。人家林冲是家里有想头，老婆贤惠，所以才忍辱负重。而卢俊义此时已是后院失火、走投无路，正如走到飞云浦的武松，没必要再如此低声下气，完全可以考虑中途逃跑、回家复仇之类的事情，但卢俊义好像根本没有这个打算，只是一味地忍让，结果差点送了性命。卢俊义一路上的表现实在过于平庸，总让人感觉其身上缺少一种男子汉大丈夫的那种阳刚之气。

既然好欺负，厄运自然也就会再次上门。卢俊义的运气实在不好，刚被燕青搭救出来，还没吸够新鲜空气，就因店小二的告密而演了一出"二进宫"。这下问题可就严重了，事已至此，宋江、吴用等人花钱也不顶用，只好虎口拔牙，出兵硬抢了。梁山固然人强马壮，但梁中书也不是省油的灯，仅看当初杨志校场比武那个阵势就知道，这将是一场恶战。后来的战斗果然进行得不顺利，其间又有大刀关胜的围魏救赵、宋江的一场大病等，把梁山的好汉们着实折腾了一阵子。最后，终于把卢俊义从死牢里救出，李固和贾氏自然照例处以酷刑。卢俊义此时不上梁山也没别的选择了，于是这才服服帖帖地入伙。作为这场战斗的副产品，又有不少好汉如关胜、安道全等入伙梁山。

别的好汉上了梁山，一般很快就能把座次定下来，但卢俊义来后，情况却发生了变化。不管是出于真心也罢，还是仅仅作秀给别人看也罢，反正宋江偏偏要把位置让给卢俊义，结果弄出了一场不大不小的领导权危机，这让李逵、武松等不少兄弟心里很不痛快。晁盖的遗言言犹在耳，宋江的领导权还缺少一定的正当性。于是，大家决定采取竞争上岗的方式。这一次，卢俊义时来运转，正应了一句老话，大难不死，必有后福。尽管吴用排兵布阵时，故意给他一个无关紧要的埋伏任务，但卢俊义的运气实在是好，轻轻松松就抓到了杀害晁盖的仇人史文恭，就像当年的关羽华容道遇曹操一样，巧事都赶到一块了。这一下，宋江弄巧成拙，显得十分被动，好在这里是自己经营多时的地盘，有吴用、李逵、武松这样的心腹，哪能让卢俊义得手。于是决定再次竞争上岗。随后的东平、东昌之战算是为宋江挽回了一些面子，一场领导权危机算是就此度过，众人（包括宋江）也不再提起。不过在好汉扎堆的梁山能坐到第二把交椅，对卢俊义来说已经很不错了，他本人都未必能想到，毕竟这里除了燕青，都是人家宋江的心腹。就是这个第二把交椅，相信还有不少人有一肚子意见，只是碍于宋江的情面，不便发作而已。老实说，如果卢俊义早些上山、多带几个弟兄、多栽培几个心腹，一旦出现这种情况，恐怕就不会那么好收场，很可能会出现一场十分残酷的大火并。好在这一切都没有发生。

随后在征辽、平方腊的战斗中，卢俊义调兵遣将，冲锋陷阵，也着实立下了不少功劳，但小说给他露脸的机会始终不多，甚至还不如燕青，其面目一直很模糊，缺少个性，不像林冲、鲁智深、武松、李逵等人那样性格鲜明。而且其思想境界也不怎么高，官瘾很大。在平方腊班师回朝的路上，不少人包括燕青已经敏锐地察觉这将是一条不归路，纷纷找借口溜掉。燕青也确实够讲义气，还想再救旧日的主人一次，他悄悄劝卢俊义明哲保身，但卢俊义此时正沉浸在官袍加身、封妻荫子的美梦中，哪里听得进去。结果，正如燕青所料，官还没当几天，就被高俅等人下手脚用水银弄死。

不过总的说来，卢俊义的下场如此悲惨，与他的不醒悟有关，与他的妻子、管家作恶有关。他本人也是蛮值得同情的，自己的小日子本来过得好好的，不幸被宋江等人看上，弄得家破人亡，只好去做强盗。结果强盗没做几天，又被招安，打了一圈仗，才弄了小官做，官没做几天，又死在奸臣手里。早知这样，何苦折腾他。

最为关键的是，把这么一个根本就没有"进步思想"的人硬拉到梁山队伍中去，委以二号头领的重任，最后还让人家送了命，这于卢俊义而言自然很冤，对梁山事业也构成一种嘲讽。俗话说：逼上梁山。一些人是被奸臣、恶霸逼上山的，但也有一些人如卢俊义、秦明、徐宁等是被梁山众人诱逼上去的。明白这一点，才能认识梁山事业的复杂性。

自成一体的水军统帅

——说李俊

梁山一百单八条好汉，说起来大家在一起大碗喝酒，大块吃肉，论秤分金银，称兄道弟，一团和气，但实际上，平静的水面下还是有些暗潮涌动的。不可否认，在梁山好汉群体中是有派系存在的，只是表现得不那么明显，不容易被觉察而已。

大体说来，梁山好汉的班底主要由几派人马组成，其中最大的一派自然是宋江，在这派人马中，有的是宋江的老朋友，如花荣、武松，有的慕宋江之名投奔梁山，如石勇，有的后来被宋江招降，如呼延灼、关胜。这一派人数最多，势力也最大。另一派是晁盖的旧部，如吴用、公孙胜、刘唐、阮氏三兄弟，这些人后来转归宋江，由于相处融洽，很快也成为宋江的嫡系，排名都比较靠前。还有一派是王伦的旧部，如杜迁、宋万、朱贵，他们虽然资历不浅，属于梁山事业的开创者，但是武功不高，名望不大，且人数不多，因此排名都比较靠后，在梁山没有多少发言权。

除此之外，还有一派人马也值得注意，其成员有李俊、童威、童猛、李立、张横、张顺、穆弘、穆春，因他们主要在揭阳一带活动，彼此保持密切联系，所以也可以称他们为揭阳派。尽管李俊向宋江谦虚地介绍说，揭阳有三霸，自己只是其中一霸，但从小说的描写来看，李俊显然是这里的总霸主，颇有号召力，这可以从他出门时总是带着童威、童猛兄弟的派头，李立、张横等人对他毕恭毕敬的态度等方面看出来。

揭阳派八位成员原本各有地盘，后来到江州劫法场救宋江，带着三只船、四十多名兄弟，以一个松散团队的身份入伙梁山。他们虽然聚集在梁山的旗号下，但都来自揭阳，关系密切，可以说自成一体。读《水浒传》者大多关注林冲、鲁智深、武松、杨志、李逵这些性格鲜明、戏份较多的好汉，对相对低调、戏份偏少的李俊则注意不够。其实这个人物是很不简单的，颇有些领袖气质，除了在揭阳的那些表现，从平方腊时太湖小结义的描写也可看出这一点。在太湖落草的费保四兄弟原本并不认识李俊，却能一下看出"这个为头的人，必不是以下之人"，可见李俊的领袖气质是很明显的，通过外貌、言行就可辨识。太湖七位英雄小结义，自然以李俊为首。费保四人看破迷局，不愿意入伙梁山，否则李俊一系的成员就达到十二位了，李俊在江湖中的分量由此可见一斑。

《水浒后传》的作者陈忱显然也注意了这一点，在这部《水浒传》的续书中，他慧眼独具，浓墨重彩来写李俊，让他比宋江还风光。宋江接受招安后，拼着老命，以几十名兄弟的鲜血和生命为代价，也不过做了一个安抚使之类的小官，而人家李俊则干脆到海外发展，建立了一个自成一体、自得其乐的小王朝。那种王者气魄是宋江无法企及的。自然，陈忱这种安排还有其特殊用意在——借此抒写其遗民心态。但他从劫后余生的梁山众兄弟中独独选中李俊，固然受了《水浒传》相关描写的启发，说明他也发现了这位混江龙与其他好汉的不同之处。

李俊在梁山好汉中的排名是第二十六，虽然也算比较靠前，在天罡星之列，但这样的名次显然不能使之成为梁山的核心领导成员，他也没有资格参与决定梁山命运的决策。尽管梁山没有公布排名的游戏规则，小说也没有写这一点，但仔细推敲起来，这样的名次对李俊而言还是有些不够公平的。老实说，它与李俊的实力及其在江湖上的威望是不相称的。公平不公平，这要和前二十五名好汉比较才能看出来。梁山好汉的排名情况相当复杂，说起来还是一门学问，这在中国是有传统的。梁山好汉的排名显然没有简单地按照姓氏笔画来做，而是综合了武功、身份、资历、功劳、影响等诸多因素，有些是可以说

清同治粉彩《水浒传》人物故事图折腰大盘

出口的，有些则属于潜规则。但即便如此，李俊的名次也不该如此靠后。比如李应、朱仝、刘唐、穆弘、雷横等人排在他前面是否合理，还是值得再推敲一番的。特别是来自揭阳的穆弘，他何以位居李俊之前，是没有站得住脚的理由的。

名次的靠后也许与李俊所属的水军兵种有些关系。从小说的描写来看，梁山领导阶层确实存在着一定程度的兵种歧视。尽管梁山周围都是水域，尽管在历次战斗中水军立下不少功劳，但水军将领的名次整体都比较靠后，李俊的名次还算是比较靠前的。李俊后来的萌生退意，与这个问题也许有一些关系。未上梁山之前，李俊在揭阳一带可谓说一不二的江湖老大，何等风光。但到了梁山之后，他成了一名屈居人下的普通头领。这无疑会让他产生一种失落感。尽管宋江一再强调义气，大家在一起喝酒吃肉分金银，四海之内皆兄弟，不过既然排座次，而且要分出先后高下，名次就一定要公平，最起码得服众。李俊在梁山的生活想必不会太开心，只是他不愿意表露，小说也没有写而已。

不论是接受招安之前的战斗还是归顺朝廷后的征辽、平方腊，每有重要战事，都少不了李俊和他的水军兄弟。他们不仅利用自己的优势参加水战，还被当作步兵，比如参加三打祝家庄、攻打高唐州等战役。平方腊的胜利固然使梁山好汉再次威名远扬，但对众兄弟来说，这个付出昂贵代价所收获的胜利果实实在过于苦涩，它不但使几十名结义兄弟命丧沙场，而且直接加速了这支队伍的分崩离析。除了像卢俊义这样的官迷心窍、至死不悟者，不少好汉们都清醒地意识到：班师回朝、封官行赏对他们来说毫无意义，甚至意味着死亡的临近。因为奸臣们已做好准备，磨刀霍霍，等着收拾他们。于是在回东京的路途上，大家纷纷以各种理由离开，班师回朝的过程实际上也就变成了梁山好汉散伙的过程，等到达京城的时候，一百单八条好汉竟然只剩下了区区二十七人，气氛之凄凉，是可以想象的。

从李俊的表现来看，他对接受招安是持保留态度的。征辽之后，尽管众兄弟立下大功，但不仅未得封赏，还受到禁约，这让李俊很是不快。于是，他和其他水军头领单独以水军的名义请吴用商议，提出再次造反、重上梁山的想法，随后因受到宋江的坚决反对而作罢。不过由此也可看出，李俊的头脑是相当清醒的，他很清楚，奸臣只要当朝，不把梁山兄弟消灭，他们是不肯罢手的。

尽管早就和费保等人订下退隐之约，但李俊还是坚持到最后一刻才离开，无论是对梁山事业还是对宋江大哥，他都尽了自己的职责，可谓有情有义，问心无愧。他与燕青等兄弟一样，不愿做无谓的殉葬品。所以，他带领童威、童猛兄弟的出走也就名正言顺，算不上临阵脱逃，没有什么可指责的。

悄悄地离开了，正如当初不动声色地来，人生历程仿佛画了一个圈，又回到原来的出发地点。但对经历了一番血雨腥风的李俊来说，事情真的会那么简单吗？当然不是，阅历丰富的他对当时的形势有着十分清醒的认识，不管是领赏做官，还是归隐乡野，在奸臣当道的情况下，都不会有什么好下场。于是他走了一条与其他兄弟迥然不同的道路，带领太湖聚义的兄弟们干脆到海外大干一番，开辟新的天地，成为暹罗国之主，自得其乐。梁山好汉一百多位，哪一个有如此气魄！

虽然着笔不多，但是李俊这个人物还是很值得琢磨一番的。

梁山队伍中的风流小生

——说燕青

　　燕青在《水浒传》中是出场较晚的一位好汉，临近梁山聚义大名单快要确定的时候才匆匆忙忙地与主人卢俊义一起登台亮相。尽管未能获得像鲁智深、林冲、杨志、武松、宋江等人那样单独亮相和充分展示自己才情、性格的机会，但一出场就博得了满堂彩，风头甚至盖过了出场故事的主角卢俊义。平心而论，在后来加入梁山队伍的众首领中，要以燕青写得最为生动、传神，个性最为鲜明，给人的印象也最深刻。《水浒传》写到后面，越来越沉闷，正是燕青的出场，让读者产生眼前一亮的惊艳感。

　　燕青的加盟着实为梁山增加了不少亮点，在一群五大三粗、大碗喝酒、大块吃肉的野男人中夹杂着这么一位风流倜傥、多才多艺的俊俏小生，对比也确实够鲜明的，甚至让人感觉有些不协调。从这个角度来说，燕青可谓梁山好汉队伍中的一位另类成员。如果仅从外貌和性格来看，他似乎更适合做梁山文工团的团长，略施一点小小的风情竟然让李师师为之神魂颠倒，把持不住，要知道这位李师师可是见过大场面的人，燕青的这手风流绝活在梁山可以说无人能比。鲁智深、武松、杨志、李逵这些好汉在前线冲锋陷阵、力克强敌还可以，若要弄情调、玩温柔、使手腕，那还得燕青上场。事实也证明，梁山除了征战杀伐，还是需要一些外交和公关手段的，以燕青之善解人意、聪明伶俐，这一工作非他莫属。

东京公关之旅使燕青的风情与才艺得到充分展示，但燕青的才能显然不止这些，因为他是一位少见的全能型人才，文艺才能在梁山无人能比，武的一手也绝对拿得出手，一点都不含糊。以在梁山最为吃得开的武功来说，燕青虽在身高、力气上有着先天的劣势，但如果在梁山举办一场好汉大比武，他的名次肯定比较靠前。之所以这样说，是因为这里有一个很好的参照，那就是李逵。李逵的武功和气力在梁山众好汉中虽然不能说是最好、最大的，但是应该也是数得着的。可就是这样一位威猛无比、蛮横张狂的彪形大汉，一到燕青面前，马上变得不堪一击。李逵除了宋江，很少服气过谁，不过在燕青面前却是个例外。燕青能制服李逵，让他服服帖帖，靠的不是别的，而是自己的真功夫，毕竟武功与身高、体重并不完全成正比。燕青有一手专制强敌的绝活，那就是摔跤。李逵在他面前，连站都站不起来，还怎么去和人家较量。四两拨千斤，以巧制胜，燕青让我们看到了江湖世界的另一规则。除了摔跤，燕青还有一手射箭的绝活，可与没羽箭张清的飞石砸人相媲美。有了这些绝艺，燕青在梁山自有一席之地，没有人敢小视他。

不过，燕青给人印象最为深刻的还是他的聪明。这种聪明并不仅体现在吹拉弹唱上，因为对梁山大业来说，这些不过是雕虫小技，属于小才艺，燕青的梁山同事铁叫子乐和等人也会这些。燕青的这种聪明称作机智也许更为贴切，这体现在燕青对复杂形势的深刻洞察力和精准判断力，能够对未来做出较为准确的预测，这在梁山众首领中也是十分突出的。在小说中，作者着意强调了燕青聪明机智的这一方面。这里也有一个参照，那就是燕青的旧主卢俊义。按说这位人称"河北三绝"的卢俊义也是见过不少世面、有些阅历的，其头脑却相当简单，属于武功高强却没有见识的那类人。老实说，他虽然是梁山的二号人物，但是在小说中却缺少个性，面目模糊，远不如自小父母双亡的苦孩子燕青那么鲜明、生动，其见识更是远不如燕青，刚一出场就被装成算命先生的吴用骗得晕头转向，乖乖按照人家编好的剧本"演出"。出门避祸本该低调行事，却故意向梁山挑衅，自惹祸端。更为严重的是，他识人不明，用人不当，连自己的老婆都识不清，最后弄得家破人亡。而人家燕青，连吴用的面都没有见，就能一下识破其迷魂阵。两人见识的高下，一下就显现了。

《评论出像水浒传》燕青绣像

从小说结尾部分的描写更可以看出两人境界、见识的高下。为平定方腊，梁山好汉们付出了十分沉重的代价。仗打到最后，众兄弟或死或伤，七零八落。最后到来的胜利过于苦涩，没有人会为之欢欣鼓舞；相反，压在众人心头的则是挥之不去的哀伤和迷茫。尽管宋江要带领残存的兄弟们班师回朝，论功行赏，但明眼人都知道，回去之后，等待他们的将是什么。方腊虽然已被剪除，但是更为凶恶的敌人高俅、蔡京之流正幸灾乐祸地站在朝廷里等着他们，更多的磨难还在后面。以宋江的才智，他不可能看不出这一点，但是作为梁山的当家人，在接受招安之后，他已经没有什么牌可打，只好硬着头皮走下去，不管前面是万丈深渊还是刀山火海，他都必须往前走，承受各种不幸和苦难。而其他兄弟则不然，他们完全可以另谋出路，不必大家一起殉葬，去做无谓的牺牲。事实也正是如此，在班师途中，大家纷纷以各种借口离开。等回到京城的时候，这支曾经无比雄壮的队伍已变得稀稀拉拉，与其说是凯旋，不如说是被击垮。

相比之下，卢俊义似乎有些例外。按说他上梁山的时间很短，而且是被迫上去的，同梁山的感情并不深，他完全有理由乘机走掉。但他没有这样做，这当然不是出于江湖义气，而是有其他理由。这个理由很简单，也很让人惊讶，原来这位老兄竟然在这个时候还做着衣锦还乡、封妻荫子的美梦。仅此一点，就可以看出此人格调不高。最为重要的是，他本来是有机会逃过这场劫难的，因为燕青已经给他讲明其中的利害关系。毕竟相处多年，而且有恩于自己，燕青临走前没有忘掉这位昔日的主人。他动之以情，晓之以理，着实把卢俊义劝说了一番，无奈这家伙利欲熏心，目光短浅，沉浸在升官发财的美梦中，根本听不进去燕青的肺腑之言，就像当初燕青告诉他李固和贾氏通奸一样。燕青尽了一个朋友和部下的职责，可谓有情有义，仁至义尽，可这些如同对牛弹琴，没有什么效果，于是燕青只好独自离开了。燕青一走，卢俊义的结局自然也就没有什么悬念，他看似死在奸臣手里，实际上何尝不是自杀，而且是那种极为愚蠢的自杀。

至于燕青离开之后的下落，小说并没有交代。顺着原有的故事情节想下去，燕青的结局似乎存在着无限的可能性。不管怎样，凭其过人的本领和机灵，结局一定不会太坏，这是可以肯定的。《水浒传》之后，燕青又成为不少民间故事、戏曲以及说唱文学作品的主角，由此可见老百姓对这位梁山风流小生的喜爱，显然大家觉得他的戏份太少，不过瘾，想让他一直活跃在舞台上。

俊俏、风流而不贪色，忠诚、侠义而无奴性，多才多艺而不失男儿本色，这就是燕青，梁山队伍中一位讨人喜爱的风流小生。

好一个杀人救世的佛爷

——说鲁智深

　　"逼上梁山"是人们对梁山好汉造反动机及途径的形象概括。对林冲、杨志、武松、宋江等人来说，这一概括无疑是适用的，但有一个人则是例外，那就是花和尚鲁智深。与梁山其他好汉不同，鲁智深是一步步主动打上梁山的。在小说中，他的存在有着特别的意义。

　　性格决定命运。如果有林冲那样一忍再忍的忍耐力，或杨志那样不屈不挠的上进心，鲁智深肯定上不了梁山。他身为经略府提辖，官虽然不大，但是没人敢欺负他，不存在什么外力胁迫的问题；独身一人，无牵无挂，自然也就不会有高衙内之类的权贵打他娘子的坏主意。在拳打镇关西之前，他在渭州的小日子过得应该还是不错的。但如果这样安逸地一直过下去，鲁智深也就不是鲁智深了。从本质上来说，他是个理想主义者，眼里容不得一点沙子。但他实现理想的方式与一般人不同，他不像武松那样对官府还抱有一丝希望，而是更相信自己的拳头和禅杖，用以暴抗暴的方式来抗拒那个有着太多不合理现象的黑暗社会。镇关西凌辱民女，日后同为梁山好汉的李忠和史进也都在同一时间里遇到，但他们并没有什么特别的反应，其后更是撒手不管，各自走人，鲁智深却偏偏看不下去，坚决要打这个抱不平。削发为僧，有赵员外诚心供养，本可以在五台山过着悠闲、清净的日子，但他就是不肯安生，硬是将那里闹了个底朝天。东京大相国寺带领一帮浮浪子弟吃喝玩耍、无拘无束的日子何等潇洒自在，他却在野猪林为了朋友林冲而主动放弃。

与林冲、杨志等原本安分的梁山好汉相比，鲁智深似乎更喜欢惹是生非。在一般人的心目中，多一事不如少一事，"麻烦制造者"总是不受欢迎的。但鲁智深的惹事之举如拳打镇关西、痛打小霸王却不让读者感到讨厌，反而会赢得他们的敬重，原因很简单：正是鲁智深的多事才能带来社会的少事，当时的社会太需要这样的"惹事者"了。惹事不见得是好事，但也未必一定是坏事，关键要看鲁智深惹了谁，为什么而惹事。

归纳起来，鲁智深的出场会使几类人不高兴，甚至感到恐惧：

一是社会上的为非作歹者，如镇关西、生铁佛（崔道成）、高俅、高衙内之流。鲁智深生来就是这些人的天敌和克星，只要遇到这些人胡作非为，不管是达官贵人还是地痞无赖，他都会出手制止，根本不会有片刻的犹豫，正所谓该出手时就出手。尽管在当时普遍堕落的社会里，个人的力量微不足道，鲁智深功夫再高，精力再旺盛，也杀不尽天下奸邪之辈，但他的存在总能给人以希望，以幻想，以期待。

二是五台山上的众僧人。鲁智深短暂的出家生涯对这些僧人来说简直就是一场噩梦。确实，从表面上来看，鲁智深不守清规戒律，屡屡犯禁，是一位不折不扣的花和尚，哪里有什么佛缘和慧根。有趣的是，那位智真长老却不这样看，他知道鲁智深"上应天星，心地刚直"，日后"却得清净，正果非凡"，并直言不讳地告诉众僧"汝等皆不及他"。在五台山的众僧看来，智真长老的这番话更像是为袒护鲁智深而编造的胡言乱语。更为有趣的是，这位高僧的预言日后果然得到了应验。于是就形成了一个令五台山众僧无比尴尬的事实，那就是尽管他们中规中矩，苦心修行，但最终获得完满资格的并不是他们，而是那位在他们眼里如凶神恶煞一般的鲁智深。一个整天杀人放火的花和尚竟然比专门修行的僧人功德更高，这确实值得人们深思。佛教强调普度众生，但超度的方式有多种，是靠苦心修行、完善自我的方式来实现，还是以扬善惩恶、替人消灾的方式来取得？哪个境界更高？哪个更有效果？从小说的具体描写来看，作者是给出答案的。征辽胜利之后，宋江带领众兄弟到五台山参礼，五台山众僧出来迎接，他们看到鲁智深时的内心活动颇耐人寻味，"数内有认的鲁智深的多，又见齐齐整整百余个头领跟着宋江，尽皆惊羡不已"，如果要寻找答案的话，"惊羡不已"四字足以说明一切。

除了上面两类人，鲁智深的存在也让他的一些梁山同事感到不自在。老实说，梁山首领虽然有一百单八人，但并非个个都是响当当的好汉，其中有不少偷鸡摸狗、欺男霸女之辈，如周通、时迁、王英之流，如果没有鲁智深等人的加盟，这不过是些乌合之众。在这些好汉中，有的曾被鲁智深痛打过，如桃花山抢劫民女的周通，有的则与鲁智深闹过别扭，如生性小气的李忠。这些人无论是武功还是人格，都是不配与鲁智深为伍的。彼此间反差如此之大，大家最后竟然还能成为同生共死的结义兄弟，这不能不让人产生一种荒谬感，但这就是现实。江湖也是一个林子，林子大了，什么鸟都有。

虽然到处惹是生非，但是鲁智深的性格并不复杂，他如同大闹天宫时期的孙悟空，靠着一股正义感来反抗他所处的黑暗现实。他仿佛正义的化身，其心胸可以用一个字来概括，那就是真。这种真是发自内心的，对自己真，对别人也真。他和林冲相识的时间很短，按说并没有多深的交情，但当林冲落难时，他却挺身而出，有情有义，以至于得罪高俅，无法在相国寺存身。与此形成鲜明对比的是那位陆虞候，他可是林冲从小就结识的好朋友，谁能想到，陷害林冲最起劲的也正是这位老兄。正是因为真，才心胸坦荡，一些在别人看起来颇为尴尬的事情，在鲁智深做来则十分坦然。比如他在桃花山携带银器的不辞而别之举，并不让人觉得别扭，倒是周通和李忠这两个心胸狭隘之辈让人感到厌恶。鲁智深仿佛一面光洁明亮的镜子，有了他，可以照见俗世间种种丑态和不堪。

鲁智深的真是真诚、真情之真，是认真、较真之真，却不是天真之真，真并不一定意味着鲁莽。《水浒传》所展现的并不仅是鲁智深的勇猛刚烈，他的睿智同样给人留下十分深刻的印象，从他打死镇关西后巧妙脱身的描写就可以看出这一点，这是鲁智深性格中的另一面。当然，这只能算是小聪明，小说还写了鲁智深的大智慧。梁山泊刚排完总座次没多久，宋江召集众兄弟开菊花会，提及招安之事，惹得几位兄弟不高兴，其中反应最为激烈的是李逵，鲁智深也在反对者之列。不过鲁智深反对的理由与李逵完全不同。对李逵来说，他所梦想的不过是宋氏取代赵家，认准了宋江当皇帝，自然也就难以接受招安，而鲁智深的反对则基于如下判断："只今满朝文武，俱是奸邪，蒙蔽圣聪，就比俺的直裰染做皂了，洗杀怎得干净。招安不济事。"可见鲁智深反对招安是出于他对当时社会的深刻洞察，是理性的冷静思考，而非情绪的简单宣泄。当宋江、卢俊义等人还做着招安梦的时候，鲁智深早已看破迷局。事态的发展最终验证了他的准确判断：宋江执意接受招安，又是征辽，又是平方腊，功劳不可谓不大，但最后的结局又怎么样呢？替天行道的口号喊了半天，结果到头来奸臣们个个毫发未伤，活得比过去更好，而梁山的众兄弟们则死的死，散的散，以无比凄惨的方式黯然退场。梁山好汉中武功高强、以勇猛著称者多的是，如李逵，如果进行比试，未必都不如鲁智深，但如果论睿智，则多不及鲁智深。鲁智深粗中有细，并非一味莽撞，不像李逵那样看似在战场上杀人无数，勇不可当，结果连几个老虎都摆不平，把老娘的命白白搭上。

　　杀人不见血、屡犯清规戒律的花和尚鲁智深不经意间修成正果，而那些连做梦都想成佛的五台山的专业僧人却连自己都超度不了，这一有趣的鲜明对比确实值得深思，相信作者也是有意这样写的，善读《水浒传》者不能放过这一问题。

有始无终的神秘超人

——说公孙胜

在《水浒传》中，公孙胜就像他的绰号入云龙一样，是一位神龙见首不见尾的神秘人物，他的戏份不多，出场的次数有限，不仅面目不清，而且连作者设置这一人物形象的意图也得细细揣摩。这位公孙胜看起来很重要，但在具体描写中，他只不过是一个相当次要的配角。按照一般的创作规律，作者写一位人物，自然有自己的意图。那么，他为什么要为小说安排这么一位半人半仙的神秘角色呢？

别看公孙胜露脸的次数不多，但在梁山好汉中的排名却很靠前，是第四号人物，绝对属于重量级，身居梁山的核心领导层。熟悉《水浒传》的读者都知道，从最早开创梁山事业的王伦开始，山上的每把交椅都不是随便坐的，有着先后、高下的秩序。王伦当政时期如此，晁盖、宋江上了梁山之后也没有改变。因此，但凡有好汉上山入伙，梁山成员名单就得进行一次新的调整。事情看起来很烦琐，但大家都很有耐心，从不马虎。正所谓，名不正则言不顺，言不顺则事不成。耐心的背后是在乎。只要看看宋江为首领之事对卢俊义谦让时众兄弟的激烈反应就可以明白这一点，可见排座次是梁山好汉生活中的一件大事。排座次，自然得有个标准，尽管小说没有明确交代，但明眼人还是可以看出其中的潜规则。大体来说，实力、身份、对梁山的贡献等都是可资参照的标准。

公孙胜名次如此靠前，超过众多兄弟，这显然与他的实力、身份及功劳有关。说到实力，他在梁山好汉中确实与众不同，别人吃的都是力气饭，或靠过硬的拳脚功夫，或凭不同凡俗的兵器，这位老兄干的则是技术活。他从不冲锋陷阵，功劳却不小，原因很简单，他能呼风唤雨，腾云驾雾，专门对付旁门左道之辈，这可不是谁都能胜任的。虽然宋江、樊瑞对此道也略懂一二，但水平不过是入门级，替代不了这位专业人才。也正是为此，公孙胜虽也跟随梁山队伍外出征战，但主要作为秘密武器使用，轻易不露面，除非对手也是道中人物，妖术了得，无人能敌，比如遇到那位高唐州知府高廉，才会让公孙胜这位专业人士隆重登场。实力即意味着功劳，其他兄弟只有羡慕的份。

说到身份，公孙胜本是道士，得名师真传，这应该也是他名次靠前的一个原因。按照小说的描写，他拜罗真人为师，属于名门正派，这在梁山队伍中似乎具有一定的象征意义，象征着天命，象征着梁山事业的正当性和代表性。宋江在还道村得九天玄女传授三卷天书的描写似乎也有这层意思在。

公孙胜这个人物不仅神秘兮兮，还颇有些怪异，让人难以捉摸。劫取生辰纲本来没有他的份，人家晁盖、吴用谋划得差不多了，也都盟了誓，他却主动找上门来，要求入伙。不老老实实待在深山老林跟罗真人修仙成道，奉养母亲，却偏偏跑到俗世间煽风点火，来干杀人越货的勾当，可见也不是一个多安分的道人。如此积极主动，好像不只为了钱，到底是天命使然，还是受师父罗真人所遣，谁也说不清楚。在公孙胜的背后，似乎隐隐有一双大手在支配着一切，公孙胜不过是位认真的执行者。笔者是个俗人，只能从其言行中可以理解的这一方面来解读，对其神秘、怪异的一面，就归于天机吧。天机不可泄露，俗人无法理解也是可以谅解的。

上了梁山之后，这位老兄便难得露面，不久就请假回家。人家其他兄弟都把家小接到山上，以梁山为家，共享富贵，他却以老母喜欢清幽，家里自有田产山庄为由拒绝，这恐怕与天机无关，可见还是想留条后路，并不准备与众兄弟同生共死。口里答应得很好，"只去省视一遭便来，再得聚义"，但实际上一去便杳无音信。此后戴宗费了不少工夫去找，却无迹可寻，显然这是有意回避。公孙胜此举让人颇感困惑：既然后来如此消极，当初为何又如此主动？既然飘然世外，不食人间烟火，为何又煽风点火，上山入伙？莫非这仅仅是在执行天命？那只幕后的大手到底是谁？果真如此，这位入云龙也不过是个天命的道具而已，远不如有情有义的鲁智深、武松等人活得真实、洒脱。

公孙胜再出场时可是摆足了架子，让人看着都着急。由于公孙胜的降妖除怪本领无可替代，梁山在遇到通晓旁门左道的强敌如高廉之流时还真离不开这位专业驱魔人才。于是，戴宗、李逵等人只得又折腾一番再去请他。按说都是结义兄弟，梁山好汉遇到危难，早就应该挺身而出，就像当初主动入伙劫取生辰纲那样，但这位公孙胜却不然，非请不到，在梁山急需用人之际一个人躲在家里享清福。兄弟上门来请，还如此摆谱，连面都不给见，让老娘编谎话骗人，这真是有些说不过去。如果不是戴宗灵机一动，让李逵玩了个花招，恐怕仍然连人都见不到。

见到戴宗、李逵后，知道了梁山遇到的难处，公孙胜竟然以奉养老娘之类的牵强理由拒绝，这着实让人感到意外，好像他不是梁山结义兄弟。忸怩作态了半天，让李逵也受了一番折磨之后，公孙胜这才动身，实在让人感到别扭。既然最后还是出山，何不起初就痛痛快快答应。如此摆谱，莫非这里面又有什么天机？天机固然不可泄露，但如果让人感到别扭，这样的天机也就成问题了。

征辽之后，这位公孙胜再次离开，不过这一次可不是请假，而是散伙。尽管是奉师父罗真人之命，理由更充足些，但总让人感觉不是滋味。公孙胜的离开无疑是一个不祥之兆，意味着梁山兄弟离散的开始。

总之，公孙胜是梁山好汉队伍中的特殊一员，其身份特殊，本领特殊，地位特殊，享受的待遇自然也不一样。同样是结拜兄弟，他并没有真正融入梁山好汉这一群体，一直若即若离，似乎只是为了凑足一百单八位好汉之数而出场。他如果不过早离队，以其过人的本领，在后面的平方腊之战中可以发挥更大的作用——有他出场，可以少死很多兄弟，这是可以肯定的。后来遇到旁门左道的对手包道乙、郑彪玩妖术时，宋江只好和樊瑞一起勉强对付，而这本属于公孙胜的职责。好在法术之外，还有龙神保护，否则说不定还得再请一次公孙胜。其实梁山好汉中有退隐之心者绝非公孙胜一人，比如李俊在太湖小结义之后也有此意，但人家很讲义气，有始有终，直到打完这场恶仗才悄然离开。

打完方腊，梁山众兄弟七零八落，凄凄惨惨，能得善终者没有几人。当宋江等兄弟沙场征战，在生死线上苦苦挣扎时，不知公孙胜这位半人半仙的神秘超人作何感想。以其过人的能耐，他显然知道发生的一切。作为梁山的第四号人物，他能对这一切漠然视之，置之度外吗？他为何而来？又为何而去？一切似乎都是天机，恐怕也只有上天知道了。

苦命的梁山英雄

——说林冲

在《水浒传》中，林冲是全书写得最为成功的人物形象之一，自然也是读者谈论最多的一个。之所以如此，是因为围绕着这位苦命英雄，有太多可说的话题。

尽管林冲在梁山好汉中排名靠前，位居第六，但他给读者留下深刻印象的并不是其高强的武功，更多则是其过于凄苦的命运。结合小说中的相关描写，将林冲称作苦命英雄也不为过。不少读者提到逼上梁山这个词，就会自然而然联想到林冲，两者之间似乎画上了等号，作者在塑造这位英雄时，也着意突出这一点。在通向八十万禁军教头的仕途上，肯定有不少值得一说的传奇故事，但作者根本就不写，读者也无从知晓。反正这位武功盖世的禁军教头从一出场亮相就给人一种时运不济、走下坡路的感觉。命运仿佛故意与他过不去，东京城里的美女成千上万，可有钱有势、妻妾成群的高衙内偏偏就看上了他的娘子，而且为了达到目的还要千方百计除掉他。虽说事情的发生具有一定的偶然性，但是对林冲来讲，这绝对是一场飞来横祸，躲都躲不过。从此他再没有过上一天安生的日子，注定要成为一个牺牲品，一个为那个黑暗社会殉葬的牺牲品。

接下来是许多读者熟悉得不能再熟悉的情节。除非林冲忍辱偷生，不顾廉耻，把深爱的妻子拱手让给高衙内，否则这股黑暗势力所制造的灾祸就会不间断地找上门来。把老婆拱手让给别人，别说林冲这样顶天立地的英雄做不到，但凡是个真正的男子汉都做不到，能做到这一点的都不是正常的男人，而是缩头乌龟。面对咄咄逼人的高衙内与其爪牙，林冲要么屈服，要么反抗，几乎别无选择，但他偏偏选择了第三条道路，即苦苦忍耐和退让，不到万不得已，绝不走极端。这种忍耐和退让不能理解成软弱，不是林冲看不明白形势，而是因为他太善良了，对高俅父子还抱有一丝希望。再者，从一位禁军教头到揭竿而起的造反者，两者的距离也过于遥远。在他的潜意识里，即便做坏事，也得有个底线，正如人们通常所说的盗亦有道。但他没有想到的是，高俅父子及其帮凶已经坏到出乎他的想象，他所处的社会也已经堕落到不存在底线的境地。于是，他一退再退，一忍再忍，但很快就被破坏力惊人的高俅及其爪牙逼到无路可退的绝境，草料场的一把大火把他彻底烧出了那个曾经留恋的世界，把他烧到了另一个江湖世界。

别的英雄好汉，一旦日子过不下去，落草为寇就是，日子照样过得逍遥自在，如鲁智深、武松、杨志。可林

杨家埠年画《林冲雪夜上梁山》

冲的命运却偏偏苦得离奇，苦得竟然连做草寇强盗都没人要的不堪境地。不少读者关注林冲在火烧草料场之前的种种表现，其实，走上江湖之路的林冲更值得留意，而且这一部分内容也更具震撼力。幸亏同样是倒霉鬼的杨志路过梁山，算是无意中为林冲解了围，林冲这才暂时得以留在梁山，更确切地说是赖在了王伦所把持的梁山。无论是白道还是黑道，都不给林冲以容身之地，当时社会的运转确实出现了问题，而且是大问题。

尽管小说没有进行详细描写，但从上山前的屡受刁难不难想象林冲在王伦节制之下的凄苦日子。此时此刻，他的所有人生目标就剩下了两个字，那就是活命。也就是说，他靠着人的求生本能在维持着自己的生命，至于人格与尊严，则变成一件遥不可及的奢侈品。很难想象，如果没有晁盖等人的入伙，内心极度压抑的林冲还能支撑多久。上山前受高俅的迫害，上山后受王伦的凌辱，在梁山英雄中也有不少苦命汉，但没有一个能苦到林冲这种程度。

火并王伦尽管从表面看起来是林冲的出头之日，从此他得以过上江湖的正常生活，但如果设身处地从林冲的角度想一想，却未必如此乐观，因为这实在是他的无奈之举，是以自己的名誉受伤害为代价的。以林冲如此平和的性格，不到万不得已是不会走极端的，但命运仿佛捉弄人，到头来，屡屡走极端的却偏偏是这位忍受力极强的英雄。从吴用与晁盖等人的密谋过程可以看出，这个时候也是他们生死存亡的关键时刻，正如当初上山时的林冲，如果王伦拒不接纳，晁盖等人同样没有退路。在这种情况下，林冲就成了晁盖等人霸占梁山的一颗棋子，他们除掉王伦的目的并不是为了林冲，而是为了自己。纵然王伦有千般不是，比如心胸狭窄，但他毕竟最后收留了走投无路的林冲，作为一名刚上山不久的入伙者，这种以下犯上的火并之举在江湖上传出去总不会那么好听。如果不顾及江湖名声，吴用等人为什么不直接下手，反而要采用这种借刀杀人的路数！

但不管怎样，晁盖的气度比王伦还是要大不少的，在他手下的日子总算比先前要好受些，至于能不能成为嫡系，排名如何，都显得不那么重要了。好在晁盖和宋江后来对林冲还算不薄。在梁山事业发展壮大的过程中，每有重大战事，冲锋陷阵总少不了他，可谓好钢用在刀刃上，林冲也因此为梁山事业立下汗马功劳。无论是论身份、武功、资历，还是论对梁山事业的贡献，林冲都无愧于自己那个颇为靠前的排名。

如果说此前不堪回首的生活对林冲来说是一场悲剧，那么接受招安之后的日子则接近于闹剧或荒诞剧了。在别人，是否愿意接受招安也许只是思想、观念上的差异，但对林冲则全然不同，谁都可以接受招安，但他不能。残酷无情地剥夺一个人所拥有的东西如地位、名誉、家庭，将他驱逐出这个社会，再让他灰头土脸地回来，不但原有的一切不可复得，而且还要屈从于当初陷害自己的邪恶势力，这该是一种多么荒谬的感觉！极其痛苦地转了一圈，在家破人亡、彻底绝望之后，重新回到原点。世事沧桑，物是人非，一切还能重新开始吗？失去的如家庭、时间还能再回来吗？命运又一次和这位苦命的汉子开了一个玩笑，一个黑色幽默似的玩笑。

不管如何荒诞，林冲只能无奈地接受眼前的一切。他最有理由反对招安，但跳出来激烈反对的却是李逵、武松、鲁智深等人，而不是他，这是由其性格决定的。再者，他心里也十分清楚，招安是不可避免的，作为梁山首领，宋江所考虑的只能是梁山事业的整体利益。屈从于整体利益就意味着牺牲个人利益，不幸的是，做出牺牲的又是这位苦命的汉子。被命运屡屡戏弄的林冲早已没有选择的余地，只能听天由命了。好在接受招安之后，马上面临着征辽、平方腊等重大战役，否则很难想象他该如何与不共戴天的仇人高俅共事。

连续不断的征战在别人眼里也许是一种负担，但对林冲来说，更意味着解脱，哪怕战死沙场，都比屈辱地待在高俅手下强。林冲并没有战死，他一直坚持到平定方腊。感谢作者的厚道，他终于没有让林冲再次回到那个让他寒心的朝廷，遭受高俅等奸臣们的算计，而是为林冲设计了一个风瘫而亡的结局，以一种十分窝囊的方式为这位苦命英雄的人生画上了句号。

一切看似都顺理成章，一切又显得那么荒诞离奇。但不管是必然还是偶然，不管是逼上梁山还是接受招安，对林冲来说，他所扮演的角色只有一个，那就是牺牲品。

名门世家的江湖之路

——说柴进

在梁山一百单八位好汉中，小旋风柴进可以说是一个另类。之所以这样说，是因为他在走上梁山之前，无论是其身份还是社会地位，在众兄弟中可以说是最高的，这有其家藏祖传的誓书铁券为证。如果他没别的、更大的野心，而是安心做一个大宋顺民的话，依其身份和条件，完全可以过着富足安逸、体面自在的生活，事实上这也正是林冲、杨志等人当初所向往的。可以说，柴进是一个典型的既得利益者，属于那种最不可能造反的人。但命运就是这样不可捉摸，一个最不可能造反的人偏偏成为梁山事业的缔造者，柴进不但自己上了梁山，而且为梁山培养和输送了一批骨干力量。

说柴进是梁山事业的缔造者，这并非过誉之辞。通过小说的描写可以知道，梁山事业的几代领导人，无论是王伦、晁盖还是宋江，都接受过柴进的直接帮助，更不用说林冲、武松这些好汉了。一个功勋旧族子弟，为何不安享荣华富贵，却如此热心江湖事业，着实让人有些不解。不过细细想来，这里面还是有原因的，其中既有历史的因素，又有个人的原因。众所周知，大宋赵家的江山是从人家柴进的祖先手里抢走的。尽管没有发生过流血悲剧，赵家天子对柴家也颇为厚待，但是柴家子孙想必心里总有那么一些不自在，富贵公子哥的生活虽好，但哪能和做皇帝相提并论！这种不满足化为一种逆反情绪，在柴进身上得到较为充分的体现。当然也不排除柴进自身性格的因素，他生性好动，仗义疏财，喜欢结交天下豪杰，天生具备江湖气质。两个因素结合，在柴进身上撒下了叛逆的种子。功勋旧族子弟与江湖好汉的距离看似遥远，实际只有一步之遥，依照柴进的行事风格，他上梁山是迟早的事情。

高贵的身份、宽裕的家境、慷慨的作风，很快使柴进在江湖上获得了很大的名声，可以说他具备成为江湖领袖的各种有利条件。不过值得注意的是，最后成为梁山首领的是宋江，而不是柴进。自身各项条件远不及柴进的宋江何以后来居上，在江湖上有着更大的声望和号召力？个中缘由是很值得深思的。

究其根由，可以说柴进自身具有的优势也正是他的缺陷，其不同凡响的身份和地位容易使他在江湖上产生重要影响，但那种优越感很强的公子哥习气又使他难以让自尊心极强的好汉们真正服气。最能说明问题的一个例子是，武松虽然在柴进家里待了一年多，所受恩惠和帮助不能说不多、不大，但是他不仅没有感激之情，反而对柴进牢骚满腹。而宋江只和武松接触了短短几天，就让这位好汉恋恋不舍。柴进大量金钱和精力的投入竟然不敌宋江一番热心肠的话语和几两银子，看起来不可思议，实际上并不奇怪，也很容易理解。对那些落难中的好汉们来说，施舍给他们一些银两固然重要，而能否真诚、平等地相待，让他们感到尊严和温暖，这才是最为重要的。有着纨绔子弟习气的柴进做不到这一点，而宋江做到了，所以宋江能成为江湖上的老大。可见江湖的运作还是有其规则的，银子不过是其中一个重要因素，钱与地位并不能完全成正比，关键是要会花钱，将钱用对地方，大把施舍银子的效果未必超过少许银子的真心相赠，在这方面，宋江确实是个老手。

柴进平时喜欢结交四方豪杰，同他们谈武论艺，学习的条件不能说不好，但其武功好像并不怎么样，小说对此方面也没有怎么着笔，不过从一些侧面可以看出这一点。可以想象的是，优越的家庭条件限制了其武功的发展，公子哥的秉性容易养成三脚猫的毛病，不肯下功夫拜师学艺，吃不了苦，受不了累，武功自然也就有限。江湖世界藏龙卧虎，能人多的是，而洪教头这种不入流的半瓶醋却能在柴进那里长期享受贵宾待遇，耍够派头，可见这位公子哥在识人方面还是要下些功夫的。

在政治上，这位柴大公子也缺乏远见。其种种叛逆行为实际上都潜藏着巨大的风险，推荐林冲、包庇宋江、资助王伦……哪一件拿出来都足以置他于死地。他过于相信誓书铁券的效力了，做这些事情的时候还颇为高调，不知收敛。他没有意识到，大宋的政治版图早已发生了改变，自己手里的免死牌光环不再，在地方官员的眼里不过是废铁一块。残酷的事实很快使他明白了这一点，面对恶霸、酷吏的欺凌，他不仅保护不了自己的叔叔，连自己也保护不了，差点送了小命。若是结交江湖好汉的事情被官府发现，他遇到的麻烦只会比这更大。一旦视作护身符的誓书铁券失灵，他也就没有什么办法了，只好任人摆布，下场相当悲惨。幸亏梁山好汉们念旧情，讲义气，专门发动一场营救行动，否则他真是连小命也保不住了。

摆脱了牢狱之灾，却失去了誓书铁券和荣华富贵，柴进此后的人生道路也就没有什么选择，只有梁山一条路了，原先那种黑白两道通吃、逍遥自在的生活从此成为深埋心头的美好记忆。在此方面，他远不如江湖老大宋江考虑得周到，同样喜欢结交江湖人士的宋江早就意识到游走于黑白两道的巨大风险，事先和父亲、弟弟弄个绝交的假象，免得将来累及家人。当然，这种假象的效力也是暂时的，一旦事情弄大，他的家人也是没法脱去干系的，最后还得全家一起去梁山，不过有这么一个假象总比没有强。

梁山第十把交椅的位置虽然比较靠前，但是对身份和地位都不一般的柴进来说似乎委屈了一些。虽然他的武功并不怎么样，但是要论资历和对梁山事业的贡献，没有几个人能和他相比。不知道这会不会让他感到有些失落，有些不自在，即便有，也是无法说出口的。另外，让这位出手阔绰、不知柴米贵的公子哥来掌管梁山的财政也不大合适，好在兄弟们本领不凡，杀富济贫，总能不断找到财路，所以也没出现过经济困难之类的尴尬情况。

柴进最后的结局也颇耐人寻味，由于在平方腊时立下大功，班师回朝后被授予横海军沧州都统制这么一个地方军事小官，在上梁山之前，他肯定是看不上这么一个官职的。这样一个无足轻重的小官，做起来不会有什么意思，原因很简单，当初兄弟们在一起何等热闹、有趣，如今或死去，或离散，冷冷清清，凄凄惨惨，这对平生喜爱热闹的柴进来说，何等无趣。更为重要的是，那些奸臣们经过一番折腾之后，毫发未伤，依然当道，耀武扬威，正虎视眈眈地盯住这些劫后余生的梁山好汉们，要将他们一个一个除掉。

经过历练的柴进此时头脑还算清醒，设了个小计，辞官归隐，再次过上逍遥自在的日子，虽然身份和地位无法与此前相比，但总算全身而退。在梁山众兄弟中，他的结局还是不错的。在这方面，宋江、卢俊义就比不上柴进了。

　　走了这么一个大圈，又回到了原地。但此时的柴进已今非昔比。人生就是这样，总是以出乎意料的方式给人留下悬念，也给人以活下去的借口和希望。

大众化的梁山好汉

——说九纹龙史进

在《水浒传》中，九纹龙史进是一位颇难评说的人物，专门谈论他的文章也不多见，但这并不是说他不重要，毕竟他是小说中第一位登台亮相的梁山好汉，还颇受作者青睐，得到整整一回篇幅的单独露脸机会，其后不断在各种场合亮相，为梁山事业立下不少功劳。要知道，不是哪位梁山好汉都能享受这样的待遇，说起来只有鲁智深、林冲、武松、杨志等少数几个出类拔萃的英雄才有资格。问题在于，作者虽然给了史进较多的笔墨，但是他留给读者的印象并不深刻，率先登场，并没有碰得头彩。知名度倒是有了，读过《水浒传》的读者几乎没有不知道这位九纹龙的，可要说其性格、特点，就比较难以措辞了，这也正是历来人们谈论较少的原因。何以如此？这是一个值得认真探讨一番的问题。

如果为梁山好汉设立一个标准，史进是可以作为一个标尺的。之所以这样说，是因为他是一位标准的梁山好汉，颇具典型意义。这主要表现在如下两个方面：第一，他的武功虽然不能说超一流，但是用高强一词描述还是当得起的，这有与九华山三位好汉的较量为证，有他与鲁智深的单打独斗为证。而且他也不是师出无门，人家可是八十万禁军教头王进的徒弟，受过高人的指点。第二，他性格直爽，喜欢行侠仗义，打抱不平，交结江湖好汉。说起史进的家庭条件，也是相当不错的，父亲是个土财主，传下一份丰厚的家业，如果他不是屡屡惹是生非，自断后路，过个小康生活还是没有问题的。但是他偏偏不肯安生，以至于弄得倾家荡产，一步步走向梁山。正是因为他太合乎标准，所经历的一切都符合读者对梁山好汉的期待，没有一些特别有传奇色彩的故事，比如大闹五台山、倒拔垂杨柳、棒打洪教头、风雪山神庙、景阳冈打虎之类。梁山好汉们具有的共性他都有，人家独特的故事他缺少，这样一来，虽然作者也花费了不少笔墨，但是史进给读者留下的印象终究有些模糊。从文学创作的角度来看，史进不能算是塑造得特别成功的人物形象。

史进给人印象不深，还有一个重要原因，那就是在他登台之后相继亮相的几位好汉如鲁智深、林冲、杨志、武松，个个性格鲜明，人人有传奇故事，当然用的篇幅也更多，写得太成功了，前后形成鲜明的对照。相比之下，史进的形象自然显得有些黯淡。在小说开头，史进单独被描写的时候，面对少华山的朱

陈老莲《水浒叶子》之九纹龙史进

武、陈达、杨春这三位占山为王的草寇，他无疑是核心人物，但是等到鲁智深一出场，他就只能变成陪衬人物了。在整部小说中，他不是主角，而是配角，是那种较为重要的配角。

如此说来，作者干脆撇开个性不够鲜明的史进，直接从光彩照人的鲁智深写起，岂不更好、更吸引读者？表面上来看，似乎挺有道理，细细想来，并非如此，这里面还是有讲究的。这涉及小说的主旨与立意。从整部小说来看，作者创作的目的显然并不仅为塑造一批栩栩如生的好汉形象，他还有其他想法，让史进先出场，是有深层用意的。作者想通过自己的生花妙笔让读者思考这样一个问题：像史进这样一位出身良家的好汉，本该报效国家，何以最后成为与官府对抗的强盗？

写史进，是与他的师父王进连在一起写的。王进这位八十万禁军教头本来干得好好的，偏偏皇帝昏庸，重用市井无赖高俅，结果弄得大家不安生。这个高俅有点卖艺的本领，可以在江湖混饭吃，结果走上层路线，竟然摇身一变，成为朝廷重臣。让这样一个奸佞之辈管理天下，其结果是可以想象的，他只会做一件事，那就是用自己的贪赃枉法、为非作歹之举为朝廷不断制造敌人，将立志报效国家的好汉们培养成自己的掘墓人。高俅可谓小人得志，一上台马上就变脸，公报私仇，弄得老实本分的王进无法安身，只好退出庙堂，带着老娘远走他乡。王进本该为朝廷培养那些为国尽忠的将士，但在高俅这类奸臣的逼迫下，只能替江湖培养好汉。这正符合金圣叹所讲的"乱自上作"的道理。王进虽然后来不知所终，给人留下很大的想象空间，但是他点燃的星星之火已在江湖上燃烧起来，烧向官府，烧向东京。将王进作为开篇人物，尽管让人感到有些压抑和沉重，却意味深长，具有深厚的内涵，这也是《水浒传》与一般武侠小说的区别所在。也许作者所想未必如笔者讲得这样明确，但他安排王进、史进这些人物最先登台亮相显然是有深意的。

当然，说史进给人印象不深刻也是相对而言的，只是在与鲁智深、林冲、杨志、武松等人对照时才这么说。如果与那些没有单独露过脸、符号一般的好汉们如杜迁、宋万等人相比，他的形象则要清晰得多，也高大得多。总之，对《水浒传》这样的经典之作，要细细品读，其中每个人物包括董超、薛霸之流都不要轻轻放过，认真回味一番，还是会有所得的。经典毕竟是经典。

尽管有人提出要将《水浒传》开除出四大名著，但这些说法除了占据一些媒体的版面、赢得一些关注，不会有任何实际效果。原因很简单，四大名著是某个人在某个时间评选出来的吗？当然不是，它是一个民族经过数百年岁月挑选出来的经典之作，经受了淘汰筛选，无论是思想还是艺术，都有着很高的成就，受到人们的喜爱，其地位是不可撼动的。

卷二二

彻悟

话说《西游记》

西游记不是低幼读物

在阅读《西游记》之前，先要解决一个问题，那就是，这到底是一部什么样的书？

就一般人的认知而言，这是一部唐僧师徒西天取经一路降妖除怪的神魔小说，是中国古代小说四大名著之一。而现实的情况则是：不少人甚至可以说很多人对《西游记》的印象并不是通过阅读小说本身获得的，而是通过观赏电视剧而来的，特别是 1986 年版的电视剧《西游记》。

这里就有一个问题：欣赏电视剧《西游记》等于阅读小说《西游记》吗？或者说，欣赏电视剧能替代阅读小说吗？

答案是否定的。

原因很简单：小说与电视剧属于不同的艺术形式，有不同的表现手法及特点，可以相互补充，但不能彼此替代。举个例子，孙悟空的长相，尽管小说中描写得很详细，但这是通过抽象的文字传达的，仍留给读者很大的想象空间，每个人心目中都有一个属于自己的孙悟空。

而在电视剧中，孙悟空的形象就变成唯一的，甚至可以说是带有强制性的，不管你喜欢不喜欢，他就是那个天天出现在屏幕上的模样，除非你不看电视。

小说中的孙悟空长相并不美，一副毛脸雷公嘴的模样，甚至可以说很丑，一般人见了都感到害怕，纷纷躲避；而在电视剧中，其形象则要好看很多，与小说中所写差异巨大。其他如猪八戒、沙僧也是如此。

更为重要的是，电视剧对小说进行了改编。这种改编包含两个方面。

一是对小说中的人物、情节进行了增删，比如小说开头部分对石头及世界版图的介绍，比如小说中的大量诗词，都是无法用电视镜头呈现的，只能删去。

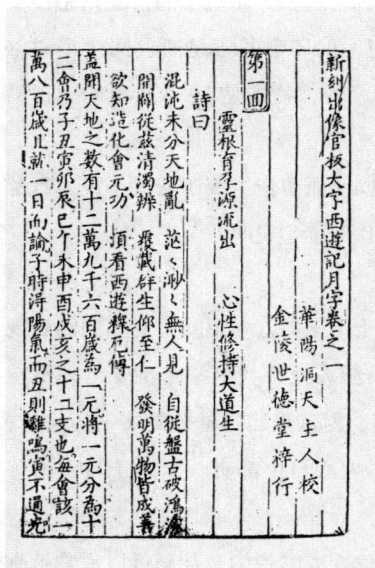

世德堂本《西游记》

二是对小说进行了修改。编剧首先根据自己对《西游记》的理解，写成剧本。其次导演再根据自己对小说和剧本的理解进行拍摄。再次，演员们根据导演的指示和自己的理解进行表演。最后，再对拍摄的内容进行剪辑。

由此不难想象，从小说到电视剧，经过了编剧、导演、演员等人的多次增删改编，即便要尊重原著，也与原著之间存在着很大的差别。

因此，欣赏电视剧并不

等于也无法替代阅读小说。了解这部传统文学名著，要从阅读小说开始。

我们接下来就是从作者的原著出发，同大家一起阅读这部伟大的文学名著，其间会涉及电视剧，但电视剧只是作为比较和参考。这是需要说明的。相当多的人是通过电视剧了解小说的，并没有读过原著，所以这里要强调一下。

电视剧可以普及小说，扩大小说的影响，但其替代原著阅读的负面影响也是显而易见的，那就是《西游记》在无形中变成了一部低幼读物。

电视剧有意突出降妖除怪的内容，强调了其中的打斗因素。结果让不少人产生了《西游记》是青少年读物的印象，影响所及，逐渐变成主要由幼儿园及小学低年级欣赏的作品，甚至年龄稍大的青少年都不大愿意看，更不用说成年人了。

需要说明的是，将《西游记》作为低幼读物来读倒没有什么不好，让孩子从小接受传统文学名著，这也是值得提倡的。但问题在于，《西游记》除了适合低幼孩子接受的部分内容，还有其他更为丰富的内容。

《西游记》是一部写给成年人阅读的小说，里面有很多内容是电视剧没有拍出来的，如果只是一味强调低幼内容，无疑是对该书的歪曲。因此，我们提倡阅读原著，也就是为了还原这部小说的真面目，更为全面深入地领略这部名著的艺术魅力。

如果抛开电视剧，直接面对原书，就会发现，这部小说可以称得上博大精深、风华绝代。整部小说表面上写的是神仙妖魔，其背后则是世态百相。鲁迅认为这部小说写的是人情世故，我很认同这一点。

后面的讲述也基本按照这种基调和思路进行。

总的来看，《西游记》是一部通过神仙妖魔摹写人情世故的小说，其中交织着修行、成长、世态等话题。从中既可以领略传统文化的独特魅力，又可以感悟人生的丰富内涵，当然更重要的是，可以从中获得审美愉悦。

这部书有太多值得深思的问题，比如取经既然这么高尚，为什么没有人愿意去，临时找了五位有罪之人？既然灵山如此令人向往，为何住在西天的人却希望托生在东土？还有，西天路上为何有很多妖怪是从天庭乃至神仙洞府跑出来的？为何神仙愿意做妖怪，而妖怪却不愿意做神仙？

自然，更不应该忘掉，这是一部特色独具的小说精品，中国古代小说从两汉到清代，将近四千部，写神怪的小说多的是，但能将小说写得如此幽默风趣、活灵活现，写得如此家喻户晓、人见人爱的，则仅此一部。

受学校教育的影响，我们平常阅读的中国古代小说乃至古代文学作品，大多写得很沉重，不是揭露这个的黑暗，就是控诉那个的暴政，要么是抒发悲愤的情感，给人的感觉是，中国古代的作家无论是诗人还是小说家，都可怜兮兮，一肚子牢骚，所写的作品也大多是哭天抹泪的。

在这种背景下，嬉笑怒骂皆成文章，以风趣幽默取胜的《西游记》就显得不同凡响，它让我们看到了中国小说乃至中国文学的另一面。因此，阅读《西游记》所获得的，不仅仅是知识，不仅仅是启发，不仅仅是享受，更为重要的是，我们由此获得了非同寻常的人生感受，这种感受会令人终生难忘。

这实际上也回答了另一个核心问题，那就是，在科技发达的数字时代，我们为何还要阅读古代的小说。

科技给人类带来了很多改变，我们在享受它所带来的各种红利的同时，也必须清醒地明白，它并不是万能的，比如人的情感、人对传统文化与文学名著的眷恋和喜爱，都不是科技能满足的，它所能改变的，只是人们阅读和接受的渠道或方式。只要人类还在，《西游记》必定是人人必读的文学名著。从这一点来说，这部名著是永恒的。

让我们关掉电视，沏上一杯清茶，手捧《西游记》，平心静气坐在书桌前，细细品味这部不朽的文学名著吧。

祖国处处花果山

《西游记》的作者估计会后悔自己当初的孟浪之举，因为这部作品给他带来了太多麻烦。

先是不断有人围绕着作者问题大做文章，一开始是华阳洞天主人，再是丘处机，后来是吴承恩，再后来连吴承恩也不确定了。折腾到现在，作者候选人虽然没有《金瓶梅》《红楼梦》的多，但是也有一大堆了，问题还是没有得到圆满解决。走了一大圈，又回到了原点：《西游记》是谁写的？不知道！

忙乎了几个世纪，就是没有人肯替作者想一想，他为何不在一开始就把名字署上，这样可以省去多少笔墨。不署名总有不署名的道理，要么是不情愿，要么是出于某种特殊的考虑。总之，不想让你知道的，你就永远也知道不了，再折腾还是不知道。与其白白耗费时间精力，不如好好去读人家的书，说不定这正是作者的本意。

就说读作品吧，有些人仍然不老实，不甘于把《西游记》当小说来读，总想从里面找出点东西来，其中最常见的，就是疑神疑鬼，总觉得花果山、水帘洞就是自己家乡附近的某某山、某某洞，而且越看越像，哪看哪像，好像作者谨以此书死活要献给自己的家乡。

其实这个活从清代开始就有人干，当时冒出了一堆花果山、水帘洞。说不定明朝就有，只是目前还没看到相关文献记载。当时还没有商业开发、旅游经济，大家也就当作茶余饭后的闲谈，说说而已。

看看清代学者崔述在《考信录·丰镐考信别录》卷二的一段话吧，相信会对研究者有启发："邠州山上有水，自洞口下，名水帘洞。山下果树甚繁，好事者遂以为《西游记》孙悟空发祥之所而建猴王庙焉。呜呼！世所言古迹者，大率皆如此矣，故今并附辨之。"

进入 20 世纪，《西游记》一下成为经典名作，成为四大名著之一，茶余饭后的谈资一下变成严肃的学问。随着商业经济的盛行，又出现了实用开发，即所谓的"应用研究"。

于是冒出了一堆热爱家乡、誓死捍卫家乡的地方学者，他们号称自己家乡的某某山、某某洞就是花果山、水帘洞。反正《西游记》的作者死活不爱自己的家乡，却疯狂热爱某某学者的家乡，他哪都不

民国桃花坞木刻年画《花果山猴王开操》

去，只跑到某学者的家乡去搜集素材，以某某山、某某洞为原型，然后才写出传世之作。

言下之意，没有某某学者家乡的某某山、某某洞，作者就写不出《西游记》。

至于证据，那实在是太充分了，花果山、水帘洞都和自己家乡的某某山、某某洞像，实在是太像了，比如都有石头，都有山洞，都有瀑布，都有猴子，都有水果，都有树，都有花草，反正可以无限列举，要多少条证据就有多少条证据。

也就是说，只有某某学者自己家乡的山才具有这些特点，同《西游记》里的描写像得没法再像了，至于别的地方的山，那肯定没有石头，没有洞，没有树，没有花草，也没有瀑布。即便有，这些学者也视而不见，再像也不能像，只有自己的家乡是唯一的。

当然，人家还会找出更多的证据，比如说家乡附近某些地名和《西游记》里的地名有两个字一样，或者其中一个字一样，比如《西游记》里有高老庄，自己的家乡也有个高家庄，可见作者当年到过这个庄子，否则他怎么会想到高老庄这个名字。

再就是，《西游记》使用的是自己家乡的方言，别的地方没有，比如孙悟空经常自称外公，而自己家乡恰恰有外公这个称呼，可见作者肯定来过。即便别人使用过外公这类词语，只要自己没有看到、不知道，那就是不存在的。

反正，《西游记》里所写的地名、物品还有方言，只能是自己家乡的。别的地方即便有，他们也可以选择性失明，装作不知道，反正文章里不提就是。

此外，他们往往还有一个杀手锏，那就是某某名人或某某高层支持自己的观点，有手迹或照片为证。背后蕴涵的道理很简单：名气越大，学问就越大；同样，官越大，学问也越大。人家名人、高层都同意了，你们这些大学里的穷酸教授还在较个什么真？还不赶快举手投降。

先打住。《西游记》不是神魔小说吗？花果山、水帘洞不是艺术虚构吗？怎么一下就变成了这些人家乡的某某山和某某洞了？

人家的解释也很理直气壮，文学虽是虚构的，但来源于生活，作者总会有生活体验吧，没有体验怎么写？自己家乡的某某山某某洞就是《西游记》创作的原型。

但问题是，你怎么知道哪些是原型，哪些是虚构呢？

大体说来，基本路数是这样的：如果《西游记》里的描写和自己家乡的某某山某某洞有相似之处，比如都有果树，都有瀑布，那就是原型；如果两者之间找不到相似之处，那就是虚构，比如花果山在东胜神洲，根本就不在中国，而且在海里，对不上，这肯定是虚构。再比如水帘洞洞外桥中间本来有一块石碣，上书"花果山福地，水帘洞洞天"十个大字，肯定对不上，那也是虚构。

把话说白了，能比附上，对自己观点有利的，就是原型；比附不上，对自己观点不利的，那就是虚构，可以视而不见，有了虚构作为托词，可以进退自如。

这些地方学者还有一个特点，那就是极其自信。说是和你交流商榷，那是看得起你，其实他们只需要你干一件事，那就是无条件同意他的观点，最好再赞美几句。所谓的学术交流其实就是你无条件给他点赞。

在他看来，自己从事的是严肃的学术研究，是在弘扬传统文化，为家乡文化做贡献，关系国计民生，自己的所作所为有着无比的正当性。你如果反对他，他的愤怒是可以想象的，别的不说，你反对他，光是立场就有问题。

只是按照这些地方学者的思路想下去，如果放眼神州大地，就会发现一个好玩的现象，那就是和花果山水帘洞有相似之处的某某山某某洞实在是太多了，在中国至少也有几十个乃至上百个，甚至说有上千个也不算夸张。只不过有的地方有人提出来，还有好多没人提出来而已。

看起来这方面的学术空间还很大，四面八方的地方学者还要继续努力。

这就只好辛苦《西游记》的作者了，他必须每个地方都跑一趟，去满足这些地方学者对自己家乡的热爱，而且每个人都悄悄告诉他们：

俺写《西游记》就是以你家乡的某某山某某洞为原型，别的地方俺看都不看一眼，一般人俺不告诉他。

反正直到把那位倒霉的作者累死为止。谁让你没事找事写《西游记》。

其实倒霉的不光是《西游记》的作者，《三国演义》《水浒传》《金瓶梅》《红楼梦》的作者都很倒霉，他们也不断被拉到全国各地，为地方学者的家乡建设献身卖艺。

据笔者所掌握的行情，《金瓶梅》的作者候选人已经超过一百个，《红楼梦》的作者候选人后来居上，也已经超过一百个，而且这两书的候选人每年还在持续增加。

令人欣喜的是，已经有超级研究者提出《金瓶梅》《红楼梦》的作者是同一个人，也就是说这个可怜的家伙在写完《金瓶梅》之后，又顺手写了一部《红楼梦》，至于他如何穿越时空，如何累得吐血，那就没人管了，累死活该。

有道是：

祖国处处花果山，
神州遍地水帘洞。
小说本来多虚构，
牵强附会煞风景。

艰难的成长历程

——孙悟空形象新解

　　谁是《西游记》一书的真正主角？到底是孙悟空还是唐僧？读者的说法历来不一。之所以要提这个问题，是因为主角的确认会影响对全书主旨的准确理解和把握。就全书的实际描写来看，笔者倾向于孙悟空主角说。否则就很难理解，作者为什么一开卷即用八回的篇幅来专门为孙悟空树碑立传。这八回构成一个独立的单元，与后面的取经故事放在一起，就产生了一种特别的寓意和效果，而这种寓意和效果是由孙悟空而不是唐僧生发的。同时，这八回也是作者最下功夫、全书最为精彩的部分。相比之下，唐僧出身的描写连一回的篇幅都不到。两者的轻重是显而易见的。

　　西天取经路上，露脸最多、最出风头的也是孙悟空。虽然唐僧是取经队伍的头号人物，但是全书的重点却在降妖除怪的过程描写，在这个过程中，唐僧是没有任何用武之地的。当孙悟空在外面与强敌恶战，打得难解难分之时，唐僧不过在妖魔洞穴里呻吟两声而已。在更多的时间里，唐僧不过是个和白龙马一样的道具和配角，露脸的机会还没有猪八戒和沙僧多，真正唱大戏的则是孙悟空。

　　作者如此浓墨重彩，将孙悟空推到舞台的核心，显然是有其用意的。

西天取经，在旁观者看来，不过是一场艰难而漫长的集体行走，但对参与取经的各位成员来说，却有着特别的意义，其意义就在行走本身。从东土大唐到灵山乐土，这是一个不断探索的生命历程，也是一个逐渐成长的人生历程。其间，既有肉体上的折磨和考验，又有精神上的修炼和升华，正如一位研究者所形容的，这是一次奇特的精神漫游。这在孙悟空身上，体现得更为明显。

从大闹天宫到西天取经，从齐天大圣到斗战胜佛。一部《西游记》，就是一部孙悟空的成长史。

之所以这样说，是因为以被压五指山为界，此前此后，孙悟空的身份发生了根本转变，更为重要的是，他的思想、性格、精神世界前后也存在着巨大的反差。猪八戒、沙僧、唐僧等人的秉性品格于出场时便定型，其后基本不再变化，孙悟空的性格则不同，它是随着时间的推移、环境的变迁而不断改变的。俗话说，环境改变人。这话在人间社会合适，在神仙世界也同样适用。

大闹天宫时期的孙悟空尽管武功高强，打遍天庭无敌手，但其为人处世、思考方式却完全像一个天真烂漫的孩子。三百多岁的年龄，在人间肯定是旷

朱拓齐天大圣

世奇闻，到了动辄以千年万年计时的神仙社会里，根本不值一提，只能算是孩童。就连五庄观的清风、明月两个小童子，还一个一千三百二十岁，一个一千二百岁呢。

天地化育的奇特出身尽管赋予孙悟空许多先天的优秀品质，但也给他留下不少缺憾，他无法像正常的生灵那样得到父母的教诲和呵护，获得长辈用阅历得来的教训和经验，只能靠自己的本性和童真摸索着适应这个世界，这个五光十色、让他感到困惑的世界。从菩提祖师那里学到七十二般变化、筋斗云，学到长生不老之术，与苦熬多年仍没有什么结果的师兄师弟们相比，孙悟空已经算是很幸运了。他哪里会想到，仅有这些真功夫是远远不够的，生活在这个世界上，还需要学习另外一套为人处世的本领。因为没有这套本领，所以孙悟空付出了沉重的人生代价。

在人生阅历和社会经验几乎是一片空白的孙悟空眼里，这个世界如此虚伪欺诈，如此不可理喻。热情和真诚换来的却是愚弄和屈辱：卖力地养马，到头来只能证明自己是个顺从的奴仆；齐天大圣的名声，竟然连一张蟠桃会的入场券都不值。一连串残酷的事实终于使他明白：这是一个既得利益者把持的世界，它没有为自己这样的新生力量留好位置，整个神仙社会都不欢迎自己，岂止是不欢迎，简直是歧视和排斥。这里早已迷失了本性，丧失了童真，到处充斥着欲望和邪恶，而这一切，是靠着一套严密的等级制度和武装力量来维持的，它的代表者就是天庭。于是，起初的好奇和烂漫变为委屈和愤怒，他要向这个与自己格格不入的世界发起挑战，以重新洗牌的原始方式为自己夺取位置。

对孙悟空这样的新生力量来说，摆在面前的道路有两条：一是改变自己，以适应这个世界。就像天庭的大多数神仙那样，先从基层的神仙做起，管他是养马还是看桃园。多年的媳妇熬成婆，只要熬的时间足够长，没有功劳也有苦劳，最后总能熬出点名堂。好在天上有的是时间。另一是改变这个世界，改变游戏规则，让它按照自己的意愿来运转。这是一条从来没有人能走通的道路。

初生牛犊不怕虎的孙悟空毫不犹豫地选择了后者。尽管他取得了暂时的优势，但失败的结局自在意料之中，因为他对抗的并不单单是一个玉皇大帝，而是以玉皇大帝为代表的整个天庭世界和统治秩序。一个人无法改变整个世界，过去如此，现在如此，将来也如此。残酷的现实告诉孙悟空，此路不通。在五指山下失去自由的五百年寂寞时光里，他肯定痛苦地明白了这一问题。否则就难以解释为什么观音让保护唐僧取经，孙悟空会答应得如此爽快。佛祖如来以独特的方式为孙悟空上了一堂课，一堂难忘的人生成长课。

答应保护唐僧取经，这对压在五指山下度日如年的孙悟空来说，不过是换取人身自由的一种权宜之计。但是，开弓没有回头箭，孙悟空实际上签订了一份口头人生契约，一份无法反悔的人生契约，契约的另一方是以如来为代表的神仙统治秩序。既然签约，就必须承担相应的责任和义务。善于算计的如来和观音绝不会给孙悟空以反悔的机会，于是便有了紧箍儿，这是履行诺言的一种必要保证。紧箍儿的出现具有象征意义，它在给孙悟空带来巨大痛苦的同时，也告诉他一个无比残酷的事实：他所获得的不过是一种带有苛刻附加条件的自由，这与大闹天宫期间那种无拘无束的自由完全不同。如果孙悟空预知后来所发生的一切，他还会答应得这么爽快吗？

正是这个不起眼的紧箍儿彻底改变了孙悟空的人生。不用如来、观音出面，就连手无缚鸡之力的唐僧都足以制服他，让他乖乖听命。于是，他别无选择，不得不学会忍耐、顺从，不得不去做许多自己原本不愿做甚至反对做的事情。改变天庭秩序的雄心壮志早已让位于对社会秩序的认同。世间种种或迂腐或荒谬的道德规范，他必须遵从；许多摆不上台面的潜规则，他必须接受。真理在握并不等于胜券在握，坚持正义并不等于公正执法。西天取经路上，他学会了适应环境，学会了人情世故。

尽管还是那么活泼好动，还是那么喜欢捉弄人、开玩笑，言行之间还残留着一股孩子气，但孙悟空的思想和性格却在西天取经路上悄悄发生着改变。在一次次的教训之后，他开始变得比较世俗，甚至圆滑起来，知道如何应对师父的合理或不合理的要求，知道如何对付那些有来头的妖怪，知道原来神圣无比的经文还得靠紫金钵盂来换取。明白了这些，自然就会在神仙堆里应对自如，游刃有余，聪明如孙悟空，做到这一点并不难。既然不能改变这个世界，那就让这个世界改变自己，随波逐流，莫非这就是人生成长的必由之路？

小说的结尾是皆大欢喜。贿赂也罢，交易也罢，反正经文终于到手，弄到了立足神仙社会的本钱。孙悟空被如来按功行赏，封为佛爷，成为神仙社会的上层人物。念念不忘、吃尽苦头的紧箍儿终于脱落了，失去约束的孙悟空会不会再次成为威胁神仙社会的危险人物？老谋深算的如来并没有为此担心。因为他明白：有形的紧箍儿虽然脱落了，但无形的紧箍儿却戴得更紧，它戴在了孙悟空心灵的深处。这位曾与天庭格格不入的美猴王已适应了这个世界，成为这个世界的既得利益者。利益决定立场，若干年之后，如果再有哪位后起之秀因拿不到蟠桃会的入场券而大闹天宫，也许在镇压的队伍中会出现一个熟悉的身影，而这一切并不让人感到意外。

　　高升佛爷后的幸福生活是可以想象的：尊崇的地位、富足的生活、良好的人际关系、无数的崇拜者……但问题在于，有了这些，孙悟空还是原来那个孙悟空吗？

　　一个供人膜拜的佛爷的诞生，就意味着一个活泼可爱、行侠仗义的猴子的消失。世间的成败得失有谁说得清呢。

　　孙悟空长大了，成熟了，我们该为此庆贺，还是该感到悲哀？

人间何曾见神医，秘诀须从书中寻

——话说天下第一神医孙悟空

　　神话都是为心理需要而创造的，专门创造神话的神医也是如此。当瘟疫到来，人们陷入恐惧和无助时，更是如此。当权威专家一遍又一遍说没有特效药时，人们对神医的呼唤则尤其强烈。

　　通古可以鉴今，现实生活中找不到神医，就去看看古代吧。我堂堂中华，辉煌文明几千年，医术高明的能找到一大堆，扁鹊、张仲景、孙思邈、李时珍，但哪一个都称不上神医。

　　就笔者的认知，神医必须具备如下三个条件。

　　一是包治百病。不能只治一种病，要什么病都能治，管你是癌症晚期还是埃博拉病毒感染。只有你生不出来的病，没有神医不能治的病，人家总是信心爆棚地拿着药方在前面等你。

　　二是立竿见影。不管再难再重的病，哪怕你到了鬼门关，被阎王爷拘留，只要到了神医手里，立马痊愈，不带丝毫犹豫。

　　三是手法简单。管你生的什么病，神医以不变应万变，办法简单得出乎想象，或者永远就一个药方，或者摸你一下，吹口仙气，全部搞定，哪里需要什么检查做手术，否则就不是神医了。

　　历史上没有，就到文学作品里去找吧。一翻文学作品，写医生的实在太多了，可以这么说，只要是写人的作品，就会写医生。还是从大家最熟悉的四大名著来说吧。

先看《三国演义》。这部小说有一个家喻户晓的名段——刮骨疗毒，塑造了一位妙手回春的医生，那就是给关公治病的华佗。这位华佗确实厉害，外科没的说，还创造了一套五禽戏，流传千年。但他是良医而不是神医，原因很简单，他能给关公治病，却治不了刘备的病，也治不了诸葛亮的病，害得诸葛亮只得披头散发、装神弄鬼，自己当神医，在军营里跳得正起劲，结果被魏延搅局，泪洒五丈原。

《水浒传》里也写了一位医术很神奇的人物，那就是安道全。安道全的绰号虽是神医，但他同样是良医而不是神医，否则宋江因食用奸臣送来的食物中毒时早就去找他了，不至于心急火燎地把李逵喊过来做垫背。

《红楼梦》里的医生更多，有御医，也有民间高手，但无论是王太医还是张友士，都不是神医，否则秦可卿就不会死了，贾元春也不会死了。倒是有一位具备神医潜质的胡庸医，这位开的都是虎狼药，可惜他正在成名阶段，因打胎太灵，被贾琏一路追杀，吓得跑得没影。

这么说起来，神医只能到《西游记》里去找了，这部小说是神魔小说，也有人说是神话小说、神怪小说，但不管怎么说，都和神有关，到神魔神话、神怪小说里找神医，那真是再合适不过了。

你别说，一找还真找到了。谁？那就是大名鼎鼎的齐天大圣孙悟空。

熟悉《西游记》的读者都知道，孙悟空完全符合甚至超过神医的标准。比如说包治百病。大家知道，乌鸡国的国王被妖怪推下井淹

民国雕瓷粉彩孙悟空

死，朱紫国的国王受惊吓消化不良，这是完全不同的病症，结果孙悟空一出马，两位国王立即牙好胃口就好，吃嘛嘛香。比如说见效快。乌鸡国的国王可是死了三年了，就差尸体腐烂，结果吃了孙悟空给的一粒仙丹，立马活蹦乱跳。朱紫国的国王病了三年，无医可治，四处张榜，结果孙悟空弄点马尿，拌点锅灰，一丸下去，立竿见影。至于手法，同样简单得不能再简单，都不需要手术，随便弄点药，吃了就好。

再没有比孙悟空更神的神医了，说孙悟空是天下第一神医，应该不会有人反对吧。

问题是孙悟空怎么会有这般神通呢？他虽然在斜月三星洞上过长生不老培训班，但菩提老祖并没有给他上过医学课，教的都是七十二变、筋斗云这类硬核谋生技能。至于唐僧，除了拿他当苦力，除了每天啰唆着要吃要喝的，什么都没教过。再说了，进科班学习的都成不了神医，神医的特点就是无师自通。

如何才能成为一名神医呢？答案就在《西游记》。这就需要好好钻研这部传世名著。所以笔者一再强调，劝君重读《西游记》。

根据孙悟空的看病经验，笔者总结出当神医的几个条件。

一是没爹没娘，最好是从石头缝里蹦出来的。否则将来千人骂万人恨，老爹老娘受不了。

二是玩转三界。能从神仙那里弄到仙丹，从龙王那里弄到尿液，手里得有稀罕物，光靠常规药物成不了神医。再说三界都有朋友，万一失手治死了人，也有人帮你兜着。

三是会玩新名词。比如孙悟空就创造了悬丝诊脉法，放到现在，足以申请专利。

当然还要脸皮厚，敢吹牛，会包装，懂炒作，等等，想成神医者不妨细细研读一遍《西游记》，诀窍全在里面。

总之一句话，人间哪得见神医，秘诀须从书中寻。《西游记》是一部成就神医的"葵花宝典"，千万不能当成儿童文学作品来看。

一位被误解的圣僧

——唐僧形象新解

　　大凡读过《西游记》一书者，恐怕没有几个人会对唐僧产生好印象，历来对《西游记》人物形象的研究大多集中在猪八戒和孙悟空这两位身上，少数谈及唐僧的文章也大多采取贬斥态度。有趣的是，读者不喜欢唐僧的原因好像也比较一致：一是嫌他过于懦弱迂腐，胆小怕事，动不动就掉眼泪，缺少男子汉大丈夫应有的那种阳刚、豪爽之气；一是嫌其人妖不分，丧失原则，关键时刻总是与降妖除怪的孙悟空作对，偏袒贪婪自私的猪八戒。

　　如果仅仅是文学欣赏，这种看法倒是没有什么问题。但倘若我们探求作者的著书本意，深入理解作品，问题就来了：作者本人也像读者这样不喜欢唐僧吗？果真如此，他为什么要让一个懦弱无能的愚氓来承担如此重大的取经重任，还让他统辖几位武功高强的徒弟？不可否认，小说中也有针对唐僧的不敬之词，但为什么在更多的时候作者又对他赞不绝口呢？如此一位不讨人喜的人物，为什么天庭地府、仙界佛门的神仙都如此心甘情愿地帮助他——心高气盛、恃才傲物的孙悟空之外，连观音菩萨、太白金星也跟着忙得不亦乐乎？为什么这位人妖不分的糊涂僧人最后修成了正果，而且排名还在孙悟空之前？有了这些疑点，我们不能不继续追问：是不是作者的主观创作意图与作品的客观接受效果出现了偏差？是不是作品的表达与读者的理解出现了歧异？是不是我们对唐僧其人存在着某种偏见？这些问题都是无法回避的。

在西天取经过程中，无论是身为护法、勇往直前的孙悟空、猪八戒、沙僧、白龙马，还是专门拦路打劫、惹是生非的各路妖魔，个个长得奇形怪状，面目狰狞，无论是武功，还是法术，都能来上几手，说起来皆非等闲之辈。特别是唐僧的几位徒弟，不管是齐天大圣、天蓬元帅还是卷帘大将、西海龙太子，人人都有一个值得炫耀的出身和一段传奇故事。尽管他们道行不一，法术各异，但即使是其中的本事平平者，其本领也非一般俗人所能望其项背。可偏偏就在这个神通广大、各有绝活的神仙、妖怪堆里，安置了这么一位手无缚鸡之力、文质彬彬的僧人，而且还是一位需要大家鞍前马后、围着忙乎的核心人物，这也许就是佛家所说的命中注定的缘分吧。

《西游真诠》陈玄奘法师绣像

这种极不协调、反差很大的人物设计和配置不仅增加了全书的戏剧效果，还形成小说展开故事的一个基本前提。否则，如果唐僧也像电视剧《西游记后传》中所表现的那样，武艺高强，腾云驾雾，三五个妖怪近不了身，取经变成小事一桩，小说自然就写不下去了。即使勉强写出，也会寡淡无味，没有人爱看。有了这个基本前提，也许我们能对这位僧人的无能和懦弱多了一分理解和同情。有这么一帮上天入地、法力无边的仙佛神怪整天围在身边，再威猛的凡人也会显得无比低能，何况唐僧远称不上威猛神勇，不过是一位文弱善良的僧人，他的长处在文而不在武，我们不能从武的一面来苛求他。

从小说的实际描写来看，佛祖如来第二高徒的光荣出身并没有给这位不断陷入人生困境的苦行僧人带来任何实惠。因为是肉眼凡胎，唐僧自然也就无从知道自己前生的显赫地位，听别人谈起，也像听一个古老的传奇故事，似乎跟自己并没有太大关系。毕竟曾经拥有的种种法术和神通都留在了灵山，远水解不了近渴，他依然要面对现实的种种麻烦和苦恼。所谓的十世修行，意味着曾经十次伴随着不幸来到这个世上。最后还要历尽十四年的艰辛，才能恢复那已经变得陌生的神仙生活。为一点上课不用心听讲之类的细小过失，竟然要付出如此沉重的人生代价，由此可见佛门戒律的严苛。不过细究起来，这似乎也不大符合佛家常讲的慈悲情怀，也许是佛界对层次不同的僧人有宽严不一的要求吧。到底里面隐藏着什么玄机，只有那位高高在上、神妙莫测的如来心里才最清楚。

除了对佛教的诚信与对经典的烂熟，这位苦命的僧人似乎连最基本的生存能力都不具备，这有西天取经路上独自化斋的碰壁惹祸为证；至于武功之类，更不必谈。但就是这么一位在常人看来颇有些窝囊的僧人，却偏偏长着一身无比高贵稀奇的好肉，他的肉可以使所有生灵长生不老，与天地同寿，他的元阳则具有使女妖一步登天的奇效。平凡与神奇、无能与尊贵，就这样荒诞而又巧妙地融合在一人身上。这就构成了全书展开故事的第二个前提。如果唐僧没有这身无比奇妙的肉体，和正常人完全一样，西天路上的妖怪们也就没有必要冒那么大风险，费那么多工夫，挖空心思地想得到他。对他们来说，到处都是人，随便找个替代品解馋就是。

有了这么一位肉眼凡胎且对妖怪有着强大诱惑力的师父，十万八千里的西天取经之路自然就变得格外坎坷和漫长。因为是个不具备任何法力的凡人，在如狼似虎的神仙堆里，无疑会显得懦弱无能，既不能降妖除怪，又不能腾云驾雾。离开徒弟，就只能任人宰割，受人摆布，处于时时受保护的尴尬境地。因为唐僧是圣徒，在众妖魔看来是魂牵梦绕的宝贝，可对几位徒弟来说，则意味着无穷无尽的麻烦和灾难。自然，这一切都是命运、缘分的安排和聚合，怨不得这位老实本分的僧人。就像年轻漂亮的女孩子容易招惹是非，但罪过并不在其美貌本身。唐僧生来就是肉眼凡胎，当然看不出妖魔种种惟妙惟肖的变化，不光他自己看不出，就连身为神仙的猪八戒、沙僧也看不出，更不用说具备孙悟空那种能看会闻的超级本领了。肉眼凡胎本身并不是错误，不能将因降妖除怪受挫带来的怒气全撒在这位可怜、无辜的僧人身上。

话再说回来，即使是作恶多端、祸害四邻的妖魔，也并不一定非要斩尽杀绝。这里就有立场和视角的问题。佛教讲究的是超升度化，世上无不可度之人，众生平等，皆有超度的机会。毕竟经过坚持不懈、行之有效的劝善教化，有些妖魔也许还有悔过自新的机会。至于给不给这个机会，要不要留一线生机，立场不同，做法自然各异。出家人毕竟不是维护社会秩序的清官，也不是扶弱抗暴的侠客，他们出家，既是为了自度，又是为了度人。正所谓苦海无边，回头是岸；放下屠刀，立地成佛。话讲得很直接，很简单，倒也符合佛家的立场。将妖怪斩草除根，这在世俗之人看来自然是大快人心，并无什么不妥，但它不是佛教徒的立场。不管同意也罢，不同意也罢，西天取经队伍的领袖人物是一位虔诚的佛教徒，也就决定了这支团队的基本立场，他们要以佛家的眼光来看西天路上的那些妖魔。至于能否做到，如何去做，那是另外的问题。

从俗世的立场来看，唐僧的怜悯行为无疑是没有原则、丧失立场的，显得虚伪、迂腐。但在佛教徒的眼里，情况则完全不同，唐僧的言行非但没有过错，反而应该受到褒奖。不少读者对唐僧的误解在很大程度上与这种立场的歧异、看待问题的视角差异有关。以一个俗人的视角来观照一位佛教徒，肯定会发现种种不是；同样，以一个佛教徒的立场来看俗人，自然可以挑出更多毛病。在小说中，唐僧不但前生是佛祖如来的高徒，而且在人间也是一位天生的佛教徒，虽然这是因为家庭的苦难使然。他是一位虔诚本分的僧人，自然要有僧人的立场，这是他的佛教徒身份所决定的。他和孙悟空的根本矛盾也就在于此。我们之所以同情孙悟空，是因为我们和他一样，也站在俗世的立场。我们可以不赞成唐僧的观念和做法，但应该有一种理解、同情的态度，尊重其选择。毕竟社会是多元的，即使在封建专制时代，在宗教信仰的问题上，很多时候个人也是有着相当的自由度的。

也许唐僧的宽容和善良在那个实用功利的时代里甚至在当下，显得有些迂腐可笑。但也必须承认，这一切都来自其虔诚的信仰和理念，而不是为博取名声、荣誉所进行的表演秀，其宽容和善良发自内心，并不存在伪善和做作。对发自本心的信仰和理念，我们有理由保持一份敬意。

唐僧的人格也许存在着一些缺陷，但也要看到，这位僧人身上还是有不少闪光点的。比如作品多次展现了其坚强、执着的一面，其取经立场是无可动摇的，多次的诱惑和苦难也未能改变。尽管他在西天取经路上生病时偶尔也会产生一点思乡的念头，但这是人之常情，完全可以理解。恰恰是这些细节，凸显了唐僧人性中美好、善良的一面，虽然这不大符合佛家对一位僧人的严格要求。

　　在美色的诱惑面前，唐僧也许显得有些笨拙，但取经的信念并没有因此而产生丝毫的改变；在妖邪的洞穴里，他固然表现得过于"脓包"，但对西天的向往没有在恐惧中消退。确实，以欺骗的手段让孙悟空戴上紧箍之举，显得不够光明磊落；他还与孙悟空多次发生冲突，屡屡以念紧箍咒相要挟，对猪八戒也不乏偏袒之处。但细究起来，责任并不全在唐僧一方，孙悟空也不能说完全没有过错，其急躁和冲动之举往往成为激化矛盾的重要因素。

　　需要说明的是，不少读者只记住了唐僧念紧箍咒的场面，却忽视了他更多的时候不念紧箍咒。西天取经路上，唐僧念紧箍咒的次数确实是有限的，而且事出有因，大多在处理妖魔的方式上与孙悟空产生分歧，属于立场冲突，并非个人恩怨。随着相互间沟通的增加和了解的深入，师徒二人逐渐建立了信任。显然，只看到两人的冲突，不看到两人的友爱和信任，也是不够全面的。

　　最后还要说明的是，读者对唐僧这一人物形象的误解和反感，除观念立场，也与小说的描写技法有关。中国通俗小说受民间文学影响甚大，在塑造人物时，往往采用较为夸饰的脸谱化手法，好人极力写其好，坏人则极力写其恶。分寸常常失当，一旦超过必要的限度，就形成人物形象的失真。

《三国演义》如此,《水浒传》也是如此。这两部小说中的主要人物刘备、宋江不也是像唐僧一样,写得十分脓包、虚伪、不讨读者的喜欢吗?《西游记》一书也不例外,作者本想极力写出唐僧的慈悲和善良,但写过了头,反倒失真,结果人物形象显得迂腐和虚伪、面目可憎,显然这与作者的主观意图是相违背的。在这个问题上,也许当代的作家们还能得到一些启发和借鉴。

西天路上的凡夫俗子

——猪八戒悲剧新解

尽管相貌奇丑，面目可憎，一露面就能将人吓得失魂落魄，四处逃散，但猪八戒绝对是《西游记》一书里的正面角色，属于取经队伍的重要一员。俗话说：人不可貌相，海水不可斗量。与西天取经路上那些专门打家劫舍、祸害四邻的妖魔鬼怪相比，也许猪八戒的相貌和他们没有什么差别，但两者的立场和原则却有着本质的不同。

不过，在小说中，猪八戒的正面角色和身份并没有为他赢得应有的尊敬和地位。相反，他得到的只是不断的捉弄和嘲讽。读者都承认他是《西游记》一书中写得最为生动的人物，但并非个个都喜欢他、说他的好话。在很长的一段时间里，猪八戒一直作为落后农民的典型形象，受到指责和批判。

俗话说，三十年河东，三十年河西。这句老话正可用来描述文坛上的风云变迁。近些年，随着人心世态的变化，猪八戒忽然吃香起来。曾有人在网络上进行过调查，让女性网友选择西天取经队伍中的一名成员来做终身伴侣。结果，出人意料的是，有百分之九十以上的现代女性将猪八戒当作心目中较为理想的丈夫形象，这正应了一句曾广为流传的歌词："我很丑，但我很温柔。"

这一现象看起来有些荒唐，实则耐人寻味。对同一文学形象前后褒贬的变化往往昭示着社会历史的内在需要，具有鲜明的时代色彩。在当代社会里，像猪八戒这样恋家胜过取经的模范丈夫确实比较少见了。对猪八戒评价的起伏落差不但可以读出时下的世态人心，而且可以通过这一现象来反思一下我们用以评价文学形象的标准和立场。在笔者看来，猪八戒是一个解读民族文化的活标本，从他身上可以看到不少潜藏在灵魂深处的东西，更可以通过其极富戏剧色彩的个人境遇，悟出一些人生的真谛。

在西天取经的五人队伍中，除唐僧作为发起人，真心实意地想西上取经，其他几位都是由天庭罪犯转化而来的取经人，取经不过是对往日罪过的一种痛苦赎救。他们未必真正理解取经的伟大意义，只能说于受惩、苦行之间，两者相较取其轻而已，很难说是心甘情愿的取经者。

特别是猪八戒，准确地说，他只能算是一个取经路上的"同路人"。因为他从来就没有普度众生、修成正果的雄心壮志，同样，也缺少实现这一宏愿所需要的信心和毅力。他虽然有着猪一般的相貌，但更像一位普普通通、安守本分的农民，人性多于猪性。三十亩地一头牛，老婆孩子热炕头，这就是其人生的最高理想。唯一不同的就是那古怪丑陋的长相和惊人的饭量。但就是这样，他还是在观音菩萨的劝诱和孙悟空的逼迫下，极为无奈地成为取经队伍的一员。

在神圣的取经队伍中，夹带着这么一位并不情愿、时时要打退堂鼓的凡夫俗子，担任着先锋不先锋、侍卫不侍卫的尴尬角色，干着牵马、挑行李这类用力而不显功劳的窝囊活。这固然在寂寞乏味的取经旅途中增加了许多笑料，但对猪八戒来说，更多意味着悲剧。取经任务完成后，他虽然也算修成了正果，但原来的秉性并没因九九八十一难的结束而发生丝毫改变。对猪八戒而言，净坛使者的意义，不过就是吃喝更有保障而已，为这么一个管顿饱饭的职位，竟然要付出永远放弃家庭的巨大代价，可谓得不偿失。老实说，这样的待遇，他原本不需要通过西天路上的艰难跋涉来换取，先前在高老庄轻而易举就能得到。

民间唱本《猪八戒招亲》

特别是小说最后，当两位侍者伸手索要贿赂，并得到佛祖如来的纵容和默许时，取经的庄严和神圣感顿然消解，猪八戒的悲剧也因此得到更为有力的确认。因为这样的结局不比他在西天取经路上一再提及的散伙分家好到哪去。曾经一心向往的西天并非一方净土，照样充斥着俗不可耐的欲望，只不过有人更善于隐藏、更善于作秀而已。更进一步的深究同样令人失望，令西天取经队伍为之自豪的降妖除怪，又真正除掉了几个妖精？不过是打死了几个没有靠山的乡怪野鬼，那些有来头的妖怪还不是照样逍遥法外，何况其中还有不少来自西天佛界。

一个一心想守着老婆过日子的庄稼汉，就这样一不留神、稀里糊涂地成为供人祭祀膜拜的净坛使者菩萨，这在猪八戒本人，固然是一种不幸，但对安居西天世界的佛祖和选择取经人选的观音菩萨来说，又何尝值得炫耀。靠几个并不虔诚的佛教徒来完成如此严肃艰难的取经事业，说是度人，实则是害人，这对他们不也是一个莫大的讽刺吗？

在西天取经队伍的诸位成员中，猪八戒无疑是最有人情味的一个。从他身上看不出有多少神性或妖气，确切地说，他不过是一个长着猪模样、有点小神通的凡夫俗子。他不像孙悟空那样，有着神奇不凡、可以随时炫耀的出身和阅历，自己虽然也做过级别、待遇都不低的天蓬元帅，但是并没有多少值得一说的辉煌业绩。自从他被贬下界，不幸投成猪胎之后，人们更多将他当猪来看。他也不像师弟沙僧，没有什么精神寄托，因为曾经是侍卫，便永远将侍卫事业进行到底。

偷吃人参果的那一回，最能说明取经成员秉性的差异。沙僧以其多年来"人家宴饮他服侍"的经历，从没想到自己还会有一尝人参果的福分；孙悟空不过是为了满足好奇心，天上几千年一开花、几千年一结果的蟠桃都吃过，这几个果子又算得了什么。但猪八戒不同，他实实在在是为了填饱肚子。济公似的放荡者和唐僧式的苦行僧，看似天差地别，却同样能到达西天极乐世界，修成正果，这莫非就是作者所提供的人生得道捷径？

猪八戒虽然是个丑角，但是丑得有特点，有个性，并不让人感到可恨，反而使人觉得可爱，猪八戒的可爱就在于他的直率。他有着正常人所具有的一切欲望，包括缺点和不足，并且几乎从不隐瞒。

他确实喜欢吃，但不能理解为贪得无厌，这是因为其饭量大；他没有更高的理想，因为最基本的生理需求还没有得到真正的解决。仓廪实而知礼节，这句老话对人对神都很有效。看看中国古代的神话传说，那些神仙为什么令人羡慕，不就是生活更有保障，更有情调吗？猪八戒的毛病虽多，但他有自己的道德底线，那就是即使肚子再饿，也不会像妖怪那样打人的主意，何况他还守着一位吃了可以长生不老、与天地同寿的师父唐僧。

爱吃贪吃并不可笑，不管别人的肚子却强行逼迫人家假充斯文的人才真正可笑。这种永远填不饱肚子的猪的形象，不正是几千年来中国古代农民的形象写照吗？话虽说得有些难听，却是实情。那么多前辈先烈造反改良，抛头颅洒热血，努力了好多年，不就是为了解决这一问题吗？只要了解中国的历史，就会知道饥饿一词里含有多少难言的辛酸。

猪八戒确实喜欢和女性套近乎，但这几乎是男性的共同误区，并不是其独有的缺点。只是因为取经队伍的其他几位成员不近女色，猪八戒显得突出罢了。何况猪八戒也只是得些嘴上的便宜，从来没有强迫过人家，不像《金瓶梅》里的西门庆那样，一个个非要搞到手才算过瘾。在高老庄的时候，就没听说他有这个毛病。因为是人，所以会有很多是人就会犯的毛病和错误。唐僧是人，却一心想除去自己的人性，所以他可敬而不可爱。正常的生理欲望都未能得到满足，却让他从事压抑人性的取经活动，这难道仅仅是猪八戒的过错吗？其偷懒、自私的行为固然可以理解为一种消极的反抗，但这种反抗是可以理解乃至宽恕的。这并非大是大非的原则性错误，不过是一些难以克服的小毛病，不过别人多喜欢掩饰，猪八戒则表现得更为直接而已。正是因为这些小毛病，读者才觉得猪八戒可爱，富有人情味。

如此正面评价或肯定猪八戒，对笔者来说，并没有为其开脱平反、哗众取宠的野心，实际上也没有这个必要，不过是想以更多的理解和同情之心，重新看待猪八戒这个文学形象而已。

值得注意的是，以今人的眼光苛求、责备古人，这似乎已成为多年来人们评价古代文学人物形象的一个惯例。比如怨恨宋江的接受招安、贾宝玉的不跟家庭决裂。这种凭借时间优势去刻意俯瞰古人的态度是不公平的。文明毕竟一直在进步，每一个生活在特定历史时期的人只能走到社会文化条件所能允许的极限，而不可能走得更远，否则就是超人或神仙。人毕竟是人，不是超人和神仙，是人就有局限。

一个人在回头嘲笑、责备古人时，也许应该有意识地向前看一看，看一看那一双双来自未来的质疑眼光。

西天路上的吃饭问题

　　说到猪八戒吃饭，那可真是西天路上的一大景观，这位老兄不但饭量奇大，而且消化速度特别快。按说这样的生理条件是不适合到西天取经的，但观音菩萨找不到合适的人选，只好拉他来凑数，于是便出现了西天路上的饥荒问题。

　　唐僧师徒几人沿途的吃饭问题主要靠化缘的方式来解决，常常是有一顿没一顿，吃了上顿想下顿，忍饥挨饿反倒是家常便饭。这在别人还没什么，忍一忍也就过去了，但对猪八戒来说，却是无法忽略的严重问题，一点都含糊不得。

　　由此也就不难理解，他在更多的时间里一直处于饥饿状态，头脑里想得最多的自然也是吃饭问题。可以说，西天取经是伴随着猪八戒的饥饿叫喊声完成的。看过《西游记》的读者，印象最深的莫过于此。

　　猪八戒如此能吃贪吃，是由其生理特点决定的，与人格、品行无关，也算不上什么过错。说起来这也是他本人粗心大意酿成的麻烦。原先在天上做天蓬元帅的时候，就没听说他有这个问题。

　　再说，那个时候就是饭量大些，以其在天庭显赫的地位，也不用为饮食问题担忧。但是，自从他调戏嫦娥、犯下严重的生活作风错误、投胎下凡之日起，吃饭问题也就随之而来。

本来猪八戒下凡时可以有更好的选择，但他马马虎虎，连投胎这样的大事都不认真，结果稀里糊涂，"错了道路，投在个母猪胎里"，不仅弄得自己的相貌拿不出手，还引发了一个饭量奇大的新问题。

这也怨不得别人，只能说自作自受。就猪八戒在下界的新生活而言，可谓生来如此，这是小说展开故事的一个前提，对此也就没有必要进行追究了。

接下来一个让人感兴趣的问题是，猪八戒的饭量究竟有多大？大到什么程度？据他的前岳父高太公介绍，"一顿要吃三五斗米饭；早间点心，也得百十个烧饼才够"，并预言"若再吃荤酒，便是老拙这些家业田产之类，不上半年，就吃个罄净"。

这里需要说明的是，高太公的情况介绍是怀着偏见的，有些夸饰成分，他光看到猪八戒能吃，却不讲这位上门女婿是如何帮自己创家立业的。

要知道猪八戒虽然能吃，但是干起活来可一点都不含糊，"耕田耙地，不用牛具；收割田禾，不用刀杖"。既节约成本，又有成效，到哪里去找这么好的庄稼能手？真是得了便宜还卖乖。

加拿大猪年生肖邮票《猪八戒》

真要算账，猪八戒为高太公创造的财富估计会远远超过他所消耗的，连没有多少生活阅历的书呆子唐僧都明白"只因他做得，所以吃得"这个道理，高太公难道还能看不出来？不过是看女婿不顺眼，专挑坏的说罢了。

看看猪八戒是怎么说的吧："我得到了你家，虽是吃了些茶饭，却也不曾白吃你的。我也曾替你家扫地通沟，搬砖运瓦，筑土打墙，耕田耙地，种麦插秧，创家立业。如今你身上穿的锦，戴的金，四时有花果享用，八节有蔬菜烹煎。"

话说得理直气壮。高太公嫌弃猪八戒，不在饭量，而在他和常人不一样，比如极为丑陋的相貌、腾云驾雾的神通，"坏了我多少清名，疏了我多少亲眷"，说白了，不过是无法满足自己的虚荣心。说起来这位高太公颇有些卸磨杀驴的用意在，不是什么好人。

猪八戒的饭量到底有多大，不能光听高太公的一面之词，还得看小说的具体描写。按说将猪八戒吃饱肚子的那顿饭认真统计一番，自不难解决这一问题。

不过说起来也真够可怜的，取经路上，师徒们大部分时间穿行在崇山峻岭、穷乡僻壤间，在这样的地方能有口饭吃就算不错了，想吃顿饱饭，对猪八戒这种大食量的主来说只能是一种奢想，除非到了那些富足的大户人家或繁华的大都市里。

好在十几年间还有几次填饱肚子的机会，比如在陈家庄帮人消灾，吃顿饱饭当不成问题，用孙悟空的话，是"蒸上五斗米的饭，整治些好素菜"。

在女儿国赴宴，没有吃不饱的道理；在祭赛国捉妖有功，吃了顿盛宴。

过七绝山稀柿衕口，猪八戒立了大功，孙悟空安排的伙食是"办得两石米的干饭，再做些蒸饼馍馍来"，不吃饱饭，如此臭而脏的笨活、苦活是干不好的。

朱紫国帮师兄孙悟空配药有功，自然能吃顿饱饭。

在凤仙郡沾孙悟空求雨的光，在金平府剿除了三个犀牛精，总算过了几天"一日筵，二日宴；今日酬，明日谢""这家酬，那家请"的幸福生活。

在天竺国跟着师父这个假驸马，受用了一次。

在善人寇员外家，满足了半个月的口腹之欲。

总的一个规律是，离西天越近，猪八戒吃饱饭的机会越多，这也算是对其取经苦行的一种回报吧。

这么一数，猪八戒吃饱饭的次数好像还不少，但要知道，西天取经整整用了十四年。十四年中，按一般人的饮食习惯，每天三顿饭，总共得吃多少顿饭？把猪八戒吃饱饭的次数放在这个大背景下来看，就会发现，平均算来，这位老兄每年也没吃过几顿饱饭，大部分时间还是饿着肚子的。

对这位食量奇大、消化功能十分发达的老兄来说，着实不容易。明乎此，对他西天路上念念不忘吃饭的可怜相，也就可以理解和同情了。俗话说，没有功劳，也有苦劳。这话用在猪八戒身上真是再合适不过了。

虽然小说中有不少猪八戒吃饱饭的描写，但是大多泛泛而谈，到底这位老兄能吃多少，还真不好精确计算。他有时的饭量显然要超过高太公所言，这大概是其饥饿数天后的超水平发挥，其正常的食量恐怕只能以高太公说的为准，再扣除些水分，毕竟他和猪八戒在一起生活了几年，对其情况比较了解。

其实，猪八戒不光食量大，其胃口之好、吃饭速度之快也是毫不含糊的，堪称一绝，别说现实生活中，就是在古今中外的文学作品里也很难再找到第二例，可谓空前绝后。那种极为夸张的吃相常常看得人家目瞪口呆，不知所措，其吃饭动作在本人是满足生理需要，但在其他人的眼里，却是一场颇具观赏价值的精彩表演。

无论到了哪里，只要猪八戒旁若无人地一开吃，不管别人在干什么，最吸引人眼球的绝对是他，这个风头是谁都抢不过去的，什么叫戏精？这就是戏精。

这里摘录几段猪八戒吃饭的精彩片段，奇文共欣赏：

> 三藏就合掌讽起斋经。八戒早已吞了一碗。长老的几句经还未了，那呆子又吃够三碗。行者道："这个馕糠！好道汤着饿鬼了！"那老王倒也知趣，见他吃得快，道："这个长老，想着实饿了，快添饭来。"
>
> 那呆子真个食肠大：看他不抬头，一连就吃有十数碗。三藏、行者俱各吃不上两碗。呆子不住，便还吃哩。老王道："仓卒无肴，不敢苦劝，请再进一箸。"
>
> 三藏、行者俱道："彀了。"八戒道："老儿滴答甚么，谁和你发课，说甚么五爻六爻；有饭只管添将来就是。"呆子一顿，把他一家子饭都吃得罄尽，还只说才得半饱。（《黄风岭唐僧有难　半山中八戒争先》）

> 唐长老举起箸来，先念一卷启斋经。那呆子一则有些急吞，二来有些饿了，那里等唐僧经完，拿过红漆木碗来，把一碗白米饭，扑的丢下口去，就了了。
>
> 旁边小的道："这位老爷忒没算计，不笼馒头，怎的把饭笼了，却不污了衣服？"八戒笑道："不曾笼，吃了。"小的道："你不曾举口，怎么就吃了？"八戒道："儿子们便说

谎！分明吃了；不信，再吃与你看。"

那小的们，又端了碗，盛一碗递与八戒。呆子幌一幌，又丢下口去就了了。众僮仆见了道："爷爷呀！你是'磨砖砌的喉咙，着实又光又溜！'"

那唐僧一卷经还未完，他已五六碗过手了。然后却才同举箸，一齐吃斋。呆子不论米饭面饭，果品闲食，只情一捞乱噇，口里还嚷："添饭！添饭！"（《圣僧夜阻通天水 金木垂慈救小童》）

那八戒那管好歹，放开肚子，只情吃起。也不管甚么玉屑米饭、蒸饼、糖糕、蘑菇、香蕈、笋芽、木耳、黄花菜、石花菜、紫菜、蔓菁、芋头、萝菔、山药、黄精，一骨辣噇了个罄尽。喝了五七杯酒，口里嚷道："看添换来！拿大觥来！"（《法性西来逢女国 心猿定计脱烟花》）

上述这些描写真应该给当今那些这也不吃、那也不吃的孩子们看一看，甚至让他们背诵下来，让整天挑食的他们看看什么叫饥饿状态。

取经大功告成，按功行赏，猪八戒被封为净坛使者，终于得了个能天天吃饱肚子的肥缺，按说正好可以利用这一良机，弥补一下十四年苦行带来的缺憾。但令人遗憾的是，此时的猪八戒"功德圆满"，竟然"不知怎么，脾胃一时就弱了"。

"那时节吃得，却没人家连请十请；今日吃不得，却一家不了，又是一家。"听到猪八戒的这番表白，感到的不仅是遗憾，还颇辛酸。

这就是猪八戒的人生，一种富有戏剧性且荒诞至极的人生。

蹊跷的猪八戒私房钱事件

　　西天取经，说简单也简单，说复杂也复杂。说简单，是因为从表面上看，取经不过是唐僧师徒的一次集体行走表演；说复杂，是因为取经仿佛是一个浩大的佛教工程，唐僧师徒一路上跋山涉水，降妖除怪，困难重重且不说，光吃穿住宿这些后勤问题都有操不完的心。

　　总的来看，取经队伍实行的是原始共产主义制度，即有饭同吃，有衣同穿，财产公有，共同分配。但有意思的是，别看林子不大，问题倒也不少，比如取经过程中曾暴露出猪八戒的私房钱问题。

　　猪八戒攒私房钱的事是在狮驼岭大战期间被孙悟空设计审出来的，虽然发现的时间比较晚，但并不让人感到意外。

　　在西天取经的队伍中，数这位老兄私心最重。他本来对取经大业就没有多大兴趣，加上路途艰难，妖魔横生，风险不可谓不大，取经随时都有夭折的可能，因此信心严重不足，不时冒出散伙的念头。既然没信心，势必会打点个人的小算盘，为将来留条后路。攒私房钱想必就是猪八戒未来计划的一部分。

　　攒私房钱，倒也符合猪八戒一贯的思想和性格，正在读者的意料之中。这事如果发生在孙悟空或沙僧身上，那才让人感到奇怪。

　　不过，读者更感兴趣的可能是如下几个问题：猪八戒的私房钱是怎么攒起来的？为什么过了那么长时间才攒了五分银子，且被银匠克扣了几厘？这些私房钱平日是如何保管的？小说对此交代得并不太清楚，这里稍作分析和探讨。

按说攒私房钱是一件违规的事情，因为取经大业需要大家以苦行僧的方式完成，各位成员不准拥有私人财产，沿途的吃穿住行都要靠化缘来解决。

显然，猪八戒在内心是不认可这一原则的，因为他恋家，有私心，总想占点小便宜。好在其他取经成员没有这种思想，否则内部斗争会更复杂，没等妖魔动手，自己就先散伙了。

西天取经，虽然历尽艰辛，不过一路上发财的机会倒有不少，四圣试禅心那场测试不算，在女儿国、天竺国，唐僧师徒都有泼天的大富贵可待，不过前提是唐僧给人家做上门女婿。即便不做女婿，仅靠孙悟空搭救乌鸡国国王，为朱紫国国王看病，也有无量的"钱"途。

如果师徒几人对金钱有兴趣，就凭上面所列举的几次机会，也可以发大财。好在唐僧师徒志不在此，最多也就吃顿饱饭、睡场好觉。一路走过去，大家依旧两袖清风，保持清贫本色，将苦行进行到底。

不过，只要有私心，就总有机会，攒私房钱的办法多的是。明里不准私设小金库，可以偷着来，猪八戒也正是这样做的。

西天取经路上，救人性命、降妖除怪的事情多的是，虽然大的财富都被拒绝了，但利用这些机会捞点小便宜，还是不成问题的。对猪八戒来说，这都是攒私房钱的良机。估计他的私房钱就是利用这些机会攒下的。

攒私房钱容易，存私房钱可就难了，这与取经成员的生活方式有关。说起来，他们的生活方式与中国古代同族共居的家族有些相似。

不过，与那些同族共居的大家族相比，取经成员的集体主义生活更为彻底。在同族共居的家族中，大家虽然在一起吃饭、劳动，过着集体主义生活，但是总还有一点点个人空间，在大家庭下有着相对独立的小家庭，攒点私房钱也是允许的，最起码是默许的。

取经成员则不然，加上白龙马，总共才那么五个人。大家整天在一起吃喝拉撒，众目睽睽之下，几乎不存在任何个人隐私。

财产嘛，就那么一个破包袱，里面也就几件衣服而已，如果往里面塞点金银，一下就会被发现，而且师父唐僧也不允许这样做。即使包袱里有银子，那也是公共财产，不能算私房钱。在这样极为不利的情况下，偷偷攒私房钱，却又不被发现，还真不容易，确实需要一点小智慧。

不过，这点小问题难不倒颇有心计的猪八戒，他充分利用了自己的身体条件，那就是一双大耳朵。不知道他这样做是不是从孙悟空那里学来的，因为这位师兄总是把自己的兵器缩小后放在耳朵里面。猪八戒的耳朵显然比孙悟空的要大得多，里面更能放东西。

不过，毕竟是耳朵，东西不能放太多，否则身体吃不消，影响听力不说，还容易被发现。这大概是猪八戒只攒了一点私房钱的原因。否则以猪八戒之贪心，不弄个千八百两才怪。不过，攒一点算一点，总比没有强。

即便如此，这点私房钱也不好保管。西天取经路上，整天东奔西走，跋山涉水，还得经常和妖魔作战，跑来跳去的，身体活动幅度很大，那点银子说不定哪一次就给弄丢了。这样想来，猪八戒能在耳朵眼里放上几分银子，直到狮驼岭还没有丢，已经相当不容易了。

不幸的是，这个小秘密还是被人发现了，据孙悟空说，这是沙僧告诉他的，可见在取经队伍中要保护一点个人隐私该有多么困难。也许唐僧也知道这件事，但他会睁一只眼，闭一只眼，不去说破，也不会告诉孙悟空。

经过孙悟空的一番忽悠，猪八戒终于招供，说出了自己的小秘密。那点私房钱也只好变成买命钱，被孙悟空没收了。

至此，猪八戒的私房钱计划宣告破产。至于此后他还有没有攒私房钱，小说没有写，但估计可能性不大了。因为经过这件事后，孙悟空、沙僧可能对猪八戒盯得更紧。即便他弄到钱，也没有地方可放了。

从攒私房钱这件事上也可以看出猪八戒的性格。他其实并不像孙悟空说得那么呆，还是有不少心眼的。只不过他的心眼大多表现为一些小聪明，在绝顶聪明的孙悟空面前，这点小把戏只能称作小儿科。

但就是这种小儿科式的聪明，鼓动唐僧念了不少紧箍咒，让孙悟空吃够苦头，所以也是大意不得的。

私房钱事件只是西天取经路上的一个小插曲，不过细细琢磨，还是蛮有意思的。名著毕竟是名著，哪怕是一个细节，都可以让人回味上半天。

大内高手不简单

——沙僧形象新解

　　研究者通常用无性格一词来概括沙僧这一人物形象，应该说这一概括还是有一定道理的。当然，无性格并不等于没有性格，只是说性格特征不太明显，个性表露不太鲜明而已。的确，很难用一个准确的词来描述这位人物的特征。在取经队伍中，总能时时感觉沙僧的存在，而他的存在又不那么为人所注目。

　　这自然与沙僧的特殊职位有关。作为一名与主人形影不离、照料生活起居、负责安全保卫的高级侍从，不管服务的对象是玉皇大帝还是唐僧，都让人感觉不到自己的存在，正是工作称职的表现。毕竟这是一个注定要做绿叶的职位。如果一位侍从频频露脸，抢镜头，主人却被冷落在一边，那就本末倒置了，说明保卫工作存在问题。无性格恰恰说明沙僧的工作是称职、合格的。

　　不过，无性格只是表面现象，倘若以此证明沙僧这位大内高手四肢发达，头脑简单，则又失之简单了。这显然是小看了这位在天庭服务多年、见过世面的卷帘大将。虽然他在全书中出场的次数、受关注的程度远不如孙悟空、猪八戒，也没有多少话语权，但是决不能由此说他没性格。其实这位老兄一点都不傻，其内心世界还是蛮复杂、蛮丰富的。

　　和大师兄孙悟空、二师兄猪八戒相比，沙僧有许多先天的劣势。他虽然称自己早年曾访仙求道，得到过异人的真传，但是从小说的实际描写来看，其武功实在平平，不只在西天路上根本不起眼，就是在天庭里，也照样排不上号。否则，他也不会去做卷帘大将，而该是天王、元帅之类的显要了。侍从并不见得一定就武功盖世，等到他们冲锋陷阵的时候，往往也就无补于事了。忠于主人，永不背叛，这才是侍从最重要的素质。

　　众仙聚集的蟠桃会上，连吃一棵仙桃的资格都没有，失手打坏一个酒杯，竟然会受到赶到下界的严厉惩罚，由此也不难看出沙僧在天宫较为卑微的地位。孙悟空齐天大圣的名头和大闹天宫的威风自然是沙僧望尘莫及的，就是猪八戒的天蓬元帅一职，也比卷帘大将要尊贵许多。西天取经路上，屡屡与妖怪对阵，尽管沙僧也用卖弄的口气讲过几次自己的身世，但是可以炫耀的地方实在可怜，效果远不如孙悟空，人家把大闹天宫的辉煌历史不时说上几句，还能起震慑妖怪的壮胆作用。

沙僧皮影

　　西天取经本是一项风险很大的任务。虽然大家都是取经队伍中的重要一员，但是由于出身、阅历的差异，每人面对风险的承受能力各不相同。说起来，孙悟空、猪八戒都是有老本可吃，有退路的，即使取经不能成功，也可以回花果山、高老庄，重温先前那种幸福、快乐的世俗生活。沙僧则不然，对他来说，天庭肯定是回不去了，流沙河显然也不是留恋之地，穷山恶水间的饥饿、寂寞生活还不如西天取经来得热闹、有保障。也正是因为这个缘故，他的取经立场也比孙悟空、猪八戒要来得坚定，与唐僧也有更多共同语言。

在这个由多名男人组成的取经集体中，要想获得发言权，说话算数，要靠实力、资历和声望。但无论是哪个方面，沙僧都无法与孙悟空、猪八戒这两位师兄相比。在自己前面，既有一言九鼎的师父，又有两位难伺候的师兄，他十分清楚自己在这个奇特集体中的位置，由于没有多少本钱，干什么，不干什么，并不能由自己说了算，他只能选择沉默和服从。否则，缺乏底气的指手画脚只能是自取其辱。自己所能做的，就是老老实实做好自己的本职工作，少说话，多干活，安守本分。在西天取经路上，沙僧正是这样做的。

自身的条件和位置实际上也就决定了个人的思想和立场。在取经队伍的各个成员中，除了唐僧，取经意志最为坚定的就要数沙僧了。取经对他的意义与对孙悟空、猪八戒的截然不同，这是其改善处境、提升人生的唯一途径。美德也好，性格也罢，他的忠诚给读者留下了十分鲜明的印象。这种忠诚既是对取经事业的，在很多时候又是对唐僧本人的。正是因为忠诚，他才会不辞辛劳地服侍唐僧，这正像如来后来在取经表彰会上所总结的："诚敬迦持，保护圣僧，登山牵马有功。"孙悟空曾主动出走过，后来还被唐僧赶走两次，猪八戒更是动不动就提出散伙，一心想回高老庄做回炉女婿，甚至就连身为取经领队的唐僧都时常抱怨路途遥远，心急焦躁，不时勾起思乡之情，但从来没有听沙僧说过类似的话，似乎他连这样的念头都没有。

　　无论是在天庭，还是在取经路上，沙僧干的都是同一种工作，他已经完全适应了，并不觉得有什么不妥，顺从、本分和勤勉已经内化为一种本能。挑担、牵马、伺候师傅，这些孙悟空不愿意干的苦活和累活，沙僧一一都做了，而且一做就是十几年，做得非常称职，从没有牢骚和怨言。仅从这一点来说，沙僧实在是取经队伍中不可缺少的一员。这是沙僧可贵的美德，也是他的难得之处。别说孙悟空不愿意做这些，即使愿意，也未必能做得这么好。这与沙僧的思想、性格有关，自然也得益于他在天庭做卷帘大将期间的专业锻炼。

　　西天取经路上，除了做好服务师父的本职工作，沙僧也时常要冲锋陷阵，得到不少降妖除怪的机会，为孙悟空打打下手。由于武功平平，尽管他每次都很卖力，但所起的作用实在有限，只能说精神可嘉。按照取经队伍的分工，沙僧意味着保护唐僧的最后一道防线，一旦前面两位师兄抵挡不住，轮到他出场作战的时候，常常无济于事。到了这种时候，他也只能起延缓师父受罪时间的作用。

　　阅读《西游记》一书，不能不注意各位取经成员之间的微妙关系。这也是一个很有意思的话题。在取经成员中，有两组最为明显的矛盾：一是孙悟空与唐僧之间的矛盾，一是孙悟空和猪八戒之间的矛盾，后一组矛盾在一般情况下常常从属于前一组矛盾，这里只说前一组。就沙僧本人而言，为人低调、本分、顺从的他和其他三位成员之间很少发生冲突。但作为取经队伍中的一员，当别人之间的矛盾产生时，他是不可能置身事外的。

　　一般情况下，如果冲突不太严重，沙僧通常会出来打打圆场，进行调和。不过，沙僧的调和只是在一定范围内起作用。当矛盾变得十分尖锐、涉及原则问题时，沙僧也就不再和稀泥了，他实际上还是有原则、有立场的，那就是忠于唐僧。这在唐僧两次驱逐孙悟空的过程中表现得十分明显。

从沙僧平日的言行来看，他对大师兄孙悟空还是十分钦佩和信任的，并时常在妖魔面前炫耀。可是一旦孙悟空和唐僧发生矛盾，情况就完全不同了，他的感情天秤就会不自觉地偏向唐僧一边。即使他意识到唐僧的判断存在失误，也不会像孙悟空那样坚持自己的立场。自然，他更不可能公开站在孙悟空一边。于是，他选择了沉默。沉默本身就是一种表态。

孙悟空对沙僧的这种愚忠表现是不满的，他曾这样埋怨这位师弟："你这个沙尼！师父念《紧箍儿咒》，可肯替我方便一声？都弄嘴施展！"到了这个时候，沙僧也只能尴尬地请求孙悟空"君子人既往不咎"了。好在取经过程中这种尖锐的冲突并不是太多，沙僧平时为人低调，其沉默总比猪八戒的煽风点火要好。孙悟空对沙僧的印象是很不错的，曾当面称赞他是好人，对此也就没有多计较。

尽管大家都是苦行僧，但是比较而言，这个词用在沙僧身上更为贴切。不过，这位老兄也并非整天板着脸，一副苦大仇深的样子。西天取经路上，他也时常会和大师兄孙悟空一起，开开猪八戒的玩笑，小集体里不时出现的和谐氛围也有他的功劳，这显示了其可爱、幽默的另一面。不过就是在这种时候，他也把握一个原则，那就是基本上不主动，只是在旁边帮帮腔、敲敲边鼓而已，甚至可以用小心翼翼一词来形容，这里面是不是也有些圆滑世故的成分呢？

沙僧这个人不简单。

真正的幕后英雄

——白龙马形象新解

提起西天取经队伍的组成，人们通常的说法是唐僧师徒四人，其实这一说法不够准确，也不够公允，因为它忽略了另外一位重要成员，那就是白龙马。

自然，人们忽略这位成员也有其道理，它出场的次数虽然颇多，但是很少会引起注意，人们的目光都聚焦在唐僧等人身上，谁会关注一匹默默无语、没有什么故事的白马？人们通常说沙僧是苦行僧，夸他任劳任怨、吃苦耐劳，其实严格说来，真正的幕后英雄应该是这位白龙马。

与孙悟空、猪八戒、沙僧相比，白龙马的工作是最辛苦、最单调，也是最为寂寞的。只要唐僧等人一上路，他的工作也就随之开始，不管是高山还是荒漠，不管是晴天还是雨中，不管是多么险峻、坎坷、危险的道路，他都得一步一步地走下去。走路，走路，除了走路还是走路，不停地走路，日复一日，年复一年，这就是白龙马十四年取经生涯的全部。走路，这就是白龙马的价值所在，不可能变出什么花样来。低调如沙僧，还能时不时与两位师兄开个玩笑，和师父聊聊天，得些心理的安慰和调节。但白龙马不同，在绝大部分时间里，他只能一个人默默生活在无声世界里，不管是欢乐还是痛苦，欣喜还是忧愁，都只能深深埋在心底，这才是真正的苦行僧。

干着最苦最累的活，却享受着最低最差的待遇，甚至连个起码的名分都没有，这正是白龙马在取经路上的尴尬处境。这里有一个不容忽视的问题，那就是：白龙马到底算不算唐僧的徒弟？他是不是取经队伍的正式组成人员？从唐僧、孙悟空、猪八戒、沙僧等人的日常言行来看，他们更多的时候将白龙马当作普通的脚力，在向别人介绍取经成员时，一般都不把白龙马算上。不过，从观音当初的安排、佛祖最后的封赏以及白龙马个人的认知来看，他确实应该算唐僧的徒弟，一个身份特殊的徒弟。

这可以从降伏黄袍怪部分的描写中看出来，在这段故事中，白龙马突破了他的脚力角色，有着十分精彩的表现。作者这样写，有提醒读者注意白龙马角色的用意在。在同猪八戒对话，劝他到花果山请孙悟空的过程中，白龙马明确称孙悟空、猪八戒两人为师兄，这说明他本人很清楚自己的身份，否则，他也就没有必要如此卖力地去搭救唐僧。要知道白龙马可不是凡马，他是龙王太子，身份并不比猪八戒、沙僧低。能拥有一匹如此高贵的脚力，绝对是唐僧十世修来的福气。在做脚力之外，也能冲锋陷阵，为孙悟空等人做个帮手，显然，白龙马并非取经路上可有可无的角色。有他的时候，大家不觉得怎样；没他的时候，大家才会意识到他的存在。神魔世界如此，人间又何尝不是这样。

介绍取经队伍，屡屡忽略同为重要成员的白龙马，唐僧等人对待白龙马的这一态度应该说是不够公平的。好在这位太子出身的白马修养确实不错，总是顾全大局，没有一次当面纠正过。作者似乎也意识

连环画《收白龙马》封面

到了这一问题，在降伏黄袍怪那部分，破天荒地给了白龙马一次表现自己的机会，一次仅有的机会。

自然，轮到白龙马出场，也就意味取经形势已经坏到不能再坏的地步：唐僧被黄袍怪变成老虎，困在笼子里，这是他刚愎自用的代价；沙僧被关在波月洞中，一筹莫展；猪八戒则刚刚打完败仗，早已丧失斗志，只剩下散伙回家的念头；孙悟空早已被开除出取经队伍，在花果山过着悠闲的山大王生活。可以说，这是西天取经路途中最为严重的一场危机。

在这一关键时刻，用"挺身而出"来形容白龙马也并不为过。他本来可以保持沉默，袖手旁观的，因为出谋划策并非其职责所在，当初给他的任务就是当脚力，再说他也很清楚：自己不是黄袍怪的对手。但白龙马没有这样做，这主要是出于他的责任感和良知。不管别人承认不承认，他确实把自己看作取经队伍的一员，取经对他的意义和对孙悟空、猪八戒、沙僧一样重要。取经事业中途夭折，大家散伙了，对谁都没有好处，也许对猪八戒是个例外。

变成宫女刺杀黄袍怪的行动失败了，这不是白龙马的计策不好，而是两人的实力悬殊，猪八戒、沙僧两人联手都斗不过黄袍怪，何况他单枪匹马。营救活动虽然失利，但是给人印象至深，它显示了白龙马对取经事业的忠诚和高尚的品德，也让人们看到，他并不仅是一匹普通的白马，而且是唐僧的徒弟，是取经队伍的一名成员。

武功不是白龙马的长项，而临阵不乱、镇定自若，则显示了白龙马的另一面，毕竟是龙王家教育出来的。按说刺杀黄袍怪，他已经尽了最大努力，即使观音、如来最后追究取经失败的责任也找不到他。但白龙马没有放弃，他想到了大师兄孙悟空，知道解决问题的症结所在，于是劝说猪八戒到花果山搬兵。可见他不但对取经队伍每位成员的特点十分了解，而且对当时形势的判断十分准确。

如果没有白龙马的劝说，猪八戒恐怕早已回到高老庄，做他的野女婿了。可以想象，这位屡屡鼓动唐僧念紧箍咒的老兄是不会主动去请孙悟空的。他愿意到花果山，一是觉得白龙马所言很有道理，一是为白龙马的真诚所打动。连一匹脚力都如此卖力，自己如果再逃避责任，确实是说不过去了，毕竟猪八戒还是有良知的，他还没糊涂到丧失原则的份上。降伏黄袍怪，出面的虽然是孙悟空、猪八戒、沙僧，但白龙马着实要记上一大功。毫不夸张地说，是他在关键时刻，挽救了取经事业，为取经队伍找到了一条出路。他实际上为完成取经任务立下了卓越功劳。

遗憾的是，白龙马出场的机会实在太少了。此后，除了在朱紫国为国王配药时说了两句话，贡献了一些马尿，再没有表现的机会。这不免让人觉得有些遗憾，以其在宝象国的不俗表现，本来他还可以有更多戏份的。

这才是真正的幕后英雄。

六根清净的菩萨还是善于算计的大妈

——说观音

轰轰烈烈的西天取经事业从表面上看是唐僧师徒跋山涉水、历经艰辛完成的，不过细细想来，它实际上是一项由众多神仙参与的庞大工程，可以说天上人间，三界神灵，都被充分发动起来了，以西天路上情况之复杂，妖魔之狠毒，有些问题光靠唐僧师徒几个是无法独立解决的。在这项庞大的取经工程中，唐僧师徒是前台表演者，在其背后有一大批幕后英雄。说起这些幕后英雄，可以开列一个长长的神仙名单，从西天佛祖到道家掌门，从天上到冥界，从四海龙王到五岳散仙，堪称超豪华阵容。如果将如来比作这一工程的总设计师，那观音就是名副其实的操盘手了。

观音何时从印度传来？本尊到底是男是女？其间的演变轨迹如何？背后隐藏着什么奥秘？对此问题，研究者已有相当深入的研究著作，有兴趣者不妨找来读读。这里且不去管，只说《西游记》这部小说中所塑造的观音形象。从小说的实际描写来看，这位观音与民间传说还是较为符合的，是位颇为美貌的女性形象。虽然出场的次数不如孙悟空、唐僧等人之多，但是处处可以体会她的存在。

取经事业虽由如来一手策划，但发起者是观音。早在唐僧上路之前，她已经做了不少准备工作，包括接受佛旨，寻找取经人等。作为如来的大徒弟，她不仅要寻找合适的取经人，将取经这件苦差事分配给他们，还要承担保驾护航的责任，遇到紧急情况还要出面摆平。可以说，取经成功也有观音的一份功劳。

如来之所以指派观音指挥西天取经工程，一是因为她自告奋勇，喜欢揽事，二是因为据如来所言，她神通广大。至于观音的神通怎么广大，大到什么程度，小说中并没有特别具体的描写。她始终没有像孙悟空那样冲锋陷阵，与对手正面厮杀，大多是靠宝贝和法术取胜的，有些宝贝比如收服红孩儿所用的天罡刀还是从托塔天王那里借来的，估计她除了那个随手携带的净瓶外，并没有多少家当。说起来也是个穷菩萨，否则也就不会把如来赏赐的宝贝据为己有了。

这位观音菩萨说起来还是有些真本事的，否则在藏龙卧虎、论资排辈的西天那里是很难得到如来赏识、得到露脸机会的。比如五庄观医活人参树就是一个例子，那么多神仙都束手无策，唯独她不费吹灰之力，几滴甘露就能将死树医活，着实让人大开眼界。没两手绝活，心高气盛、恃才傲物的孙悟空也是不会服气的。至于观音能否算顶级高手，从如来那里学了多少本事，可就难说了，毕竟没有开过神仙比武大会，弄出个

明宣德铜鎏金观音菩萨像

神仙龙虎榜之类的东西以供参照。这位如来的大徒弟并非万能，也有失手的时候。比如她面对六耳猕猴的巧妙伪装，同唐僧等人一样束手无策；孙悟空奈何不了的蝎子精，她也对付不了。她能辖制孙悟空，主要还是靠感情上的笼络，当然最为重要的还是那个紧箍儿。

在小说中，观音并没有被塑造成庄重威严的菩萨形象，相反，她还被写得颇有人情味，仿佛神仙堆里的一位家庭妇女。之所以这样说，是因为这位菩萨虽然道行高深，法术高强，但是六根未净，尘心未泯，身上仍有烟火味。她虽然肩负着取经的指挥重任，但是在尽职尽责的同时，不忘记拿点小回扣，占点小便宜，打点个人的小算盘。这固然算不上什么大错误，但以其身份、修养和职责来说，也不能说是合法收入。确切地说，这类小便宜应称作隐性收入或灰色收入。

小说对观音的占小便宜之举有相当多的描写。当初如来派她寻找取经人选时，曾给了她几件宝贝，要求专物专用。比如紧箍儿，如来说得好好的，"假若路上撞见神通广大的妖魔，你须是劝他学好，跟那取经人做个徒弟。他若不伏使唤，可将此箍儿与他戴在头上，自然见肉生根"。如来的话说得十分明白，必须专箍专用，将它用到唐僧徒弟身上。按照这种安排，孙悟空、猪八戒、沙僧，正好每人一个。但观音实际上并没有这样分配，结果呢，除了给孙悟空的那个，其他两个都被观音挪作私用了。黑熊精和红孩儿都不是唐僧的徒弟，却每人各得一个，两人后来都成了观音的手下。紧箍儿转了一个圈，又回到观音手里，成为其私人物品。观音可谓生财有道。

观音敢这样做，自然有她的算计。如果唐僧的几个徒弟都是不服管的主儿，个个武功高强，非紧箍儿不能降服，观音的这个小便宜也就占不成了。问题在于，观音已经算准，紧箍儿只用一个就够了。唐僧的徒弟虽有好几个，但只要制服了孙悟空，其他的都好对付。虽然最为捣蛋的是猪八戒，他是最应该戴紧箍儿的，但是只要管住孙悟空，猪八戒再坏也坏不到哪里去。至于沙僧，立场坚定，让人放心，戴不戴紧箍儿都是一个样。这样，只用一个，足以保证取经队伍的稳定，不会出乱子。有了这个前提，观音才没有全拿出来，而是将另外两个挪作私用，揩了点小油。

取经对唐僧、孙悟空等人来说，意味着磨难和考验，但在观音这里，未尝不是一个占小便宜的好机会。紧箍儿的私自挪用不说，利用取经路上的降妖除怪为自己招兵买马，网罗几个得力助手，这同样是观音所打的如意小算盘，算是额外创收吧。在神界中，但凡有些地位的，都有自己的地盘，落迦山是观音的一亩三分地，大概是地盘太大、较为偏远的缘故吧，缺乏人手，正好利用指挥唐僧取经的机会，补点空缺。这样，观音屡屡出面帮助唐僧、孙悟空，既完成了如来的任务，又能捞点意外收获，难怪她每次都那么积极。

自然，观音对此事也是颇有算计的：那些有来头、有主人的妖怪不收，如金角大王、银角大王之类，以免引起矛盾，破坏神界的安定团结；没有本事的妖怪不收，这样的妖怪随处都有，弄到家里，既白白消耗口粮，又浪费用人指标，没必要在取经路上找。观音的目标很明确，即专收那些本领高强的土著妖怪，比如黑熊精、红孩儿，收降这样的妖怪最划算，省去一大笔人才培养费不说，且这样的妖怪因为吃过苦头，还特别好管理。如来对观音的这种小猫腻自然是心知肚明的，但他也没有追究。按说以观音的身份，做这种占小便宜的事情是不合适的。唐僧在前世当二徒弟听如来说法时，不过是打了一个盹，就受到贬入下界这样严厉的惩罚。如来对观音的损公肥私行为却不管不问，这似乎不够公平。大约因为观音是女性，如来对她有点偏爱吧，可见在西天乐土是难以做到"法律面前人人平等"的。

利用取经帮忙的机会去占小便宜不说，这位菩萨也显得相当小气，给人一种看家婆的印象。帮孙悟空收服红孩儿明明是她分内的事情，她却不舍得使用自己的宝贝，还要通过徒弟的关系到天上去借天罡刀；本来让孙悟空带着龙女和净瓶去就可以解决问题，又担心孙悟空起贼心。可见这个观音的小算盘打得很精，吃亏赔钱的事情她是绝对不干的。而且她还以己推人，将光明磊落、毫无私心杂念的孙悟空也想得如此不堪，其思想境界着实有些问题。这似乎不是一个菩萨应该做的事情。难怪作者时不时借孙悟空之口嘲讽她几句。

俗话说，占小便宜吃大亏。这话在观音身上似乎也得到了应验。取经成功后，如来按功行赏，唐僧师徒几人各有封赏，特别是唐僧、孙悟空两个，高升成佛。与此形成鲜明对比的是，观音的名次还是原样，也没见有任何赏赐，大约如来觉得她小便宜占得已经够多，就把这算作给她的奖励吧。要利就不能再要名，名利双收这样的便宜不能都让观音一个人占了。可见如来还没有老糊涂，很会在徒弟中间搞平衡。

地方官不好做

  《西游记》一书所写的神仙妖魔虽然面目各异，千奇百怪，但是大体上还是有路数可寻的，小说写了神界的各个层面，既有官方的正神，又有在野的妖魔，或天上，或地下，或海中，或洞穴，或仙山，由此可以勾勒出一个较为完整的神界谱系图。有名头、出场多的神仙固然是作者描绘的重点，没名头的神仙，小说中也写了不少，这里专门说一说神仙社会里的地方官。

  这些地方官包括土地爷、山神、河神等，都是专管一方的神仙，处于神界管理体系的末端，数量众多。俗话说：强龙不压地头蛇。当地方官有地方官的好处。靠山吃山，靠水吃水，这些地方官的官阶虽然不高，但得到的实惠并不少，日子应该还比较好过。在民间，几乎每个地方都建有土地庙、山神庙或河神庙，一年四季的供奉是少不了的。但是从小说的描写来看，这些地方官大多没有过上这样的幸福生活，相反，他们过得相当窘迫。何以如此？其间的缘由也是很值得琢磨的。

  这些地方官虽然在老百姓面前可以耀武扬威，找到一点"尊严"，捞些外快，但在神仙队伍中毕竟是无名小辈。这表现在：他们的权力实在太小，参加王母娘娘办的蟠桃大会的资格自然是没有的，甚至连太上老君兜率宫看守炉子的那位道人都不如，那位道人就是因为被孙悟空踢翻炉子才被贬到下界做火焰山土地的，可见其地位原来比土地要高，这正应了一句俗话：宰相府里七品官。他们的道行也不高，但凡有点手段、会些武功或法术的，不管是上头偷着跑来的神仙，还是本地土生的妖魔，他们一个都惹不起，只能听任那些神魔在自己的地盘上为所欲为。这样，他们就扮演了一个两头受气的尴尬角色：上面看不起，下面不买账。

能安安生生地过日子，辖界内不出事，对这些地方官来说，已经是万幸了。如果碰到有来头的、法术高的主儿，就只能自认倒霉了。比如那位黑水河的河神，自己的府第被鼍怪非法占据，却又有冤不能申，因为西海龙王是这位妖怪的母舅，"不准我的状子，教我让与他住"，自己又"神微职小，不能得见玉帝"，于是只好忍气吞声。幸亏孙悟空等人帮他解决了这一难题，否则黑水河河神孤魂野鬼的日子还要无限期地持续。

有来头的妖怪惹不起，没来头的妖怪同样难伺候。比如那位红孩儿，别看这小子年纪不大，长着一副娃娃脸，但他比谁都狠，比谁都黑。他离开老爸老妈独自闯荡江湖，在火云洞占山为王，为妖一方，祸害众生，弄得当地的山神、土地"少香没纸，血食全无""衣不充身，食不充口"，还常常干些"烧火顶门""提铃喝号"的苦活累活，就连其手下的小妖们也欺负这些地方官，"讨甚么常例钱"。山神、土地官再小，也是个神仙里的官，在红孩儿的欺压下，竟然沦落到这般田地，难怪孙悟空都看不下去。过这样的生活还不如落草为寇，图个自在。

由上述两个例子不难看出神仙社会管理之混乱，下界出现这么多问题，却不见有人来干预，反而靠孙悟空这位过路的取经人来解决，这确实有些说不过去。参加蟠桃大会时，大家都积极得不得了；碰到这么多问题时，却都躲得远远的，不见有谁出面过问一下。世态炎凉，神界比人间也好不到哪里去。

尴尬的处境自然会影响这些地方官为人处世的风格。把神仙中的无名小辈派到基层，再也不管不问，任其自生自灭，这就是天庭的管理方式。对此，这些地方官也有自己明哲保身的方式，那就是消极怠工，尽量不管闲事，哪怕是自己职责范围内的事情；尽量忍耐顺从，管他是神仙还是妖魔，谁有势力，谁有本事，就听谁的。

唐僧师徒西天取经，按说沿途各地的土地、山神是负有接待之责的。但他们在多数情况下都不会主动出现，正所谓多一事不如少一事。除非孙悟空一顿乱棒，打得他们不安生，只得硬着头皮出来，或感觉事情可能会牵涉自己，再不出来会有更大的麻烦。接待上面来的人，花钱费力不说，往往不落好，说不定会招惹麻烦。这样，他们自然能偷懒就偷懒，能躲就躲，实在没办法就出来敷衍一番。当然，那些府第被别人夺去、被妖魔奴役者是例外，因为孙悟空的到来为他们提供一个申冤报仇的良机，他们接待取经人员的积极性自然要高一些。

消极怠工、敷衍了事不说，就是自己管辖的地盘上出了什么问题，这些地方官也睁一只眼闭一只眼，能不管就尽量不管，反正损失都是公家的，也用不着自己心疼。比如孙悟空在五庄观偷摘人参果的时候，花园的土地看得一清二楚，他不但不劝阻孙悟空，反而帮其想办法，出主意。这也怪不得这位土地，他知道自己根本惹不起这位名头响亮的齐天大圣，人参果被偷，镇元子也查不到自己身上，不如干脆做个顺水人情。至于这样做是否合法，是否有教唆的嫌疑，他也顾不得了。

对这些土地、山神来说，由于本领不高，法术有限，上头又不管，只能去当随风草，谁有本事就听谁的，至于是非、原则，也就没有工夫去理会了。比如在平顶山，当地的土地、山神听到银角大王念遣山咒法，也不管下面压的是谁，就匆匆忙忙把山移来，当了妖怪的帮凶。直到听说下面压的是孙悟空，后果十分严重，这才赶紧把山移走，向孙悟空请罪。可见他们平日被银角大王这些魔头欺负怕了，只能唯命是从。这些土地、山神介绍说，他们曾"一日一个轮流当值"，服侍两位妖魔。这实在是太离谱、太过分了，以至于心高气盛的孙悟空听说后都感慨不已，觉得有些"心惊"，认为这些妖怪也太"无状"了。

不过，这些地方官的表现也有让人看不明白的地方。比如在第三次打白骨精时，孙悟空担心唐僧再念紧箍咒，不相信自己，就把当地的土地、山神叫来，让他们在半空中作证。当时土地、山神的表现是"众神听令，谁敢不从"，答应得很是爽快。但奇怪的是，当孙悟空打死白骨精后，这些人竟一下子消失，没有踪迹了，害得孙悟空连个证人都没有。结果，在猪八戒的挑唆下，唐僧不但念了紧箍咒，而且干脆把孙悟空扫地出门。

这些土地、山神何以如此不守信用？很可能是他们觉得清官难断家务事，得罪谁都不行，干脆趁着唐僧、孙悟空师徒争辩的机会，脚底抹油，溜之大吉。其实，这样做不但不地道，而且是有风险的，难道他们就不怕孙悟空秋后算账吗？这个地方确实有些看不明白，莫非是作者的疏忽？写了这么一笔，忘了在后面照应。这种可能也不是没有。这个假设倒给人留下不少想象的空间。如果土地、山神愿意帮孙悟空做证，唐僧还会撵走孙悟空吗？如果孙悟空不走，黄袍怪的故事又如何展开呢？

不过话说回来，唐僧师徒上西天取经，幕后英雄可以开列一个长长的名单，在这个名单中，是应该写上土地、山神、河神的。这些神仙社会里的地方官为取经事业还是做了不少贡献的。不管是主动还是被动，他们毕竟为孙悟空等人提供了不少情报和线索。由于他们对自己管辖地段的情况十分熟悉，所提供的情报往往十分准确，由此可以找到对付妖怪的办法，或找到妖怪的出身，对症下药。有时他们还进献饮食，协助作战，或帮助出些主意。比如在鹰愁涧，孙悟空被西海龙太子弄得束手无策，只得把土地、山神传来。这两位地方官虽然消极怠工，差点被孙悟空各打五棍，但还是讲明情况，并提出把观音请来的好建议，取得了孙悟空的谅解。孙悟空照着他们的话做，果然顺利解决了问题。

在神仙堆里混日子，确实得有些能耐，混出点名堂来。否则像土地、山神那样做地方官，真是不容易。

不可小看的地方割据势力

——说牛魔王家族

在《西游记》一书中，除唐僧师徒几人着力描写，性格较为鲜明，其他人物多半一带而过，形象较为模糊。特别是西天路上遇到的各类妖魔，多是粗线条的勾勒，加之戏份不多，登台不多久便销声匿迹，故此给人印象不深。不过也有写得较为出色者，比如读者们常爱谈起的牛魔王家族。

从谋篇布局来看，《西游记》采用的是漫游体结构，即以唐僧师徒为核心，串起一个个降妖除怪的故事。唐僧师徒不仅是作品中的核心人物，还发挥了结构上的连接功能。西天取经路上，他们几个人是固定不变的，而一路上所遇到的妖怪则不断变换，围绕他们展开故事，随兴随灭。在中国古代小说史上，采用这种结构形式的作品还有不少，如《施公案》《三侠五义》《彭公案》。漫游体结构是中国古代小说的一种常见结构形式。

这种结构形式的采用与小说的内容是适应的。唐僧师徒到西天取经，是个动态的过程，随着时间的推移，地点不断变动，因此所接触的人物、场景也不断改变。这样，小说的结构就只能像糖葫芦那样，以几个核心人物为主线，贯穿起一个个故事。不过，这种结构形式也有其缺陷，那就是各个故事彼此独立，相互之间缺少必要的联系，显得不够严密贯通。就《西游记》一书来说，唐僧师徒在西天路上遇到的妖怪固然不少，但相互之间没有什么联系，给人感觉结构上有些松散。不过这只是就作品的整体情况而言的，因为全书也有例外，比如牛魔王家族。

之所以称牛魔王家族，是因为作品不但着力描写了牛魔王，而且写了牛家的其他家族成员，包括妻妾、儿子、弟弟

《绘图增像西游记》插图牛魔王、蜘蛛精

等。虽然各自出场的时间不一样，被作者分成三个大的故事段落集中描写，但是各个故事间存在着内在的呼应关系，比如，如果没有火云洞的收降红孩儿，后面的落胎泉取水和火焰山借芭蕉扇将是另外的场景。这种前后勾连照应的写法显然有利于结构的严整和周密。和全书其他降妖除怪的故事相比，涉及牛魔王家族的部分写得还是相当不错的。

从小说的描写来看，牛魔王家族不在官方的神仙体制中，属于地方割据势力，一家人分散在多个地方盘踞，占山为王，身上带着浓重的匪气。在江湖上混，是要靠实力吃饭的。有了实力，就可以将其转化为财富。牛家对此道是十分精通的，他们特别善于吃独食，即霸占

公共资源，利用人们对公共资源的依赖敛财，过着十分富足的生活。在西天路上的众妖魔中，牛家算是比较富有的。

本来火焰山的形成已经给当地居民带来很多麻烦，用以灭火的芭蕉扇从道理上讲应该属于公有财物，大家免费使用才是。牛魔王、铁扇公主却凭武力将其据有己有，变为私有财产，这是一种十分霸道的行为。当地居民为了种地，只能采取有偿的方式使用，生产成本大大增加，牛家也因此财源滚滚。同样，落胎泉的泉水应当属于女儿国全体国民，但它也被牛魔王的弟弟把持着，当地居民要准备贵重的礼物才能弄到一点，这是不折不扣的强盗行为。就连没有公共资源可占的地方，牛家的第二代红孩儿也自有生财之道，那就是从基层神职人员——山神、土地身上打主意，对他们进行无情盘剥。牛家人的上述行为表现出共同特点，那就是蛮横、霸道、贪婪。

孙悟空和牛魔王本为结拜兄弟，在西天取经路上是不该发生冲突的。孙悟空出道之初，曾与牛魔王等众兄弟度过一段十分快乐的逍遥时光。尽管孙悟空大闹天宫时，这些兄弟全都没了踪迹，但是相互间的情谊还是有的。按说孙悟空路过牛家的地盘时，应该受到热情招待才是，何以彼此反目成仇，成为不共戴天的敌人，屡屡发生恶战？这里面也是有原因的。

最先挑起矛盾的是红孩儿。孙悟空与牛魔王结拜是红孩儿出生以前的事情，显然牛魔王没有给儿子讲过这件事。因此当孙悟空满心欢喜地叙旧时，这小子根本不买账，也不相信。不过话说回来，以这小子贪婪、狠毒的性格，即使他相信孙悟空和自己的父亲是结拜弟兄，也未必会放过唐僧一马。这场冲突是红孩儿挑起来的，他一心要吃唐僧肉，孙悟空没有别的选择，只能撕破脸皮，决一死战。

如果孙悟空最早遇到的是牛魔王，情况也许会好些。牛魔王即使有非分之想，但碍于结拜兄弟的情面，也是不会再打唐僧主意的。事实上，唐僧师徒走到火焰山的时候，牛魔王和铁扇公主也确实没有产生这个念头，倒是红孩儿捉到唐僧后想请牛魔王一起分享。

冲突的结果有些出人意料，这位心狠手辣的小妖怪虽让孙悟空吃尽苦头，却并没有被剿除，而是被观音看上，收为善财童子。西天取经路上，没有来头的妖怪通常是性命不保的，红孩儿作恶多端，即使被处死，都不算冤，最后还能有个被招安的结局，已经算比较幸运了。

不过老牛家的人可不这么想。虽然善财童子也是一个不错的差事，但是跟着人家打工毕竟不如自己占山为王来得自由、痛快。于是，他们认定孙悟空害了自己孩子，要找机会报仇。至于红孩儿和孙悟空的冲突是因何引起的，孙悟空如何吃尽三昧真火的苦头，他们反倒闭口不谈。总之，火云洞一战，孙悟空和牛家结仇。有了这一过节，落胎泉取水、火焰山借芭蕉扇便没有那么顺利了。

有了火云洞的激烈战斗在先，解阳山、火焰山的两场冲突也就无可避免。与西天取经路上常见的唐僧肉之争不同，这两场冲突实际上是掺和着私人恩怨的公共资源之争。从表面上看，这是孙悟空与牛家的恩怨；往深了看，则是打破牛家对公共资源的垄断之战。在这两场冲突中，孙悟空不经意间扮演了当地百姓代言人的角色。

牛家霸占公共资源，不但增加了当地百姓的生产、生活负担，而且影响了唐僧师徒的取经大业。唐僧、猪八戒吃了子母河的水，必须用落胎泉的泉水化解；孙悟空等人要过火焰山，必须使用芭蕉扇。有了这些前提，孙悟空与牛家的冲突便无法避免。孙悟空为了取经大业，只能和牛家人交涉。如果没有与红孩儿的冲突在前，问题也许要好解决一些。现在有了这层恩怨，问题就变得复杂了。

显然，孙悟空和牛家的冲突不能简单地理解为个人恩怨，因为它们还具有另外一层意义，那就是公共资源的再分配，不管孙悟空有没有意识到这些。原因是可以想见的，如果牛家不霸占公共资源，孙悟空也就不会找到他们的门上。大家没有见面的机会，即使存在个人恩怨，也就不会产生冲突。

值得一提的是，两场冲突的结果并不一样：一个留下遗憾，一个则较为完满。

解阳山的冲突只能说是小摩擦，远不如火焰山的战斗那么紧张、激烈，因为双方的实力过于悬殊。孙悟空看在结义兄弟牛魔王的面子上，只是教训了如意真仙几下，并告诉他："已后再有取水者，切不可勒掯他。"但并没有采取任何措施。可以想象，孙悟空走后，这位如意真仙仍会继续把持落胎泉，勒索当地居民。

相比之下，火焰山的问题解决得要彻底些。孙悟空斩草除根，干脆熄灭了火焰山。火焰没有了，芭蕉扇也就失去了其神奇价值。对当地居民来说，这是一件功德无量的善事。失去了发家致富的门道，牛家也要另寻谋生的途径了。有人说西天取经也是一次行侠仗义的历程。从这个角度来看，确实有其道理。

激烈的战斗之后，孙悟空等人又踏上了新的西上旅程，牛魔王家族的生活却发生了彻底改变。

独特的民族文化基因

——从魔童哪吒系列电影看哪吒文化的古今演变

一、《哪吒之魔童降世》《哪吒之魔童闹海》
连创电影奇迹

说到哪吒，不能不从 2019 年热映的电影《哪吒之魔童降世》说起。

这是一部创造奇迹的电影，截止到 2019 年 11 月底，票房已经达到 49.34 亿元，将当年春节期间极为火爆的《流浪地球》（46.548 亿元）甩在身后，成为 2019 年当之无愧的年度票房冠军，也成为当时仅次于《战狼 2》（56.8 亿元）的中国电影史的票房亚军。当年，其最终的票房是 50.36 亿元，排在《长津湖》《战狼 2》和《你好，李焕英》之后，位居中国电影票房总排行榜第四。

六年后，其第二部《哪吒之魔童闹海》在 2025 年春节首映后，再创辉煌，将此前的中国电影票房纪录从 57.75 亿元一下提高到 155 亿元，不但重写了中国电影票房排行榜，而且雄踞世界电影票房排行第五，创造了中国电影的传奇。

两部电影在豆瓣的评分分别为 8.4、8.5 分，可谓票房、口碑双丰收。

更值得关注的是，它们都是成人动画电影。

在人们以往的印象中，动画片主要是给孩子看的，以浅显易懂的说教为特点，除非陪孩子，成年人是不会用心去看的，更不会专门到电影院去看，只要打开电视台看两眼，就会有这种感受。

但是这部电影改变了中国人对动画电影的印象，它适合孩子们看，也适合成年人看。这部电影与《西游记之大圣归来》（票房 9.56 亿元）一起，代表着动画电影的进步，代表着中国电影的进步。

其实成人动画电影在国外早就流行，比如《唐老鸭和米老鼠》《猫和老鼠》，大人小孩都能看，只是我们起步得比较晚。

二、电影引发的哪吒旅游热

电影的红火引起了人们对哪吒的浓厚兴趣和强烈关注，形成满城争说小哪吒的盛况，最能体现这一盛况的有两件事：一是电影的周边产品热销，卖到断档的程度，相关工厂加班加点，订单都排到了六月份。二是各地争抢哪吒故里，这个八卦味十足的话题竟然能成为各路媒体争相报道的热点。

这里重点说说哪吒故里的争抢，目前全国有多个地方在摩拳擦掌，竞争哪吒故里的荣誉称号：

光是在四川就有两个地方在争：

一个是宜宾。那里有陈塘关，有哪吒行宫、哪吒洞、金光洞等观光景点，更为重要的是，人家还是中国民间文艺家协会授牌的中国哪吒文化之乡。

另一个是江油。人家的理由也很充分：有非物质文化遗产哪吒故事及相关民俗，且不说还有乾元山金光洞、陈塘关；最为重要的是，人家那里竟然有哪吒肉身坟。

四川那里两个兄弟在家里还没有摆平，天津陈塘庄发话了，俺们这里现在就叫陈塘，全国找不到第二家，据说哪吒形象就是根据杨柳青年画而来的，你说理由充足不？

话音未落，河南人不干了，南阳西峡县可有两座哪吒庙，人家台湾信徒都过来参拜，有没有说服力？

最后捂着嘴偷笑的是浙江宁波，人家专家都说了，陈塘关分明就在这里。最为关键的是，人家这里靠海，哪吒出去闹个海，那是分分钟搞定的事情。在四川、河南，那就只能是哪吒闹河、哪吒闹江乃至哪吒闹水库、闹水塘了，怎么也闹不出个海来，连赶海都赶不起来。

再后来，安徽和新疆也加入竞争队伍，以至于《人民日报》等媒体都坐不住了，不但报道此事，而且劝大家注重练内功，提高旅游品质，不能靠抢哪吒故里这种不靠谱的事情来发展旅游。

其实这种为文学作品的虚构人物找故里的现象并非只有哪吒一例，类似的还有孙悟空故里、梁祝故里等。如果读者诸君经常旅游，就会发现现在光是卖门票的花果山景点都有一堆，水帘洞也有一群，连三顾茅庐的茅庐都有俩，一个在湖北襄樊，一个在河南南阳，如果刘备在世，得连滚带爬地跑六趟才能见到诸葛亮，说不定早就放弃了。笔者为此还专门写了一篇文章《祖国处处花果山》。

在这个方面，倒是可以学学人家游戏《黑神话：悟空》。这款游戏自 2024 年 8 月 20 日上线以来，风靡全球，热度不减，全平台最高同时在线人数超 300 万人，销量达到 2 800 万，销售额 90 亿元，创造了中国游戏的神话。

值得注意的是，这款游戏不但素材取自古典小说《西游记》，而且连场景也带有浓郁的乡土风情，整个游戏场景共采自中国 36 个特色独具的名胜古迹，其中山西省就占 27 个。这些景区如云冈石窟、悬空寺、晋祠，海内外闻名，不少人去过，至少听说过，未必给人以强烈的体验感，但是经过游戏的数字化处理之后，给人一种熟悉的陌生感。熟悉的是，自己曾经去过，感到亲切；陌生的是，经过游戏的渲染，产生了一种奇幻的新鲜感，有了一种前往游览的冲动。

可以想象，这款游戏出现之后，立即引发了相关景区的旅游热，特别是山西，不少景区一票难求。这种因游戏场景引发的旅游热与那种争抢某某故里的生硬做法不同，它更注重内涵，借助游戏的加持，靠景区自身的魅力吸引游客。如果只是获得一个某某故里的称号，景区的旅游品质跟不上，游客也不会买账。即便热几天，也难以持续。毕竟随着生活水平的提高，人们开始注重旅游的品质，这不是一个某某故里的称号就可以应付的。

三、电影《哪吒之魔童降世》走红的原因

还是回到电影《哪吒之魔童降世》吧，这部电影为何这么火？火到平均下来，每个中国人为这部电影贡献了三元多的票房。

一部电影能否火起来，主要看两个因素：一是电影质量是否过关，是否让观众看得下去，愿意出钱买票；二是看运气，看能否碰上观众的兴趣点。此非人力所能决定，和买彩票差不多。《小猪佩奇》的广告做得好不好？人人都觉得 2019 年春节档肯定大火，结果被《流浪地球》抢走风头，这能怪谁，怪命不好。

在笔者看来，这部电影火起来的可掌控的非运气因素大致有如下几个：

一是火在话题上。它触及家长最为关心的子女教育问题，特别是对"熊孩子"的教育。家家都有"熊孩子"，家家都有难念的经，大人从里面看到李靖夫妇的坚持，孩子们看到的则是自己。且不说作品还设定了一个人改变命运的励志主题。尽管不可能靠一部电影来解决孩子的教育问题，但是到电影院里宣泄一下也是好的。

二是火在类型上。这是一部成人动画电影，注意笔者的关键词"成人"。如果只是孩子欢迎，即便父母舍得花钱，这些"熊孩子"也贡献不了这么高的票房。中国过去只有少儿动画片，没有成人动画片，似乎动画片天经地义就是专门拍给孩子看的。成年人特别是中老年观众走进电影院看动画片，是一种很新奇的感觉。

三是火在质量上。整部电影制作精良，极具观赏性，改变了人们对以往动画片粗制滥造的不良印象。对不少人来说，以往的国产动画片不过是一个大道理加几幅随意涂抹的画面，专门哄孩子用的。但是，这部电影（还有《西游记之大圣归来》）改变了人们对动画片的刻板印象。

四是火在基础上。不少观众可能不了解，哪吒在中国有着深厚的群众基础，哪吒信仰和崇拜在华人世界较为盛行，在我国港澳台地区（比如台湾有上百座哪吒庙，信徒众多）自不必说，甚至在新加坡、马来西亚、缅甸、柬埔寨等东南亚国家都有大量信徒和庙宇。

不管怎样，哪吒这一形象在世界各地的华人中可以说是家喻户晓，妇孺皆知，尤其受到少儿的喜欢，具有深厚的群众基础。

值得注意的是，近年来走红的电影包括动画电影，从《西游记之大圣归来》《哪吒之魔童降世》《封神一》到《长安三万里》《哪吒之魔童闹海》乃至游戏《黑神话：悟空》，都取材自中国古典文学，由此可见传统文学的巨大魅力，也可以看到传统文学在当代的成功转化。再联系近年流行的汉服热、博物馆热，可见传统文化在当代并没有受到冷落。时尚并非与传统对立，相反，传统会助力时尚乃至本身就成为时尚，这无疑是一个值得关注的文化现象。继承中华优秀传统文化可以通过阅读欣赏小说《西游记》《封神演义》的方式，也可以坐在电影院里看电影，听流行歌曲《罗刹海市》《花妖》，其形式和渠道是多元的。

从这个角度来看，《哪吒之魔童降世》的走红并非仅仅是一部影片的成功，其意义及带给我们的启发是多个方面的。

四、哪吒溯源

问题来了，哪吒的群众基础是怎么来的？这个神话人物是怎么出现的？何以在中国产生如此大的影响？

据现有资料，哪吒这一人物形象来自印度，是印度文化的产物。中国人接受这一形象，则是通过从印度传入的佛经。最早记载哪吒之名的是南北朝时期所译的佛经《佛所行赞》："一切诸天众，皆悉大欢喜。毗沙门天王，生那罗鸠婆。"那罗鸠婆是哪吒名字的全称，也是梵文的音译。

这一时期到唐代，毗沙门天王信仰在西北地区较为流行，哪吒作为其第三个儿子逐渐被中国人熟知。哪吒是一位护法神，跟随在父亲身边，据《北方毗沙门天王随军护法仪轨》所载，哪吒"手捧戟，以恶眼见四方……七宝庄严，左手令执口齿、右手诧腰上，令执三戟槊"，外貌彪悍，法力高强。

这一时期流行的哪吒形象有两点值得关注：

一是哪吒捧塔。据《毗沙门仪轨》记载，"昔防援国界，奉佛教敕，令第三子那吒捧塔随天王""天王第三子那吒太子捧塔常随天王"。这与后世人们熟知的天王托塔不同。

二是哪吒是一位少年。《开天传信记》记载了如下一段故事："宣律精苦之甚，常夜后行道，临阶坠堕，忽觉有人捧承其足。宣顾视之，乃一少年也。宣遽问：'弟子何人，中夜在此。'少年曰：'某非常人，即毗沙门天王子哪吒太子也，以护法之故，拥护和尚，时已久矣。'"

这与后世人们对哪吒的印象较为接近。此外，在敦煌莫高窟的壁画中，还有46幅毗沙门天王赴哪吒会图，可见哪吒的故事已有较为广泛的流传，至于图中哪位是哪吒，并没有明确的标示。

五、哪吒形象的本土化

到了宋元时期，哪吒从佛教走向民间，人物形象逐渐丰满，出现了哪吒"析骨还父，析肉还母"、三头六臂等说法，这一形象发生了重要变化：

一是北方毗沙门天王演变为唐代的大将李靖，开始了本土化的转变。李靖既然是中国人，哪吒自然也获得了中国国籍。

二是哪吒变成了一个具有叛逆精神的少年。

三是增加哪吒与父亲冲突的情节。

这一时期有关哪吒的故事主要见于《景德传灯录》《古尊宿语录》《禅宗颂古联珠通集》、苏辙《栾城集》等典籍，但大都语焉不详，没有具体情节的介绍。

比如苏辙的这首《那吒》诗：

> 北方天王有狂子，
> 只知拜佛不拜父。
> 佛知其愚难教语，
> 宝塔令父左手举。
> ……

1986年，在辽宁朝阳北塔地宫出土了一个石函，其四周刻有哪吒指挥夜叉追杀龙王的图像，并题"大圣那吒太子""和修吉龙王"。这应该是后世哪吒闹海的原型，其中的哪吒形象是历史上最早明确标示的。

根据相关资料，大致可以得出这样的结论：宋元时期，哪吒形象开始完成本土化转变，其故事逐渐丰满，且在当时流传相当广泛。

六、《封神演义》里的哪吒形象

不过哪吒故事真正得到普及，广为流传，则有赖于《封神演义》这部小说。

该书从第十二回到第十四回，用了整整三回的篇幅来写哪吒出世的故事，使这一故事最后定型，完成了哪吒形象的本土化。人们熟知的孕育三年、生为肉球、哪吒闹海、剔骨还父、化身莲花、追杀父亲、三头六臂等情节皆已具备，哪吒也从原来的佛教护法神变为道教的神仙，小说将哪吒出世的年龄定为七岁。

经过《封神演义》的一番精心包装，哪吒从一位人见人怕的印度猛男变成了一位"萌萌哒"中国少年。其实，这也没有什么好奇怪的，中国人向来就有改造外来文化的老子化胡神功，观音原来不也是一个印度的中年胡子哥吗，到了中国，还不是老老实实被改造成一位貌美婀娜的女菩萨。还有人们熟知的孙悟空，大概率也来自印度史诗《罗摩衍那》，此前的中国小说中虽然有本土猴怪形象如无支祁，但是与孙悟空相差实在太大。

在《封神演义》里，哪吒是一个不折不扣的"熊孩子"，不断惹是生非，弄得老爸李靖崩溃。闹海是他主动挑起的，在水里玩乾坤圈、混天绫，弄得龙宫成为危房，无法正常办公，人家肯定不愿意，结果夜叉被打死，敖丙被抽筋，人家龙王去告状还被痛扁，不抓狂才怪。

拿起弓箭玩射击游戏，结果把人家童子射死，石矶娘娘要讨个说法，结果被哪吒师徒灭门。

这如果还不是"熊孩子"，天下就没有"熊孩子"了。所以哪吒可以称作中国第一"熊孩子"。

在《封神演义》的哪吒故事里，写了两种冲突：

一个是哪吒与龙王、石矶娘娘等神仙的冲突。

这与孙悟空的大闹天宫一样，是神界新生代与神界体制的冲突。哪吒不断与当时的神界体制发生冲突，很遗憾的是，这个冲突并没有充分展开，很快就转化为哪吒和老爸李靖的冲突，最后由李靖代表神界降服哪吒，将他收入神界体制。

另一个是哪吒与李靖的父子冲突。

尽管李靖在一定程度上代表神界体制，但是其特殊身份，使哪吒与神界的冲突变成一个父子之间的冲突，这可非同小可，与古代社会提倡的孝道思想可是格格不入。

为什么这么说呢？因为作者拉偏架，立场站在儿子哪吒这一边。

确实，哪吒是个"熊孩子"，是典型的"麻烦制造者"。李靖作为老爸，一方面固然可以像《红楼梦》里的贾政那样把儿子痛揍一顿，另一方面，哪吒毕竟是自己亲生的儿子，又不是抱养的，还是得疼爱。

但是这位老爸人情味先天不足，非但没有护着孩子，反而变本加厉，把孩子的庙给拆了，让孩子的肉身没有着落。

结果哪吒不干了，师父太乙真人也不干了，师徒俩合伙报仇，虽然不懂弗洛伊德的弑父理论，照样上演了一场让人目瞪口呆的追杀父亲大戏。

这场父子冲突以神界对"熊孩子"的残酷镇压而结束，燃灯道人代表神界出现，没有说服，没有教育，直接用暴力迫使哪吒屈服，从此李靖多了一个防身道具，那就是金塔。

托塔天王，手里拿着镇压儿子的宝贝而被人喊来喊去，靠着暴力强迫儿子叫自己爸爸，这是要向世人炫耀自己教育儿子的成功还是失败呢？

七、《西游记》里的哪吒形象

哪吒这一形象还出现在小说《西游记》中。在这部作品里，哪吒作为天庭体制的守护者出现，被封为三坛海会大神，先是参与镇压大闹天宫的孙悟空，与孙悟空单独较量。作品对他的形象是这样描绘的：

> 总角才遮囟，披毛未苫肩。
> 神奇多敏悟，骨秀更清妍。
> 诚为天上麒麟子，果是烟霞彩凤仙。
> 龙种自然非俗相，妙龄端不类尘凡。
> 身带六般神器械，飞腾变化广无边。
> 今受玉皇金口诏，敕封海会号三坛。（《官封弼马心何足 名注齐天意未宁》）

尽管哪吒法力高强，但是仍非孙悟空的对手，三十个回合之后，被孙悟空打伤手臂，败下阵来。

其后哪吒作为唐僧师徒取经的护法力量，几次到凡间帮孙悟空擒妖，但都没有起多大的作用，是个不显眼的配角，没有鲜活丰满的性格，显得面目模糊。就其形象的塑造而言，远不如《封神演义》所写那样鲜明、丰满。这与《西游记》的人物设计有关。在这部小说中，孙悟空等取经队伍的成员是主角，作者自然浓墨重笔去写，哪吒则是配角，戏份自然不多。

值得注意的是第八十三回《心猿识得丹头　姹女还归本性》。在这一回里，作者简要介绍了哪吒出世的情况，故事轮廓与《封神演义》所写大体相同，但具体情节则有一定的差异。

哪吒的故事，到底是《西游记》在前，还是《封神演义》在前？两书所写哪吒故事的依据是否相同？学界还有不同的意见。据笔者的初步印象，《西游记》里的哪吒故事当早于《封神演义》，他们都受到《三教源流搜神大全》一书的影响。

当然，哪吒故事最为完整、最为精彩的，还是《封神演义》。

八、动画片《哪吒闹海》里的哪吒形象

其后在社会上产生较大影响的是上海美术电影制片厂制作的、1979年上映的动画片《哪吒闹海》。这是中国第一部大型彩色宽银幕动画长片。在2019年夏《哪吒之魔童降世》首映之前，人们心目中的哪吒印象多来自《哪吒闹海》。

这部动画片将哪吒闹海的故事简化成一场善恶斗争的故事，比如哪吒之所以打死夜叉、敖丙，是因为他们要吃童男童女，这样就回避了哪吒身上的负面因素。作品也同样回避了父子之间的冲突，塑造了一个善恶分明、勇于献身的少年英雄形象。

这是一部专门给孩子看的动画片，制作精良，画面优美，在当时曾引起轰动，笔者至今还记得当时观看这部动画片时欣喜和激动的心情。

此后还有2003年播出的52集动画连续剧《哪吒传奇》，这部电视剧沿用了动画片《哪吒闹海》的善恶斗争模式，将石矶娘娘作为大反派来塑造，播出之后产生了较大影响。

九、《哪吒之魔童降世》的新画风

到了《哪吒之魔童降世》《哪吒之魔童闹海》，则画风突变，影片用现代人的视角重新演绎了一遍哪吒闹海的故事。

两部电影以《封神演义》中的哪吒故事为基础改编而来，其中有沿袭的成分，比如保留了哪吒惹是生非的特点，保留了父子之间的矛盾，并加以强化和渲染。相较此前的《哪吒闹海》《哪吒传奇》等，这两部电影对原著故事及人物的继承要更多一些。

但是电影也加进了新的元素。一是增加了哪吒与社会的冲突，哪吒不但和父母有矛盾，而且和街坊邻居所代表的社会也有冲突；二是增加了人类与龙族的冲突，此前只是哪吒个人与以龙族为代表的神界体制的冲突，这里则上升为两个族群的冲突。

同时改动了一些情节，比如改变了父子冲突的性质，将原来的你死我活的父子较量改为慈爱的父亲与叛逆的儿子的冲突，李靖用自己的性命换取哪吒的性命的情节是其中的一个关键，也是哪吒被感化的重要因素。

再如将灵珠改成魔珠，哪吒一出生就注定是个不可救药的"熊孩子"，而灵珠则转生为本为邪恶龙族的新生代敖丙，魔性与灵性阴差阳错地发生了戏剧性的乾坤挪移。

这样一来，较之《封神演义》，电影里的故事冲突就发生了根本改变，冲突的焦点就变为：一个"熊孩子"在成长过程中与父母、社会发生的误解与冲突。这个冲突被放在人类与龙族善恶冲突的大背景下，最后逐渐演变为人性与命运的冲突，由此提出"我命由我不由天"的新主题。

值得关注的还有电影对故事人物的重新塑造。比如龙王三太子敖丙，在小说中出场即被哪吒打死，是个龙套人物，在电影中却成为哪吒的好朋友，得到较为充分的描写。再比如太乙真人，在小说中也是个戏份不多的仙者形象，在电影中则变身为一个说着四川方言的大胖子，幽默诙谐，为电影增加了喜剧色彩，受到观众的喜爱。此外如公孙豹、敖闰，无论是性格还是形象，都与《封神演义》有着很大的差别。

十、《哪吒之魔童降世》适合孩子们观看吗？

当然，这部具有一定颠覆性的电影也让一些成年人感到不适应，由此产生了争议，有些老师和家长觉得不适合孩子们观看，因为这样会让那些"熊孩子"找到坏榜样，行为更为猖狂。

笔者认为大可不必担心，因为哪吒的魔性或痞性是必需的，对其夸张是艺术表达的需要，这是作品的一个基本前提，那就是哪吒由魔珠转世，他本来就应该是个坏孩子。

这样设计不过是为了强化哪吒与家庭、社会的冲突，强调其命运改变之艰难，命中注定哪吒是个坏孩子，街坊邻居也都认定哪吒是个坏孩子，哪吒没有成为好孩子的理由，只能顺从命运破罐子破摔地坏下去。

但是，他最终拯救了人类，自己决定了自己的命运，从教育的角度来说，这一逆转实际上是有励志性质的，没必要上升到道德层面去苛求，毕竟这是一部成人动画片，没必要刻意强调教化的一面。

《哪吒之魔童闹海》在《哪吒之魔童降世》的基础上进一步发挥，探讨了一个新的话题，即哪吒从魔丸转化成一个好孩子之后，他应该做什么？电影给出的答案是：责任。这份责任既是给朋友敖丙的，又是给父母的，同样是给陈塘关的老百姓、给龙族的。尽管哪吒逐渐长大的过程不够完美，有时表现得较为轻狂，但毕竟年少，一切都是可以原谅的。可以说，第二部传达出更多正面的意思，无论是对家长还是孩子，都是具有启发意义的。

有《封神演义》《西游记》等经典作品做对比，这部电影可说的话题有很多。这就是名著改编的魅力。

总的来看，这两部电影在情节和内涵上，有传承，有创新，抛弃了以往动画片的僵化套路和粗制滥造，人物似乎还是那个人物，姓名不变，但形象、性格改变了，故事的内涵不但改变了，而且丰富了，让观众产生一种熟悉的陌生感，由此引发了新的思考。

《哪吒之魔童降世》《哪吒之魔童闹海》的改编是成功的，不断刷新纪录的票房很能说明问题。要知道，大家去影院可是拿的真金白银，这不是单位包场，群众的眼睛是雪亮的，我们必须相信这一点。

这部电影走红的意义是多方面的，它让我们实实在在看到了中国电影的进步。仅从动画片这种类型的影片来看，《西游记之大圣归来》《哪吒之魔童降世》《哪吒之魔童闹海》带给观众一个又一个惊喜，这代表着中国动画片的一个新的发展方向，让我们为它们喝彩。

西天路上的小妖精

西天取经路上被剿除的妖怪，除少数有名有姓的魔头，大多是一些喽啰级的无名小妖，它们虽也有那么一点道行，但不过是略知皮毛，连兽形都还未脱，更不用说升仙成道了。别看这些小妖本领不高，能量可不小。它们跟着主子狐假虎威，煽风点火，祸害地方，为非作歹。每到排兵布阵，则跟着摇旗呐喊，虽然起不到什么大作用，但是至少也能给主子造造势、壮壮胆。这些小妖的结局也大都一样，不是在魔头被擒后作鸟兽散，就是被孙悟空、猪八戒一窝端，全部丧命。

这些小妖在《西游记》一书中大多是以群体形象出现的，不过其中也有一些因与孙悟空发生联系（或其他原因）而得到了几次出头露脸的机会。尽管只是地地道道的配角，戏份很少，但是也有不少写得颇为传神，给人印象较深。这些小妖的存在，为《西游记》一书增加了许多变化和情趣。善读《西游记》者，对这些小妖不可不留意。

这里选讲几个有名有姓、具代表性的小妖，也为它们"扬扬名"。

一、不自量力的虎先锋

比起那些不堪一击、一打就倒的小妖，这个虎先锋还是有些功夫的，他不但可以与孙悟空、猪八戒这样的高手叮叮当当地干上一阵子，而且脑子也挺好使，会使用金蝉脱壳计，竟然能在作战间隙把唐僧抓走，这确实让心高气盛的孙悟空感到有些难堪。在黄风怪手下众多小妖中，这个虎先锋是最为能干的，否则他也混不到先锋的位置。

小妖毕竟是小妖，道行不深，没见过世面，整天在穷乡僻壤间混日子，干点偷鸡摸狗、小打小闹的勾当还可以，一旦正儿八经地干大事，可就不行了。

一是缺少见识。抓到唐僧后，连黄风怪都觉得孙悟空不好惹，很是棘手，虎先锋却不当一回事。他似乎压根就没有听说过孙悟空其人，对其大闹天宫的辉煌历史根本就不了解。俗话说，无知者无畏。不了解，自然也就没有什么畏惧感。

二是不自量力。在自己经常活动的一亩三分地里，虎先锋可谓黄风怪之下，众妖之上，感觉自然不错，这次竟然歪打正着，抓到唐僧，感觉则更为良好，甚至达到膨胀的程度，一时兴起，就忘了自己能吃几碗干饭了。当孙悟空打上门来，黄风怪感到左右为难时，虎先锋豪情万丈，奋勇请缨："大王放心稳便，高枕勿忧，小将不才，愿带领五十个小校出去，把那甚么孙行者拿来凑吃。"黄风怪自己发怵，只好让虎先锋送死去了。其实黄风怪心里对胜负结果很清楚，于是给虎先锋开了张空头支票："只要拿住那行者，我们才自在在吃那和尚一块肉，情愿与你拜为兄弟。"好在他的良心还未全部泯灭，对虎先锋也算是有点儿感情，把后果也提前告知："但恐拿他不得，反伤了你，那时休得埋怨我也。"可以想象，如果虎先锋真能拿住孙悟空，有了这种大本事，他也不用跟着黄风怪跑前跑后的，自己都可以另立山头了。

大话既然说出，自然就很难收回。虎先锋只是和猪八戒过了几招，还没有领教过孙悟空的厉害，因此也就不会感到惧怕。直到和孙悟空对阵时，他还大话不断："你识起倒，回去罢！不然，拿住你，一起凑吃，却不是'买一个又饶一个'？"西天取经路上，孙悟空遇到的大小妖怪说起来成千上万，但像虎先锋这样将牛皮吹得如此之大者却很少。好在双方对垒，是不是吹牛皮，立即兑现。结果还没斗上几个回合，这位虎先锋就不行了。本来他可以逃回山洞，拣条性命。但大话既然说出，又不好回去，只得硬着头皮来撑，结果也是可以想象的：走投无路的虎先锋碰到了猪八戒，被一钯"筑得九个窟窿鲜血冒，一头脑髓尽流干"。

落到这般下场，也怨不得别人，只能说活该。

二、忠心养家的精细鬼、伶俐虫

从字面意思来看，精细鬼、伶俐虫应该是小妖中的佼佼者，不但精细、伶俐，而且颇受金角大王、银角大王的信任，否则，拿"紫金红葫芦""羊脂玉净瓶"去捉孙悟空这种既重要又容易见功劳的好差事，也轮不到他们两位头上。可惜，他们遇到了比自己更为精细、伶俐的孙悟空，只好作为配角，配合真正的主角上演了一出令人开怀的轻喜剧。

以这两个小妖的智慧和本领，要他们不进孙悟空的圈套几乎是不可能的。第一，他们出去执行任务时，得到的消息是孙悟空已被压在三座大山下，只要拿着宝贝喊一声，问题就全部解决了。任务如此简单，两小妖对即将面临的风险显然会估计不足，缺乏必要的警惕性，根本想不到孙悟空法术高强，早从山下脱身并等着他们。第二，两个小妖道行不深，都是肉眼凡胎，就像唐僧看不出他们的二老板银角大王的变化一样，他们也根本看不出孙悟空的变化，加之他们的主子喜欢全真道人，所以他们也亲亲热热地把孙悟空所变的老道士当作自己人，泄露了许多重要情报，结果被孙悟空随机应变，抓住机会。

更为重要的是，不同于他们那出自太上老君门下，整天在神仙堆里混，见多识广的主子，这两个小妖很可能一辈子都没有离开过平顶山，正儿八经的神仙都没有见过几个，更谈不上见过什么大世面，因此对外界的情况相当陌生，被孙悟空东拉西扯的一番话忽悠得一愣一愣的，就差没有拜师了。看似精细、伶俐的小妖在孙悟空面前傻头傻脑的，着实让孙悟空开了一回心。

孙悟空在逗两个小妖开心之余，还意外得到两件宝贝。不过这可不是拦路抢劫，而是两个小妖心甘情愿交换的。更为好笑的是，两个小妖担心孙悟空不愿意换，还主动提出用两个宝贝换一个。以他们之精细、之伶俐，也不用脑子想想，他们要装天的宝贝有什么用。装人的宝贝用途明确，装天的宝贝则可以说什么用都没有，可谓大而无当。要知道宝贝并不是装得越多越有用。估计两个小妖被孙悟空的装天之术给蒙住了，下意识里觉得人家的东西比自己的强，也没来得及多想，随即产生了交换之心。说起来孙悟空还是街头骗术的老祖宗呢。

两个小妖不愧是主子的心腹，虽然上当受骗，但是主要目的还是养家，见到好东西就想往家拿。

换了宝贝之后的场面也是很滑稽的，两个小妖一本正经，把孙悟空的毫毛变的大葫芦扔来扔去地演练，结果什么效果都没有，到后来，连大葫芦也不见了。两个小妖这才知道上了当，吓了个半死。好在他们都是主子的亲随，平时深受信任，加之他们的动机是为了养家。所以，丢了两件宝贝，犯了如此大的过错，也没见怎么处理就草草收场，弄得两个小妖都感到有些意外："造化！造化！打也不曾打，骂也不曾骂，却就饶了。"

至于这两个小妖的结局，小说虽没有直接描写，但估计不会太好。后来，孙悟空除了把两个魔头装到葫芦、瓶子里，众小妖基本上被孙悟空一窝端了，想必精细鬼、伶俐虫也在里面。

三、老谋深算的斑衣鳜婆

与西天取经路上的其他小妖相比，这个鳜婆着实不同凡响，真有两下子。她可不比那些孤陋寡闻、闭门造车的土著妖怪，人家是见过世面的，在东海混过，曾听老龙王谈及齐天大圣孙悟空的美名，可见也是有些来历的，只是小说没有交代，难以深知。在见多识广这一方面，她比自己的老板灵感大王都厉害，难怪她很快脱颖而出，从一名普通的小妖一下升为老板的结拜妹妹。可见只要有本事，在哪里都能找到饭碗，妖怪也喜欢重用有本事的人才。

这个鳜婆不愧是从东海龙宫出来的，见多识广，老谋深算，屡出奇招，在捉拿唐僧的过程中立下了大功。她深知孙悟空的厉害，知道凭灵感大王的那点本领和人马，靠硬拼是不可能吃到唐僧肉的。于是采取不可强攻、只能智取的策略，充分利用灵感大王的水中优势，把整个计划设计得十分周密，滴水不漏，就连精明过人的孙悟空都看不出破绽，乖乖钻进她的圈套。这个圈套的妙处还在于，它击中了取经一方的软肋：孙悟空不习水战，而猪八戒、沙和尚的水下功夫也不是很过关。

鳜婆俨然是一个胸有成竹的军师，一上场就给老板打气："大王，要捉唐僧，有何难处？"她故意把事情说得很简单，给灵感大王以信心的同时，顺便打了一点个人的小算盘，提了一个看起来并不太高的要求："不知捉住他，可赏我些酒肉？"

鳜婆之所以要这样卖关子，显然是为了试探。如果老板对自己的话没有兴趣，或者赏罚不够分明，则就此打住，没有必要再出什么主意。在得到老板事成之后要和她结拜兄妹的承诺后，她这才一步一步说出自己的计谋。可见她明为老板出主意，私下里算的还是个人的小账。这个鳜婆不知在水府里熬了多久，是唐僧的路过给了她一个出头露面的机会。现在，她终于熬到出头之日了。

捉到唐僧之后，鳜婆并没有被胜利冲昏头脑，反而表现得十分冷静和克制，她知道孙悟空丢了师父以后肯定不会善罢甘休，要"寻来吵闹"，于是，建议采取软磨拖延的办法。这种以静制动、以不变应万变的战术实在狠毒，也确实奏效。毕竟自己在暗处，孙悟空在明处，拖下去对自己有利，时间在自己这边。

到了这个份上，灵感大王对这位结拜义妹只能十分佩服，言听计从了。灵感大王与猪八戒、沙僧打了一番后，干脆闭门不出，坐在家里看好戏。果然，这一招很灵，弄得孙悟空一点办法没有，只好跑到观音菩萨那里求助。好在观音知道灵感大王的来历，临时编了一个鱼篮，这才彻底解决问题。

一个名不见经传的小妖连出两个计策，以弱制强，不仅顺利捉到唐僧，还弄得孙悟空一筹莫展，可见其出手不凡。西天取经路上，像这种足智多谋的小妖还真不多见。

可惜鳜婆耍的只是小聪明，干不得大事。因为她不明天下大势，心思用错了地方，这点小聪明固然暂时能占到一点小便宜，但最终还是害了自己。灵感大王被观音菩萨收去后，其他小妖下场悲惨，成了一堆烂鱼虾，想必鳜婆也在阵亡名单里。

义妹的交椅还没有坐稳，就葬送了性命，真是聪明反被聪明误。可见人太聪明了也不见得就是好事。搬起石头砸自己的脚，怪谁呢？

四、良心未泯的有来有去

与西天取经路上那些助纣为虐、狐假虎威的小妖相比，有来有去着实显得有些另类。因为它还没有彻底泯灭良心，说起来也是一个热心肠的小妖。只是没跟对主人，走错了路线。否则，换了一位名神正仙指点，兴许还能修成正果。

心肠好的人大都比较喜欢说话，有点碎嘴子的毛病，有来有去也是如此。一个人出差送战书，老老实实赶路就是，他偏一路上嘟嘟囔囔，说个没完。不过这样也好，都没等孙悟空探听情报，自己就把事情全都抖搂出来了。

在自言自语中，一个颇有正义感的小妖怪形象跃然纸上。即将到来的战斗对他本人倒是挺有好处的，"也有个大小官爵"。但他竟然为此感到内疚，因为如果其主子使用宝贝，弄得烟火飞沙，整个朱紫国"莫想一个得活"，后果会很惨烈，"天理难容"。难怪孙悟空听后，也感到有些意外："妖精也有存心好的。似他后边这两句话说'天理难容'，却不是个好的？"就像神仙队伍也出败类一样，妖怪里面有一两个"存心好的"，倒也正常。只是比较少见，让人感到新鲜。

有来有去的善良还表现在，他对陌生人缺乏提防之心，属于跟人见面熟的那种小妖。见到孙悟空所变的道童后，他一点都没有戒备心理，而是笑嘻嘻的，好像老朋友久别重逢那样，聊得很是热乎。全没妖怪们惯有的那种凶神恶煞样。孙悟空想知道的情况，他马上都毫无保留地说出来了。像有来有去这种性格的，不适合做妖怪，原因很简单，心地太善良，缺少警惕性。

不幸的是，尽管有来有去良心未泯，但因为选错了路线，也只能和其他小妖一样，难以逃脱死亡的下场，在回答完问题之后，被孙悟空一棍子夺去性命，变成有来无回了。如果心慈手软的唐僧在场，在了解全部情况之后，也许还能放他一条生路。

作为心腹小校，有来有去毕竟跟着魔头多年，作了不少孽，最起码也是个帮凶，最后被一棍子打死，也算是个应得的报应吧。让人稍微感到遗憾的是，孙悟空没有给有来有去一个改过自新的机会。像这样热心、勤快的小妖，在西天取经路上，牵牵马，打打杂，也是蛮不错的。

打死有来有去后，孙悟空得到他的腰牌，从上面的文字描述虽然看不出其原形，但是不妨将它视作有来有去的一篇小自传，毕竟我们对这一可爱的小妖了解太少了。这里转录一下腰牌上的内容：

> 心腹小校一名，有来有去。五短身材，扢挞脸，无须。长川悬挂，无牌即假。（《妖魔宝放烟沙火　悟空计盗紫金铃》）

五、警惕性高的小钻风

西天取经路上，孙悟空在与魔头大战前，有一个好习惯，那就是通常要先变化一番，探听敌方的虚实，做到知己知彼，心中有数。正是因为这个缘故，不少小妖获得和孙悟空单独交锋、出头露面的机会。

说交锋，其实是抬举了那些小妖，心高气盛、爱惜名声的孙悟空本人是不会同意用这个词的。因为两者实力悬殊，根本构不成交锋。基本上是孙悟空调侃、戏弄小妖，不断玩猫捉老鼠的游戏。双方一来一往，倒也充满机趣，颇有些喜剧色彩。孙悟空逗引小钻风就是一例。

这位小钻风不愧是负责巡山的专业人员，警惕性还是蛮高的，可惜道行不够，肉眼凡胎，照样中了孙悟空的圈套。要是换成猪八戒、沙僧，恐怕就没这么容易过小钻风这一关。为赢得小钻风的信任，孙悟空还是花了一番心思的。

起初，小钻风对孙悟空所变小妖的身份表示怀疑，这些疑点还是很有说服力的。一是面生，一是嘴尖，一是身份不对，烧火的不管巡山，一一点出孙悟空的破绽。西天取经路上，孙悟空多次采用变化战术，屡屡得手，能被小妖看出破绽的，似乎仅此一次。这可能让孙悟空感到有些意外，没想到会碰到一个专业级的巡山小妖，还真有些不好对付。好在孙悟空事先问过太白金星，对妖怪的情况有所了解，知道此处小妖数量庞大，大家不可能相互认得全，于是坚持称自己是因火烧得好而升来巡山的小妖，一番花言巧语，弄得小钻风有些犹豫不定。

亮腰牌本来是小钻风辨认同类的最有效手段，但恰恰是此举，帮了孙悟空一个大忙，因为他可以变出一个来。果然，总钻风的腰牌一拿出来，不但让小钻风深信不疑，而且让孙悟空一下成了他的上司。局面立即发生改变，孙悟空从被动变为主动。索要见面钱虽是孙悟空一时的戏言，但也是获得信任的一种手段，因为这正符合小妖们的行规。这样一来，小钻风会更加相信"总钻风"。

接下来的故事就很有戏剧性了，本来被作为怀疑对象的"总钻风"竟然一下成为小钻风的顶头上司，向众小妖一本正经地训话，进行职业培训，并倒打一耙，怀疑他们的身份有问题，要进行审查。事情一下子颠倒过来了。经过一番连唬带吓式的盘问，孙悟空把三个魔头的情况摸得一清二楚。

情报打探到手，小钻风也就完成历史使命，被孙悟空一棒打成个肉陀。打完之后，孙悟空觉得有些不忍心，作者也赶紧出面为他打掩护："好大圣，只为师父阻路，没奈何干出这件事来。"好一个"没奈何"，小钻风的性命就这样没了。

要么拉一班人马，自己做魔头；要么不做妖怪，老老实实修炼。小妖的不幸，由此可见。给人当马仔，本来就是炮灰的角色，好歹都得死，跟孙悟空过招的小妖都是同一个下场，小钻风也不例外。

六、阴险毒辣的前部先锋

这个前部先锋原本是一个很普通的小妖，因为和孙悟空作战，得到露脸的机会。在战斗过程中，因善于出谋划策，表现突出，被老板火线提拔为前部先锋，可谓在战斗中"成长"，当然最后也在战斗中丧命。

起初，老妖对要不要吃唐僧肉还是心存疑虑的，因为有个小妖断言唐僧肉"不中吃"。这个小妖的话是教训之言，他原本是狮驼岭三个魔头的手下，属于漏网之鱼，早已领教过孙悟空的厉害，对形势的判断还是相当准确的。"若是中吃，也到不得这里，别处妖精，也都吃了。"话虽说得有些不中听，但很有说服力。言下之意是：大王您的功夫还不如我原来的那三位主子，唐僧肉还轮不到您来吃，您老人家还是撒手吧。

　　关键时刻，这个前部先锋出场了。他的"分瓣梅花计"让人耳目一新，使老妖原本被压制的欲望再次冒了出来，长生不老的巨大诱惑，使他决心拿自己和手下群妖的性命玩一次人生豪赌。

　　"分瓣梅花计"初试成功，前部先锋如愿成为一妖之下、众妖之上的先锋官，地位大大提升。不过，这家伙也确实够狡猾的，他并没有被胜利冲昏头脑，而是像通天河那个老谋深算的鳜婆一样，知道吃唐僧肉是个比较复杂的工程，需要好多步骤才能完成。捉到唐僧不过是刚刚开始，如何对付孙悟空才是问题的关键。凭老妖的那点本事和人马，硬拼显然是不行的，他们没有这个本钱。于是，他劝老妖采取拖延战术，利用自己一方的时间优势，想拖垮孙悟空等人，再慢慢享受唐僧肉。

　　不过，这一招只是说是小聪明，绝对称不上高明，因为折岳连环洞不比通天河，孙悟空不可能丢了师父不管。何况这里又不是水下，孙悟空完全可以施展开手脚，要拖延时间也不是那么容易的。

　　果然，孙悟空很快就打上门来，本来就没有主意的老妖照旧没有什么好办法，谁起初出的主意还得谁出来应付。于是，这位前部先锋再次被推到前台。这家伙着实诡计多端，他利用孙悟空的性格缺陷，又设了一个新的骗局，那就是制造唐僧已死的假象，想以此让孙悟空等人死心。

这一招看似不错，但实际上也是个馊主意。即使孙悟空相信唐僧已经死亡，但他同样不会善罢甘休，可以想象接下来的复仇行为该有多么疯狂和血腥。这位前部先锋也看到了这一点，孙悟空已经打上门来，除非把唐僧乖乖放出来，否则再没有其他更好的选择，只得应付一阵算一阵。"若还哄得他去了，唐僧还是我们受用；哄不过再作理会"，由此可见，这位前部先锋的头脑还算清醒。

两个假人头的使用还真有些效果，不但骗过了猪八戒、沙僧，而且赚了孙悟空不少眼泪。很快，这一骗局的副作用也显露了，果不其然，孙悟空哭过一场之后，马上想到的就是报仇。到了这个份上，这位前部先锋定什么样的计策都没有用了，只好拼着小命硬撑了。结果是可以想象的，没有几个回合，妖怪们被打得落花流水。前部先锋终于为他的损招付出了沉重代价：被孙悟空一棒打死，现出本相，原来是一只铁背苍狼怪。前部先锋的死确实是罪有应得，正如猪八戒所说的："这厮从小儿也不知偷了人家多少猪牙子、羊羔儿吃了！"

前部先锋看起来蛮精明的，但实际上为老妖出的都是馊主意，最多算是小聪明。其实，他再精明也没用，因为捉走唐僧本身就决定了他们的失败。除了放走唐僧，其他再高明的办法都没有用。前部先锋未必不知道这一点，但他和西天取经路上的其他妖怪一样，经受不住诱惑，还存在一丝侥幸。结果证明这样做只能是徒劳的，并且把自己的性命也搭了进去，正所谓偷鸡不成，反蚀了一把米。

西天取经路上的考试（考前准备篇）

《西游记》写到第二十二回是一个阶段，沙僧最后光荣入伙，标志着西天取经五人小组正式形成，大家随即开赴降妖除怪第一线。路上，小组内部进行了初步分工，打妖怪的打妖怪，挑担的挑担，牵马的牵马，被人骑的被人骑，什么都干不了的负责念紧箍咒。这也是观音所能组织的最佳取经班底了，一个都不能多，自然一个也不能少。

按照西天取经总设计师如来的安排，全部人选都由观音菩萨选定，为此她还特意沿取经道路实地考察一番，对候选人都进行了资格审查，并分别谈话。

挑好取经人选，让人家安安心心西上取经就是。但观音菩萨又不放心。于是，临时拼凑了一个神仙班子，正儿八经地搞了一场考试。

如果把西天取经看作一场深造，那么，这场考试就可以说至关重要。

这场考试由观音担任主考官，她还拉着黎山老母、普贤菩萨、文殊菩萨这三位资深神仙，组成一个西天取经人员考试小组。

那么，为什么要举行这场考试？

说起来，是由一个苦字引发的。话还得从唐僧师徒的取经说起。

时间过得真快，那边沙僧刚入伙，这边转眼就到了深秋时节。请大家注意，下面的这场西天取经路上的考试发生在一个深秋。

走着走着，唐僧的一句话打破了宁静："徒弟，如今天色又晚，却往哪里安歇？"

请大家仔细体会这句话，唐僧为什么不担心个人安全问题，反而去关心这种鸡毛蒜皮的生活细节？

原因很简单，深秋有白桦林的浪漫，遍山枫叶的灿烂，但也有夜间没饭吃的饥饿和没地方睡觉的寒冷，夏天还好凑合，这深秋可不行，一天冷似一天，徒弟都是神仙，冻不死饿不倒的，师父可是肉眼凡胎啊，熬不过去，现实问题需要解决。

在一般人的心目中，西天取经之路就是降妖除怪之路。这个印象其实是错误的。这不，沙僧入伙都一年了，一个妖怪还没碰到呢。可见师徒五人更多的时间和精力用在了走路上，他们关心的和我们一样，那就是每天的衣食住行。

走路，走路，除了走路，还是走路，所以说西天取经是一场艰难的行走。不少读者只看到孙悟空降妖的热闹，却没有注意唐僧师徒一路的艰辛。

唐僧的这句问话，显然带有叫苦的意思。

这句话一出，立即被孙悟空毫不客气地怼回去："师父说话差了。出家人餐风宿水，卧月眠霜，随处是家，又问哪里安歇，何也？"

意思很明白：老大，你是真傻还是装傻，取经本来就是个苦活，都走了这么长时间了，作为师父的带头叫苦，让我们做徒弟的怎么活？这破地方前不巴村后不巴店的，别说旅店，就是牛圈羊圈也找不到一个，您老人家就喝着西北风，看着月亮，枕着寒霜凑合一夜吧。

此言一出，引起了猪八戒的不平，他更是叫苦连天：哥啊，你站着说话不腰疼，摆出竞走姿势，一路快走就行了，我挑着担子翻山越岭，丈量地球，累得差点就过劳死了。还是听师父的，找个人家吃饭睡觉吧。

这话孙悟空虽然不爱听，但也只能讲点出家人要"吃辛受苦"的大道理，这种老生常谈式的思想工作对唐僧会有点用，对猪八戒则根本没用。道理很简单，大家都是一个师父带出来的徒弟，凭什么你是徒弟，两手空空挺清闲，我却成了挑担子的苦力？

猪八戒说的不是没有道理，孙悟空此时无话可说，只好用武力威胁，你小子闭嘴，好好挑担走路，别惹猴哥发火，否则给你一棍。

真理永远在强者一边，取经路上没例外，八戒一看风头不对，转而求其次：大哥，这匹白龙马"高大肥盛"的，光驮师父一个人有富裕，不如行李让它带几件。

似乎有些道理啊，但孙悟空一口回绝，别拿白龙马当苦力，你还真以为他是畜牲啊，人家可是西海龙王的儿子龙马三太子，出身高贵。就这身份，做马已经够委屈够苦的啦，还要增加工作量，门都没有。

于是，大家转移话题，对像无人驾驶汽车一样高级的白龙马产生了浓厚的兴趣。孙悟空也乐得显摆，拿出金箍棒一晃，白龙马立即发动，撒腿如飞，驮着唐僧，瞬间跑得没了影。好在前面没妖怪，孙悟空等人在后面慢慢追赶就是。也算表演一个娱乐节目，缓解一下取经路上的疲劳和乏味吧。

话说到这个份上，无论是唐僧还是猪八戒，尽管心里各怀不满，也都无话可说了。

故事进行到这里，咱得停下来说道说道。

放着降妖除怪的热闹故事不写，却花这么多篇幅去大写特写师徒之间的叫苦和磨嘴，作者的用意何在？就不怕读者把书扔了走人啊。

此处可大有深意。取经虽然很苦，但是不许叫苦。谁不许叫苦？还能有谁，观音呗，她听到了唐僧师徒们的叫苦声。

前面已经说过，西天取经小组刚刚全员上岗。好家伙，还没走几天，师父唐僧叫苦，徒弟猪八戒喊累，思想不统一，内部有矛盾。这经还怎么取？要知道，万里长征这才是第一步啊，后面还有更苦更累的呢。

俗话说，隔墙有耳。意思是说机密一点的话一定要小心，防止被人偷听。这对唐僧师徒来说似乎不成问题，因为他们说话时正走在荒山野岭间，四周荒无人烟，根本不用担心被人听到。

但事实并非如此，对唐僧师徒来说，他们的情况是头上有耳。什么意思？比隔墙有耳还可怕。因为他们头上有二十四小时全天候监视。

真的吗？是真的。

小说第十五回在写收白龙马时，就专门交代过，观音除了安排孙悟空等人保护唐僧取经，还安排了六丁六甲、五方

清蓝地描金雕瓷《西游记》故事盖瓶

揭谛、四值功曹、一十八位护驾伽蓝暗中保护，算了一下，将近四十个人，大家采取轮流值班的方式，其中金头揭谛昼夜不离左右。

这是一个让人有点崩溃的事实，那就是唐僧师徒西天取经路上无隐私，他们的一举一动皆在监控之中，观音可以二十四小时全方位无死角对唐僧等人进行监控。

明白这一点，就知道问题的严重性了。那就是唐僧、孙悟空、猪八戒三人之间因叫苦引发的磨牙被值班人员听到了，并在第一时间传回观音那里。

观音一听，那还得了！对身为西天取经操盘手的观音来说，这种人马刚动就叫苦、军心不稳的局面是她绝对不能接受的，必须及时制止。

西天取经是如来交给她的光荣而艰巨的任务，只能成功，不许失败。全部人选都是由她选定的，为此她还特意沿取经的道路实地考察了一番，对各位候选人进行了资格审查。现在出现这种局面，准确地说，只不过是一个苗头，但是太尴尬啦，这不是在打脸吗？

怎么办？

最简单的办法是直接露面，让大家学习如来的取经文件，比如每人抄写五百遍，再将唐僧、猪八戒训诫一番。这样做的好处是直截了当，缺点是太过直接，以后大家事无巨细都要找她，把她推到西天取经的第一线，这是她不愿意做的，也不符合她的性格。

那么，还有没有一种办法，既不直接露面又能达到训诫效果呢？

观音灵光一闪，脑洞大开，立即找到三个神仙界的"闺蜜""哥们"，临时拼凑了一个四人神仙班子，要正儿八经地举办一场考试。于是赶紧在唐僧师徒必经之地布置考场，准备试题，确定评分标准。

为什么考试小组正好有四个人？是不是为了方便打扑克或者打麻将？这个小说里没写，咱不能乱说。可以肯定的是，这个数字是必须的。不能是三，也不能是五。天机不可泄露，这里暂时保密。

　　现在总结一下这段故事：西天取经是一场艰难的行走，因为艰苦，自然会引起师徒们的叫苦，但问题在于：一边在叫苦，另一边偏偏不让叫苦，叫苦有叫苦的理由，不让叫苦有不让叫苦的苦衷。一边以为发发牢骚就完了，另一边却坚持要安排一次考试。一边蒙在鼓里，另一边却打起算盘。这下可就有好戏看了，这就叫西天路上因叫苦引发的一场考试。

西天取经路上的考试（临场发挥篇）

西天取经是一场艰难的行走，取经小组全员上岗之后，由唐僧的晚上何处安歇之问引发了孙悟空与猪八戒的磨嘴，反映了西天取经小组有畏难情绪、不够齐心的思想问题，引起观音的高度警惕，她决定安排一场考试，整顿队伍。

唐僧师徒哪里知道观音的这个心思，否则他们宁愿选择闭嘴。大家发完牢骚之后，也准备了一场带有娱乐色彩的小考，那就是测试了一下白龙马的良好性能。

白龙马竟然把大家带到了一座庄院前。

这下唐僧高兴了，决定过去借宿。不过孙悟空觉得有些蹊跷，毕竟他的眼睛在太上老君的炼丹炉里修炼过，但他没说出来。

大家走近一看，这户人家有门楼，有大厅，雕梁画栋的，用猪八戒的话来说，这是一个"富实人家"。

忽然一个半老不老的妇人出来开门，只是她开口的第一句话就有些蹊跷："是甚么人，擅入我寡妇之门？"

大家有没有发现其中的蹊跷？

这么富足的一个大户人家，没派家人守门，直接由女主人去开门。这不合常理，是蹊跷一。

哪有当着陌生人的面，开口就说自己是寡妇的。家里没男人，更要自我保护，难道就不怕泄露个人隐私？这是蹊跷二。

唐僧上前说明借宿的来意，那妇人"笑语相迎"，见到孙悟空等三个徒弟，则"更加欣喜"。

西天取经路上，但凡见到孙悟空、猪八戒、沙僧的模样，人们大多吓得哭爹喊娘，拔腿就跑，这个妇人怎么就这么胆大，这么热情，显然有点不正常，这是蹊跷三。

大家进入庄院，到厅房坐下，女主人看茶，吩咐晚餐，随后开始自我介绍，自己姓贾，同丈夫生了三个女儿真真、爱爱、怜怜，家资万贯，良田千顷。公公婆婆早亡，前年丈夫去世，只剩下母女四人。

刚开头还以为要痛说不幸遭遇，谁知贾氏话锋一转，单刀直入：我们母女四人，意欲坐山招夫，四位恰好。意思很明白，这个世界很小，实在是太巧了。我们娘四个想嫁给你们师徒四人，一个配一个，真是天作之合。

原来这才是重点。但问题在于，大家刚刚见面，彼此的情况还不了解，就急着嫁人，这也太猴急了。这是蹊跷四。

西牛贺洲的百姓就是这么直接，幸福扑面而来，连酝酿培养感情的机会都不给。唐僧还在暗自庆幸自己今天没有露宿野外，一下被贾氏抛出的重大人生攻关课题砸蒙了，只好装聋作哑，一言不发。

贾氏随后施展绝技，连砍了三板斧。

第一板斧，游说。

贾氏显然有备而来，开始长篇大论地劝说，如长江之水滔滔不绝，以下省略半小时。时间有限，我来替她总结一下吧，一句话：俺家有钱，不是一般的有钱，而是很有钱；俺母女四个都优秀，不是一般的优秀，而是很优秀；咱们各自的匹配度高，不是一般的高，而是很高。总之，你们师徒四个就别去西天取经了，和俺娘们四个一起，成双配对，衣食无忧，荣华富贵，何苦天天饥一顿饱一顿地去丈量地球，自己跟自己较劲。

这下唐僧总算没被侃晕，回过神了，其实他回过神和没回过神也没多大区别。小说连着打了两个很有意思的比方："好便似雷惊的孩子、雨淋的虾蟆。"反正唐僧就是一句话不说，不说，不说，就是不说，打死也不说，继续装聋作哑，做深沉思考状。

唐僧挺过了这一板斧，但二师兄猪八戒可就受不了了，被人家砍中啦，幸福来得过于猛烈，过于突然，兴奋之情难以抑制，小说是这样描写的："那八戒闻得这般富贵，这般美色，他却心痒难挠，坐在那椅子上，一似针戳屁股，左扭右扭的。"有一段如此美满幸福的生活摆在面前，如果现在不珍惜，将来肯定追悔莫及。

清乾隆彩绘莲花座唐僧坐像

实在忍不住，猪八戒干脆跳出来，扯了唐僧一下，让他表个态：老大，人家吧啦吧啦说半天了，你怎么还在这里装死狗，总得出来说几句吧。

这点小把戏唐僧还能看不出来，没想到一向文质彬彬的他直接爆粗口，把猪八戒骂了一顿："你这个业畜，我们是个出家人，岂以富贵动心，美色留意，成得个甚么道理。"

第二板斧，辩论赛。

看到唐僧训斥猪八戒，贾氏赶忙出来打圆场："可怜！可怜！出家人有何好处？"

唐僧只好反问："女菩萨，你在家人，却有何好处？"

于是贾氏和唐僧进行了一场针锋相对的小型辩论赛，一个说在家比出家好，一个说出家比在家好。辩论的结果是贾氏"大怒"。

贾氏不干了，一帮没良心的家伙，真心实意找你们做女婿，你们竟然不知抬举。你唐僧就是不愿意，你的徒弟说不定就有愿意的吧。小说没写，但笔者估计她在说这句话的时候，会意味深长地看一眼猪八戒。

一看把人家惹怒了，唐僧只好征求大家的意见。

先问孙悟空，孙悟空自然不答应，转而推荐猪八戒。请注意猪八戒的回答，非常经典："从长计较。"都说猪八戒拙嘴笨舌，但这句话说得很有水平，既不答应也不拒绝，进退都有空间，相当于万能外交辞令。

按说下面该征求猪八戒的意见，结果唐僧越过他，直接去问沙僧。沙僧立即献忠心："宁死也要往西天去，决不干此欺心之事。"

这一板斧，唐僧、孙悟空、沙僧挺过，猪八戒再次被砍中。

软的不行，就来硬的。贾氏于是砍了第三板斧，那就是欲擒故纵。

她转身进去，把师徒几个晾在那里，至于晚饭嘛，别想了，不扫地出门就不错了。

这下猪八戒找到发泄的理由了，开始埋怨唐僧，哪怕假意答应，混顿晚饭也行啊。这点小心思，孙悟空、沙僧还看不出来？劝他留下来，猪八戒当然想答应，但又不便明说，又说了一句"从长计较"，继续发牢骚。

第三板斧更狠，唐僧、孙悟空、沙僧再次挺过，但猪八戒已经被完全砍晕了。

这三板斧，一板斧比一板斧狠，但也让人纳闷，这贾氏母女要钱有钱，要容貌有容貌，为何如此死皮赖脸地要嫁给唐僧师徒？如此卖力，难道附近就没有别的男人了吗？这是蹊跷五。

后面还有更蹊跷的。

贾氏招亲不成，恼羞成怒，不理师徒几个。根据这个剧情，合乎逻辑的发展应该是，师徒几人饿着肚子将就一晚，第二天灰溜溜上路。但结果却不是如此，反而出现了大转变。

怎么回事？

原来猪八戒决定加戏。这正应了一句老话：好戏还在后头。

猪八戒发着发着牢骚，突然表示要出去放马。本来一肚子不满，应该罢工才是，何况天那么晚了。现在一下勤快起来，要去放马，而且心急火燎的，用作者的话来说就是"虎急急的"。

别说孙悟空，就连反应迟钝的唐僧也能看出其中的猫腻。于是孙悟空变个红蜻蜓，跟着猪八戒，看看他要玩什么把戏。

猪八戒这小子果然在耍花招，牵着马，到了有草的地方偏不让吃，溜溜达达，偷偷摸摸，绕到后门去。在这里，猪八戒如愿遇到了贾氏和他的三个漂亮女儿，似乎她们专门在这里等着他。猪八戒也学会了西牛贺洲干脆直白的表达方式，开口就叫贾氏"娘"，之后表示，自己愿意留下来。

贾氏有些顾虑，猪八戒马上推心置腹，讲了一番我很丑但我很温柔的说辞。您招了我做女婿，我能干活，爱劳动，从此千亩良田，我一人全搞定。

但贾氏还是有顾虑，表示要回去和女儿商量一下。

各位请注意，这里出现了一个很有意思的大反转。前面贾氏赤裸裸地，见面就说要招亲，反复劝说，积极主动，没提任何附加条件。现在猪八戒挺身而出，她却顾虑重重，先是担心猪八戒丑，后是担心唐僧不批准。主动和被动，一下换位了。

这同样不正常，是蹊跷六。

这次秘密会见的结果是，贾氏让猪八戒先回去，她表示自己要和女儿商量一下。

孙悟空呢，完成侦察任务，和唐僧、沙僧分享情报。八戒回来后，发现风声走漏，也没话说了。局面似乎僵在那里了。

一切都很蹊跷，这到底是怎么回事呢？再说贾氏和女儿能商量出来一个什么结果呢？要知道猪八戒可是盼星星盼月亮地等好消息呢。

西天取经路上的考试（考后小结篇）

前面说了，唐僧师徒到贾氏母女的庄院借宿，贾氏火辣地真情表白，想要组团招亲，结果被唐僧、孙悟空、沙僧怼了回去。故事到此本该结束，结果猪八戒临时加演，引发了后面的好戏，那就是第二波招亲。

这波招亲实际上是猪八戒的喜剧专场表演，他发挥了喜剧天赋，通过自己卖力的表演也证明了这次考试的荒诞。

猪八戒密会贾氏后，贾氏让他回去，说自己要和女儿商量一下。

正当唐僧师徒准备呼呼大睡时，贾氏忽然带着三个如花似玉的女儿闪亮出场。母女四个往那里一站，场面相当火爆，用小说里的话来说，"真个是九天仙女从天降，月里嫦娥出广寒"。

下面几位观众的反应出现巨大反差，唐僧将装聋作哑进行到底，孙悟空假装没看见，沙僧干脆背过脸去，眼不见心不烦。

猪八戒呢，眼珠子都快掉出来了，色心大乱，竟然当着众人的面又娇滴滴地叫了贾氏一声娘。

贾氏征求师徒们对母女真人秀的意见，沙僧、孙悟空异口同声举荐猪八戒。猪八戒又是那句话，不过这次改了一个字，变成"从众计较"，想拉大家一起下水，前言不搭后语地说了半天，想同意，又不好当着众人明白承认。那个难受啊。

最后孙悟空干脆来个痛快的，直接拉着猪八戒的手，把他交给贾氏。之后和唐僧、沙僧吃饭睡觉，不再配合猪八戒演出。

群众演员卸妆走人，下面请看猪八戒的专场喜剧表演。

离开唐僧三人，猪八戒跟着贾氏曲里拐弯，磕磕绊绊，走了好半天，这才算是走到内堂房屋。

按说这次该如愿了吧，其实不然。谈到哪个女儿许配的关键话题，贾氏称自己有顾虑，担心摆不平。猪八戒此时已到色令智昏、智力归零的程度，竟然提出把三个女儿都娶了。

贾氏自然不答应，于是想了个撞天婚的主意，弄块手帕蒙到猪八戒头上，让三个女儿从猪八戒面前经过，抓到哪个算哪个。

猪八戒这时也不偷懒了，使出了吃奶的力气，结果如何呢？小说描写得很生动，"那呆子真个伸手去捞人，两边乱扑，左也撞不着，右也撞不着"，其场面相当爆笑。忙了半天，两手空空，只好气喘吁吁地坐在地上，大呼"奈何，奈何"，心里真是急死了。

到了这个份上，猪八戒顾不得许多了，语不惊人死不休，既然抓不到女儿，直接把丈母娘娶过来也行。真是没有做不到，只有想不到，自取经以来，猪八戒这次才算过足戏瘾。

看到猪八戒飙戏疯狂到这种程度，贾氏决定结束招亲行动。她告诉猪八戒，自己的三个女儿各有一件汗衫，他能穿上哪个，就要哪个。

猪八戒手忙脚乱，抓起就穿。结果奇迹发生了：汗衫忽然变成几根绳子，把猪八戒牢牢捆住。贾氏母女四人早已不见踪影。

到了这个时候，大家显然都明白了，西天取经考试到此结束。

第二天早上，唐僧三人醒来，发现自己睡在松柏林里。慌了半天，还是免不了露宿野外，早知道就不借宿了。

正当大家疑惑不解的时候，天上飘下一张简帖，说白了就是考试成绩单。注意啊，天空飘下可不止五个字。

首先是演职员表：观音出任本次考试的主考官，扮演贾氏；黎山老母、普贤菩萨、文殊菩萨担任考试成员，分别扮演三个女儿真真、爱爱和怜怜。

其次是成绩，但只给了两个人。唐僧的成绩是"有德还无俗"，意思是唐僧立场坚定，没有俗心。猪八戒则是"无禅更有凡"，猪八戒则凡心太重，缺少禅心。按照现在的说法，唐僧优秀，猪八戒不及格，至于孙悟空、沙僧，虽然及格，但是还没到特别提出表扬的份上，干脆不提。

最后是给西天取经班子的训诫："从此静心须改过，若生怠慢路途难。"意思是你们认真反思一下，克服畏难情绪，再有懈怠，后面有你们的好果子吃，哼哼，等着瞧。

故事按说到此真的要结束了，且慢，还有尾声呢。

唐僧三人还没有看完成绩单，就听到丛林深处传来一阵响亮而凄厉的呼救声："师父啊，捆死我啦，救命啊，下次再不敢了！"

大家过去救下猪八戒。猪八戒落地之后，羞愧难当，只有磕头礼拜的份了。

等孙悟空讲明原委，猪八戒随即来了一段真情告白："从今后，再也不敢妄为。——就是累折骨头，也只是摩肩压担，随师父西域去也。"说白了，就是将来累死拉倒，再也不发牢骚，不想入非非了，累并寂寞着。

故事到此才算圆满结束。

由于观音等人不辞而别，笔者就来对这场西天取经路上的考试做个总结吧。

第一，这是一场没有意义的考试。

无论是神仙还是人间，考试都不外乎两种，一种叫摸底考试，目的在了解大家的情况；一种叫选拔考试，目的在选拔优秀的人才。这场考试算是哪种呢？

民间剪纸《猪八戒》

说是摸底考试吧，观音在招募取经队伍时已做过资格审查，这个临时拼凑的杂牌军里谁是什么德行，早已一清二楚。

唐僧前世本为如来弟子，又是十世修行的僧人，多年的修炼已达到俗念早绝的境界，在儿女之事上获得了免疫力。这样一个人，根本不用测试，就知道他肯定可以过关。

孙悟空虽由天地孕育所生，但一直缺少儿女之情这根弦，正如他对唐僧所说的，"我从小儿不晓得干那般事"。再说观音所设置的这点人间富贵与花果山的家业相比，真是差远了，如果孙悟空真是贪婪之辈，还不如回自己的老窝去。何况他从一开始就"情知是佛仙点化"，相当于还没走进考场，就提前知道了考题。

沙和尚本是天庭大内高手，长期的侍卫职业已使他变成一个太监化的人物，儿女私情被压抑得在其内心深处根本找不到位置。他的人生快乐和目的根本不在这一方面，自然也是可以免试的。

至于白龙马，其定位就是脚力，以牲畜的面目出现，平日连句话都不让说，更不用说来场刻骨铭心的人马之恋了。事实上，这场考试本来就没准备他的考卷。退一万步说，即使让他选择，这场人间富贵与西海龙宫的奢华生活又怎能相提并论。

如此一来，观音精心准备的考试实际上就是为猪八戒一人准备的专场考试。这位老兄本来就没有西天取经、拯救危亡的宏大志向，离开高老庄做苦行僧实在是迫不得已。不用考试就知道他肯定不过关。

不用考试就知道结果，实在是多此一举。

说是选拔考试吧。取经班底已经组成，全员上岗，考试不及格要被清退吗？

答案是否定的。

猪八戒不及格，观音除了将他在树上吊一夜，受点皮肉之苦，并未将他开除出取经队伍。如果被开除，猪八戒正求之不得呢。

显而易见，这是一场没有淘汰名额的考试，姑且算是岗前培训吧。

何以如此？原因很简单。以西天取经之漫长、之艰辛、之寂寞，没什么人会对这种苦差事感兴趣，否则大家争着到灵山，也轮不到这五个在天界没靠山的苦命兄弟了。

表面上看起来西天取经无比高尚，但大家心里都有数，要组织一支像样的取经队伍并非易事，面对无人报名的尴尬局面，观音只好从服刑的神仙中找人凑数。

孙悟空等人到西天取经都出于自愿，至少在程序上是没有什么问题的。但明眼人都知道，这个自愿需要打上引号。因为他们实在没有其他更好的选择，只能说相比之下，西上取经比压在五指山下略微强一点而已。

如果当时孙悟空还在花果山占山为王，或者在天庭做齐天大圣，观音就是用八抬大轿去请，恐怕都请不动，其中胁迫的成分是显而易见的。如此神圣、崇高的取经事业竟然没有人愿意去，需要以胁迫的方式挑选人员，想想也够讽刺的。

与其这样，还不如把大家召集起来，开个隆重、热烈的取经动员大会，许许愿，壮壮胆，煽煽情，顺便把取经纪律、注意事项讲清楚。如果再让猪八戒上台发发言，表表决心，营造一下气氛，说不定效果会更好。

由此可以想到：人的一生中遇到的坎坷和磨难往往不是来自敌人，而是来自自己团队的猪队友。

第二，观音的管理方式有问题。

考试未必是解决问题的最佳方案，特别是那种走过场式的考试。可见观音这个人的管理才能是有问题的。

在《西游记》一书中，她更像一位市井中的邻家大妈，喜欢多事，又爱占小便宜，其思想和境界离一个合格菩萨的要求还有相当的距离。看来，观音也需要经常学习，提高自己的觉悟和能力。

在考试过程中，猪八戒固然受到众人的戏弄，得了个差评，但观音这些大牌神仙也没有占到多大便宜，一报还一报，猪八戒也着实将他们戏耍了一番，这位老兄追着观音的化身，先是一口一个娘，最后竟然采取通吃的方式，想要把这位娘也娶过来。可以想象此时的观音心里该有多么尴尬，至少有点小崩溃吧。

不过这也怨不得别人，谁让她没事找事，弄出这场没有意思的考评。结果呢，聪明反被聪明误，被猪八戒实实在在地羞辱、戏耍了一番，可谓自作自受。否则，猪八戒还找不到这样出气的机会呢。

最后还要补充一点，那就是这场招亲秀极具喜剧色彩，观赏性很强。与其说是一场考试，不如说是西天取经路上的一场班级联欢晚会。

猪八戒表现出过人的喜剧天分，在第一场招亲戏中，他的表演风格是欲盖弥彰，想招亲又怕师父骂，怕悟空、沙僧嘲笑，只好嘴里念念有词："从长计较。"前头说话，后面打脸，形成笑料。

在第二场招亲戏中，他的表演风格夸张，先是撞天婚，后是娶丈母娘。再说穿汗衫，观音扮演的贾氏，配角当得也很好，猪八戒越是心急火燎，她越是不急不慢，一急一慢之间，令人捧腹大笑。这也是这场入学考试的重要看点。阅读《西游记》，要细细体会它的幽默风格，很多笑料都是猪八戒提供的。

看在猪八戒卖力表演的份上，笔者替他说几句公道话吧。站在取经的高度来看，他不应该分心，这是要予以批评的。但如果站在一个普通人的角度呢？面对贾氏母女的诱惑，一个七情六欲健全的人恐怕还是会动心的。

猪八戒就是一个凡夫俗子，既然用人世间的荣华富贵去诱惑他，他肯定会上套；既然他对取经毫无兴趣，为何非要胁迫他去西天不可呢？追问下去，问题恐怕还是出在观音身上。

按说考试玩砸之后，观音应该吸取教训，长长记性，就此打住，让唐僧师徒老老实实到西天取经就是，可她偏偏不肯罢休，非要再试一次，又给五人取经小组设计了第二次考试。

也许是为了出出上次考试所受的怨气吧，她这次小心多了，自己不再出面，从太上老君那里借了两个童子，弄成一场真枪实弹的军事演习。最后被孙悟空臭骂了一顿。

取经之后又如何

　　小孩子听父母讲故事，听到最后，总爱问同一个问题：后来呢？哪怕主人公已经死了，孩子还会这样发问，毕竟故事中的人物并没有死光，总觉得还应该有什么故事发生。

　　有的时候父母胡乱编上几句打发孩子，有的时候则干脆不予回答，弄得孩子心里痒痒的。长大之后才明白，其实不光孩子们有这种欲知后事如何的心理，成年人也是如此。刨根问底是中国人阅读小说的一种习惯心理。否则就很难理解，中国古代何以有如此众多的续书。

　　不过这个问题想想也是蛮好玩的，具体到《西游记》这部小说，唐僧师徒完成取经大业之后，又该过着什么样的生活？又会发生哪些故事？越想越觉得有意思。

　　也有给出答案的，比如《续西游记》《后西游记》《西游补》之类的续书，近年来则有《西游记后传》之类的电视剧，但其人物塑造、情节设计都不能令人满意，还是面对《西游记》小说本身，进行一些较为合理的揣想吧。

　　中国古代最为有名的几部经典小说作品，如《三国演义》《水浒传》《金瓶梅》《红楼梦》，结尾部分大多写得悲悲切切，惨不忍睹，要么是正不压邪，黑暗吞没了光明；要么是家破人亡，落了片白茫茫大地真干净。总之，结尾都回荡着哀婉低沉的旋律，阴阴沉沉的，让人倍感压抑。

相比之下，《西游记》的结尾则要欢快得多，全书以欢天喜地、加官晋爵的方式结束，其主要人物唐僧师徒虽历经磨难，但个个毫发未伤，还成佛成仙。

其实这样给人留下的想头也最大，写续书的难度也最小，不像《红楼梦》的许多续书那样，费力地把林黛玉、晴雯等人从坟墓中挖出来，让他们死而复生。

细细想来，《西游记》结尾的欢快旋律中也夹杂着某些不和谐音符，这可以说是探讨后取经时代诸种问题的一把钥匙。

虽然唐僧师徒历经九九八十一难，行程十万八千里，费时十四年才到达灵山，但经文仍然需要以向阿傩、迦叶行贿送礼的形式才能拿到，否则就只能弄些空白纸张回去。

虽然只是损失了一个紫金钵盂，价钱并不算太贵，但是整个事情的性质因此而发生根本改变，满怀人生理想的取经变成了赤裸裸的没有掩饰的经文买卖。

性质一旦改变，经文原来的拯救功能也就不存在了，因为号称救别人的人同样需要拯救。

一场轰轰烈烈的取经事业竟然以这种极为庸俗的方式结束，不仅唐僧师徒十分失望，就是在一边看热闹的读者又何尝不是如此。神圣与庸俗，崇高与滑稽，不过是一个硬币的正反面，相互的转化只在一念之间。

作者不愧是高手，《西游记》的这个结局绝对是他有意安排的，

年画《三藏收徒》

让人在"功德圆满"的欢庆声中，体会人生的荒谬与残酷，这也就是所谓的黑色幽默吧。

　　显然，取到经文不过是取经过程的结束，但它也是如来一项庞大拯救计划的前提。至于能不能实现这一目标，小说并没有交代，不过作者还是进行了暗示，特别是那个紫金钵盂交换经文的细节。就连人们心目中极为圣洁的西天乐土都充斥着这样庸俗的欲望，还能指望世界的其他地方好到哪里去呢。

　　如来所说的那个贪淫乐祸、多杀多争的南赡部洲，并没有因取经事业的完成而有丝毫改变，照样你砍我杀，改朝换代，战火不断，百姓遭殃。从五代十国到宋元明清，世道乱七八糟，邪恶有增无减。唐僧师徒千辛万苦、用紫金钵盂换得的经文又起了什么作用呢？

　　取经的过程固然精彩，但结果更重要。早知如此，这样名不副实的经文不取也罢。除了给唐僧师徒添了一些痛苦和麻烦、增加了一些阅历，取经事业对这个世界似乎没有什么改变，看来如来当初的话不过是广告宣传，当不得真。

唐僧师徒在西天取经路上降妖除怪，行侠仗义，表面上看，热闹得很，可细细想来，除了打死几个没本事、没靠山的妖怪，又改变了什么呢？

唐僧师徒路过的地方毕竟有限，在他们行踪之外的大千世界，那么多妖魔，那么多冤案，又靠谁来解决呢？

孙悟空的本领固然高强，但面对这个纷繁复杂的世界，他又能做些什么？

唐僧师徒能够改变的也许只有他们自己，取经大业完成了，他们也赎完了自己的罪，成佛成菩萨。至于其他人的赎罪，则非他们所能解决。

长达百回的《西游记》，完成了一个逗号，但留下了一个巨大的问号，一个让人忧虑、感到不安的巨大问号。

开过庆功大会，按功行赏之后，大家虽然成佛的成佛，做菩萨的做菩萨，但是身份的提升并不意味着秉性脾气的根本改变。

以唐僧、沙僧、白龙马的性格，安守本分，待在自己的道场里继续修行、安享清福大概是不成问题的，关键是那两位专爱无事生非、一刻都闲不下来的老兄——猪八戒和孙悟空，他们能如此安生吗？

俗话说：饱暖思淫欲。净坛使者的美差虽让猪八戒没了衣食温饱之忧，但这并不一定是件好事，没有了饥饿的困扰，他的高老庄情结恐怕只会更加严重。他会不会回高老庄继续当他的上门女婿呢？谁也说不准。

转眼十多年过去，物是人非，等猪八戒回到高老庄，当年的高小姐估计早已成为膝下子女成群的高大嫂了。对这样的情景，满怀憧憬的猪八戒又该如何面对？

　　退一步说，即使猪八戒回不了高老庄，他会老老实实地待在家里吗？要知道，神仙社会里的美人可是多得很。佛界的清规戒律如此之严，猪八戒真能守得住吗？恐怕还是凶多吉少。调戏嫦娥、被贬下凡的悲剧还会重演吗？没有人能帮猪八戒打这个包票。

　　至于孙悟空的结局，则更是充满变数。他会安安分分、一本正经地做所谓的佛爷吗？恐怕未必，少了紧箍咒的约束，谁知道这位侠肝义胆的猴佛爷会做出什么惊天动地的事情来。

　　以他活泼好动、爱管闲事的性格，这个世界又如此不太平，充满欲望和邪恶，他能坐视不管吗？应该不会。他会不会再次与天庭发生冲突，捅出大闹天宫之类的大娄子来呢？谁也说不清楚。

　　还有那些未能根除、被各路神仙暂时收走的妖魔们，唐僧师徒取经走后，这些尝到占山为王甜头的妖魔们会不会出现反复？金角大王、银角大王还会再次下凡为妖吗？会不会又有新的畜生修炼成妖？如意真仙是否还会继续把持落胎泉，向女儿国的弱女子们勒索钱财？宝林寺的和尚还是那么贪婪和势力吗？

　　一连串的问题都没有答案，但相信这些担心并不多余，而且答案多半是肯定的。

　　《续西游记》《后西游记》这两部西游记的续集倒是给出了答案，不过这个答案有些倒人胃口。因为他们的办法是再组织一批人马，比葫芦画瓢，将《西游记》的故事重复一遍。

　　这样一次次地去西天，且不说如来、观音不胜其烦，恐怕就连读者们也要感到厌倦。它实际上是一种逃避，逃避《西游记》留下的沉重话题。

电视剧《西游记后传》虽然拍得漏洞百出，但是应该承认，其编剧还是有些想象力的，他打起了如来的主意，让恶魔无天夺取灵山，统领三界。于是众神仙又为如来转世的问题搞得你死我活，好不热闹。

孙悟空仍然是头号主角，大出风头，最后成为如来的救命恩人，变成万佛之祖，风光无限。荒诞是荒诞了些，不过倒也是一种有趣的思路。

还有没有其他可能性呢，回答应该是肯定的。故事是开放的，不同人物、故事的排列组合也许是无穷的。

漫无边际的揣想与正经的学术研究无关，倒更接近创作，但它很好玩，也很有趣，由此也不难理解中国古代为什么有那么多人热衷于写续书。续书实际上是对原著的一种特殊解读，一种用文学创作方式进行的解读。

如果哪位高手放开手脚，续写一部《西游记》，相信还会有不少人看，毕竟这个题目太有诱惑力了。

取经之后又如何？笔者脑子里一直在想这个问题，尽管没有答案，但想想还是蛮好玩的。

卷四

挚情

话说《红楼梦》

大家一起读《红楼》

身处数字时代的我们为什么要去读一部二百多年前的文学作品，读后又能得到什么？到底该怎样来阅读《红楼梦》？看电视剧能替代阅读小说吗？《红楼梦》里到底写了什么？这是一部什么样的小说？里面是不是隐含着宫廷政变或反清复明的密码？

一 为什么读《红楼梦》

先来看第一个问题：为什么要阅读《红楼梦》？不读《红楼梦》可以不可以？

当然可以，读什么书是个人的选择，别人的强迫只会适得其反。不读《红楼梦》照样可以吃饭睡觉，读了《红楼梦》也许会给自己带来痛苦。一部书就像一扇窗户，你打开不同的窗户，可以看到不同的风景。

对一般读者来讲，笔者认为主要有如下四个阅读《红楼梦》的理由。

第一个理由，就是为了欣赏一个故事——一个悲欢离合的，交织着爱情、家族、青春和生命的精彩故事。

人都有阅读故事的文化本能，我们每天通过手机、电视、报刊看新闻，其实就是在看故事，只不过在看刚刚发生在我们身边的真实的故事。读小说不过是在阅读作者虚构的故事，读《红楼梦》如此，读《三国演义》《水浒传》《西游记》也是如此。比如《三国演义》写了一个改朝换代的故事，《水浒传》写了一群江湖好汉的故事，《西游记》讲的是一个取经降妖除怪的故事。每一部优秀的小说必定有一个打动读者的精彩故事，《红楼梦》这部小说也是如此，这是它最吸引读者的地方，也是我们阅读这部小说最直接的理由。

　　因为很多人把《红楼梦》说得非常高大，所以读《红楼梦》好像有很多崇高的使命。其实笔者觉得我们可以还原《红楼梦》，从阅读故事开始。

　　第二个理由，通过阅读《红楼梦》，我们可以了解古代人的生活和思想。

　　小说虽然是虚构的，但是它再现了古代人的生活状态，再现了他们的所思所想。这样，我们就可以将抽象的历史转化为生动可感的人物和故事。其实，一部中国小说史就是一部中国人的心灵史。

　　大家知道，"二十四史"——中国古代的正史，除了"前四史"之外，其实很少有故事。如果要了解中国古代人的衣食住行，要了解古代人的生活，那么小说是很好的阅读文本。与此同时，小说也是我们了解古代人的思想、智慧的很好的文本。

　　第三个理由，读《红楼梦》可以分享作者的人生经验和智慧，从中得到借鉴和启发。

　　尽管《红楼梦》所写的是中国古代人，两百多年过去了，时代已经发生了很大的变化，但是有很多东西是不会改变的：比如中国古代

《贾宝玉梦游太虚境赋》

富不过三代的家族定律，比如刻骨铭心的爱情，比如对生命的拷问；贾宝玉面对人生的迷茫、贾政面对家族破败的无奈、贾母对后代子孙的关切，这样的场景在今天依然可见。也就是说，林黛玉、贾宝玉、袭人他们当时遇到的难题，其实今天依然存在。现代人和古代人相隔的仅仅是时间，他们在灵魂上则是彼此相通的。

所以在阅读《红楼梦》的过程中，除了阅读故事，通过形形色色的人物描写，我们可以看到的其实是我们自己，因为通过看别人的故事，我们就可以联想到自己。别人悲欢离合的生活让我们联想到生活的酸甜苦辣，由此可以得到人生的感悟，受到启发。这也是我们阅读《红楼梦》很重要的一个理由。

第四个理由，我们通过阅读《红楼梦》，可以欣赏这部传世名著带来的语言之美、才情之美和文学之美。

中国古代堪称风华绝代的小说也有不少，比如四大名著中的另外三部——《三国演义》《水浒传》《西游记》，再如《聊斋志异》《儒林外史》，它们写得都很精彩，但是和《红楼梦》相比，都还没有达到这种艺术高度。

所以我们阅读《红楼梦》，实际上是与一位伟大的天才作家进行跨越时空的心灵对话，将我们在课堂上所学的抽象理论化为刻骨铭心的情感，化为艺术享受，由此可以领略《红楼梦》独特的文学之美。

二 怎样阅读《红楼梦》

第二个问题，我们到底该怎样阅读《红楼梦》？

不少朋友说我也爱读《红楼梦》，但好像没有多大收获。这里要说明的是，对一般人来说，读《红楼梦》本就是一种消遣，读过之后觉得不错，感慨一番，感动一番，也就可以了。如果不满足，可以从不同角度探究一番。不必抱着太功利的心态。

这里有几点是要提示大家的：

一是不能抱着看好莱坞大片或警匪片的心态来读《红楼梦》，也不能抱着读《三国演义》《水浒传》《西游记》的心态来读《红楼梦》。因为《红楼梦》与其他三部名著的题材不同，写法也不同。这是一部写日常生活的小说，没有惊天动地的传奇故事，多是家长里短，吃喝拉撒，像贾宝玉挨打、秦可卿病逝就算是很大的事情，但这些在《三国演义》《水浒传》《西游记》里根本不算事。

因此要根据作品的题材和写法来欣赏《红楼梦》，就像我们审视自己的日常生活那样来审视《红楼梦》。注意作品对世态人情的描写，注意作品对人物内心世界的刻画，注意作品对生活情趣的开掘。这样就不能只看情节，还要注意作者对环境、人物的描写，注意其中的诗词。总之，要耐心，要细心，否则是读不进去的。细腻的小说需要细腻的心思去感受。

二是不要受社会上那些乱七八糟的东西的影响，要从文学的角度欣赏《红楼梦》。

市面上流传着种种说法，什么《红楼梦》写宫廷斗争，什么《红楼梦》写反清复明，或者作者不是曹雪芹而是某某人之类的。《红楼梦》之所以伟大，就是因为它是一部小说，一部优秀的小说，它不是史书，不是哲学著作，更不是什么百科全书。可以从人物塑造，从情节结构，从叙事方法，从诗词等各种角度欣赏。

三是可以采取代入式体验的阅读方式来揣摩小说中的世态人情的描写。《红楼梦》虽然写于两百多年前，但其中所写人物的感情和关系并不过时，小说中的人物所遇到的问题，我们今天也会遇到。进行代入式体验阅读，我们可以身临其境，可以换位思考，这样对人物的理解就会深入很多。而不能像有些人一样，给人物打标签，苛求他们，或者老是用阴谋论的眼光来看《红楼梦》，好像《红楼梦》中每一个行动、每一句话里面都带有不可告人的动机，求之过深，反而容易钻进牛角尖，走火入魔。

四是选择一个好的读本。市面上《红楼梦》的读本很多，到新华书店，也许买十多种都不费劲。但这些读本良莠不齐。因此要挑选那些校对仔细认真、有口碑的读本。比如人民文学出版社出版的两个版本，质量精良，影响较大。再如启功先生主持整理的版本。

至于是读脂本还是程本，如果只是一般阅读，哪本都可以。两种都看看则更好。如果想读得更深入，不妨找一些重要版本的影印本，电子版也容易在网上找到。

五是不能用观看影视剧来代替阅读小说。《红楼梦》被多次改编为戏曲、影视剧，其中有的还相当不错，比如 1987 年版电视剧《红楼梦》。但再好的电视剧也不能替代原作。因为这是两种性质不同的作品，小说的很多东西是电视剧表现不出来的；再者，拍影视剧肯定要改编，肯定要体现编剧、导演乃至演员的理解，这与小说本身是有差距的。因此观看电视剧只能作为辅助，无法替代对小说本身的阅读和欣赏。

三 《红楼梦》写了什么

第三个问题就是，《红楼梦》到底写了什么？

结合整部作品的描写及曹雪芹的家世生平，不难归纳出《红楼梦》一书的主题，那就是作品通过家族、爱情、青春、生命等全面深入的细致描写，抒发作者的哀悼、忏悔及纪念之情，表达其对社会、人生的独到思考。

解读《红楼梦》的主题，有如下四个关键词。

（一）家族

家族问题是这部小说的核心话题，在作品中表现得较为明显。曹氏家族的兴衰巨变不仅改变了曹雪芹这位伟大作家的命运，而且在其心灵上留下了永不磨灭的烙印，深深地影响着其人生观与文学创作。家族及个人的经历又成为曹雪芹创作《红楼梦》的重要素材，成为作品的重要内容。在《红楼梦》中，作者将家族兴衰作为一条十分重要的线索，给予充分展示。

就南京与《红楼梦》的关系来说，可以说南京是曹雪芹的故乡，是孕育《红楼梦》的摇篮。为什么这样说？因为曹雪芹就出生在南京，他的家族是在南京发家的，在南京达到鼎盛，最后也在南京走向破败。没有南京，就不可能有《红楼梦》。事实上，小说里也反复描写南京，南京是小说中很重要的意象。

曹家在南京留下了诸多遗迹，有些至今还可以寻访，比如江宁织造博物馆就建在曹家西园的旧址上，里面有萱瑞堂、曹府戏苑等建筑，有江宁织造、曹家家世和《红楼梦》的展览。乌龙潭公园原来是曹家花园也就是后称"随园"的所在地，如今建有一座曹雪芹纪念馆，还立了一块大观园故址一角纪念碑。明孝陵内曹寅当年所立"治隆唐宋"碑仍在，这是康熙皇帝所书，在其旁边还建有一座红楼艺文苑，系根据《红楼梦》中的十二个场景而建，占地七万多平方米，人称"金陵大观园"，比北京、上海的大观园都要大。古典园林与天然景致融为一体，在蜡梅季节观赏更具韵味。此外还有香林寺等，这里不再一一介绍。

曹雪芹在小说中对家族问题主要表达了如下一些思想和情感：

第一，曹雪芹在小说中流露出对家族的深厚感情。从小说的描写来看，这种深厚感情主要体现在以下几方面。

作者对家族基业的开创者如宁、荣二公充满敬意和景仰之情，透出一种自豪感。这在小说中时有表现，比如第五十三回"宁国府除夕祭宗祠"中祭祖场面的虔诚描写。他对家族破败流露出惋惜之情，比如第五回荣、宁二祖对警幻仙姑的嘱咐："使彼跳出迷人圈子，入于正路。"比如第十三回秦可卿给王熙凤的托梦："于荣时筹画下将来衰时的世业，亦可谓常保永全了。"对家族内部的种种弊端，他予以批评和指责。歌颂是一种表达感情的方式，批评也能传达感情，正所谓爱之愈深，恨之愈切。不能因为这些尖锐、辛辣的批评就否定作者对家族的深厚感情。

第二，曹雪芹对家族的描写是带有反思色彩的，对造成家族悲剧的根源，曹雪芹有着很清醒的认识。

他不是毫无原则地维护和赞美家族的一切，而是用挑剔的眼光审视着家族内部的种种弊端，思考着家族从盛到衰的深层根源所在。在小说中，父子、母子之间，夫妻、妻妾之间，兄弟、嫡庶之间，主仆之间，仆人之间，等等，家族内外所有人物关系及矛盾都得到了十分充分、详细的展现，各种矛盾交织，形成一股巨大的破坏力量，最终摧毁了这个百年旧族，造成了家族的悲剧。

主子的腐化堕落之外，小说还特别写到奴仆之间的争斗，这些厨房、园子里的风波虽看起来无关紧要，但不断累积，与各种矛盾交织，也足以构成毁灭家族的破坏力量。家族的衰败，每个成员都是有责任的，不管是高高在上的主子还是身份低贱的奴仆。

（二）爱情

《红楼梦》如同一支深沉哀婉的悲剧交响曲，全书大大小小的人生悲剧组成各种音符，这些悲剧触及社会人生的各个层面，使整部小说弥漫着一种凄清幽怨的感伤情调，其中最受关注的自然是那些刻骨铭心的爱情婚姻悲剧。

《红楼梦》一书描写了形形色色的爱情和婚姻，从主子到奴仆，从宫廷到民间，从成人到少年，不过大多是以悲剧而收场的。

在小说中，贾宝玉和林黛玉的爱情悲剧以及他与薛宝钗的婚姻悲剧构成整个悲剧的主声部。从相知相爱到生死两别，贾宝玉和林黛玉的爱情始终如清澈的山泉，纯洁无瑕，发自真心。两人不仅在形貌上相互吸引，更多的则是彼此理解基础上的情投意合。他们也猜忌过、误会过、争吵过，其中既有观念上的矛盾，又有性格上的冲突，有时候甚至相当激烈，但最终达到了灵魂深处的默契，这正是爱情的奇妙动人之处。

与以往才子佳人小说中那种一见钟情、诗书订盟的戏剧化爱情故事相比，《红楼梦》对爱情的描写更为真实，达到了一种前所未有的深度。贾宝玉在思想观念与行为方式上特立独行、卓然不群，林黛玉在性格上孤芳自赏、不同俗流，对贾宝玉充满理解和支持，他们的爱情本身就具有一种异端性和叛逆性，与当时正统的思想观念格格不入。在强大的社会重压之下，这种爱情显得格外脆弱，注定只能开花而不能结果，以悲剧而告终也就在所难免。

对贾宝玉来说，在他与林黛玉的木石前盟之外，还有与薛宝钗的金玉良缘乃至更多可以选择的姻缘。薛宝钗也是才貌兼具的绝世佳人，更是许多男人心目中的贤妻良母。但与近乎不食人间烟火、生活在艺术中的林黛玉截然相反，她活得更现实，向往滚滚红尘的各种快乐，善于控制自己的感情，言行举止无不合乎礼节，思想合乎社会道德规范，有着良好的人际关系。

薛宝钗并不像有些红学家说的，一心想嫁给贾宝玉，为此没有原则地讨好别人，像个特务一样阴险狠毒。事实上，她是一位善良的女性，有着自己做人的原则和立场。否则就很难理解，她为什么多次规劝贾宝玉要读书仕进，尽管她明知道这会激起贾宝玉的反感，将自己推到贾宝玉的对立面，使其感情天秤偏向林黛玉。坚定的信仰和强烈的责任感促使她这么做，而且她这样做也确实是为贾宝玉着想，并不见得出于个人想做宝二奶奶的私心。过去人们对薛宝钗有着太深的偏见，这对她来说是不公平的。

在现在所看到的后四十回中，所有的恩怨都被戏剧性地完成了，一个并不高明但很有效力的调包计使一切变得十分简单。在贾宝玉、薛宝钗成亲的鼓乐声中，林黛玉泪尽而逝，木石前盟伴着如雨的泪水化作永久的遗憾。但金玉良缘最终使薛宝钗也成为无辜的受害者，贾宝玉的撒手而去使其对生活的美好愿望变成遥遥无期的等待。

在这场爱情、婚姻的角逐中，没有最后的胜利者，宝、黛、钗三人都是失败者和悲剧人物。悲剧并非源自三人的性格缺陷，而是来自那压抑个性和自由的社会氛围和礼法制度，特别是与之有关的婚姻制度。

贾宝玉、林黛玉、薛宝钗之间这场有些三角恋爱色彩的爱情婚姻并不是一场三个青年男女之间的竞争和较量，因为谁都不是最后的胜利者。这场刻骨铭心的爱情以凄惨的夭折而告终，它葬送了所有主角，有人失去了性命，有人因此而彻底绝望。贾宝玉、林黛玉无疑是一对悲剧人物，对二百多年来一直饱受读者指责的薛宝钗来讲，她又何尝从这段感情纠葛和其后的婚姻中得到过快乐！

在贾宝玉、林黛玉、薛宝钗之外，小说也写了其他一些人的爱情悲剧，其中也包括像司棋这样的奴仆的爱情悲剧。对贾府里众多奴仆来说，没有人身自由的人生注定与爱情无缘，他们已完全失去恋爱的权利，唯一能做的就是等待，等待主子分配给他们的婚姻。悲剧在他们进入贾府的时候就已经开始，皮鞭之下萌生的爱情不过使悲剧来得更快、更为惨烈而已。

（三）青春

青春无疑是人生中最为美好的年华，它可以体现为花容月貌，可以体现为纯真浪漫，可以体现为善良无邪，可以体现为激情活力，但它也是最为短暂的。它的转瞬即逝、不可逆转让人深深感受着生命的残酷。对于每一位成年人来说，在回首自己的青春年华时，不管当时是顺利还是坎坷，很少有不感叹、不留恋的，在感叹、留恋之余，不由生出许多沧桑和凄凉来。

《红楼梦》捕捉了人生的这一深刻体验，并通过贾宝玉、林黛玉等主要人物的言行充分表现。

作为一位衣食无忧、无拘无束的贵族少年，没有谋生的压力，贾宝玉显然比那些忙忙碌碌、迫于生计的同龄人要想得更深更远。这种处境使他能够摆脱俗世的干扰和利欲的考虑，站在一个常人无法达到的制高点上，直接面对生命的真义，思考人生的价值、意义这些形而上的问题。也正是因为他站得太高，所以周围的人难以理解，将他视为另类。

与林黛玉一样，贾宝玉具有诗人气质，他对时光的飞速流逝同样怀有一种深深的恐惧感。他希望自己能够一直停留在青春时代，拒绝长大，希望周围的人同样不老，永远陪伴着自己。

也正是为此，贾宝玉喜聚不喜散，"生怕一时散了添悲；那花只愿常开，生怕一时谢了没趣；只到筵散花谢，虽有万种悲伤，也就无可如何了"。于是，他想尽一切努力，来享受和挽留人生中这段最美好的时光。

但是天下没有不散的筵席，人生的欢聚注定是短暂的，而离别则是永久的。贾宝玉要对抗的不仅是俗世的虚伪和冷酷，还包括男婚女嫁、生老病死这些人类生存的基本规律，而后者是无法抗拒的。因此，他必须面对这一无比残酷的现实，不断在短暂的欢娱之后陷入难言的失落与悲伤。

即便真的挽留不住，他也不愿意看到，幻想着以自己的早逝来回避。他和袭人的一段对话就生动地体现了这一点："只求你们同看着我，守着我，等我有一日化成了飞灰，飞灰还不好，灰还有形有迹，还有知识。等我化成一股轻烟，风一吹便散了的时候，你们也管不得我，我也顾不得你们了。那时凭我去，我也凭你们爱那里去就去了。"言语间流露出一种无可奈何的孤寂感和恐惧感。

（四）生命

在作品中，贾宝玉和林黛玉曾多次谈及生死之事，两位身处花样年华的少男少女不去享受人生的盛宴和欢娱，却来讨论如此严肃、沉重的人生问题，这本身就很能说明问题。无论是宝玉的喜聚不喜散，还是黛玉的喜散不喜聚，都是独特的人生体验。两者的表现方式虽不相同，但其本质是相同的——都是出于对生命的无限留恋。

面对无法挽留的美好人生和青春岁月，他们感到伤感、无奈，更多的还是迷茫。因为在忙碌过、热闹过之后，剩下的只有冷清和离散，一切努力注定都是徒劳的。他们知道自己在反对和抗争什么，但无法知道自己想得到什么，能得到什么。他们只能凭个人的好恶和直觉，去做自己认为应该做或值得做的事情。

在对生命的感悟和体验上，贾宝玉和林黛玉是存在许多相通之处的，也只有他们能真正理解对方，在寒冷的人生中相互扶助，获得一丝暖意。这是他们爱情的精神基础，一种理想状态的知己之爱。

薛宝钗尽管善解人意，精通人情世故，但她毕竟是个现实主义者，活得过于理性和克制。在这一方面她是无法理解贾宝玉的。因此，贾宝玉对她虽有好感，有友谊，但没有爱情。

从这一点来说，贾宝玉和林黛玉又是幸运的，因为他们总算在世间还可以找到一个真正理解自己的人，否则很难想象他们该如何痛苦和孤独。也正是因为这样的知音难找，他们都不愿意失去对方。尽管他们彼此有误会，有猜忌，有冲突，那是因为太在乎对方，太在乎自己的这段感情。对一个与自己无关的人，谁会这样用心。

　　起初贾宝玉对死亡的想象还是充满天真和浪漫色彩的，他希望周围的人都用眼泪来埋葬他，自己可以用一种诗意的方式告别尘世。但不久他就发现这不过是一厢情愿的幻想，当他看到龄官、贾蔷两人的恋情之后，终于深刻地体悟到：人生比自己原来所想象的还要残酷，因为他并非这个世界的主角，连别人的眼泪都"不能全得"，"只是各人各得眼泪罢了"，"自此深悟人生情缘，各有分定"。这让他彻底回到真正冰冷的现实，同时也更为痛苦而无助，"每每暗伤'不知将来葬我洒泪者为谁'"。唯其如此，他对别人的感情才特别珍惜。

　　人生苦短，年华似水，美好的青春不可永驻。时光的飞逝和不可逆转显示了生命的残酷无情，贾宝玉和林黛玉深切地感受着这一点，他们为此而苦痛，而挣扎。而作品中的其他人物或沉湎于利欲的追逐，或因文化素养所限，要么回避，要么忽略，要么无法体验。因此，他们也就无法理解两人独特的言行。

　　阅读《红楼梦》，可以领略作者对人生、对生命的独特感悟和体验，这种领略注定是让人痛苦的，可这种痛苦是有价值的，因为它可以让我们珍惜眼前的一切，珍惜人生，珍惜生命，更可以启发我们认真思考：该如何度过自己的一生？什么样的人生才是有价值的、有意义的？

一部小说和它创造的奇迹

　　一部曾被视作淫词邪说、遭到查禁的通俗小说日后竟然成为享誉世界的文学名著，并由此形成一门人称红学的显学[1]，让众多专家学者为之皓首穷经，呕心沥血；一部残缺不全的文学作品竟然在几百年间让整个社会为之牵肠挂肚，痴迷不已，并由之引发轰动全国的政治运动，带来不少学人命运际遇的沉浮兴衰。这部小说和它所创造的种种奇迹在古今中外文学史上恐怕再也找不出第二例。且不说原书自身所蕴含的巨大艺术魅力，仅仅是由该书所引发的或庄重、或荒唐的种种社会文化现象，已足以成为透视世态人心的绝佳材料，为研究者所瞩目。

　　毫无疑问，众多专家学者及业余爱好者在这部书上花费大量时间和心血并为之写出成百上千部研究著作是值得的。因为这是一部凝结着天才作家毕生心血的杰作，代表着中国小说乃至中国文学的最高

---

[1] 钱锺书曾说过如下的话："词章中一书而得为'学'，堪比经之有《易》学'《诗》学'等或《说文解字》之蔚成'许学'者，唯《选》学与《红》学'耳。寥落千载，俪坐俪立，莫许参焉。'千家注杜'，'五百家注韩、柳、苏'，未闻标立'杜学''韩学'等名目。考据言'郑学'、义理言'朱学'之类，乃谓郑玄、朱熹辈著作学说之全，非谓一书也。"（《管锥编》"全梁文"卷一九）

成就，当得起如此密集的关注和如此精深的研究，这不是某个人的一己之见，而已成为全民共识。尽管这部作品几经数年的多次修改仍未能最后完成，留下难以弥补的缺憾，而且在流传过程中出现不同程度的失真现象，于情节、字句间留下了不少破绽，但瑕不掩瑜，这不过是细枝末节，无损于其卓越的艺术成就。这是一部耐得住反复阅读的佳作，即使是最挑剔的读者也不能不为该书处处闪耀的艺术光彩所征服，所感动，无论是其深邃的思想、绝妙的构思，还是其严整的结构、优美的字句，其独特的艺术魅力是其他小说所无法超越的。

就创作背景与成书过程来说，《红楼梦》的出现应该说是一个极其偶然的现象。之所以这样说，是因为在长达数千年的中国文学史上，与曹雪芹有类似家世、生平与才华的作家不能说一个没有，甚至可以说还有不少，但最终写成像《红楼梦》这种传世名作的则只有他一人。从这一点来看，曹雪芹是不幸的，又是幸运的。偶然之中包含着一定的必然，这绝不是因果倒置的事后追述。

《红楼梦》是一部小说，可它又不仅仅是一部小说。这部作品固然是作家的个人创作，可它并不仅仅属于曹雪芹一人，它属于一个时代，属于一个民族，属于一个国家。它不可能出现在魏晋，不可能出现在唐宋，也不可能出现在明代，而只能出现在一个古

苗怀明著《风起红楼（增订本）》

老帝国走向破败的前夜，这是由文学自身的发展规律与那个时代的诸种社会文化因素、个人的独特机缘所决定的。它通过一个天才作家之手，达到了中国古代小说的巅峰，体现了一个民族文化艺术的精髓。没有前代小说的良好基础作为铺垫，就绝不会有这部小说的成功。同时，这部顶峰之作又对其后的文学创作产生了十分深远的影响，不仅是大量续书的出现，更为重要的是文学观念和创作手法的创新。一滴水可以映照整个世界，通过这部文学巨著可以透视中国小说的民族特色与艺术品格，领略中国传统文学艺术和民族文化的巨大魅力。

阅读该书实际上是在与一位伟大的作家进行跨越时空的心灵对话，将在课堂上学到的抽象文学理论化为刻骨铭心的情感体验与艺术享受，由此得以充分领略文学之美、语言之美、艺术之美。该书因作品缺失、文献不足等原因形成的诸多谜团更是对各个层次的读者形成强大的吸引力，并由此增加一种神秘的魅力，让人欲罢不能，苦苦寻找着那些也许永远都无法得到的答案。对一些人来说，红学研究因此变成一种猜谜游戏，其乐无穷，但过分发展，对学术层面而言，只会误入歧途，有害无益。

可以说，研究红学有着无可置疑的正当性和合理性，不能因为某些研究者的不规范之举就因噎废食，否定整个学科存在的必要性。当下"主流红学破产"之类的"豪言壮语"除了博得一些点击率和商业利益，在学术层面不会有任何实际效果。无论是这部小说自身还是围绕它所产生的种种社会文化现象，都是值得认真探讨的，而事实上，红学研究也正是以此为研究对象展开的，这正是红学得以成立的前提和基础。

《红楼梦》这部优秀小说催生了红学，而不是红学捧红了《红楼梦》，看似十分浅近的道理在红学研究喧闹异常、学术规范缺失的今天，反倒不容易看明白。尽管古人早有"开谈不说《红楼梦》，纵读诗书也枉然"之言，但《红楼梦》真正获得应有的声誉和地位却是在20世纪，而对曹雪芹来说，这一切都来得太迟了。正是在这个悲喜交加的世纪里，昔日受人歧视的通俗小说赫然进入文学家族的核心，并进入大学课堂，被纳入现代学术体系。在此背景下，经过王国维、胡适、鲁迅、俞平伯等先驱者的不断努力，《红楼梦》获得了中外文学史上至为崇高的经典地位，围绕它产生的红学也终于成为一门受人注目的专学乃至显学，在中国现代学术建立的过程中独领风骚，成为体现时代学术文化的风向标，扮演了十分重要的角色。整个社会空前的重视与众多学者的参与使红学与敦煌学、甲骨学并称20世纪三大显学[①]。红学一直喧闹纷繁，热点不断，收获丰厚，这有大批不断发现的重要红学文献为证，有大批相继出现的优秀学术著作为证。在中国现代学术史上，红学研究是可以大大写上一笔的，它代表着中国现代学术的新变和成就。

但也要看到，在获得至高文学经典地位的同时，《红楼梦》这部小说也为此付出了沉重的代价，在一次次刻意、粗暴的涂抹和装扮中，它逐渐失去其本来面目，被严重扭曲和异化，让人感到陌生。回望整个20世纪乃至21世纪的前十年，对这部小说的阅读和研究早

---

① 这一说法的最早提出者当为余英时，他在《近代红学的发展与红学革命——一个学术史的分析》一文中提出："从学术史的观点来看，'红学'无疑地可以和其他当代的显学如'甲骨学'或'敦煌学'等并驾齐驱，而毫无愧色。"（《香港中文大学学报》第二期，1979年6月）。其后这一观点得到学界认可，并广为采用。

已超出文学及文化的范围，变成了全民参与的娱乐运动，可谓举国关注，受到政治、商业等因素的轮番冲击。于是，这部小说被自以为是的专业或业余的红学家随意装点，或被打扮成指点迷津的商业教科书，或被包装成隐藏着重大历史内幕的密码本，或被吹捧成包治百病的百科全书，等等。有关这部小说的解读可以说是众说纷纭，热闹非凡，只有你想不到的，没有人家提不出来的，什么千奇百怪、匪夷所思的说法都有，个个都理直气壮，气吞山河，好在大家已经司空见惯，这些说法再石破天惊都无法让人感到意外和惊奇。

在种种喧嚣和吵闹声中，没有学术门槛的红学逐渐从一门专学蜕变成一种行为艺术，谁都可以扯着嗓子讲上两句，只要有时间、有精力，随时都可以在网上发帖。好像《红楼梦》什么都是，是密码本，是百科全书，是灵丹妙药，反正它不是小说，不是文学作品。如果曹雪芹在天有灵，看到自己的"一把辛酸泪"被糟蹋成这个样子，他恐怕要流下更多的辛酸泪，会后悔当初不该写这本书。这看似荒唐，却是眼前活生生的现实。对学术规范的漠视和践踏，使红学不可避免地成为一个人人得以利用的"公共垃圾箱"，不管是非驴非马的解梦派红学，还是沙滩起高楼的秦学，不管是创建新体系的土默热红学，还是宣告主流红学破产的言论，都可以利用红学的招牌招摇过市，吸引人们的眼球。

退一万步讲，即使某些人的观点能够成立，《红楼梦》确实是一部历史著作，确实是隐藏着什么东西的密码本，确实是百科全书，这种做法除了将《红楼梦》变成一个怪胎，又能给这部小说带来什么？又能给中国历史、中国文化带来什么？我们的历史文化知识和观点会因此而发生丝毫的改变吗？答案无疑是否定的。这样做并不能为这部小说增光添彩，反而会损害其应有的价值。清代历史研究固然有不少"空白"，但将《红楼梦》作为史书来看，它又能提供多少可信的重要史料呢？它又能填补多少我们未知的历史文化空白呢？

我们不需要一段未曾发生过的虚拟历史，我们也不需要一种根本不靠谱的个人臆想，我们缺少的是像《红楼梦》这样优秀的小说，因为中国文学史上这样的作品实在太少。《红楼梦》之所以在中外文学史上获得如此崇高的经典地位，就是因为其巨大的文学成就和艺术魅力，而不是别的。它不是历史著作，不是百科全书，不是圣经，它就是一部小说、一部文学作品。一部天才作家创作的优秀小说不需要什么不相干的奖杯和鲜花来贴金，仅仅是其在文学艺术上的巨大成就和杰出贡献便足以使它不朽，足以使它永恒，难道这还不够吗？

假如《红楼梦》的作者不是曹雪芹

近些年的《红楼梦》研究有一个热点，那就是有一帮人变着花样、成群结队地去否定曹雪芹的著作权，呼啦啦，几乎一夜之间，一百多个《红楼梦》的作者候选人急不可耐地从祖国各地的犄角旮旯里冒了出来，比如冒辟疆、方以智、顾景星、洪昇、张岱、傅山、蒲松龄、孔尚任、顾炎武、黄宗羲、袁枚、纳兰性德、方苞，甚至就连崇祯、顺治、雍正、乾隆这些皇帝都没被放过，被从皇陵里死拉硬拽出来凑数。

从一百多个已经提出来的《红楼梦》作者候选人来看，没有什么不可能，只有你想不到，只要把脑洞开到无限大就可以。

否定曹雪芹的著作权一下成为一种时髦，一些人争先恐后，好像不赶紧提出一个《红楼梦》作者的候选人就连饭都吃不香。

因现代资讯的发达，这些五花八门、骇人听闻的新观点随着网站、自媒体的遍地开花被大量释放，打开手机，想看多少有多少。不出意料的话，近两年内《红楼梦》的作者候选人会达到二百人乃至更多。

大清帝国二百多年间，前后存在的人口少说也有十亿八亿，因此从理论上来说，《红楼梦》的作者候选人可以多达几亿人，空间大着呢，真正的作者到底是谁，尚未取得共识。因此，那些所谓的红学家们仍需努力。

对这些千奇百怪、让人眼花缭乱的观点，笔者不想也不愿做评价，只打一个比方。考证《红楼梦》的作者如同断案，都是要靠证据和逻辑来说话的。

假如《红楼梦》的作者是个十恶不赦的杀人犯，而这些所谓的红学家都是定人生死的判官，按照这些人认为自己永远正确的风格，已经有一百多个清代好汉包括顺治、乾隆因为被诬陷为《红楼梦》的作者而人头落地，还有更多的清代人生活在"白色恐怖"之中，瑟瑟发抖，因为他们都有被指认为《红楼梦》作者的可能，而且一旦被指认，是不可更改的，只能送死。

南京曹雪芹纪念馆

要知道，这些所谓的红学家一旦找到他自己认为的所谓《红楼梦》作者，那将像誓死捍卫个人信仰一样，一辈子都不会改变。

时尚风潮之下，再说曹雪芹是《红楼梦》的作者似乎已经过时了，会被人嘲笑了。但让人奇怪的是，热衷于提出《红楼梦》作者候选人的几乎清一色都是业余爱好者，而专业学者则几乎清一色坚持曹雪芹作者说，可谓壁垒森严。

何以如此呢？其中最为常见的一个说法就是：其实你们专家学者早就知道《红楼梦》的作者不是曹雪芹。如果否定，你们就没有饭吃了，你们为了维护自己的既得利益，即便知道曹雪芹不是《红楼梦》的作者，也坚决不会承认。

对于这个说法，笔者的评价是小人之心加想当然。

说小人之心是因为，大概持这些说法的人想从红学研究中捞一些好处，比如名声、金钱之类，于是就本能地以为别人也和他一样，研究《红楼梦》都是为了谋利益，所以会形成一个个利益集团。按照这种卑琐、无聊的小人之心，专家学者承认曹雪芹的著作权是有利益的，他们为了维护自己的饭碗，即便知道作者是康熙，是蒲松龄，也会故意装傻。所以真理永远掌握在这些所谓的红学家手里。

说想当然是因为这些所谓的红学家一辈子可能都没见过正经的专家学者，即便见过几个，也是那种冒牌的、不上档次的伪劣专家，然后就鹦鹉学舌一样跟着别人去嘲笑大学教授，嘲笑专家学者。

至于专家学者为何早就知道《红楼梦》的作者不是曹雪芹，自然也是这些所谓的红学家想当然想出来的，因为他觉得每个人都必须按照他想当然的样子去思考去生活。

为什么专家学者对这些所谓的红学家一直不愿搭理，不屑一顾，除了这些人的观点骇人听闻、荒诞可笑，还有一个重要原因，那就是这些人对高等学府的运作机制、对中国现行的科研制度几乎一无所知。什么都不知道，还信口开河，满嘴跑高铁，他们对专家学者往往凭着自己莫名其妙的离奇想象去理解去评判，经常说得驴唇不对马嘴，你想搭理他都没法和他对话，除非从大学文学院或中文系的培养方案这类最基本的常识讲起，问题是他还不一定能听懂、能接受。

悲钟鸣鼎食之家，挽翰墨诗书之族

——从《红楼梦》看曹雪芹的家族情结

在中国古代，家族出身受到特别的重视，它往往关乎一个人的前途命运及社会评价，并由此形成一套十分完整严密的宗法制度，三国两晋南北朝时期门阀制度盛行并达到极致。这种制度及观念早已渗透到社会文化生活的各个方面。名门望族是人们羡慕的对象，从《水浒传》中杨志的家族荣誉感和精神压力不难看出家族意识在社会文化生活中的作用和影响。

在此社会文化语境中所产生的小说流露出浓厚的家族意识自然不足为奇。这在文学创作上主要表现在两个方面。

第一，作家的文学创作往往受到其父祖先辈的影响，形成某种特色的文学传统。古人所说的家学就包括这种文学传统和影响。这种影响既可以是思想意蕴层面的，又可以是艺术表现层面的。中国文学史上的文学世家就是最为典型的例子，如"三曹""三苏"。这样的世家有时甚至可以延续很长时间，如明清时期吴江的沈氏文学世家，其文学传统共延续 13 世，400 多年，产生文学家 140 人 ①。这无疑是中

---

① 详细情况参见李真瑜《明清吴江沈氏文学世家论考》一书，香港国际学术文化资讯出版公司 2003 年版。

国文学史上的一个奇迹，其形成机制及其背后的文化心态都是值得深入探讨的。在红学研究中，人们常爱提及父祖及家庭文化氛围对曹雪芹创作的重要影响。

第二，受家族文化的影响，作家也会在其作品中流露出浓厚的家族意识，乃至直接将家族或隐或显地写入作品，尽管表现形式有所不同，或承袭其先辈的创作传统，或关注家族题材，或表达家族观念。在中国古代小说中，英雄传奇小说、世情小说这两类小说多以家族为题材，对家族问题给予特别关注，前者风格浪漫，多从外部冲突描写家族的荣誉；后者则较为写实，多从内部展示家族的生存状态。

一、家族与小说的双向互动

显然，《红楼梦》的研究也应该从这些方面着手。因为作者将自己的家族史融入小说，使小说带有一定的自传色彩。事实上，家世问题在这部小说中体现得更为明显，曹氏家族的兴衰巨变不仅改变了曹雪芹这位伟大作家的命运，还在其心上刻下了永不磨灭的烙印，深深地影响着其人生观与文学创作，成为他创作《红楼梦》的重要素材。在这部小说中，作者将家族的兴衰巨变作为一条十分重要的线索给予充分展示，尤其需要指出的是，曹雪芹还把与自己家族有关的一些真实的人物和事件也巧妙地写进小说。如第十六回赵嬷嬷与贾琏、王熙凤关于皇帝南巡的谈话，多与曹家的家世相合。再如作品第五十二回有"一时只听自鸣钟已敲了四下"之语，据脂批，这是作者为了避祖父曹寅的名讳，"四下乃寅正初刻，'寅'此样（写）发，避讳也"（庚辰本双行夹批）。无疑，作品对各类家族问题所表达的见解出自作者刻骨铭心的亲身经历和情感体验，故写得特别真切，也特别深刻。由此可见，为研究《红楼梦》的需要而考察曹家的家世是有其必要性的，这是红学研究中必不可少的一个基本步骤，也是曹学能够成立的一个前提。

在小说中，曹雪芹将自己家族的兴衰历程作为重要素材来加以表现，对家族问题表现出特别的关注。尽管儿女问题、婚恋问题等也是作者着重描写的对象，但都是在家族兴衰这个大框架中作为家族基本组成部分加以表现的，家族的变迁不但是全书的重要内容和主要线索，而且是其他故事展开的基本背景。由于资料的缺乏，加上作者的想象虚构等艺术加工，很难将曹家的历史和小说中的描写一一对应起来，但从小说人物、事件的种种描写及情节、结构的安排中，分明可以体会曹家的存在。事情的真假也许并不是最重要的，最为重要的是曹雪芹作品中对家族问题的认识和情感以及表现形式。既然要对世人表达什么，既然要借助小说这种形式，说明曹雪芹不但着眼于曹氏家族，而且要借助一个家族的描写来探讨一些带有普遍性、规律性的问题。

在中国古代，具有家族意识的小说主要有两类：一是英雄传奇小说，代表作品有《杨家府演义》《说岳全传》等；一是世情小说，代表作品有《金瓶梅》《林兰香》等。这些作品对家族问题皆有所展示，相比之下，它们要么以歌颂的态度只表现家族具有光彩的一面，要么只描绘家族内部的某些方面，描写不如《红楼梦》真实、丰富，思考也不如《红楼梦》深入。可以说，《红楼梦》在家族描写方面的成就在中国小说史上是首屈一指的，所达到的思想深度和艺术高度都是其他作品无法比拟的。但同时也要注意，对家族弊端的激烈批评与反对宗法制度、背叛自己的家族和阶级之间是不能画等号的，就像蒲松龄无情抨击封建科举存在的弊病而并不否定科举制度本身。我们应该实事求是地评价作者的思想，而不能站在现代人的立场人为拔高。

同时还应该指出的是，在探讨曹雪芹家世与《红楼梦》的关系时，不能因为小说有一定的真实成分而将它与历史完全对应起来。事实上，由于资料的缺乏，所能寻找到的可以与小说对应的人物、情节并不是很多。而且，这种做法从研

江宁织造博物馆

究方法上来讲也是不可行的，因为《红楼梦》毕竟是一部小说，而不是史传。既然选择了小说形式，就说明曹雪芹认可了中国古代通俗小说的演义传统，并不愿意完全照搬曹家的历史，而是要进行适当的虚构和想象。不理解中国古代通俗小说的文学传统及其实际生存状况，认为曹雪芹在小说中隐藏着难以言说的历史事实，这只能是没有根据的主观臆说，为此而进行的解码注定是徒劳的，也是没有价值的，因为那实在是歪曲了这部伟大的作品。

家族的兴衰巨变到底对曹雪芹的思想和创作产生了什么样的影响？这些影响如何在作品中得到艺术表现？通过作品，作者表达了什么样的思想和情感？这些在中国小说史上有何贡献和价值？它对后人有哪些启发？也许这才是我们最应该关心和探讨的问题。

二、现实批判与家族书写

《红楼梦》的现实批判精神也是研究者经常提及的，这可以从葫芦僧乱判葫芦案等相关人物、事件的描写中看出来。这一批判精神显然与曹雪芹的身世、际遇有关。在经历过家族由盛到衰的巨变之后，曹雪芹对社会人生多了许多刻骨铭心的体验。饱受人间冷暖、看惯世态炎凉的他不可能去为那个带给他极大痛苦的社会大唱赞美诗；相反，他的目光会变得十分挑剔、严苛。对曹雪芹来说，《红楼梦》的创作实际上意味着以文学的形式进行一次不堪回首的历史回望，发泄个人牢骚和不满的成分固然有，但作者的本意并不在此，他怀着忏悔的心理来追述一段难忘的时光，其中带有许多反思的成分。自然，这种反思是带有浓厚的批评色调的。

就批评的对象而言，主要集中在贾府的家族成员。小说对家族内部存在的诸多弊端给予了全方位揭露：无论是高高在上的家族骨干，还是身份低微的丫鬟仆从；无论是对外的交通外官，还是内部的钩心斗角；无论是男人们的荒淫无耻，坐吃山空，还是女人们的争风吃醋，惹是生非；无论是丧礼上的大肆挥霍，风光无限，还是月例的借贷生利，延期发放……都得到了充分展现。

作者的这种全貌展示自然是有其深意的，他以具体可感、生动形象的人物、事件描写让读者看到一个"功名奕世，富贵流传"的百年望族从烈火烹油、鲜花着锦到落了片白茫茫大地真干净的沧桑巨变，并点明其根源所在。显然，在曹雪芹看来，贾府的走向破败、衰落，并非一人一时之力可成，它是各种矛盾冲突经过长时期积累之后的总爆发，有其历史必然性。在这一过程中，家族的每位成员，无论身份高低，无论性别如何，都既是悲剧的承担者，又是悲剧的制造者，可以说，他们自己动手埋葬了自己。贾赦、贾琏、贾珍、贾蓉等人的荒淫堕落固然是导致家族悲剧的直接因素，但贾宝玉的叛逆和反抗同样从根本上动摇了支撑家族的基石；身为管家的凤姐以权谋私、中饱私囊，将整个家族一步步带向万劫不复的深渊，厨房内部的种种风波同样可以形成推翻大厦的致命力量。这正如作品中那位清醒的旁观者冷子兴所概括的："主仆上下，安富尊荣者尽多，运筹谋画者无一；其日用排场费用，又不能将就省俭，如今外面的架子虽未甚倒，内囊却也尽上来了。这还是小事。更有一件大事：谁知这样钟鸣鼎食之家，翰墨诗书之族，如今的儿孙，竟一代不如一代了！"

总的来看，作者在揭示家族内部的种种弊端时，笔无藏锋，批判色彩是很鲜明的，也是很尖锐的。这与作者的特殊生活经历有关，从作品的字里行间，我们可以分明感受到其带有忧伤、悲愤色调的沉痛心情。

家族的衰落、破败并不是一个孤立的社会文化现象，尽管每个家族有其独立性、自足性，但它们都不是封闭的，其盛衰兴亡与外界诸多社会文化因素的影响息息相关，这些因素可能是有利的，也可能是致命的。研究者过去经常提及《红楼梦》中所写的四大家族，指出他们"连络有亲，一损皆损，一荣皆荣，扶持遮饰，俱有照应"的密切关系。显然，注意这些家族相互间的依赖关系对深入理解作品是有帮助的。按照这种思路，《红楼梦》里写了五大家族，因为在贾、史、王、薛之外还有甄家。从这个角度来看，写一家实际上是写了五家，贾府不过是其中的代表。小说对家族生活的描写具有一定的普遍性，贾府存在的问题在其他家族中也不同程度地存在。

贾府之外，除薛家着墨较多，史、王等家基本是虚写，只是在与贾府发生关系时才会写到。

此外，揭露家族的弊端必然会涉及围墙之外的大千世界，这是家族故事展开的社会文化背景。小说对此有较为充分的展示，比如第四回贾雨村的徇私枉法，再比如第十三回太监戴权的以权谋私、第十六回秦钟临死前判官与众鬼的对话、第七十二回夏太监、周太监的索要钱财。总的来看，作者是以批评的眼光来审视当时的社会的，对其中存在的种种弊端和恶俗给予了一定程度的揭露。

不过需要指出的是，与对家族黑暗的沉痛揭露相比，作者批判社会的力度要小一些，其锋芒并没有超过此前的同类作品如《金瓶梅》《醒世姻缘传》《林兰香》，其不满情绪的表达还是比较含蓄的。可见，他对家族与外界社会的态度还是有所区别的。在小说开篇，作者即强调这部作品"并无大贤大忠理朝廷治风俗的善政""上面虽有些指奸责佞贬恶诛邪之语，亦非伤时骂世之旨""毫不干涉时世"。同时还强调，"朝代年纪，地舆邦国""却反失落无考"。与其他小说相比，作者故意模糊书中所写朝代、地名、官职等涉及时世的内容，其中有不少系个人杜撰。反复强调，说明作者本人也意识到小说中流露的这种不满情绪很容易让人联想其特殊的家世背景和经历，由此惹出祸端。作者这样做，应该是一种策略。为躲避文网，他有意淡化这一点，希望人们对其"大旨谈情"的创作意图给予更多关注。

痛苦与迷茫

——《红楼梦》的青春书写

　　研读《红楼梦》，遇到的一个问题就是这部小说到底写了什么。这句话也可以用另外的词语替代，比如《红楼梦》的主题、主旨、中心思想之类。笔者多次说过，解读《红楼梦》有四个关键词，那就是：家族、爱情、青春和生命。现在专门谈谈其中的青春话题。

　　笔者概括的这四个关键词来自《红楼梦》，就在该书的第一回，作者很明白无误地说了如下一段话：

　　　当此，则自欲将已往所赖天恩祖德，锦衣纨绔之时，饫
　　甘餍肥之日，背父兄教育之恩，负师友规训之德，以至今日
　　一技无成、半生潦倒之罪，编述一集，以告天下人。

　　如果不是有意追求别解，理解这段话就一点都不困难，也不存在什么争议，那就是作者写这部书是为了向天下人谢罪，表达忏悔之意，忏悔自己年轻的时候享受父祖辈带来的荣华富贵，却没有听从父兄的教育和规劝，才导致今天"一技无成，半生潦倒"的悲惨下场。

　　这段话明白无误地告诉读者，这是一部有关青春的小说，意在表

达自己的忏悔之情。结合后面的人物和情节来看，作者用了相当多的笔墨来写这一话题。遗憾的是，不少读者对这个话题没有注意，也可以说关注不够。

最早对这个话题进行阐述的是余英时。他在《红楼梦的两个世界》中提出，《红楼梦》里写了两个世界，一个是以大观园为核心的世界，这是一个年轻人的世界；另一个是大观园之外的成人世界。两个世界之间存在矛盾，但结局也是注定的，那就是成人世界吞噬了年轻人的世界。

余英时的阐释符合小说的实际，但他用更多的篇幅来论证两个世界存在的事实，分析两者的矛盾，而青春这一话题的其他方面没有涉及。笔者在其基础上继续探讨。

从《红楼梦》对人物形象的塑造来看，使用笔墨最多、写得最精彩的，几乎都是年轻人，无论是贾宝玉、林黛玉、薛宝钗、史湘云这样的年轻贵族，还是袭人、晴雯、鸳鸯、香菱这样的少女丫鬟。尽管他们并不是决定贾府命运的核心人物，但在小说中，他们却是真正的主角，作者将目光主要聚焦在这些人物身上，写出他们的喜怒哀乐。从这个角度来看，《红楼梦》是一部青春小说。

小说写出了这些年轻人的欢乐，带有青春气息的欢乐，比如海棠诗社赛诗、庐雪庵联诗等，他们活动的场地主要在大观园。大观园像一座青春的庇护所，为他们提供了充分享受青春的机会。

但是，这些欢乐总是短暂的，对这些年轻人来说，他们感知更多的则是痛苦。这种痛苦来自青春之外的另一个成年人的世界。

作为大观园里的男性，贾宝玉被家族寄予厚望，家长们为他进入成年世界做着各种准备，包括参加科举、与贾雨村结交并学习官场的

邮票金陵十二钗

规则等。但这不是贾宝玉所喜欢的，他努力做各种抗争，但这种抗争给他带来的是父亲的毒打和各种管束。

他对成年世界有着一种本能的恐惧，他像猎物躲避猎人一样躲避着父亲，与那些成年人保持着距离，不仅自己拒绝长大，还拒绝别人长大，比如他不喜欢女孩子嫁人，因为他认为女孩子一旦嫁人，就进入成年世界，变得利欲熏心，失去内心的本真，像死鱼眼睛一样可恶。

同样不愿意长大的还有林黛玉，她的《葬花吟》，表面在感叹时光的流逝，感叹红颜易老，实际在哀悼青春，哀悼自己。她是一位敏感的诗人，从落花联想到自己。不少人老是强调她的寄人篱下，我们可以做一个假设，假如林黛玉在自己家里，她还会不会葬花？答案恐怕是肯定的。

小说还用不少笔墨描写了青春世界与成年世界的冲突。除了贾宝玉，小说还特别写了年轻丫鬟们与婆子们之间的冲突。当晴雯、司棋、蕙香这些丫鬟被逐出大观园的时候，那些婆子们的表现如同过节一般开心，何以如此？

其实这种冲突贯穿于整部小说，比如李嬷嬷与袭人的冲突、芳官与其干妈的冲突、春燕与其姑姑的冲突，又如晴雯被赶走与王善保家的告密有着直接的关系。这种冲突实际上就是青春与成人的冲突。那些婆子们年轻的时候也美丽过，也为主人们服务过，进入成年世界后，她们年长色衰，没有机会再做那些出头露面的轻巧活，只能做一些粗活笨活，这让她们的内心难以平衡，从而生出妒忌。她们想控制这些年轻丫鬟，反而受到晴雯等人的嘲笑，这些让婆子们产生了深深的仇恨。

婆子们并不是想教训这些丫鬟们，而是想置她们于死地，这一点从王善保家的言行可以看出来，从周瑞家的驱赶司棋可以看出来，从晴雯、司棋被赶走时很多婆子的拍手称快可以看出来。小说写出了这种斗争的残酷性，年轻丫鬟们的天真与婆子们的阴险恶毒形成鲜明对比，由此也不难看出作者的立场。

需要说明的是，无论是贾宝玉还是年轻的丫鬟们，他们面对的是成年人的世界，这是一场年龄之战，与阶级斗争无关，与反封建礼教无关。《红楼梦》是一部写日常生活的小说，描写了贾宝玉、林黛玉及其身边丫鬟们的成长过程，这种冲突也只能从日常生活的角度理解。每个年轻人在成长过程中都会与家长、老师、亲友这些成年人发生冲突，我们每个人都经历过，我们的孩子们正在经历着，这很正常，也很容易理解，没必要政治化、意识形态化。

　　应该说，贾宝玉、林黛玉的恐惧还是有其现实依据的，在中国古代，无论是男孩子还是女孩子，往往在十六七岁或十七八岁就谈婚论嫁了，他们还没有充分享受自己的青春，还没有长大成人，就要一下进入成年世界，就要为人夫，为人妻。

　　不管怎么样，这种冲突的结局也是注定的，不可改变。不管贾宝玉如何不情愿，不管林黛玉如何拒绝，他们都要和他们的朋友及丫鬟们一起步入成年世界，他们不仅要各自分开，组成各自的家庭，还要成为贾宝玉所说的那种"鱼眼睛"。

　　不单贾宝玉、林黛玉无法逃脱这场悲剧，我们每个人都无法逃脱，我们的孩子们同样无法逃脱，这可以说是整个人类的悲剧。年轻的时候，尽管我们对成年世界的种种尔虞我诈、明争暗斗、卑躬屈膝看不惯，但总有一天，我们多半会成为我们所鄙视的那种人，少有人能走出这样的人生怪圈。

　　这是所有人都会面临的问题，曹雪芹也没有办法解决这一问题，他在小说里重在提出自己的困惑，他留给我们的不是圆满的句号，而是一个个问号。

　　这种困惑借贾宝玉、林黛玉等人表达。以贾宝玉而言，他不愿意读书，不愿意参加科举，不愿意与贾雨村等人交接，那他究竟愿意干什么呢？毕竟混在脂粉队里不是长久之计，在奶奶怀里打滚也只能是暂时的。

而事实上，他自己也很清楚，这些日子是不能长久的，人生苦短，自己很快就要长大。所以他多次设想，在大家分开之前，自己干脆死去，让大家的泪水流成河，为自己送行。

如果让贾宝玉对自己的人生做出长远规划，他肯定会感到困惑和迷茫。他也许知道自己不喜欢什么，但并不知道自己到底想要什么。他不知道，林黛玉也不知道，那些丫鬟们更不会知道。因而也就不难理解林黛玉葬花时的泪水，也就不难理解贾宝玉对分别的凄美想象。

这种困惑，作者也通过人物情节的设置表现出来。他虽然同情贾宝玉，认为他有权利选择自己的人生道路，选择自己的爱情婚姻，选择自己的生活方式，但是他同时也清醒地意识到，贾宝玉对家族的责任同样是无法逃避的。因为他是家里的嫡子，是家族利益的最大受益者，在他身上寄托着整个家族的希望，他没有理由逃避家族的责任。

这是一个两难的处境。过去读者比较多地关注前一个问题，对后一个问题往往做政治化理解。但从作者的角度来看，他并没有明显的倾向，而是陷于两难中。

从小说的描写来看，贾宝玉没有听从父亲的训诫，没有听从母亲的劝告，更没有听从警幻仙子、袭人、史湘云、薛宝钗等人的规劝。这些人的训诫、劝告、规劝都发自内心，是真正为贾宝玉着想的，并没有什么不可告人的目的，但全都被他拒绝了。

贾府后来被抄家，落了片白茫茫大地真干净。如果追究责任，荒淫无耻的贾赦、贾珍、贾琏、贾蓉固然罪无可逃，但贾宝玉就没有责任吗？权利和义务是对等的，他享受着家里最大的好处，为这个家族又做了什么？连探春都在为家族的衰落而忧虑，贾宝玉却像个局外人袖手旁观，这合适吗？

联系小说开头的那段忏悔文字，不难看出作者的立场，他并不是无条件支持贾宝玉的所有言行，而是通过对其各种言行的描写，认真思考这些问题。这不是贾宝玉一个人的问题，也不是一代人的问题，而是千百年来所有中国人都会遇到的问题，过去会遇到，现在会遇到，将来还会遇到。

这些年轻人走向成人世界之时也就是家族败落之日。虽然我们无法看到原作者写的八十回之后的内容，但从前八十回来看，作者是有意这样写的。他不忍心看到这些天真、烂漫的年轻人在成人世界的沉沦与淹没，干脆将这些年轻人埋葬在春风里，在他们成人之前结束这段故事。

青春像一个谜，更像一个问号。《红楼梦》给我们展现了青春的迷人风采，也给我们留下一连串谜团和问号。

《红楼梦》里的代际冲突

  《红楼梦》第七十七回《俏丫鬟抱屈夭风流　美优伶斩情归水月》应当与第二十三回《西厢记妙词通戏语　牡丹亭艳曲警芳心》对照来读。前后对读，可以看出很多问题。

  第二十三回写的是元春命贾宝玉等住进大观园，大家都选择了自己中意的地方，贾宝玉选的是怡红院，林黛玉选的是潇湘馆，薛宝钗选的是蘅芜苑，这些少男少女带领他们的丫鬟们欢天喜地地住进去。特别是贾宝玉，更是心满意得，一口气写了四首诗抒发自己的欢喜之情。

  此后那些令人印象深刻的青春故事便大多发生在这些院落，这些院落也打上了鲜明的个人印记，无论是各色人物，还是一草一木，都有着鲜明的个性特征，人和环境合而为一，绝无雷同。

  但是大家都没有意识到，这里绝不是人生的归宿，而不过是生命之旅中短暂的停留之地，他们有一天都会离开这里，走上不同的人生轨道。

  大家更没有想到的是，还没到分手的这一天，就已经有人被逐出了大观园，其中最为典型的体现在第七十七回。

  此前也有人离开大观园，比如怡红院的茜雪、小红，但这次最为集中，是清一色被驱逐的，包括司棋、晴雯、蕙香及芳官等女婢和女伶。此前此后因这件事离开大观园的还有薛宝钗、贾兰的奶妈等，还有出嫁的迎春及其贴身丫鬟。前后算起来，短短几回里，陆续离开大观园的有二十多人。

小说写到七十多回，已经进入诀别的季节。尽管我们不知道八十回之后曹雪芹是如何具体描写的，但读者都知道，出去的绝不可能再回来，住在里面的注定会一个个出去。

此前袭人曾经私下里向王夫人提过建议，要想个办法让贾宝玉搬出去。现在不用再绞尽脑汁了，王夫人直接用粗鲁野蛮的手段驱逐女儿们。

清光绪印本《大观园图》

不知道细心的读者们是否注意过这一幕，这些丫鬟们被驱逐时哭天抹泪，痛不欲生，贾宝玉自然肝肠寸断，但并不是所有人都像他这样难过，有些人不但不同情，反而无比喜悦，仿佛过节。

让我们看看，都是谁在庆祝。

先看司棋的离开。执行驱逐任务的是周瑞家的，这应该是她最喜欢的差事，因为她平日里深恨司棋这些大丫鬟，从她不断驱赶威逼司棋的言行中不难体会她的得意之情，以至于贾宝玉觉得她比男人更可杀。

再看看晴雯的离开。几个老婆子听说之后喜笑颜开，有种称心如愿的解脱感。

蕙香被赶走，是李嬷嬷主动指认揭发的。

芳官、蕊官、藕官的离开让两位老尼姑即水月庵的智通和地藏庵的圆信开心不已，因为她们拐走了三位年轻美貌的小姑娘去做苦力，说不定这三位小姑娘还有其他见不得人的用途。

这些年老女性都是有儿有女的人了，她们的女儿、孙女或外孙女甚至就在贾府当差，按说她们应该同情才对，何以晴雯、司棋这些姑娘们被驱逐，会让她们如此开心？

其实只要往前看看，看看袭人和李嬷嬷的冲突、芳官和她干娘的冲突，看看春燕姨妈和莺儿等丫鬟的冲突，就可以找到答案。

这不是某个年老婆子和某个年轻丫鬟的冲突，而是整个年老婆子与年轻丫鬟的代际冲突。

过去人们解读《红楼梦》，很喜欢用阶级斗争的观念。如果说《红楼梦》有阶级斗争，这就是阶级斗争，即婆子阶级和丫鬟阶级的斗争。

这里所说的阶级斗争与过去所讲的完全不同。众所周知，用阶级斗争的观点解读《红楼梦》，这种方法曾经十分流行，现在也颇有影响。其解读方法是，根据时代特点，将《红楼梦》里的人物分为统治者和奴隶，或地主阶级和农民阶级，认为《红楼梦》就是写这些阶级之间的斗争。

但问题是，按照这个理论，作品里的人物该如何划分阶级呢？贾母、王夫人、王熙凤自然是统治阶级，那平儿、鸳鸯、晴雯呢？他们都属于奴隶阶级？

如果说贾赦、贾珍代表地主阶级，那贾宝玉、林黛玉算什么阶级？袭人、司棋就能代表农民阶级吗？还有说贾宝玉、林黛玉代表农民阶级的，问题是有谁见过贾宝玉、林黛玉这样的农民？

看看曹雪芹吧，他生活在那个年代，别说根本不知道什么叫阶级斗争，更不用说用阶级斗争的理论去写小说了。即便他知道了这种理论，他愿意用这种理论去写自己的小说吗？

答案是否定的。因为从现存的小说内容里看不出来，一点都看不出来！

按照阶级斗争的理论，被压迫的阶级不管是奴隶阶级还是农民阶级，都应该仇恨那些统治者、地主们，一旦离开这些剥削、压迫他们的人，他们应该欢欣鼓舞才是，但小说中的描写实在打脸。

生在农村、长在农村的刘姥姥一家算是根正苗红的农民了吧，可偏偏跑到统治者、地主阶级的贾府去求助，结果不但没有遭到白眼，反而得到热情接待，收获颇丰。刘姥姥这种行为如何评价？她是农民阶级的败类？

再看金钏，她是王夫人身边的丫鬟，是个不折不扣的奴隶。按说被逐出贾府，她应该高兴才是，竟然因此而投井自杀，一点奴隶反抗的精神都没有。

还有司棋、晴雯这些女婢以及芳官等十二个女伶，何以让她们离开大观园，免受统治阶级的剥削，恢复自由身，她们却哭哭啼啼，死活不干？这到底是怎么回事？

如果说一个人有奴才意识，为何这些受剥削、受奴役的丫鬟们都不愿意离开大观园，离开贾府？以阶级斗争论解读《红楼梦》的荒诞和可笑就不必多解释了，看看作品中的描写就可以知道。

如果非要说《红楼梦》写阶级斗争，那确实有，就是年轻丫鬟阶级与年老婆子阶级之间的斗争，而且在小说中以后者的胜利而告终。

何以两者之间有如此激烈的对抗，以至于年轻丫鬟们到了生离死别的份上，那些婆子们竟然还如此开心？年龄难道可以构成阶级仇恨吗？

从《红楼梦》的描写来看，答案是肯定的。

贾宝玉一直不喜欢女孩子出嫁，认为出嫁的女孩子就像死鱼眼。对他的这一看法，一些读者视为奇谈怪论，或者认为这是因贾宝玉自私，他希望所有女孩子都留在自己身边。

其实，这是一种误解，没有读懂贾宝玉的意思。

贾宝玉并不是不喜欢女孩子出嫁，他不喜欢的是女孩子出嫁之后的改变。这些女孩子在出嫁之前，青春、美丽、天真、善良，让人感到生命的美好。一旦出嫁之后，变得利欲熏心，斤斤计较，如春燕的姨妈、芳官的干妈之类，面目可憎。相貌的衰老倒还是其次的。

在大观园乃至贾府里，一旦年长色衰，变成婆子，就失去贴身服侍那些主子的资格，无法再享受由青春得来的福利，只能干一些粗活笨活。再加上那些年轻丫鬟的活泼好动、年少轻狂，更让这些婆子们看不顺眼，感到嫉妒，她们忘记自己是怎么演变过来的，转身与自己的过去进行争斗。

斗争的结果是可以想象的，那就是这些年轻的丫鬟们要么为她们的年少轻狂付出生命的代价，要么有一天也要配小子、成为婆子。

人生的轮回悲剧就在于，当那些在婆子们的嫉妒、怨恨的目光中成长的年轻丫鬟出嫁，成为新一代婆子之后，又会转身去仇恨那些刚刚成长的丫鬟们。

代际的冲突在一代一代上演。

难道没有办法解决这个人生难题吗？

其实作者也清醒地意识到这一点，女孩子的出嫁是不可避免的，女孩子成为婆子也是正常的，但是在成为婆子之后，希望还能在心目中保留几分少女的情怀和浪漫。这样，即便俗了，也不会俗得没有底线，俗得让人厌恶。比如贾母，可谓典型的老婆子了，她为什么不让人厌烦，除了是长辈，就没有别的因素了吗？

也许作者在提醒我们。

《红楼梦》不仅写出了不同身份人物的人生困境，还写出了人在不同年龄段的各种苦恼，这些困境和苦恼不是说解决就能解决的，有不少问题是没有答案的，也许这就是人类的宿命。《红楼梦》写出了人类的这种宿命，与其说作者给出了自己的答案，不如说他提出了自己的困惑，这些问题他解决不了，我们也解决不了，后人同样无法解决。

《红楼梦》的永恒性也许就体现在这里。

透过石头看《红楼》

现在和大家一起聊聊《红楼梦》里的那块石头，透过这块石头的描写来解读《红楼梦》，领略这部经典小说的独特艺术魅力。

阅读欣赏《红楼梦》，要深入了解这部小说，不可不了解这块神奇的石头，这块石头在小说中有着特别的意义。

首先，它关涉到《红楼梦》的书名。大家知道，《红楼梦》有多个名称，如《情僧录》《风月宝鉴》《金陵十二钗》等，其中有一个叫《石头记》。在早期流传的过程中，这部小说多被称为《石头记》，比如脂砚斋的批点本就叫《脂砚斋重评石头记》。后来《红楼梦》这个书名流传开之后，《石头记》这个书名用得才少了一些。

这部小说为什么以石头为名，叫《石头记》呢？

原因很简单，石头是该书很重要的一个物件或者可以说是一个角色。起初是补天未用之石，到人间之后成为贾宝玉形影不离的佩玉。但它并不是那种没有生命的物品，而是通了灵性、可以说话的石头。根据作者的设计，它既是一位亲历者，又是一位故事的讲述者。它贯穿始终，在作品中有着重要的作用。

用作品里的重要物品命名，这是中国古代文学作品常用的手法，在戏曲中用得最多，比如《琵琶记》《桃花扇》。《红楼梦》继承了这种命名方式，又进行了创新，赋予石头以多种身份和功能，巧妙地贯穿起多个人物、情节和线索，成为小说的核心话题，并由此生出变化，还变得严整周密。可以想象，没有这块石头，也就没有木石前盟，没有衔玉而生，小说因此会少了许多情趣，逊色不少。

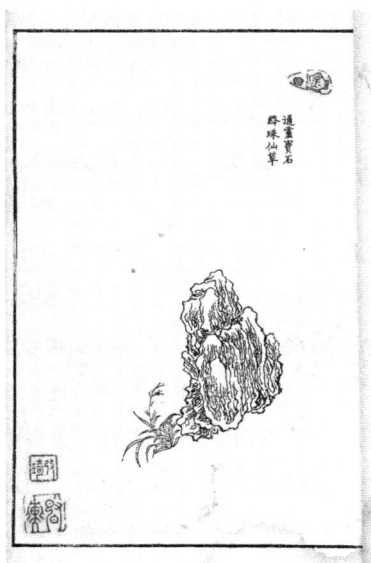

清代改琦绘通灵宝石、绛珠仙草

其次，按照小说的设计，《红楼梦》中故事的讲述者是那块无材补天，幻形入世，蒙茫茫大士、渺渺真人携入红尘，历尽离合悲欢炎凉世态的石头。

大家知道，中国古代通俗小说是由唐宋时期的说书发展而来的，保留了说书的讲述方式，作者通常化身为一位说书人，营造一种现场说书的氛围。如冯梦龙在《喻世明言》第一卷《蒋兴哥重会珍珠衫》开头，有一段和读者交流的话："看官，则今日听我说《珍珠衫》这套词话。"《红楼梦》在开篇继承了这种故事的讲述方式，介绍了石头下凡并将记述其经历的情况，巧妙地介绍了该书的创作缘起及动机等。

但是在故事的主体部分，作者打破常规，让石头作为故事讲述人，讲述贾府的兴衰及发生在贾府的人和事。这在书中第一回交代得很明确："石兄，你这一段故事，据你自己说有些趣味，故编写在此，意欲问世传奇。""出则既明，且看石上是何故事。按那石上书云。"

这位石头在讲述故事时并非完全隐在幕后，他还不时现身，以"蠢物"自称，对故事讲述中的一些问题进行解释，发表议论。比如在第六回开头，这位叙述者对如何讲述故事作了一段说明，并表示："诸公若嫌琐碎粗鄙呢，则快掷下此书，另觅好书去醒目；若谓聊可破闷时，待蠢物逐细言来。"再比如第十五回写"凤姐因怕通灵玉失落，便等宝玉睡下，命人拿来塞在自己枕边"。在这一细节叙述之后，石头出面进行了一番顺理成章的解释："宝玉不知与秦钟算何账目，未见真切，未曾记得，此系疑案，不敢纂创。"此外，在作品的第八回、第十八回中也有石头所作的类似解释、说明性文字。

作者为何要采取这种讲述方式呢？

从艺术表现的角度来看，这样做自然是为作品增加变化，读起来生动有趣。

作者这样安排，还有一个重要的考虑，这是其精心选取的一个角度。石头得一僧一道之助，被贾氏家族视为珍宝，一直戴在贾宝玉的脖子上，形影不离。这种设计为石头提供了一个独特的观察视角，即和贾宝玉基本相同的视角。贾宝玉在家族中居于核心地位，同其他各色人物有着较为频繁且密切的联系，具有贯穿人物故事的线索功能，这无疑为石头的观察和记录提供了方便。从表达效果来说，故事讲述者的这种设定使其可以"亲睹亲闻"，增加了叙述的可信度，从而获得一种现场感和逼真效果。

用石头的口吻来讲故事，显然也出于现实的考虑。作者显然考虑到，好奇心重的读者会将这部作品与自己独特的身世经历联系起来。谁都明白，这在文网森严的乾隆时代意味着什么。篇首的神话故事以及后面的三生石畔还泪故事，太虚幻境的描写，跛足道人、癞头和尚的屡屡出现等，可以在一定程度上削弱作品的真实感，造成一种间离效果。这种设计也可以看成作者有意设计的障眼法，给人一种亦真亦幻、神秘莫测的感觉，形成一种保护色。这样做，自然有避免对号入座的意思在，不让读者把小说中的人物和事件看得过实，从而避免不必要的麻烦。

从艺术表现的角度来看，作者对故事叙述者石头的安排不是生搬硬套，而是通过女娲补天、三生石畔还泪的巧妙贯穿自然而然实现的，合情合理，妙然天成，可见作者之慧心。这种讲述故事的方式在以往的小说中是没有的，新颖、别致，不同凡响。

有的读者因小说的讲述人是石头，遂认为石头是《红楼梦》的作者，曹雪芹只是改编者，因而否定曹雪芹的著作权——这是对小说的艺术手法缺乏了解的表现。当下有一些人热衷于否定曹雪芹的著作权，相继提出多位候选人，这是缺少依据的。前已详述。

最后，这块石头具有深厚的文化内涵。大家知道，《红楼梦》中的这块石头不一般，它是女娲补天所炼但未使用的一块石头，因未发挥作用而自怨自叹。作者引入这一女娲补天的上古神话，显然是有用意的，用以表达对家族破败的惋惜之情。

小说描写了贾府从盛到衰的过程，作者对家族的破败是惋惜和痛心的，补天神话契合了作者的这种思想和情感。作者巧妙利用这个补天神话并加以改写，不仅增加了小说的文化内涵，还为小说增添许多变化，达到一种厚重而不失灵动、亦真亦幻的艺术效果。

读《红楼梦》，不可不留意这块来历不凡、内涵丰富、贯穿始终的石头。

围绕这块石头，还有两个问题需要加以辨析。

第一个问题，小说开头出现的这块石头与后来出场的神瑛侍者、贾宝玉以及贾宝玉的佩玉通灵宝玉之间有什么关系？

学界对此有两种说法，一种认为他们是两两对应的关系。即补天未用的石头被癞头和尚、跛足道人携带下凡后，变成贾宝玉佩戴的通灵宝玉，而神瑛侍者则在下凡后托生为贾宝玉。

另一种说法认为四者是一体的关系，即补天未用的石头变成神瑛侍者，下凡后再变成贾宝玉及其佩玉。

两种说法都有版本依据，前者主要见于脂本，后者主要见于程本。在脂本中，石头与神瑛侍者没有直接关系，各自在不同的故事中，没有交集。但在程本中，两者成为一体的关系，比如程甲本是这样写的："只因西方灵河岸上三生石畔有绛珠草一株，那时这个石头因娲皇未用，却也落得逍遥自在，各处去游玩。一日，来到警幻仙子处，那仙子知他有些来历，因留他在赤霞宫居住，就名他为赤霞宫神瑛侍者。"程乙本虽有个别字句的差异，但情节基本一致，这里说得很明白，补天石到了警幻仙子那里游逛，被留下并称为神瑛侍者，两者成了一体的关系。

那么哪一种关系既符合作者的原意，也更为合理呢？

解决这一问题仍要从小说出发。从小说的整体描写来看，前一种是正确的，即补天石、通灵宝玉、神瑛侍者、贾宝玉是两两对应的关系，补天石对应通灵宝玉、神瑛侍者对应贾宝玉。

何以证明呢？我们来看小说，从石头下凡前的描写来看，石头听到癞头和尚和跛足道人的议论后产生了下凡体验荣华富贵的想法，一僧一道答应了它的要求，将它携带下凡。它与三生石畔那段浪漫的还泪故事没有任何关系，不过是一僧一道在处理一段风流公案时顺便把它带上而已。可见，它扮演的主要是观察者、见证者和记录者的角色，贾府的兴衰成败、宝黛的爱情都和它没有关系，它与故事中的人物也不存在利益和感情的纠葛，它可以用超然、冷静、客观的态度来观察、记录自己看到的一切。

从石头下凡之后的描写来看，贾宝玉和佩玉也是两个不同的角色，虽然两者一同来到人世，关系密切，但是并非等同的关系，小说里面写得很明白。从逻辑关系上来说，从石头变成神瑛侍者还可以理解，神瑛侍者下凡变成贾宝玉和通灵宝玉就难以理解了。因此，四位一体的关系是不能成立的，不符合作者的原意。

第二个问题，贾宝玉和他佩戴的这块石头是何种关系？前文已经说过，这块补天石先是以被贾宝玉口衔的夸张方式出场，随后又被戴在贾宝玉的脖子上，与后者形成形影不离的关系，而且这种一体关系又被以贾母为代表的家庭成员维护着、监督着。

因为这样的一体关系，石头对贾宝玉无疑会有更多的了解，在感情的天秤上会向贾宝玉有所倾斜，同情贾宝玉及其家族的遭遇。超然、冷静、客观而又不失同情，对石头这位故事讲述者的设计正好可以达到作者所需要的艺术效果，与他想要表达的思想及情感基调有着内在的一致。

两者的观察角度虽基本一致，但石头和贾宝玉看待问题和判断事情的立场则未必一致，这就形成了一种十分有趣的错位。实际上这也是一种暗示，那就是故事讲述者的立场和贾宝玉的立场未必是一致的，进而可以推知，作者与贾宝玉的立场也未必一致，在阅读小说时，不能把贾宝玉与作者的立场合二为一。

名著毕竟是名著，单单一块石头就被作者写得如此灵活自如、变幻多姿，由此可见作者的才情与功力。读《红楼梦》，要对作者的这些用心细微的描写多加注意。

宝黛结合又如何

读《红楼梦》第九十八回《苦绛珠魂归离恨天　病神瑛泪洒相思地》是一件很痛苦的事。尽管我知道该回不出自曹雪芹之手，是一位目前无法知道具体身份的无名氏所写，但内心还是感到相当压抑。无论是林黛玉临去世前的绝情焚诗稿，还是贾宝玉失玉之后失魂落魄地入洞房，都写得无比悲伤，一边是困苦无助的透骨凄凉，一边是刻意营造的锣鼓喧天，冷与热、生与死、庄重与滑稽，就这样奇怪地交织，让人不忍心再读下去。

其实这个结局并不算意外，早在第一回就已经决定了，即便是曹雪芹本人来写，可能细节和现在的后四十回有出入，但结果不会有大的变化。因为这是一段发生在三生石畔的还泪故事，绛珠仙草下凡，就是为了报答神瑛侍者的浇灌之恩，她报答的方式就是还自己的眼泪。当眼中再也流不出泪水，也就到了告别的时候，注定不会有洞房花烛，更不会有白头偕老。如果说有宿命，这就是宿命。

问题是，林黛玉能这样说走就走吗？那段刻骨铭心的感情，那个天天问自己夜里醒来几次、吃药了没有的宝玉，不是可以随便放下的。先走的人固然痛苦，面对无限的悲伤和绝望，生者只能更痛苦。

这就是小说让人很是纠结的地方，走是命中注定、无可改变的结

清代孙温绘贾宝玉初会林黛玉

局，可又走得肝肠寸断，相比之下，离开反而是一种解脱。

黛玉之死是整部《红楼梦》中最难落笔的地方，这个结局虽然在第一回里已经注定，在第五回的判词里已经写好，但这场悲剧如何到来，如何展开，则需要大手笔。

看看秦可卿之死，看看金钏之死，再看看晴雯之死，贾宝玉都有十分激烈的反应，对她们的祭奠方式也各不相同。她们都是贾宝玉生命中永远不能忘怀的女子，但毕竟有程度之别，她们在贾宝玉心目中的地位是无法与林黛玉相比的。

那么，当眼泪流尽，最后的时刻到来之际，贾宝玉该如何面对呢？如果让他满地打滚似的号啕大哭，就是太滥俗的笔法，一般人都能想到；让贾宝玉不哭吗？面对林黛玉的死亡，他又怎么可能那么淡定？仅仅是紫鹃一个要回苏州的小玩笑，就已经把他折磨得痛不欲生，令他将贾府闹得天翻地覆。

如何描写黛玉之死，相信这是曹雪芹面临的一大挑战。遗憾的是，八十回之后的原稿已经不见，这个问题也就没有答案了。

现在，这位无名氏从曹雪芹手上接过了接力棒。他既然要把《红楼梦》写完，就必须解决这个问题，无可回避。显然他有自知之明，知道自己解决不了这个难题，只好采取耍小聪明的办法，那就是让贾宝玉在林黛玉死前丢失通灵宝玉。

没有了通灵宝玉，贾宝玉就成为没有灵魂的行尸走肉，他可以理所当然地不知道林黛玉去世的消息，得知林黛玉不在人世的消息后，他怎么反应都是可以理解的，也都是符合逻辑的，因为他失去了宝玉，处于迷离疯癫、稀里糊涂的不正常状态。

尽管有躲避困难之嫌，但不能不说，这位无名氏的处理并不算坏，读者至少还是可以接受的。

接受归接受，情感则是痛苦的。《西厢记》里有句名言，"愿天下有情的都成了眷属"。苏轼也说过类似的话："但愿人长久，千里共婵娟。"这两句话之所以家喻户晓，流传久远，是因为它们反映了人们内心的普遍愿望，大家都希望看到大团圆，对林黛玉、贾宝玉也是如此，尽管知道这是不可能的。

几乎所有读者都为这样的结局感到惋惜，感到不满乃至愤怒。

反观历来的才子佳人小说，最后几乎是清一色的大团圆：才子金榜题名，皇帝赐婚，娶得佳人，洞房花烛，之后身居高位，子女成群，最后归隐乡野，修仙成道。可以说这是典型的白日梦，也是一种完美理想。

《红楼梦》就不能采取这样的写法吗？这样写不是可以让读者更开心吗？

好吧，我们不妨做个大胆的假设，让曹雪芹起死回生，重写《红楼梦》，满足读者的心愿，暂且放下还泪的想法，让林黛玉顺顺利利地嫁给贾宝玉。

问题是，这样的结局真的能让读者开心吗？

未必。

让我们顺着这个思路思考一下：假如林黛玉如愿嫁给贾宝玉，皆大欢喜。新婚宴尔之后，接下来的事情是可以想象的，那就是两人情投意合，一起生活，之后就生儿育女。按照贾宝玉老爸贾政的生育水平，他们也得生上三个儿子、两个女儿。

五个孩子的陆续出生意味着时光的流逝，时光的流逝意味着贾宝玉、林黛玉告别青春时光，步入成年时代，步入成年时代意味着责任，对孩子、对长辈、对家族乃至对自己的责任。他们必须面临现实的考验，不管这种考验来自家族之外，还是家族内部。

随着孩子的长大，贾宝玉必须变成贾政，他不能不考虑孩子的前途。当自己的孩子去吃女孩嘴上的胭脂时，当自己的孩子整天混在女儿队里根本不读书时，可以想象他的立场和态度。不管他有多么不情愿，人生的列车必定会将他送到父亲贾政的位置上。

同样，面对五个孩子的饮食起居，林黛玉没有时间也没有心思去多愁善感，一个合格的母亲不可能在孩子成长的时候缺席，柴米油盐必定会成为其生活的主要内容。

于是，在岁月的安排下，贾宝玉、林黛玉顺理成章地成为贾政、王夫人。再过若干年，他们也会成为贾代善、贾母，他们和他们的孩子们会将家族年轻一代成长的经历重演一遍，历史是必须重复的，这是命中注定的。

问题是，这就是读者想要的结局吗？

我们说的是贾宝玉、林黛玉，其实说的也正是我们自己。年少的时候，我们厌烦家长千篇一律的说教，厌烦家长请客送礼的俗气，厌烦家长的世故和圆滑。一旦自己成家立业、生儿育女之后，一觉醒来，自己已经成为喋喋不休的家长。这就是人类的宿命，你我都不能避免。

新的贾政、王夫人的诞生就意味着贾宝玉、林黛玉的一去不复返，再也不能肩扛花锄葬花了，再也不能躺在贾母怀里打滚了，再也不能吃女孩嘴上的胭脂了。一切年少轻狂成为往事，面对的只能是柴米油盐、打着世俗的各种盘算，没有诗和远方，只有眼前必须处理的日常琐事。

这未必就是我们想要的生活，自然更不是曹雪芹想要的人生。虽然笔在他手里，他可以让林黛玉与贾宝玉结合，也可以让两人在结合前散开。他选择了后者，尽管前者是最符合生活逻辑的选择。

显然，曹雪芹是位理想主义者，尽管家族败落，生活困顿，但他仍然葆有一份理想，在困苦的人生中给自己，也给读者一点亮色，让大家不要活得太世俗。

因此，林黛玉必须提前死，她不能嫁给贾宝玉。随着贾宝玉、林黛玉年龄的增大，婚姻的选择也逐渐无可逃避。于是在大团圆到来之前，曹雪芹拉上了大幕，尽管这种方式过于残酷了些。

大幕的拉上并不意味着故事的结束。读者很尴尬地处在两难的境地：林黛玉的提前离世让人倍感痛苦，而她与贾宝玉的世俗结合同样让人不能接受。

这是一个没有人能解决的难题，曹雪芹也解决不了，他能做的，就是借助一个悲欢离合、生离死别的故事引发读者的思考，与其说他给出了答案，不如说他抛出了一大堆让人痛苦的问号。

这些问号背后的难题不属于一个人，也不属于一群人，而属于一个国家、一个民族乃至全人类。这样的问题永远无法解决，心灵的拷问会一直持续。因此，《红楼梦》是永恒的，它注定伴随着人类文明的脚步，走向一个我们现在还无法预知的未来。

如实描写，并无讳饰

——《红楼梦》的人物描写

　　阅读《红楼梦》，印象最深的要数那些鲜活、逼真的人物了。无论是美丽高雅、多愁善感的林黛玉，还是温柔贤惠、精通人情世故的薛宝钗，无论是性格泼辣、干练精明的王熙凤，还是慈眉善目、笑态可掬的贾母，无不刻画得形象逼真，栩栩如生，仿佛就在眼前，仿佛刚刚见过。

　　且不说小说中浓墨重笔描绘的主要人物，就连那些出场不多的小人物如耿直固执的焦大、调皮狡黠的茗烟、聪明灵慧的小红、憨厚笨拙的傻大姐，也都写得惟妙惟肖，跃然纸上，让人难以忘怀。很难想象这些都是作者虚构的文学形象，有时甚至觉得他们比正史所记载的那些历史人物还要真实。

　　鲁迅对《红楼梦》的艺术成就曾给予很高的评价，他在《中国小说的历史的变迁》一文中是这样说的："至于说到《红楼梦》的价值，可是在中国底小说中实在是不可多得的。其要点在敢于如实描写，并无讳饰，和从前的小说叙好人完全是好，坏人完全是坏的，大不相同，所以其中所叙的人物，都是真的人物。总之自有《红楼梦》出来之后，传统的思想和写法都打破了。"这段话一方面高度评价《红楼梦》的价值乃"不可多得",一方面点出该书的创新之处,那就是"传统的思想和写法都打破了"。

《红楼梦》匠心独运,大胆创新,打破了中国通俗小说的传统写法,使人物形象的塑造达到了一种新的艺术高度,取得了巨大成功。总的来看,这种创新主要体现在如下几个方面。

首先,《红楼梦》抛弃了那种好人全好、恶人皆恶的写法,充分展示了人物形象的丰富性和复杂性。这也就是鲁迅所说的"敢于如实描写,并无讳饰"。

《红楼梦》没有采用此前小说中常见的那种脸谱化的写法,在突出表现人物主要性格特征的同时,也尽量展现人物性格的其他方面,以写出人物性格的丰富性。在作品中,主要人物皆有着较为鲜明的性格特征,比如林黛玉的多愁善感、直爽尖刻,薛宝钗的善解人意、老成稳重,史湘云的率真直爽、乐观豁达,这是其性格的主要特征,给读者留下了深刻的印象,但这并不是其性格的全部。就林黛玉而言,她虽比较多愁善感,但也有诙谐幽默、同众人玩笑的时候;她虽说话有些尖刻,但对自己所关心的人还是比较体贴的。再如薛宝钗,她虽处事谨慎,但对人不失真诚;她虽稳重,但也未失去青春少女的天真烂漫,偶有扑蝶之举;她虽善解人意,但并不等于事事顺从别人,只要看一看她在家中

杨柳青年画《庆寿辰宁府排家宴》

与哥哥薛蟠发生冲突时的表现就可以知道这一点。

作者让人物置身于各种环境中。环境不同，交流对象各异，人物自然表现出不同的性格特征。以林黛玉为例，当她和贾宝玉在潇湘馆、怡红院或其他地方独处时，往往表现得较为任性，无论是喜是怒，都会毫无顾忌地宣泄情绪，因为她知道贾宝玉是深爱自己的，没必要在他面前掩饰，而且即便自己有不对的地方，也能得到他的谅解。但当她和贾宝玉在贾母房里或其他人多的场合时，则表现得较为矜持，刻意与贾宝玉保持距离，并能为贾宝玉着想。原因也很简单，面对长辈和其他人，她要有所顾忌，表现出一个大家闺秀应有的素养。同样，薛宝钗独处时会做出浪漫的扑蝶之举，和母亲在一起时可以撒娇，等她来到公共场合，则又表现出善解人意、老成持重的淑女风范。如此丰富的性格使人物形象饱满，呈现出立体化的特征。

《红楼梦》不仅写出人物性格的丰富性，还写出人物性格的复杂性。这种复杂性体现在，作品既写出人物性格中的正面性，又写出其性格中的负面性，甚至兼具正面性、负面性，难以做出好坏是非的简单判断，这也符合读者日常生活的体验。在生活中，人们每天面对的往往是自己的家人、亲戚、朋友或同事，对这些人，有时确实很难作出好坏的判断。

《红楼梦》所写人物的复杂性还表现在，贾府里的每个人都有自己的生存困境，他们的言行在别人看来，也许是自私的、错误的，但在他们本人来说，则有着充分、正当的理由，不管这种理由是对是错。以读者大多不喜欢的赵姨娘来说，她确实有让人厌恶的一面，比如俗不可耐、爱占便宜、缺少教养，可她这样做也有自己的理由，那就是为了自己的儿子贾环。虽然贾环和贾宝玉都是贾政的儿子，但是两人一为庶出，一为嫡出，这种出身就决定了两人地位的不平等。赵姨娘请马道婆作法，想除掉贾宝玉和王熙凤，这种行为固然是上不了台面的，可对贾环来说，则是一种母爱。对这种有些畸形的母爱，读者可以不同意，却不会没有一丝同情。

《红楼梦》人物的丰富性和复杂性不仅体现在人物的性格、思想上，而且体现在人物的生理、行为特征上。比如史湘云是一位具有豪爽之气的贵族少女，相貌出众，不过她有一个生理缺陷，那就是咬舌，经常把"二"说成"爱"。按照以往小说的写法，史湘云是不能有任何缺陷的。《红楼梦》却大胆写出了这一点，史湘云的形象由此变得鲜明，与其他人混淆不起来。对史湘云咬舌的描写，脂砚斋曾给予高度评价："可笑近之野史中，满纸羞花闭月，莺啼燕语，除不知真正美人方有一陋处，如太真之肥，飞燕之瘦，西子之病，若施于别个不美矣。今见'咬舌'二字加以湘云，是何大法手眼，敢用此二字哉！不独见陋，且更学轻俏娇媚，俨然一娇憨湘云立于纸上，掩卷合目思之，其'爱厄'娇音如入耳内，然后将满纸莺啼燕语之字样，填粪窖可也。"

作者很少出面评价人物的是非好坏，而是采用多点聚焦的方式，让人物处在不同的人际关系和评价环境中，形成众声喧哗的"围观"景象。所谓多点聚焦，就是用多个人物的眼光来观察同一个人物，并做出不同的评价，这样不但表现了人物性格的丰富性，而且写出了人物性格的复杂性。

其次，《红楼梦》写出了人物性格的发展和变化。在此前的小说中，脸谱式的人物从出场时起，其性格特征便已固定，一般不再有变化，此后发生的故事不过为强化这一性格特征，比如《三国演义》中的周瑜自从见到诸葛亮之日起就产生了强烈的妒忌心。此后，无论形势如何发展，这种妒忌之心始终没有什么变化，直到周瑜被诸葛亮气死为止。《三国演义》中的其他人物也大体具有这种特点。这种写法便于凸显人物的性格特征，令人印象深刻，可它并不符合生活的真实形态，因为在日常生活中，随着个人处境和生活环境的改变，人的性格也在不断发生变化，主要的性格特征可能保持不变，一些次要的性格特征则会悄悄发生改变。

《红楼梦》在塑造人物形象时，就很注意写出人物性格的发展和变化。以贾宝玉和林黛玉为例，两人虽然志同道合，彼此相爱，但是性格存在着较为明显的反差。贾宝玉性格外向，喜欢结交朋友，与异性往来时往往把握不好分寸；而林黛玉恰恰相反，其性格较为内向，待人接物很有分寸。这种反差使两人冲突不断，并因薛宝钗的到来而加剧。薛宝钗未必对贾宝玉有意，而她与贾宝玉较多的接触使本来就有些小心眼的林黛玉产生猜忌之心。因此，三人之间就出现一种较为紧张的态势。林黛玉一方面对贾宝玉不放心，不断进行试探，另一方面则对薛宝钗有所防范。她用警惕的目光注视着薛宝钗和贾宝玉的往来，不时对薛宝钗冷嘲热讽，毕竟爱情是排他的，不能与别人哪怕是最好的朋友来分享。这样一来，三人之间发生误会也就在所难免。

经过不断试探和交流，贾宝玉和林黛玉终于确定了自己在对方心目中的地位，彼此建立了一种十分默契的信任感。这样，误会和冲突就变成关爱和包容。随着情节的发展，两人之间较为尖锐的冲突越来越少。

贾宝玉、林黛玉的关系变化自然也会引起他们与薛宝钗的关系的改变，特别是林黛玉和薛宝钗之间。起初她们因性格存在较大差异，彼此不够了解，关系较为紧张。随着彼此交往的增加，林黛玉渐渐意识到，她和贾宝玉之间的爱情是他人无法介入的，薛宝钗事实上也并不愿意介入。认识了这一点，林黛玉的戒心自然也就慢慢放松。不仅如此，林黛玉还被薛宝钗的热情和真诚深深打动，觉得自己误解了人家，产生愧疚之感。两人的关系终于变得较为融洽。

通过上述描写，小说十分真实、细致地描写了三人性格与关系变化的全过程，这一过程实际上也是贾宝玉、林黛玉、薛宝钗等人从少年到青年的成长过程，其间，他们的性格逐渐形成，并发展成熟。

在《红楼梦》中，所有人都生活在不同的环境中，这些环境潜在地改变着每一个人，改变后的人又作为环境的一部分，再去改变其他人，其他人反过来同样构成改变别人的环境要素，彼此互动。《红楼梦》写出了这种错综复杂的关系，写出了人物性格的发展和变化。

最后，《红楼梦》抛弃此前小说人物言行事迹戏剧化、传奇式的写法，将人物置于日常生活，写出其本真的、常态的人生。

在《红楼梦》中，无论是养尊处优的主人，还是身份卑微的奴仆，他们的生活不外乎衣食住行，吃喝拉撒，迎来送往，具有高度的重复性，天天如此，月月如此，年年如此，与《三国演义》《水浒传》《西游记》相比，可谓单调之极。因为后三部小说基本不涉及日常生活，即便是刘备招亲这样一件富有生活气息的事情，《三国演义》也将它写成一个孙、刘两派政治势力之间具有重要意义的外交事件。虽然刘备、诸葛亮、孙权等人也会面临吃穿住行的问题，但是《三国演义》人为地忽略了这些日常琐事，除非这些生活琐事与政治、战争、外交有关，小说重点描写那些生活中不常发生的传奇事件，如改朝换代、排兵布阵。像贾宝玉挨打这件事，在《红楼梦》中可以算是惊天动地、全家关心的大事情，却根本写不进《三国演义》《水浒传》和《西游记》。对三部小说来说，父亲教训儿子这样一件事实在微不足道。甚至可以这样来说，《红楼梦》所写的内容恰恰是《三国演义》《水浒传》《西游记》这些小说所忽略或不愿涉及的。一为写实，一为传奇，这是两种类型，正好可以互补。

人物活动环境的不同选择和设置，也就决定了人物形象与作品风格的差异。在《红楼梦》中，无论是人物的言行还是其生活的环境，都接近生活常态，具有很强的写实性，且和读者的生活体验也是高度一致的。因此他们都是鲁迅所说的"真的人物"。

当然，描写高度重复的日常生活并非记流水账。《红楼梦》一方面通过日常琐事的描写以达到写实的效果，另一方面又将这些日常琐事与人物性格紧密结合，通过一些富有内涵的生活细节来刻画人物，从细微处透视人物的内心世界。

在《红楼梦》中，作者有时还会通过同一个细节写出不同人物的不同表现和态度，通过相互对照和映衬凸显每个人的性格特征。比如小说第三十三、三十四回，贾宝玉挨打之后，王夫人、贾母、王熙凤、林黛玉、薛宝钗、袭人等人的表现和态度是不一样的，这一方面与他们同贾宝玉的关系有关，另一方面则与他们的性格有关。再如小说第四十回，鸳鸯、王熙凤捉弄刘姥姥，引起众人发笑。当时发笑的有史湘云、林黛玉、贾宝玉、贾母、王夫人、薛姨妈、探春、惜春等人，但他们的神态和表现各有不同，各自的性格通过这件事表现出来。一件日常生活琐事竟然可以同时写出多人的性格，这既是最为经济的笔墨，又是最为精彩的文字。

通过上述手法，《红楼梦》塑造了一批新型人物形象，无论是出场较多的贾宝玉、林黛玉、薛宝钗、王熙凤，还是出场较少的尤二姐、尤三姐，这些人物在此前的小说中是较为少见的，即便有过类似人物，其内涵及塑造手法也是颇为不同的。就其效果而言，正如鲁迅在《中国小说的历史的变迁》中所概括的，"其中所叙的人物，都是真的人物"。

千古文章未尽才

——《红楼梦》八十回之后的探寻

现在看到的一百二十回本《红楼梦》，前八十回出自曹雪芹之手，后四十回则出自另手。曾经在很长时间里，人们认为后四十回的作者是高鹗，后来发现的材料证明，后四十回是最早的一部《红楼梦》续书，高鹗只是做了修订整理，至于出自何人之手，限于文献，目前还难以知晓。

从脂砚斋等人的批语来看，曹雪芹应该写完了全书，至于八十回之后的稿子为何不见了，这也是一个谜。《红楼梦》有太多的谜团需要解开。

那么，八十回之后，作者到底都写了什么呢？相信读者们对这个问题非常感兴趣。而回答这个问题，要先看看作者对《红楼梦》一书的结局是如何考虑和安排的。

从小说第五回判词、套曲、其他章回的内容以及脂砚斋批语所透露的信息来看，曹雪芹对全书人物、事件的安排是有着通盘考虑的，而且他确实写到了八十回之后，可以说大体写完，只是没有来得及完成全书最后的修改。可惜这部分稿子现在无法看到。不过根据作品中的相关交代、暗示及脂砚斋的批语，我们还是可以大体了解作者对全书结局的安排的。

有些研究者专门对这一问题进行探讨，由此形成了红学研究的一个分支，即所谓的探佚学。不过，由于研究者的思想、秉性、兴趣及学养的不同，加上小说描写的含糊性和多义性，这无疑会影响探佚的准确性和可信度，从研究者对《红楼梦》探佚结果存在的较大分歧即可看出这一点。我们对这一红学分支的可行性与潜在危险应当有清醒的认识。曹雪芹是一位极富个性的天才作家，加之相关资料的缺乏，后人不可能对其构思全部了解，还原曹雪芹对人物、情节的全部安排，否则，曹雪芹也就称不上高明了，一部从头可以猜到尾的小说不过是平庸之作，不会有那么大的吸引力。

从《红楼梦》的整体布局来看，贾氏家族从鼎盛到衰落的悲剧描写是全书的主线，从前八十回的相关描写和暗示中可以很清楚地看到这一点。可以想见，八十回之后必将上演一场大悲剧，大观园里青年男女的欢乐时光注定要用极为悲惨的生死离别来画上句号，整个家族也将在一连串的打击之后分崩离析，家破人亡，彻底走向没落，正如作品中所描写的："忽喇喇似大厦倾，昏惨惨似灯将尽。"意思是说家族的破灭像大厦倾倒一样迅速，像油灯燃尽一样凄惨。至于贾府究竟是如何败落、流散的，前八十回只留下伏笔，并没有具体的描写，这些内容应该都在八十回之后。

走向悲剧的导火索是"事败"，"事败"就是事情败露的意思。导致抄家的原因也是可以想见的，前八十回对此已有了较为充分的描写和铺垫，要么是贾赦的强取豪夺，为几把古扇逼死人命；要么是王熙凤的包揽词讼，为三千两银子坏人姻缘，平添一对冤魂；要么是贾琏纵情酒色，夺人之妻。其他如交通外官、放高利贷、招纳匪类、聚

清铜胎画珐琅《红楼梦》人物攒碟

赌嫖娼等恶行，在贾府可以说是屡见不鲜、见怪不怪了。认真追究起来，哪一件都足以使这个家族破败衰亡。贾家的那些不肖子弟们早已抛弃祖先艰难创业的遗风，彻底堕落，沦为一群酒肉利欲之徒。即使没有后来的抄家，仅因这些膏粱子弟们坐吃山空、荒淫无耻、惹是生非的行径，这个家族迟早走向败落，抄家只不过加速了这一过程，正如小说第二回冷子兴所形容的："如今外面的架子虽未甚倒，内囊却也尽上来了。"当然，抄家也有可能来自一些外在因素，比如受朝廷权力斗争的波及，遭江南甄府抄家的牵连。但贾府不肖子孙的种种丑恶行径是导致家族破败的主因，这一点是没有多大问题的。到底是哪件事成为最终的导火索，还需要认真考察。

上面所勾勒的不过是一个大体轮廓，这场轰轰烈烈的大悲剧还需要通过具体可感的人物、事件的精细描写体现，特别是那些作者着力塑造的主要人物，如贾宝玉和金陵十二钗。他们既是家族的主要成员，又是这场大悲剧的承受者，他们的结局和归宿无疑是后半部的重心所在。作品通过第五回的判词、《红楼梦》套曲和其他部分的暗示已经有所交代，但由于诗词及暗示的含糊性和多义性，难以使读者有特别确切的了解，由此产生争议也在所难免。好在脂砚斋的批语透露出不少珍贵的信息，可以在一定程度上满足读者对这些主要人物命运的牵挂和关注。

先说贾宝玉。八十回之后，随着家族的破败，这位富贵闲人无拘无束、自由自在的快乐时光也宣告终结，生活很快陷入极端困顿的状态。从脂砚斋批语所透露的信息来看，贾宝玉在抄家的过程中还受过牢狱之灾。值得注意的是，在这部分内容中，一些小人物如茜雪、小红等大显身手，成为关键人物。茜雪、小红在前八十回中着笔不多，作者写她们，显然有千里伏线的用意在。如果没有脂砚斋批语的交代，后人是很难想象这些情节的。由此可见，作者对整部小说考虑、安排得十分周密。

小说着力描写、读者也最为关心的宝玉婚恋问题在后文中当有精彩之笔，这是可以想见的。宝、黛二人刻骨铭心的恋情因黛玉的早逝戛然而止，宝钗最终成为宝二奶奶。尽管结果与现在看到的后四十回基本一致，但过程很可能完全不同，特别是那个极富戏剧性的调包计、曹雪芹未必会这样写。结婚之后，宝玉、宝钗的生活相当平淡乏味，这样平淡乏味的婚姻不也是一场悲剧吗？

关于贾宝玉最后的归宿，小说前八十回也屡有暗示，贾宝玉最后是弃家为僧的。脂砚斋批语还多次提到后文有贾宝玉悬崖撒手的描写，"悬崖撒手"意味着对尘世的彻底绝望，这一安排应该说是符合贾宝玉的一贯思想的。

小说核心人物林黛玉的结局描写无疑会成为后半部的重头文章。这位天生丽质、敏感多虑、极富诗人才情的贵族少女在病痛与情感的双重折磨下，未能尝到爱情的蜜果就泪尽而逝。至于具体的细节和情景，根据前八十回的描写，应该不像调包计那样戏剧化。有的研究者认为她死于疾病，有的认为她死于迫害，也有研究者认为她投水自尽，但这也只是推测而已，未必符合作者的原意，曹雪芹说不定会有出人意料的写法。

林黛玉死后，贾宝玉的反应如何，这实在是很难写的一笔，由此可见作者的笔力、功夫，可惜这些文字现在已无法看到。

小说另一位主人公薛宝钗的归宿描写同样可见作者的匠心与才情。她在黛玉去世后成为贾府的女主人，此时，守在他们身边的，也只有麝月等少数仆从了。显然，贾、薛二人固然可以做到"齐眉举案"，有旧情可谈，但这种不即不离、缺少激情的夫妻关系与贾、林在不断争吵、试探中达到的心灵默契是无法相比的。从贾宝玉最后的悬崖撒手不难看出他的感情倾向，不难看出他对这桩婚姻的态度。他超脱了，留给薛宝钗的却是无尽的苦痛和失落。对薛宝钗而言，似乎她的结局比林黛玉、王熙凤、迎春、妙玉等人要好些，但是，从众口皆碑的贤德淑女到前途无望的弃妇怨女，她在这一过程中得到的是什么？她不也是一位悲剧的主角吗？

其他如元春、探春、惜春、史湘云、王熙凤、妙玉、袭人、香菱、巧姐、刘姥姥等人的归宿，如小说结尾的情榜，作者在后面也都会写到，这可以从前八十回的暗示及脂批中得到一些线索。这里不再一一介绍。

需要说明的是，尽管有佚可探，但探佚所得到的结果也不过是一个类似故事梗概的东西而已，它并不能等同于原作，也不能代替对原作的阅读，其中很多空白是永远无法填补的，且不说一些研究者探佚结果的准确性和可信度是要打折扣的。也就是说，探佚是有限度的。研究者不可求之过深，强作解人，认为自己比曹雪芹高明。同时，探佚应该建立在坚实的证据基础上，它是考证，而非创作，它所探求的应当是作者本人的意愿，而不是研究者个人的意愿。令人遗憾的是，不少研究者做不到这一点，将探佚推上了歧途。

既然曹雪芹对全书有着通盘的考虑，也大体写完了全书，那么原书究竟有多少回呢？是不是也像现在所看到的，还有四十回续书呢？研究者对这一问题也进行了探讨。脂砚斋等人曾看过后面的原稿，他们在批语中流露的信息为解决这一问题提供了十分重要的线索。根据这些线索推算，原作的回数当为一百一十回，比续书少十回。不过也有不同的意见，如有的研究者认为原作有一百〇八回。

仅仅三十回的篇幅，就将抄家、破败、子孙流散等许多头绪一一了结，似乎显得仓促、紧张了些。不过曹雪芹这样安排自有他的道理，从前八十回的内容来看，后三十回一定相当精彩。可惜原稿已佚，成了一个永远无法弥补的缺憾。

戴着镣铐的舞蹈

——说《红楼梦》的后四十回

对《红楼梦》后四十回续书该作怎样的评价，这是围绕该书争议最大的问题之一，有拍案叫好者，也有批评指责者，至今未有一致的意见。在笔者看来，这并非一个无解的问题，只要不存在先入之见，本着公正、客观的态度，以原作和其他小说作参照，对后四十回还是能做出实事求是的评价的。

众所周知，写续书是一件吃力不讨好的工作，何况是为《红楼梦》写续书，与曹雪芹的接力赛跑注定使人们用前者的标准来衡量后四十回的作者，使他在前者的辉煌中黯然失色，从而受到不公正的对待。也许这位续书作者当年续写《红楼梦》只出于一时的冲动，假如他预知百年后自己的举动招来那么多是是非非，他还敢动笔吗？自然，他也该知道，如果他不续写《红楼梦》，后人也就不会那么动情地注视他，在文学史上，其作品也只能与成群结队的二三流作品一样，尘封于图书馆古籍书库的一排排书橱中。

不过对续书的评价和定位，似乎应该别一种眼光，否则，不同的标准和歧见只会使这位续书作者处于大是大非、大褒大贬的强烈震荡中，成为文学史上归无定所的游魂。既然敢于从曹雪芹手中接过接力棒，人们自然渴望他有超水平的发挥。问题在于，他写到什么程度才会让人们点头认可呢？此前此后都没有现成的范例可循。与那些将林黛玉从坟墓中挖出，将贾宝玉从古寺中拉回，强配鸳鸯的《续红楼梦》《红楼梦补》《红楼幻梦》《红楼复梦》《红楼真梦》《红楼再梦》们相比，此四十回续作不知道要高明多少倍，可人们还是有着更高的期待。进而我们又想到一个问题：如果我们今天果真有幸看到曹雪芹的原作，它会精彩绝伦到什么程度呢？

中国古代那几部我们引以为豪的小说如《三国演义》《水浒传》《西游记》《儒林外史》，前半部无不写得轰轰烈烈，惊心动魄，但一到后面，顿然失色，令人大失所望。是不是真的存在一个长篇小说创作中的"百慕大三角区"呢？曹雪芹再杰出，也只能将历史所赋予的才华与机遇发挥到所允许的极限，而不可能走得再远，就像牛顿提不出相对论一样，毕竟他是人，不是神。曹雪芹如果写完全书，他就一定会走出文学创作中的这种雷区吗？其内容一定能保持前八十回的水准，比后四十回续作高明千万倍吗？谁也说不准，这终究只是个无奈的猜想。自然，更多的人宁愿维持

程甲本《红楼梦》第一回

这个文学史上的神话，总是一厢情愿地等待哪一天会有意外的惊喜和石破天惊的奇迹。

在笔者看来，后四十回续书功大于过。这个功主要表现在如下两个方面。

一是它保持了作品的完整性，有利于《红楼梦》的广泛流传。可以想象，依照中国人的欣赏习惯，一部残缺的作品是很难被接受的。后四十回续书使《红楼梦》成为一部完整的文学作品，二百多年来，人们一直是将它和前八十回当作一个艺术整体来阅读欣赏的，少数红学家的反对并不能改变这个事实。这也是对后四十回续书的充分肯定，如果它的风格与原作明显不一致，相差太大，人们是不会认可它的。这里还可以再提出一个问题：如果人们不知道后四十回为续书这个前提，人们能看得出来它是续书吗？从二百多年来《红楼梦》流传和接受的情况来看，多数人是看不出来的，就连那些对小说下过很大工夫的批评家也看不出来。那些苛求后四十回的研究者的眼力是不是比前人更敏锐、更深邃呢？笔者对这一点是表示怀疑的。

另一是它具有较高的艺术水准。在众多的续书中，后四十回续书的艺术水准最高，它大体上遵照曹雪芹原作的安排，为全书设计了一个悲剧性的结尾，与原书风格较为接近，且时有精彩之笔。胡适在《红楼梦考证（改定稿）》中曾有这样的评价："平心而论，高鹗补的四十回，虽然比不上前八十回，也确然有不可埋没的好处。他写司棋之死，写鸳鸯之死，写妙玉的遭劫，写凤姐的死，写袭人的嫁，都是很有精采的小品文字，最可注意的是这些人都写作悲剧的下场。还有那最重要的'木石前盟'一件公案，高鹗居然忍心害理的教黛玉病死，教宝玉出家，作一个大悲剧的结束，打破中国小说的团圆迷信。

这一点悲剧的眼光，不能不令人佩服……我们不但佩服，还应该感谢他。"

在总的悲剧气氛中，后四十回续书的作者将前八十回中已露端倪的人物、事件一一作了合情合理的安排和交代，还别出心裁地设计了不少动人的情节，使前八十回和后四十回成为一个和谐的艺术整体。他仿佛小说中补缝雀金裘的晴雯，展现了高超的艺术功力。说老实话，这种工作不是谁都能胜任的。

但直到今天，仍有人埋怨后四十回画蛇添足，境界太低，给《红楼梦》弄了个"兰桂齐芳""家道复初"的光明尾巴，落入大团圆结局的窠臼。平心而论，在后四十回中，与众多人物的生生死死、离离散散，整个家族的日暮途穷、摧枯拉朽相比，这种光明尾巴是轻描淡写、微不足道的。即使我们承认此举对全书的悲剧色彩有所冲淡，但其动机也未必如有些研究者所说是庸俗的名利思想使然。为什么我们不能从另一个角度来体察这位作者的动机和用心呢？他太善良了，太喜爱那些洋溢着青春气息的少男少女了，实在不忍心让结局过于悲惨，令人过于抑郁，所以在浓重的悲剧阴云中透出几丝亮色，给还要生活的读者，给自己一点安慰。毕竟在饱受风霜、历经苦难后还有存活者，他们还要活着。我们宁愿将作者的动机朝好处想，这也许是他的本心，如果他真是那种目光短浅、没有眼界、为蝇头小利而取悦读者的庸俗文人，他完全可以抛弃那个大悲剧，让宝玉和黛玉欢天喜地地结合，并将众多女孩子纳为姨娘、小妾，其后再让宝玉科场得意，使贾府中兴，就像此前的小说家夏敬渠在《野叟曝言》中所描写的那样，高官厚禄，位极人臣，子孙繁衍，大富大贵。但这位作者没有沉湎于这种潦倒文人的白日梦中，他不无沉痛地用自己的笔为高贵显赫的世家唱着凄绝的挽歌。在他的笔下，盛极一时的贾府颓然坍塌，家破人亡，到小说最后，贵戚富哥、闺秀娇女死的死，亡的亡，出家的出家。"兰桂齐芳"，又能怎么芳呢？"家道复初"，真的会复初吗？看到那种浩劫过后的所谓小康，我们会有欢天喜地的欣慰之感吗？宝玉走了，黛玉、贾母、王熙凤仙逝，探春、湘云嫁人，妙玉被劫，只留下一些可怜兮兮的偷生者，这还叫贾府吗？那种刻骨铭心的伤痛和失落靠一个小道学贾兰的中举就能抚平吗？这位作者推倒了一座大厦，仅在一片废墟上用残砖碎瓦搭设了一座小窝棚，这也许还未真的达到那种"落了片白茫茫大地真干净"的地步，但我们能忍心再去责备作者吗？他做得已经很不错了。我们不要忘记，笔在他手上，他是《红楼梦》后半场的总导演。

在悲悲切切的哀乐声中，贾府轰然倒塌。大树既倒，众猢狲烟消云散。伴着金玉姻缘的锣鼓喧闹，木石前盟随黛玉的魂归离恨天而成为一种永恒的缺憾。宝玉的撒手而去，使宝钗于无望的枯淡岁月中饱受煎熬，一场交织着血泪恩怨的爱情就这样终结。贾母在大起大落的转折关头回光返照，随即溘然长逝；工于心计的王熙凤终于在心力交瘁的无奈中含辱而去。其他如探春、迎春、惜春、鸳鸯、司棋、妙玉、袭人、湘云，亡的亡，散的散，一个悲剧接一个悲剧，汇成血泪之河，这就是作者在续作中所展示给我们的景象。翻翻成群结队的中国古代小说，有几部能写到这种份上？

自然，既然是续书，就不可能与原作完全一样，毕竟这个世界上没有哪两个作家在思想观念、艺术修养上是一模一样的，特别是曹雪芹这样具有传奇身世的天才作家是不可复制的。较之前八十回原作，后四十回续书大体在如下几个方面受到人们的批评。

一是全书人物结局的安排与曹雪芹原先的设计不尽吻合。已有不少研究者指出这一点，如将史湘云丢开，小红完全没有结果，还有香菱、凤姐的结局，将这些与脂批所透露原作后半部内容进行对比，可以看得更为清楚。有些研究者据此指责它歪曲了曹雪芹的原意。这种指责看似有理，实则失之肤浅，因为它忽略了一个重要问题，那就是原作的创作意图与结局安排连普通读者都可以推知，难道续书作者就看不出来吗？从后四十回的内容来看，这位续书作者的文学修养并不比那些批评、指责他的红学家低，而且他阅读早期《红楼梦》抄本及脂批的条件比我们更好。显然，并不是这位续书作者感知力差，看不懂曹雪芹对全书结局的安排，也许另有原因，至于是什么原因，有待深入考察。

如果照有的研究者所说，后四十回本来就是曹雪芹所作，或其中含有作者的原稿，那问题就迎刃而解了，因为曹雪芹在创作过程中想法有所改变，未能与前八十回一致，这是可以理解的。但这一说法还需要更多过硬材料的支持和更为充分的论证。还有一种可能就是，续书的作者是一位颇有个性的作家，他有自己的想法，不愿意完全按照原作的意图来写，因此才出现如此明显的不一致。可以想象，在程本刊刻之前，《红楼梦》一直是以抄本的形式流传的，续书作者不可能没见过这些抄本，不可能没见过脂批。如果他愿意按照前八十回及脂批的提示来写，以他的文学功力，是完全可以做到以假乱真、滴水不漏的。他何以要流露出这些破绽，肯定有自己的理由，只不过我们不知道。对我们还不知道的东西，最好不要过于武断地下结论。希望那些一味指责后四十回者也能比较深入地想一下这个问题。总以为自己最高明而别人都是弱智的想法是要不得的，因为这只能证明自己的狂妄和无知。

二是后四十回的思想与原作不一致。其中最受人诟病的是其安排了一个兰桂齐芳、家道复兴的结局。此外，对科举态度的变化也屡受人们的批评。于是，研究者纷纷指责后四十回的作者思想庸俗，保守落后等。

这一指责看似有理，实则不是没有问题。第一，很多对后四十回的批评是建立在高鹗为续书作者的基础上，并结合高鹗的身世经历进行批评。当越来越多的材料动摇这一前提时，那些批评者就有必要重新审视自己的立论前提和有效性了。第二，从现代人的立场来看，后四十回所流露的思想确实是不合时宜的，但问题在于，在两百多年前的清代中叶，人们是怎样来认识这一问题的，尤其是曹雪芹本人，他是如何来认识这一问题的。在前八十回中，曹雪芹对家族的种种弊端确实流露出深恶痛绝的批评态度，但这是不是就意味着他对这种家族已毫无感情，没有一点留恋？老实说，从对家族创业者的崇敬态度看，他恐怕还没有达到那种看清封建家族制度本质、与封建家庭彻底决裂的思想高度。将贾府的破败写得越悲惨，好像作者的思想就越深刻，以家族、人物的悲惨程度来衡量作品的优劣，批评者虽然没有这样明确提出过，但是他们实际上是按照这种标准来评价后四十回的，这实际是以今人的观念来苛求古人。对家族种种黑幕无情揭露的同时，在内心深处又保留一份对家族辉煌的眷恋，爱之愈深，责之愈切，从曹雪芹的身世经历及其在前八十回的相关描写来看，这才是他对家族的全部态度。后四十回的描写恰恰符合这一思想，在大悲剧的前提下，留下一点希望，应该说这位续书作者对曹雪芹创作意图的把握还是比较准确的。只看到兰桂齐芳、家道复兴的局部细节而忽略整个后半部大悲剧的描写，这显然是以偏概全、不够公允的。后四十回也许没有达到曹雪芹在前八十回中所表现的境界，但也不能简单地以庸俗视之，将前八十回与后四十回人为地对立。

三是人物性格的描写、情节的安排与原书也不尽一致。这种情况确实是存在的，研究者也多有提及，比如将林黛玉写得过于神经质，将贾母对林黛玉的态度写得过于冷漠。调包计的描写也确实写得惊心动魄，不同凡响，为后四十回续书中最为感人之笔，但它未必符合曹雪芹的原意，与前八十回的气氛和节奏未必和谐。出现这一情况，可能与续书作者对原书理解的偏差有关，也可能与续书作者的功力不够有关。

评价一部续书，既要看它是否在人物、情节及风格的描写、安排等方面与原作保持一致，又要看其自身的艺术水准；既要看到其不足，又要看到其佳处，特别是后者。总的来看，后四十回续书确实没有原著写得好，与我们对它的期待还有一定的距离，同时也必须看到，它基本上保持了与原作的一致，尽管存在着不少败笔，但也时有精彩文字。在中国古代数百部续书作品中，它应该算是最好的一部。即使放在全部中国古代小说中，它也是较为突出、优秀的。二百多年来，人们对它的认可和接受足以说明问题。

撰写续书注定是一件吃力不讨好的事情，可谓戴着镣铐跳舞，因为人们总是以原作为参照，用比评价一般作品更为严格的标准来要求它，对其优点经常说得较少，对其缺陷则往往无限放大。如果后四十回续书的作者在天有灵，不知他看到后人的种种非难和称赞该作何感想，不知他会不会后悔当初续写《红楼梦》的创作冲动。

站在今人的立场上来批评、指责古人，除了证明自己拥有时间的优势，只能说明自己的无知和尖刻。不妨设身处地想一想，自己如果生活在古人所处的那个时代，是不是就一定比他们高明呢？未必。笔者觉得还是应该像著名学者陈寅恪所说的那样，对古人要报以理解之同情。

一场跨越时空的写作接力

——再说《红楼梦》的续书

为一部获得成功、影响深远的小说续写新编，这并非中国古代小说的专利，在中国古代却特别盛行。那些流传广泛的名著，如《三国演义》《水浒传》《西游记》《金瓶梅》，都有多部续书，形成众星捧月的文学奇观。

这一创作风气随着《红楼梦》的出现而达到高峰。由于现已难以确知的原因，《红楼梦》在传抄时期就已失去了八十回后的部分，程伟元所刊刻《红楼梦》的后四十回本身就是一部续书。程本刊印后，《红楼梦》得以在社会上广泛流传，在此基础上又出现了一批续书，形成一个创作热潮，对清代中后期小说的发展演进有着十分深远的影响，由此可见人们对这部优秀小说的喜爱程度和接受情况。

总的来看，清代《红楼梦》的续书大多以一百二十回程本为依据，脂本皆为抄本，抄写不易，流传不广，故知者甚少，续书自然也不会多，只有一种，即程本的后四十回。程本印量大，流传广，影响大，故以此为依据的续书数量自然也就比较多。据目前所掌握的资料，程本刊行之后出现的第一部续书是逍遥子的《后红楼梦》，成书时间在乾隆末年至嘉庆初年。其后不断有续书出现，并在嘉庆至道光年间形成一股创作热潮，出现了将近十部续书。道光之后，随着人们欣赏趣味的变化，这一创作风气才逐渐消歇。

由于《红楼梦》在民间广泛、深远的影响，有关这部小说续书的创作直到今天都没有停止过。据赵建忠所著《红楼梦续书考辨》一书（2019年出版）的统计，《红楼梦》的各类续书已经多达200种，这是一个让人惊叹的数字，而且这个数字还在不断增加。这无疑是一个值得深入探讨的文学乃至文化现象。

总的来看，这些续书有如下一些特点。

一是创作、刊印的时间较为集中，主要在嘉庆、道光年间，此后续书虽不时出现，但没有再如此集中，自然也没有再如此引人注目。

《红楼梦》续书创作呈现出这样的特点，与人们当时的审美心理和欣赏作品的特点有关。嘉庆、道光年间，《红楼梦》流传的时间不长，读者对它还有着浓厚的兴趣和新鲜感，对续书自然也非常感兴趣。随着时光的流逝，人们的新鲜感逐渐消失，产生审美疲劳，对续书的关注自然也就不如以前了。读者的这种阅读心理决定着《红楼梦》续书的盛衰，也决定着此类作品的走向。

二是思想、内容较为接近，呈现出模式化、雷同化的倾向。

《红楼梦》的这些续书基本上是为弥补原书悲剧结局所形成的缺憾而作的，正如鲁迅在《中国小说史略》中所概括的："大率承高鹗续书而更补其缺陷，结以'团圆'。"尽管各书具体人物、情节的安排不尽相同，但其内容不外乎贾府复兴，宝、黛结合，宝玉中进士、点翰林、立战功、做高官，妻妾成群，尽享人间富贵之类，具有高度的相似性。这些续书作者实际上是利用续书创作，圆了自己和读者的一场白日梦。

《续红楼梦》

三是在写作手法和语言风格上，尽量模仿原作。

续书作者在创作时，大多刻意模仿《红楼梦》的艺术手法和语言风格。虽然没有一部能达到原作的水准，没有一部能达到惟妙惟肖的程度，但也有一些模仿得较好的，如秦子忱《续红楼梦》一书，且不管该书的思想内容如何，其在景物描写、语言风格等方面颇得原作神韵，可见有些续书作者还是很下功夫的。

这些续作的篇幅通常都比较短，除《红楼复梦》长达百回，其他作品基本在二十至五十回。这也与续作者的创作意图有关，因为他们的主要目的很明确，那就是弥补原作的悲剧缺憾，以大团圆结局。作者并不想节外生枝，像不少仿作那样另起炉灶，也依葫芦画瓢写出一部《红楼梦》来，仅仅完成一个大团圆的结局，有二十至五十回的篇幅也就够了，不需要写得太长。

至于续法，各续书虽都以一百二十回程本为基础，但具体的情况则略有不同。这些续书大多是从第一百二十回续起，但也有从第九十七回续起的，如《续红楼梦》《红楼梦补》《红楼幻梦》三书。它们之所以从第九十七回续起，是因为原作的下一回为《苦绛珠魂归离恨天　病神瑛泪洒相思地》，续书作者因不愿意看到林黛玉的死亡，故从这一回续起，这样也可以免去让林黛玉起死回生的麻烦。《增补红楼梦》则更为特殊，它是接续《补红楼梦》而写，可谓续书之续书，这在中国小说史上还是较为少见的。

由于一百二十回程本中有不少主要人物如林黛玉、晴雯、贾母、王熙凤、元春、迎春等都已去世，续写的难度相当大，有的续书作者只好采取超自然手法，或让死者复生，比如《后红楼梦》中让晴雯借五儿之尸还魂，林黛玉因有炼容金鱼而得原体回生，或让死者依然为仙为鬼，但可以与生者阴阳相通，这样往往写得人鬼混杂，有悖情理。如秦子忱《续红楼梦》没有采取起死回生法，而是直接让故事的主要人物生活在太虚幻境和冥界，并与阳间相通。该书也因此被称作"鬼《红楼》"。

续书对主要人物的设计安排也不尽相同，多数续书直接利用原书的人物来展开故事，也有一些是写下一代人的故事。如《红楼续梦》中，宝玉转生为宝钗之子小钰，黛玉转生为湘云之女舜华，故事在他们及邢岫烟之女彤霞、宝琴之女碧箫之间展开。再如《红楼复梦》

中，宝玉转生江苏丹徒，名祝梦玉，与宝钗情同姐弟，共同振兴家族。其他如《续红楼梦》《增补红楼梦》也采取了这一写法。

这些续书利用《红楼梦》的名著效应和群众基础，以廉价的大团圆结局满足了一些读者因阅读原作而产生的心理缺憾，故此受到欢迎。不过总的来看，这些续书的作者既没有曹雪芹那种刻骨铭心的人生经历和生活体验，又没有曹雪芹对社会人生独到新颖的见解，更没有曹雪芹过人的学养和才华，自然无法达到原作的水准。

具体说来，这些续书不仅违背了曹雪芹创作《红楼梦》的原意，而且思想平庸、格调不高，如鲁迅在《中国小说史略》中所言，"此足见人之度量相去之远，亦曹雪芹之所以不可及也"。至于艺术水准，那更是无法与原书相比，人们对其评价很低也在意料之中。

作是非高下的判断固然容易，可这种简单的研究方式往往会忽略一些重要的文学、文化现象。确实，放在整个中国小说史中来看，《红楼梦》续书的艺术水准并不高，不过通过这一创作现象还是可以看出一些问题的，其中如下几点是值得注意的。

首先，通过《红楼梦》的这些续书可以透视中国人独特的审美趣味和人生理想。

大量续书的故事情节、人物结局的高度一致，说明它们所体现的思想和感情具有共同性和代表性，由此可以看出一些具有文化传统和民族特色的内容。读者大多喜欢大团圆的设计，不大喜欢悲剧性的结尾，对小说如此要求，对戏曲、说唱等通俗文学也是如此。如何评价中国读者对大团圆结局的钟爱，人们的意见并不一致：肯定者认为它反映了人们对幸福生活的追求，是人之常情，应予以肯定；反对者认为这反映了中国人缺乏悲剧精神，是一种自欺欺人的精神安慰。对这一问题，还可以继续探讨。

其次，通过这些续书可见当时人对《红楼梦》的接受情况。续书是一种特殊的创作，一种面对原作的创作。但它又不单单是创作，因为它以创作的形式表达对原作的看法，也是一种接受。从人物形象的塑造、对情节的安排等方面可见续书对原作的态度，只是表达得较为隐蔽、含蓄而已。

最后，由《红楼梦》续书的大量创作也可以看出经典小说在古代小说创作中的示范和推动作用。清代《红楼梦》的续作大多刻意模仿原作的写法和风格，尽管模仿得不一定像，不一定很高明，但它客观上使原作中一些高超、创新的艺术手法得到普及，因而从整体上提高了中国古代小说的创作水平。将这些续书与先前的才子佳人小说进行比较，可以很明显地看到《红楼梦》产生后带给中国古代小说的新变化。

清代之后，《红楼梦》续书的写作一直没有停止过，由于这些续作大多艺术水准不高，所以没有受到多少关注。

近几年，这类写作又开始多了，并在媒体的渲染和炒作下，成为一个社会文化热点，其中以刘心武的续书影响为最大。刘心武因不满此前的《红楼梦》续书而另起炉灶，以前八十回的伏笔及脂砚斋等人的批语为线索，加上个人的想象虚构，写成续书。虽然他对前人的续书颇多批评，但是其续作也未见高明，既缺少见识，又没有才气，与此前的《红楼梦》续书相比，同样是平庸之作，在语言等方面的把握上还远不如此前的续书。该书在商业运作的层面上也许是成功的，在文学创作上则是失败的。刘心武的《红楼梦》续书如果放在文学史上，能提供的更多是教训。

曹雪芹的《红楼梦》确实是一部匠心独运之作，代表着中国古代小说的最高成就，而且这种高度是很难达到并超越的。刘心武将自己的平庸之作与中国小说的巅峰之作放在一起，以引人注目的方式做了一次十分鲜明的对比，再次验证了这个道理。

说说《红楼梦》研究的学术门槛

    这几年，针对当下中国古代小说研究特别是《红楼梦》研究出现的乱象，笔者曾多次提到学术门槛这一问题，对此赞成者有之，但也招致了不少人的反感。有人批评说这是你自己私设的家法，有人说这是在嫉妒业余爱好者，云云。有意思的是赞成者多为专业研究人士，反对者则多为业余爱好者。

    其实学术门槛并不神秘，不过是研究一门学问所具备的基本素养和能力而已。这就像开车需要考驾照，行医需要资格证，专业技术工作者大多需要进行职业培训，取得资格许可之后才能上岗，何以进行难度更大、要求更高的中国古代小说尤其是《红楼梦》的研究就可以不需要任何门槛呢？何况这种门槛并不是强制性的，不过是一种约定俗成的学界共识。

    就中国古代小说尤其是《红楼梦》的研究来说，这种基本的专业素养和能力大体应包括如下一些内容：对作品较为准确、深刻的解读能力，足够的作品阅读量，对本学科文献资料较为全面的掌握，熟练检索、阅读和利用文献资料的能力，对基本文艺理论知识的掌握，对中外文学以及历史、哲学、宗教等相关学科知识的基本了解，对本学科研究历史和现状的全面了解，基本的归纳总结及论证能力，较高的写作水平，必要的学术训练，等等。学生进入大学的文学院或中文系学习，攻读硕士、博士学位，用长达十年的时间学习，实际上就是为了获得这些基本的专业素质和能力，以进入学术研究的门槛。如果连这些基本的素质和能力都不具备，就开始进行所谓的学术研究，动辄宣称有重大发现，可以轻易推翻以往上百年众多学者的研究成果，其新说通常得不到学界的认可，这也是意料之中的事情。

如果中国古代小说研究包括红学不需要任何学术门槛，随便谁都可以一夜之间成为专家，那高等学府的文学院或中文系也就没有存在的正当性和必要性了，大可以关门，相关专业的硕士生、博士生也就可以停招了。文学院或中文系的学生从本科读到博士，至少需要十年，这说明目前的学术和教育共识是，一个人至少要进行十年较为系统、全面的严格训练，才能成为一个合格的专业研究者。这就像打乒

胡适书《红楼梦》诗

乒球、下象棋，一个上午就可以学会简单的规则，谁都可以来这么几下，但要达到专业水准、代表国家队出征就没有这么容易了。一个专业球员或职业棋手如何评价业余人员打球、下棋的技艺，其实和专业研究者如何看待那些业余爱好者的研究是一样的。

当下网络普及，各类中国古代小说包括《红楼梦》方面的网站、论坛、博客、自媒体数量众多，围绕这些网站、论坛、博客、自媒体，活跃着一批数量庞大的业余爱好者，宣布取得重大发现的文章几乎每天都可以看到。起初一些报刊还以此当作新闻报道，后来发现这些重大发现实在太多太滥，渐渐也就失去了关注的兴趣。至于专业学者，对这些所谓的重大发现几乎没有反应，大多保持沉默，到这些网站、论坛、博客、自媒体浏览、参与的专业研究者也非常少。其实，并不是专业研究者不会使用电脑，不爱上网，不知道这些所谓的重大发现，而是因为这些重大发现的学术含量实在太低，其作者大多不具备基本的专业素质和科研能力，无论是文献资料的搜集、使用还是具体的论证过程，都存在太多问题，有些甚至文理不通，不知所云，这样根本无法进行学术层面的对话，就是想对话也不知从何说起。

之所以要说这些，是因为很多业余爱好者根本没有意识到这一点。在一些人看来，《红楼梦》不就是小说嘛，谁都可以看得懂，自然谁都可以研究，根本不需要什么学术门槛。当然，业余爱好者也有做得不错、达到专业水平的，不过据笔者近几年来在网上的所知所见，不过三五人，这和业余爱好者成千上万的庞大数量形成鲜明对比。讲学术门槛并不是看不起业余爱好者，而是希望他们能认识自己的不足，提高学术素质，弥补因自身知识结构不完备、缺少专业训练所造成的缺憾，从而达到和专业学者对话的水平，取得有价值的学术成果。

但遗憾的是，一些业余爱好者自视甚高，动辄把专业研究者看成浪费国家科研经费的存在，喜欢自说自话，动不动就是重大发现，动不动就推翻前人研究的所有成果，动不动就是主流学术怎么不行。其实不少人在谈主流学术的时候，未必真正知道主流学术到底是什么，至于以往的学术史如何、当下的研究动态如何，则更是一问三不知。事实上有些爱好者也没有兴趣知道，反正信口开河也不需要交税。相反，大多专业研究人士反倒比较低调，默默做自己的事情，至于网络上的学术研究怎么热闹，多数学人并不关心，更不愿意去争论。这也是近几年出现的一个很有意思的现象。一边是业余爱好者，一边是受到专业训练、专门致力于此数年乃至数十年的学者，前者无论是智商、知识或能力都并不比后者高，何以前者就可以很容易超过后者，后者就是被嘲笑的人呢？那些业余爱好者能说得清其中的道理吗？

拒绝学术门槛，不遵守学术规则，尽管其后果不像无证开车、无证行医那样严重，没有人去追究责任，但是浪费自己的生命不也是一件让人感到惋惜的事情吗？为什么愿意投入大量时间和精力进行所谓的研究，而不愿意掌握基本的专业素养和能力呢？你不按照牌理出牌，人家当然有权利不和你玩，对你的"重大发现"不予理睬。有趣的是，不少业余爱好者一方面宣称看不起专业研究者，对其进行嘲笑、讽刺，一方面又非常希望得到专业研究者的认可。如此心态和言行，想得到学界认可几乎是一个不可能完成的任务。

百年沉浮话红学

现代学术意义上的红学研究如果从 1904 年王国维发表的《〈红楼梦〉评论》算起，已经有一百二十多年了，即便从 1921 年胡适发表《〈红楼梦〉考证》算起，也已经有一百多年了。学界通常所说的百年红学多是基于这两部经典之作。

转眼一个世纪过去，中国学术发生了很多变化，即便是红学本身，也可以说是天翻地覆。王国维当年发表《〈红楼梦〉评论》的时候，是颇为寂寞的，因为他的观点比较超前，在当时并没有得到回应。

而胡适的《〈红楼梦〉考证》发表之后，则是另外一番景象，可以说得到十分热烈的响应，甚至由此开创了一个红学的新时代。胡适、俞平伯等人代表的红学研究也被称为新红学，与以往的红学研究区分开。

需要强调的是，胡适在红学研究的地位既不是靠权势，也不是靠金钱取得的，而是在与蔡元培等人的竞争中获得的，并没有受到学术之外因素的干扰，展现出良好的学术生态。我们在回顾这段历史之时，怀念的不仅是胡适、蔡元培等良好的学养及胸怀，还怀念那个自由宽松的学术环境。

如今虽然胡适在红学史以及中国现代学术史的地位已有定评，但仍不乏挑战者，这些挑战者质疑胡适的红学观点，甚至直接质疑胡适的所有学术成果乃至人品。至于结果如何，这里借用杜甫《戏为六绝句（其二）》里的诗句来回答吧："尔曹身与名俱灭，不废江河万古流。"

如果胡适知道有那么多人在贬损他、诋毁他，他会不会后悔当年的红学研究？从其性格及做事风格来看，应该不会，因为当年贬损、诋毁他的人一点都不比现在少，而且程度更甚，这些对他的研究没有造成丝毫干扰，也无损于其学术地位。

之所以如此评说胡适，是因为在百年红学史上，没有人能超过他的影响，尽管王国维、鲁迅等人对红学的贡献也很大，也需要强调。

因此谈及百年红学的沉浮，可以这样说：

胡适、俞平伯等人开创的新红学开一代学术之新风，成为中国现代学术的风向标，代表着中国现代学术的新趋势和新成就，产生了巨大的社会影响，可谓风起云涌。

尽管百年来的红学并非风平浪静，尽管其间成果良莠不齐，但我们必须承认，从胡适等人开创新红学到现在，学界围绕《红楼梦》各个方面进行的研究取得了相当大的进展。

别的不说，尽管《红楼梦》面世之后，流传广泛，成为人们议论的话题，并出现红学的戏称，但《红楼梦》之文学经典地位的获得却在新文化运动之后，胡适、鲁迅等人的提倡和示范起了积极的推动作用。

反观新文化运动之前，《红楼梦》面对的不仅仅是鲜花和掌声，它所受到的指责和诋毁也不少。比如有清一代，《红楼梦》屡屡成为禁书，多次遭到官府查禁，在《禁毁书目》《计毁淫书目单》、同治七年江苏巡抚丁日昌查禁淫词小说书目等清代禁毁书目上，皆有《红楼梦》之名。

有些书坊主为了对付官府的查禁，将《红楼梦》改名为《金玉缘》《大观琐录》《警幻仙记》等，继续刊印发售。

甚至还有人提出这样的主意，"莫若聚此淫书，移送海外，以答其鸦烟流毒之意，庶合古人屏诸远方，似以阴符长策也"（毛庆臻《一亭考古杂记》）。将《红楼梦》视作鸦片一类的毒物，用以对付西方的鸦片。

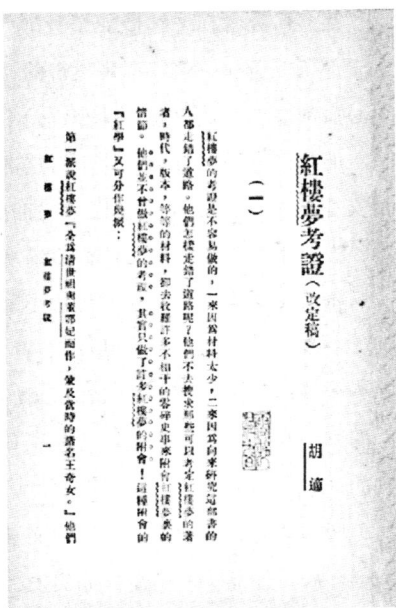

胡适《〈红楼梦〉考证（改定稿）》

自红学成为一门现代学科，各种新说纷纷推出，或捕风捉影，或风马牛不相及，各种论争也随之而来，一百多年来，红学研究始终处于风口浪尖。

但不管怎样，红学作为一门学问是得到学界承认的，不以个人意志为转移，这里可以举一位学人的话作为例证：

> 从学术史的观点来看，"红学"无疑地可以和其他当代的显学如甲骨学或敦煌学等并驾齐驱，而毫无愧色。（余英时《近代红学的发展与红学革命——一个学术史的分析》）

众多研究者在《红楼梦》上花费大量时间和精力，为此写出成百上千部研究著作，这些都是值得的，因为这是一部凝结着天才作家毕生心血的杰作，代表着中国小说乃至中国文学的最高成就。

但我们也必须看到，如今对这部小说的阅读和研究早已超出文学及文化的范围，变成了全民参与的娱乐运动，在种种喧嚣和吵闹声中，没有学术门槛的红学研究逐渐从一门专学蜕变成一种行为艺术。

将一部本为文学作品的优秀小说漫无边际地拔高，随心所欲地解读，看似十分重视，实则是对作者的失礼，是对作品的失敬。因为在种种脱离文本、缺少史料和逻辑的无端猜测中，作者凝结在字里行间的才华和匠心被有意无意地忽视和扭曲了，相信这是作者不愿意看到的。

回到文本，回到小说，回到文学，遵照基本的学术规范和方法来阅读、欣赏作品。一切从作品出发，从历史事实出发，实事求是，拒绝过度阐释，拒绝牵强附会。回到曹雪芹，回到《红楼梦》，返璞归真，还作品以本来面目，从中领略文学之美、语言之美，才情之美，这就是我们的基本立场。

近年来，红学研究因文献资料的缺乏和学术积累的增加而变得步履艰难，呈现出瓶颈状态，难以取得新的重大突破，这是研究者需要面对并解决的难题。这也并不值得嘲笑和讥讽，不过是学术研究的常态。红学如此，《三国演义》《水浒传》《西游记》的研究何尝不是如此，诗文、戏曲的研究也是如此。

对一般读者来说，红学研究的停滞不前并不会影响他们对这部优秀作品的阅读和欣赏，他们照样可以从作品中获得审美愉悦，得到人生感悟，领略中国文学艺术所特有的神韵和魅力。

对文学名著的欣赏如同一场跨越时空的接力，从一代人到下一代人，从一个世纪到下一个世纪，每个人的生命都是有限的，但这种接力则是无穷尽的。

尽管每一代人所面对的社会境况不同，每一个人的人生际遇不同，但他们的灵魂都需要净化，都需要滋润，他们都可以从《红楼梦》这部文学名著中看到自己，得到自己所需要的东西。每一代人、每一个人都有属于自己的《红楼梦》，都会有自己心目中的贾宝玉、林黛玉，也都可以进行带有鲜明时代色彩的解读。

有些东西转眼即忘，有些东西永远不会过时，而且常读常新，文学名著即是如此，其魅力也正在于此。

从这个角度来说，我们是幸运的，因为我们有如此好的条件来阅读和欣赏《红楼梦》。《红楼梦》也是幸运的，因为它的读者是无穷尽的，它注定因读者的无穷尽而成为永恒。

索隐式红学，中国古代
小说研究的畸形果实

　　客观地说，索隐解读方式的产生有其悠久深厚的历史文化根源，它与中国古代小说奇特的产生发展历程以及人们较为纷杂的小说观念有着内在的关系。对索隐式研究的文化背景，有研究者从古人注经及本事诗探寻等方面进行溯源，提出了一些具有启发性的见解。但它只能提供一种基本文化背景，还无法回答这种索隐式研究如何进入小说研究、其间的具体转化过程如何等问题。

　　要解释这一现象，就必须结合中国小说产生和发展的轨迹。与西方小说不同，中国古代小说受早熟的史传文学影响极深，这种影响可以说是全方位的，从小说观念到评价标准，从叙事视角到行文布局，无不深深打着史传文学的烙印，以致有的研究者干脆指认史传文学为中国小说的源头。即便在成为一种独立的文学样式并成熟之后仍是如此。古代小说创作以史传为最高标准，能否补正史之余往往成为作者追求的一种目标，无论是作者还是读者，都将小说是否真实作为判断其价值的一个基本依据。这在文言小说的创作中表现得尤为明显，白话通俗小说虽然受到主流文化的排斥，根本无法达到补正史的要求，但是作者及评论者仍以此为目标。

事实上，这种观念对小说创作产生了相当大的影响。中国古代小说尤其是白话通俗小说尽管想象虚构的成分很多，但不少仍有所本，历史演义小说且不论，就连神魔小说如《西游记》《封神演义》都要由一件事实生发推演。后来的《儒林外史》《孽海花》等小说更是将真人真事糅合进小说。这样，更为读者辨析真假、探寻本事提供了空间。在古代小说批评中，有不少对小说与史实的异同进行辨析。真实性问题往往成为读者、批评者所关心的核心问题，对小说本事的解读成为一种很常见的解读方式，在小说作者与读者之间形成了一种默契和共谋。对读者来讲，索隐式研究符合其阅读期待视野，同时满足了其探求谜底的好奇心，因而容易受到关注，这是索隐式研究得以存在并广为流传的社会文化心理基础。

由上述分析可知，索隐式研究并非红学研究的专利，它在小说研究中十分常见，比如对《金瓶梅》等作品的本事，明清以来不断有人探讨，迄今不绝。只是由于《红楼梦》的影响太大，红学研究过于显赫，索隐式研究才显得十分发达，引人注目。同时不可否认，《红楼梦》自身的一些特点也为这些索隐式阅读提供了很大的想象空间，使其发展到极致，形成中国现代学术史上一个颇为独特的文化现象。

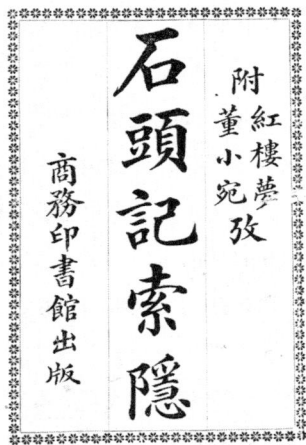

《〈石头记〉索隐》，商务印书馆
1917年初版

索隐式研究有其渊源近因。第一，《红楼梦》以其对人物事件极为生动细致的描摹刻画使小说达到了一种高度的真实。这种真实使一部分读者混淆了小说与现实的界限，将小说中的人物等同于现实生活中的真实人物。这在文学史上也是一种常见的现象。第二，作者在真实性问题上含糊其辞的暗示也给了读者很大的想象空间。比如他在全书一开头就说："作者自云曾历过一番梦幻之后，故将真事隐去，而借通灵说此《石头记》一书也，故曰'甄士隐'云云。""虽我不学无文，又何妨用假语村言，敷演出来。"无疑，这是一种耐人寻味的暗示，到底作者隐去了哪些真事，以何种方法隐去，这对读者来说实在太有吸引力了。在此情况下，不难理解会有不少人费心劳力来揭示其中的本事，乐此不疲。且不说还有脂砚斋等人在评点中以当事人、知情者的身份不时进行的点拨。

大体说来，索隐派红学尽管表述方式不同，观点各异，但其相通之处也是很明显的，它主要表现为如下两个方面。

一是将《红楼梦》当作一部历史书来读，认为在小说文字述及的表层故事背后另外隐藏着一系列历史事件，小说中的人物、事件与历史上真实的人物、事件有着某种对应关系，至于究竟是何种事件，有着怎样具体的对应关系，各家的说法并不一致，这需要一套特殊的解码手段。他们的兴趣点只在揭示作品的本事，对作品的审美艺术特性等方面并不关心，充其量也只是认为作者设置迷局的手段高超而已。故此，书中在一般人看来属于艺术技巧的东西，往往被他们视为一种有意的密码编排，甚至是没有多少深意的东西，他们也会觉得书里隐含着密码，对揭示谜底有着特别的意义。

二是研究思路的奇特。索隐式研究者认为，在《红楼梦》的文字背后隐藏着一套独特的密码系统。在破解这套密码时，他们往往会充分利用汉语词的音、形、义等特点，按照预设的本事方向，在音、形、义等各种可能性之间进行筛选，建立一种定向的联系。也正是为此，他们对一些词语、人名、器物等的理解常常与人们通常的理解不同，这种破解密码需要不断借用比附、拆字、谐音等方法，否则便无法得出想要的结论。故此，在一般人看来，他们建立的种种联系与推理就显得较为牵强、可笑。如果认同他们所说的结论，就必须按照其独特的思路，否则根据一般人的理解和推理判断，是无法得出这样的结论的。

就文学观念而言，这种索隐式研究将小说等同于历史，排斥了小说本身所特有的文学性和虚构性，有违文学创作的实际和规律。即使其观点最后成立，也只能证明小说隐藏了一些历史真事而已，并不能由此增加小说自身的艺术成就。况且这种费尽力气所挖掘出的史实往往都是一些历史常识，也不能凭此增加小说的史料价值。索隐的成功恰恰证明了小说的失败，因为作者花费多年心血所做的不过是设立一个文字迷局，而且是一个只有极少数人以奇特思路才能破解的笨拙迷局，因为几百年来大多数读者都看不出。这样的文字迷局是没有多大意义的，成功的文学作品千百年来广为传诵，为人们所喜爱，靠的不是这个。事实上，作者如果既要逃避文字狱，又要说出一些历史真相，他还可以选择别的更为有效的方式，这种以长篇小说方式隐藏史实的做法是极为笨拙的，实为下下策。因此，从这种角度来看，索隐式研究不仅所依据的文学观念有问题，思路也是行不通的，实质上是一种文字游戏，无助于对作品的欣赏和深入理解。

就研究方法而言，这种索隐式研究属于主题先行式，即往往是脑海里先有了某种观念、想法后，再通过各种方法来进行图解落实。毕竟《红楼梦》是一部大书，为书中成千上万词语的音、形、义之间建立某种联系，有着无限可能，索隐式研究者因而总能找到自己所希望的那种联系。最能说明这一点的是，索隐式研究者尽管对小说解读下了很大功夫，有些可以称得上引经据典，旁征博引，但他们得出的结论往往大相径庭。按说作者即使思想、行为再奇特，如果精神正常，在行文布局、词语句式的使用上总会与一般人保持着一定的共性，有一种共识。如果大家所阅读的文本相同，所接触的材料相同，得出的结论应该大体相同，因为理解的不同可能会出现一些差别，这是正常的，但这种误差应该在一定的限度内。如果到了千差万别、面目迥异的程度，就只能说明这种研究是有问题的。而索隐式研究的情况恰恰正是如此，不同的研究者所索隐出的本事差别实在太大，相互之间可用风马牛不相及来形容，它与通常所进行的学术研究在思路上正好相反。

但不管索隐派红学家如何变化，其对文学的基本认识、解读小说的切入视角及研究方法则基本不变，保持着相当的稳定性。至于何以这种研究方式有着如此顽强的生命力，又一直有着如此广大的读者群，这确实是一个值得思考的文化现象。对这一现象的深入揭示，既有助于对国民文化心态全面、准确的了解，又对帮助公众形成正确的审美观念和阅读习惯有着特别的意义。

附　录

父　亲
——我研究古代小说的引路人

　　最近几年，不断有记者或学生采访，其中一个被反复提及的问题就是：你是怎样走上古代小说研究之路的？我的回答很简单：从小感兴趣。没兴趣的话，是不可能坚持那么多年的。

　　至于为何感兴趣，如果放在一年前，我会很乐意细说一番。但自从父亲去世之后，这个话题一下变得非常沉重。因为谈及这个话题，就不能不谈到他。

　　一年前的今天，父亲离开了我们。面对冷酷无情的病魔，我们束手无策，只能眼睁睁地看着父亲在痛苦中无助地离去。

　　我小时候生活在河南一个贫穷的乡村里，相比村里别的孩子，自己算是幸运的，因为父亲在外面读过书，虽然从现在来看，那不过是一个普通的中专，但当时在村里已经是学历最高的了。

　　父亲毕业后分配在湖北工作，在那里待了将近二十年，一般情况下每年只回来两次：一次是春节，一次是农忙的时候。每到临近春节，几乎全村的人都拿着红纸到我家找父亲写春联，这往往也是我们兄妹几个感到最自豪的时候。村里没几个人读过书，更不用说写毛笔字了。

此外，我还有一个村里别的孩子无法享受的福利，那就是听父亲讲故事。我对古代小说的最初印象，就是从父亲那里得来的。

父亲虽然学的是测绘，但对古代文史一直有着浓厚的兴趣，尤其是古代小说，为此买了不少这方面的图书。父亲回家，我们兄妹几个最为开心的事情就是临睡前听他讲故事。在父亲所讲的故事中，我印象最为深刻的是《西游记》。

父亲口述版的《西游记》与原书有较大的出入，用他后来的话说，书里有些情节记不清了，就凭印象加上自己的虚构，要不就是把其他小说的情节搬过来，结果我们还是听得津津有味。除了《西游记》，父亲还讲过其他小说，但我的印象都已经相当模糊了。

后来上学识字了，父亲就买书给我看。他每次回来，总要带一两本，或者是连环画，或者是书本。这对爱读书的我来说，比过节都高兴。日积月累，竟然也攒了一箱子。其中不少书比如《西游记》，我都看了好多遍。

再后来，到读中学的时候，父亲逐渐把他的一些藏书给了我，其中有《三国演义》《西游记》，还有《红楼梦》《说唐》等，这是我的第一批古代小说藏书。这些书都用废纸包上书皮，这是父亲爱护书的习惯。受父亲的影响，我也养成了这个习惯。后来书买得太多了，包不胜包，就不再包了。

现在想来，如果当初不是父亲给我讲《西游记》之类的古代小说故事，如果不是父亲送给我这些古代小说作品，我可能对古代小说就没有那么的大兴趣，也许后来就不会走上研究之路。

到北京上大学之后，我开始买书，数量很快就超过父亲的藏书。

其间，父亲有两次出差，趁便到学校看我。我将要大学毕业的那个学期，他到北京出差，当时正好有闲时间，他看我的书放得比较乱，就帮我整理。我收拾书籍，读书名，念价格，他负责登记书目，很快就编出一本藏书目录。

这是我藏书的第一本目录。后来我养成买书后登记造册的习惯，到现在也是如此，已经编有好几本了。

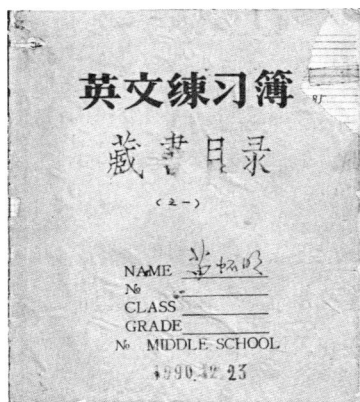

父亲为我整理的藏书目录

我博士毕业后到南京工作，父亲每次来，都住在我的书房里，有时间就看书。他最后一次来，是和母亲一起，那是 2014 年，他们在南京住了半个月。我工作忙，经常早出晚归，没时间陪他们，都让他们自己打车出去逛，午饭也顺便在外面吃。那时候父亲身体还好，天天和母亲出去逛，好在南京的名胜古迹多的是，总有地方可去。

我每次从单位回来，推开院子的小门，就看到他们老两口在灯光下各自捧着一本书，静静地坐在那里认真阅读。之后就问他们白天出去的情况，聊聊家常。当时感觉很踏实，也很温馨。

父亲爱读文学、历史方面的书，我回家时常给他带一些，当然都是那些比较通俗、学术性不太强的。

自然，父亲最爱看的还是我写的书。我每出新书，必定给父亲带回去一本。他是我最忠实的读者，不管是学术性较强的戏曲、小说文献学方面的书，还是较为通俗的《梦断灵山：妙语说西游》《风起红楼》之类，他统统认真读过一遍。有时还打电话过来，给我说说他的观后感，或者告诉我发现了错别字。

有段时间，我研究民间说唱，不时向父母了解老家过去说书的情况。他们小时候都是听说书长大的，所讲的情况很有参考价值。后来我想在老家找一些民间艺人采访，父亲就忙着找亲戚打听。可惜这门技艺在农村已基本失传了，好不容易找到一个七八十岁的老艺人，人家身体不好，加上我也很忙，一直没有采访成，如今不知那位老艺人还在人世否。

我一直有个心愿，那就是请父亲为我的书题写书名，他也答应了，但一直没有动笔。他是学测绘的，经常绘制地图，写图名、地名，是认真练过字的，虽然参加过一些书法比赛，没得过太好的名次，但在单位及亲友间还是小有名气的。他的身体一直很健康，总觉得再拖拖也没问题，谁想到走得那么突然。

早知道的话，就催着他写了。他写了一辈子毛笔字，如今家里竟然没有一幅他的字，这个遗憾永远无法弥补了。

好在他喜欢在自己的藏书上题写姓名及购买时间、地点，以示纪念，有几本书是用毛笔写的，还算是可以看到他的字。

与天下千千万万的父亲相比，也许他再普通不过，但在我的心里，他是唯一的。父亲不仅养育了我，还培养了我的读书兴趣，尤其是对古代小说的兴趣，引我走上研究之路，这大概是他没有想到的。他早年购买的那些古代小说作品如今都已成为我的藏书，就由我来延续他的文学梦吧。

父亲去世后，我一直想写篇文字纪念他老人家，但心绪烦乱，迟迟没有动笔。转眼已是他去世一周年的日子，老家的风俗很重视逝者的周年，母亲几次说让我回去，但正好今天有三节课，没法回去了，就将这篇不像样子的小文献给父亲吧。

父亲生前经常给我说，你工作忙的话，就不用回来了，甚至春节时也这么说。我知道他是心疼我，不让我两地奔波太劳累。周年的时候不能到墓前去，想必他能谅解自己的儿子。

父亲生前最喜欢读我写的书，在他去世后的一年里，我又出了两本，应该都是他比较喜欢的，后面我还会再出不少书，但那个最忠实的读者已再也无法看到了。如今我已成为一名古代小说研究的专业人员，但那个给了我生命、引我走上古代小说研究之路的人却永远离开了。

人世间的遗憾是永远无法弥补的，写到此处，悲从中来，词不达意，就此打住。

2018 年 4 月 4 日于简乐斋，父亲去世一周年之际

后 记

整理完这部书稿，颇有些百感交集。

对我个人而言，四大名著是陪伴一生的书。在年幼还没有认字的时候，父亲就给我们兄妹几个讲《西游记》的故事，培养了我对四大名著的最初兴趣，那是一段已经有些模糊的美好记忆。我最早入藏的《三国演义》《西游记》《红楼梦》，都是父亲的藏书，他看我喜欢，就送给了我。这几部书陪我度过了中学到大学的求学时光，至今仍摆放在我的书房里。虽然四大名著我现在藏有好几十个版本，但这几本我仍不时拿出来翻看，比如写这本书的《三国演义》部分时，我看的毛评本就是父亲的藏书。

因为这个缘故，四大名著对我来说，是四部带有亲情的小说经典，是四部有温度的文学名著。父亲的毛笔字写得很好，曾说过让他为我的新书题签，他也答应了，说把字练练再写，但最终还是没能如愿。就将这本书献给我的父亲，以此寄托我对他老人家的深切思念。

读研究生的时候，我选择了中国古代文学的明清方向，实际上也是奔着这些小说名著去的。从硕士到博士，自己逐渐从一个初学者变成专业研究者。博士毕业，一晃二十多年过去了，其间自己研究的范围和对象不断发生变化，但有一个是没有放弃、始终不变的，那就是四大名著，对它们的研读一直贯穿于自己的教学科研工作，从来没有停止过。

围绕四大名著，我陆续出版过几本小书，比如《梦断灵山：妙语说西游》。特别是《红楼梦》，因每年都要开设专业课程的缘故，下的功夫稍多一些，出的小书也最多，有《风起红楼》《曹雪芹》《话说〈红楼梦〉》《红楼梦研究史论集》等，如果连整理、选编的《王伯沆批校〈红楼梦〉》《南京大学的红学课》等也算起来，差不多有十来本了。相比之下，《三国演义》《水浒传》写得要少一些。我曾写过一个人重读水浒系列，在香港《文汇报》及《文史知识》等报刊连载过，本来想单独写一本小册子出版的，后来忙于其他事情，就放下了。

本书以文本为依据，紧扣作品，针对作品的人物、情节、思想、艺术等进行解读，谈点自己的想法，所有结论建立在文本阅读的基础上。之所以强调这一点，是因为这是一种提倡，提倡大家多读作品，多读原著。

本书所收文章有一些是新写的，也有一些是旧作，这次围绕着四大名著这个话题进行了修改和润色。本着有话则长、无话则短的原则，不求系统全面，谈的都是阅读四大名著的个人体会，因而对相关研究著作的参考就少了一些，力图写出一些新意，对读者有所启发。书中所谈，多为针对某一具体人物、情节进行，会因所谈对象不同，观点有所变化，甚至有些矛盾，且不同的文章，其口吻、风格也不一样，有的属有意为之，有的则无心而成，这里不作统一。

至于所依据的文本，基本上都是比较通行的整理本。其中，《水浒传》《西游记》《红楼梦》用的都是人民文学出版社中国古典文学读本丛书的整理本，至于《三国演义》，则多据上海古籍出版社的整理本《三国志通俗演义》，这个版本以明嘉靖本为底本，与毛宗岗批点的《三国演义》在文字上有较大差异，这也是要说明的。

限于学识，小书必定还存在不少问题，也请读者诸君批评指正。

苗怀明

2024 年 10 月 8 日